La Piedra de Luz 3
Paneb el Ardiente

Legiste
975,—

Bestseller Internacional

Christian Jacq
La Piedra de Luz 3
Paneb el Ardiente

Traducción de Manuel Serrat

 Planeta

Este libro no podrá ser reproducido,
ni total ni parcialmente, sin el previo
permiso escrito del editor.
Todos los derechos reservados

Título original: *La Pierre de Lumière. Paneb l'Ardent*

© XO Éditions, 2000
© por la traducción, Manuel Serrat Crespo, 2000
© Editorial Planeta, S. A., 2001
   Còrsega, 273-279. 08008 Barcelona (España)

Diseño de la cubierta: Burogràfic
Ilustración de la cubierta: detalle del rey Auibra Hor, escultura en madera,
Dashur, XIII dinastía, Museo Egipcio, El Cairo (foto © Jürgen Liepe)
Primera edición en Colección Booket: junio de 2001

Depósito legal: B. 21.960-2001
ISBN: 84-08-03957-1
Impreso en: Litografía Rosés, S. A.
Encuadernado por: Litografía Rosés, S. A.
Printed in Spain - Impreso en España

Biografía

Christian Jacq nació en París en 1947. Se doctoró en Egiptología en la Sorbona. Su obra *El Egipto de los grandes faraones* obtuvo el Premio de la Academia Francesa. Gran conocedor y enamorado de Egipto, ha escrito numerosas obras de divulgación histórica que ponen la civilización egipcia al alcance del gran público. Entre sus novelas destacan la trilogía *El juez de Egipto* y la pentalogía dedicada a Ramsés.

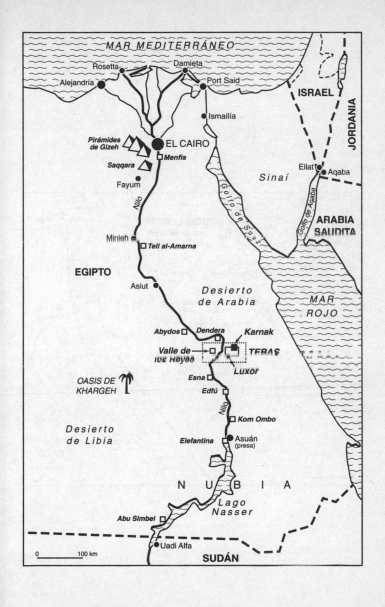

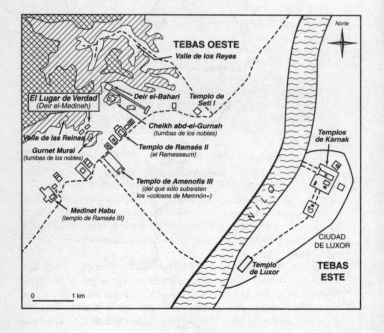

TEBAS OESTE

Valle de los Reyes

El Lugar de Verdad
(Deir el-Medineh)

Deir el-Bahari

Templo de
Seti I

Cheikh abd-el-Gurnah
(tumbas de los nobles)

Valle de las Reinas

Templo de Ramsés II
(el Ramesseum)

Gurnet Murai
(tumbas de los nobles)

Templo de Amenofis III
(del que sólo subsisten
los «colosos de Memnón»)

Medinet Habu
(templo de Ramsés III)

Templos
de Karnak

CIUDAD
DE LUXOR

Templo
de Luxor

**TEBAS
ESTE**

Norte

0   1 km

1

Penetrar en el templo del Lugar de Verdad —la aldea secreta que se levantaba en la orilla oeste de Tebas— para robar un tesoro de inestimable valor: ésa era la misión de los cinco hombres que habían conseguido acercarse a la zona prohibida.

El guía del comando sonreía, pensando en la enorme recompensa prometida: nadie, ni siquiera Sobek, el jefe de la policía local, podía preverlo todo; y la operación no era demasiado arriesgada, pues los ladrones gozaban de la complicidad de un traidor en el interior de la cofradía.

El corazón del traidor se desbocaba. Aprovechando el turbio período que atravesaba el país, durante el cual el nuevo faraón aún no había sido coronado, él y su comanditario se habían puesto de acuerdo para intentar apoderarse de la Piedra de Luz, por la que velaban celosamente los artesanos encargados de excavar y decorar las tumbas de los faraones en el Valle de los Reyes.

Dentro de unas horas, el traidor habría abandonado definitivamente la cofradía, en la que había vivido largos años, había aprendido su oficio y había compartido tantos secretos y tantas horas exaltantes. ¿Por qué sus cofrades no lo habían elegido a él como jefe de equipo, cuando poseía las cualidades requeridas para ocupar ese cargo?

Al despecho le habían sucedido el resentimiento y el deseo de vengarse de aquella ingrata asamblea. Y cuando el destino le había abierto un nuevo camino, no lo había dudado ni un solo instante: si lograba hacer desaparecer a la cofradía, por fin podría conocer los placeres de la vida, gozaría de una hermosa mansión y de un gran jardín, y daría órdenes a un batallón de celosos sirvientes. Se acabaron los agotadores días de trabajo durante los que era preciso obedecer al maestro de obras, se terminaron las tareas ingratas en beneficio del faraón: en adelante, el traidor disfrutaría de la vida y no tardaría en olvidar su juramento y su pasado.

Afortunadamente, se había asegurado la complicidad de su esposa, que estaba encantada de convertirse en una ama de casa acomodada y respetada. Durante mucho tiempo, él le había ocultado sus proyectos, temiendo una reacción adversa por su parte; pero estaba equivocado. Su esposa se había mostrado tan decidida como él, y ella fue la que preparó la poción para drogar al guardia, que ahora estaba sumido en un profundo sueño.

Esta vez, el éxito estaba cerca, tan cerca que el traidor temblaba; se daba razones para no perder la calma en esta apacible noche, cuando años de paciencia se verían coronados por el éxito. Muy pronto, los hombres enviados por su comanditario franquearían la muralla por el lugar donde había instalado la escalera de cuerda, y él los conduciría hasta el templo.

Un griterío despertó a Paneb el Ardiente. A sus treinta y seis años, el coloso de ojos negros, convertido en hijo adoptivo del maestro de obras y de la mujer sabia del Lugar de Verdad, parecía cada vez más poderoso. Dormía poco, pero le horrorizaba que lo molestaran mientras lo hacía.

—¿Qué pasa? —preguntó su esposa, Uabet la Pura, con los ojos cerrados.

—Duérmete, voy a ver.

Su hijo Aperti, cuya talla y cuyo peso ya anunciaban que iba a tener la misma constitución que su padre, no se había despertado. La culpable se bamboleaba en la cocina donde, tras haber devorado unos dátiles, la había emprendido con la cesta del pan.

—Nunca debería haber escuchado a mi hijo y permitirte que entraras en esta casa —dijo Paneb a la oca cebada que bien merecía el nombre de *Bestia Fea*.

Era insolente, agresiva y ladrona, y siempre tenía hambre. *Bestia Fea* era la mejor compañera de juegos de Aperti. Tenía el pico y las patas rojas, el cuello estriado de líneas negras, el vientre blanco y la cola negra. Mordía a sus adversarios atacándolos por detrás y ni siquiera temía a los perros.

—¡Fuera de aquí o haré que te asen! —ordenó Paneb.

La oca, tomando en serio la amenaza de Paneb, se dejó expulsar, aunque no sin antes protestar enérgicamente.

El traidor, oculto tras la esquina de un muro, vio al primer miembro del comando que cruzaba el muro utilizando la escalera de cuerda, pero prefirió esperar a que sus compañeros se reunieran con él antes de dirigirse a ellos.

De pronto, cuando el quinto estaba llegando al suelo, uno de ellos lanzó un grito de dolor. La oca acababa de morderle la pantorrilla y ya estaba agrediendo a una nueva víctima, que no pudo contener una exclamación.

—¡Nos atacan!

La oca seguía mordiendo, rápida, inaprensible, graznando cada vez con más fuerza. El traidor, petrificado, no se atrevió a moverse de su escondite. Sus aliados intentaban atrapar el ave en vano y se injuriaban, olvidando la orden de guardar silencio.

Finalmente, uno de los ladrones agarró a la oca por el cuello y exclamó:

—¡Voy a retorcerte el pescuezo, bestia asquerosa!

Pero el hombre no tuvo tiempo de llevar a cabo su amenaza, pues Paneb lo derribó de un puñetazo.

Alertado por los gritos de *Bestia Fea*, el coloso había salido de su casa para descubrir los motivos de aquel alboroto.

Mientras la oca huía despavorida y el traidor volvía rápidamente a su morada, los cuatro ladrones que no estaban heridos se abalanzaron contra el artesano, seguros de poder acabar con él sin dificultad.

Pero Paneb golpeó el bajo vientre del primer asaltante con la rodilla, la sien del segundo con el codo, y la nariz del tercero con la frente; sólo el cuarto consiguió golpear el pecho del coloso, aunque éste ni se inmutó.

Al ver a sus aliados fuera de combate, el cuarto se lanzó hacia la escalera de cuerda, pero al agarrarla, Paneb le tiró de los pies, le hizo dar vueltas y lo arrojó contra el muro.

—¡No se huye de ese modo, amiguito!

Medio inconsciente, el ladrón sacó un puñal de su vaina y lo amenazó.

—Suelta el arma —le ordenó Paneb.

El ladrón lo amenazó de nuevo, y entonces Paneb lo reconoció.

—¡Tú... tú osas atacar el Lugar de Verdad!

Y con rabioso gesto, el hombre se cercenó la garganta.

Bestia Fea seguía graznando mientras recorría la calle principal, despertando a los aldeanos a su paso. El primero en llegar al lugar del drama, con una antorcha en la mano, fue el dibujante Unesh el Chacal. Sus ojos inquisidores se clavaron en los miembros del comando. Tres de ellos yacían inconscientes, y otro se retorcía de dolor.

—¡Son libios! —exclamó Unesh.

—¿Y el que se está desangrando? —preguntó Paneb.

El dibujante iluminó con la antorcha al hombre que agonizaba.

—No puede ser...

Varios artistas más se reunieron con ellos. Uno a uno, los aldeanos iban saliendo de sus casas, y Nefer el Silencioso, el maestro de obras, no tardó en llegar junto a Paneb, su hijo adoptivo.

Mientras Unesh ataba a los cuatro libios y *Bestia Fea* se pavoneaba para dar a entender que su intervención en el asunto había sido decisiva, Nefer descubrió el cadáver del hombre del puñal y, asombrado, dijo:

—Es uno de los policías encargados de garantizar la seguridad de la aldea.

2

A los setenta y dos años de edad y padeciendo mil males, Kenhir seguía siendo el escriba de la gran y noble tumba de millones de años al occidente de Tebas, y se encargaba de redactar el Diario, donde anotaba, día tras día, los pequeños y grandes acontecimientos. Cosa suya era, también, vigilar las entregas, pagar los salarios en especias, distribuir las herramientas, comprobar la validez de los motivos de ausencia en las obras y establecer el inventario de los bienes de la cofradía; en resumen, encargarse de llevar a cabo una gestión impecable y de resolver los mil y un problemas cotidianos que no dejaban de surgir en una aldea donde vivían los artesanos, sus esposas y sus hijos, además de los solteros de ambos sexos.

Y ahora acababa de suceder lo peor: la cerveza que bebía estaba caliente y su lecho ardía.

—¡Despertad, Kenhir!

El escriba de la Tumba abrió los ojos y vio a un hombre de cuarenta y seis años, esbelto, con una gran frente despejada, ojos de un gris verdoso y talla mediana, pero robusto.

—¿Eres tú, Nefer...? Olvidé frotarme el rostro con hierbas frescas remojadas en una mezcla de cerveza y mirra, y he tenido una pesadilla horrible. De acuerdo con la clave de interpretación de los sueños, van a robarnos y nos veremos obligados a expulsar a alguien.

—No estáis muy lejos de la verdad, Kenhir. Un grupo de libios ha penetrado en la aldea con la complicidad de un policía.

—¿Qué estás diciendo... un hombre del jefe Sobek?

—Por desgracia, sí.

Kenhir se incorporó con dificultad, y Nefer lo ayudó a ponerse en pie.

Entró en la estancia la joven sierva del escriba, Niut la Vigorosa, una hermosa morenita que había considerado preferible dejar que el maestro de obras despertara a su patrón, cuyo malhumor matinal solía durar la mayor parte del día.

—¿Deseáis desayunar?

—Tortas calientes y leche, pero pronto.

Corpulento y de aspecto palurdo, Kenhir se desplazaba con la ayuda de un bastón, salvo en ciertas ocasiones cuando recuperaba, como por arte de magia, su agilidad de antaño. El anciano se sentó en un sillón bajo, frente a una mesa de madera de sicomoro, con los ojos brillantes de cólera.

—¡Atreverse a atacar así el Lugar de Verdad! Redactaré de inmediato un informe para el faraón.

—Suponiendo que Seti II sea reconocido como tal, pues nadie ha sido coronado aún —objetó Nefer.

—Esos granujas habían elegido el momento ideal... Hay que convocar al jefe Sobek.

—Ya se ha hecho. Nos está esperando en la puerta principal.

Alto, atlético, con una cicatriz bajo el ojo izquierdo, y unas enormes manos acostumbradas a usar la lanza, el jefe Sobek era un nubio autoritario, de palabra cortante, que había hecho toda su carrera en la policía. Puesto que no soportaba que se discutieran sus órdenes, solía asumir sus responsabilidades y no le gustaba delegarlas a sus subordinados.

Cuando vio que se entornaba la gran puerta de la aldea, en la que no tenía derecho a penetrar, y que aparecían el escriba de la Tumba y el maestro de obras, supo que iba a tener que pasar por una dura prueba. Hacía unos veinte años, uno de sus hombres había sido asesinado y, a pesar de sus investigaciones, no había conseguido identificar al culpable que, a su entender, sólo podía ser uno de los artesanos de la cofradía. Ahora, otro miembro de las fuerzas de seguridad desaparecía en circunstancias trágicas, aunque esta vez estaba plenamente justificado, pues se había comportado como un criminal.

Kenhir lucía su cara de los malos días.

—¿Has identificado al malhechor que se ha degollado?

—Sí, era uno de mis hombres —declaró Sobek—. Lo había reclutado el año pasado.

—¿Qué tarea le habías asignado?

—La vigilancia de una de las pistas, en las colinas.

—Me pregunto por qué se habrá suicidado...

—Es muy sencillo —estimó el nubio—: cuando se ha dado cuenta de que no tenía escapatoria, ha preferido quitarse la vida antes que sufrir mi interrogatorio. Y ha hecho bien.

—¿Has interrogado a los cuatro libios?

—El primero ha perdido la cabeza por el golpe que ha recibido, el segundo es mudo, al tercero le cortaron la lengua y el cuarto no habla ni una palabra de egipcio. Debo confiarlos a la administración central de la orilla oeste para que los identifiquen.

—¿Y el guardia?

—Lo drogaron, ahora acaba de despertar.

—Sabíamos que hay un artesano que nos traiciona —recordó Kenhir, irritado—; ¡pero ignorábamos que uno de tus policías fuera su cómplice! Y es evidente que ha sido éste el que ha guiado a los libios.

—Si sospecháis que yo he tenido algo que ver en esta conspiración, no vaciléis en presentar una acusación contra mí. Si ése es el caso, os presentaré de inmediato mi dimisión —repuso Sobek con sequedad.

—Tienes toda nuestra confianza —intervino Nefer—, y seguirás siendo el jefe de seguridad de la aldea.

Antaño, el maestro de obras ya había tomado partido por el nubio, y tampoco esta vez el escriba de la Tumba se opuso a Nefer el Silencioso.

—¿Cómo podemos pensar que otros policías no vayan a venderse al enemigo? —masculló Kenhir.

—He cometido una falta muy grave —reconoció Sobek—; este canalla no pertenecía a mi clan, y no debí enrolarlo. Os prometo que en adelante no volveré a cometer dicho error.

—¿Qué medidas piensas tomar?

—Estrechar la vigilancia en torno a la aldea, tanto de día como de noche, y suprimir todos los permisos hasta la coronación del nuevo faraón. Sería preferible que ninguno de vosotros abandonara el Lugar de Verdad antes de que la situación se aclare.

Los aldeanos estaban conmocionados.

Para conjurar el hechizo, el jefe escultor Userhat el León y sus dos ayudantes, Ipuy el Examinador y Renupe el Jovial, modelaban una pequeña estela en la que figuraban siete serpientes.

Plantado cerca de la puerta principal, en el interior del recinto, el modesto monumento contribuiría a mantener alejadas de la cofradía las energías negativas.

Sin embargo, en la aldea no había ni una sola familia que no estuviera preocupada por el porvenir del Lugar de Verdad; si el nuevo faraón dejaba de ser su principal protector, si estallaba una guerra civil, ¿qué sería de las setenta casas blancas, cuidadosamente mantenidas?

Pese a su rostro redondo y jovial, y a su abultada panza, el dibujante Pai el Pedazo de Pan estaba tan atemorizado que había perdido el apetito. Su esposa, que estaba muy preocupada por él, le había tomado del brazo para llevarlo a casa de la mujer sabia, curandera y madre espiritual de la cofradía.

Aunque no estuviera muy orgulloso de sí mismo, Pai se sentía tan deprimido que había aceptado acompañarla. Llamó, pues, a la puerta de Clara, la esposa del maestro de obras, cuya sala de consultas estaba adosada a la morada de Nefer el Silencioso. Se oyó un ladrido procedente del interior de la casa y, acto seguido, la mujer sabia abrió, con un cachorro en brazos.

—*Negrote* está un poco nervioso —explicó—; le he hecho tragar unas bolas de artemisa, cuyas propiedades vermífugas lo curarán.

Pero *Negrote* parecía gozar de buena salud. Era un perro inteligente, bastante alto, con el hocico alargado, los ojos pardos y las orejas largas y colgantes. Su predecesor, que llevaba el mismo nombre, había sido momificado y ahora descansaba en una pequeña tumba, con sus almohadones preferidos, un jarrón lleno de aceite sagrado y una suculenta comida, momificada también.

Cada vez que tenía la suerte de contemplar a Clara, Pai el Pedazo de Pan se sentía hechizado por la belleza de la mujer sabia. Tenía unos cuarenta y tantos años y un rostro con unos rasgos muy puros del que manaba una luz que, por sí sola, apaciguaba las almas. La esposa del maestro de obras era esbelta y ágil, tenía los cabellos casi rubios, los ojos azules y una voz dulce y melodiosa. Nefer y ella se habían casado antes de ser admitidos en el Lugar de Verdad, en donde, tras largos años de formación y encarnizado trabajo, habían sido elegidos para dirigirlo.

—No me siento bien —confesó Pai el Pedazo de Pan, apenado.

—¿Te duele algo en concreto?

—No, me duele un poco por todas partes... y no tengo apetito. ¿Cómo podremos soportar la incertidumbre en la que estamos sumidos? Tal vez mañana la aldea sea destruida, nos dispersen y nuestra regla de vida ya sólo sea un doloroso recuerdo.

—Túmbate en la estera, Pai.

Dotada ya de sólidos conocimientos médicos, Clara se había beneficiado de las enseñanzas de dos facultativas de excepción, la médico en jefe Neferet y la mujer sabia que la había precedido. Ambas le habían transmitido un saber elaborado día tras día, y le habían legado el laboratorio donde preparaba los remedios para los aldeanos.

La tez, el olor corporal y el aliento eran los primeros elementos útiles para el diagnóstico, pero sobre todo era preciso tomar el pulso posando la mano en la nuca del paciente, en lo alto del cráneo, en las muñecas, el vientre y las piernas. De ese modo, la mujer sabia escuchaba la voz del corazón, que le informaba sobre el estado de los distintos órganos y los canales que conducían las energías.

Clara estaba tardando mucho rato en examinarlo, por lo que la inquietud de Pai el Pedazo de Pan iba en aumento.

—¿Es grave? —preguntó.

—No, tranquilízate, aunque algunos conductos están a punto de taponarse a causa de tu ansiedad.

La mujer sabia le recetó un ungüento compuesto de grasa de toro, resina de terebinto, cera, bayas de enebro y semillas de brionia, con el que Pai debería untarse el busto, durante cuatro días seguidos, para devolver a los conductos toda su flexibilidad.

El dibujante se levantó.

—Ya me siento mejor, pero no estaré curado del todo hasta que la aldea esté fuera de peligro. Se dice que puedes descifrar el porvenir, Clara... ¿Qué futuro ves para nuestra cofradía?

—Que siga el camino de Maat y no renuncie, bajo ningún pretexto, a la rectitud. En ese caso, y pase lo que pase, no tendremos nada que temer.

3

El administrador principal de la orilla oeste de Tebas y general encargado del mando de las fuerzas armadas de la gran ciudad del Alto Egipto, Méhy, era un cuarentón panzudo de rostro redondo, pelo negro y aplastado, labios carnosos, torso ancho y poderoso, y manos y pies rechonchos. Sus ojos, de un marrón oscuro, reflejaban la altivez de un alto dignatario seguro de sí mismo, ambicioso y decidido y, sobre todo, un brillo que sólo su esposa Serketa, heredera de una gran fortuna, sabía descifrar. Un brillo que revelaba la empecinada voluntad de apoderarse de los secretos del Lugar de Verdad y, sobre todo, de la Piedra de Luz, gracias a la cual dominaría el país. Para convertirse en dueño de la rica región tebaica, Méhy había tenido que quitar de en medio a molestos adversarios; no creía en dioses ni en demonios, por lo que no había vacilado en asentar su carrera sobre el crimen, asegurándose la complicidad incondicional de la dulce Serketa, que experimentaba un intenso placer al suprimir la vida de otro.

La ironía del destino había querido que él, el peor enemigo de la cofradía, recibiera oficialmente el encargo del faraón de protegerla y asegurar a los artesanos una real abundancia, para permitirles trabajar en las mejores condiciones. Se había visto obligado, pues, a actuar en la sombra, con la ayuda de un artesano que no vacilaba en traicionar para poder gozar de los bienes acumulados en el exterior de la aldea a cambio de los servicios prestados.

Pero los resultados no estaban todavía a la altura de sus expectativas, y a Méhy le costaba mantener la paciencia. Afortunadamente, la guerra civil que se anunciaba crearía un clima favorable para asestar fatales golpes a la cofradía desde la sombra.

Serketa regresaba de Tebas a la cabeza de una cohorte de servidores que transportaban telas, jarros y muebles que ella había comprado en la ciudad. Llevaba una lujosa peluca y una ancha túnica rosada que disimulaba sus opulentas formas. Tenía los ojos de un color azul pálido, que le daban un cierto aire aniñado. Al llegar a su vasta villa de la orilla oeste, Serketa vio a Méhy, que paseaba por la sala hipóstila de la mansión, rodeada por un jardín con sicomoros, acacias, palmeras, algarrobos e higueras.

—Con sólo verte, sé que estás preocupado por algo —observó Serketa..

—No hay noticia alguna del policía nubio al que sobornamos.

—No seamos pesimistas, dulce amor mío.

Serketa se colgó del cuello de su marido, siempre sensible a los orgullosos pechos que él manoseaba con una rudeza que a ella le gustaba.

—¿Y si bebiéramos vino de palma en nuestra alcoba?

Fingiendo sentirse satisfecha, como de costumbre, Serketa pensaba en los exaltantes años pasados en compañía de Méhy desde que él le había desvelado sus proyectos. Conquistar el poder absoluto utilizando las armas de la ciencia y de la técnica, ejercer el derecho de vida y muerte sobre cualquiera y aniquilar el Lugar de Verdad tras haberle arrebatado sus tesoros, eran los únicos alicientes que lograban distraer a Serketa, acechada por el tedio.

Si su maravilloso marido no hubiera sido sincero, ella se habría librado de él, al igual que una mantis religiosa; al convertirse en su cómplice, al asesinar para allanarle el camino a Méhy, le había tomado gusto a la aventura que los unía. Y, por su bien, sería mejor que el general no la decepcionase.

Serketa se tumbó sobre él, como si quisiera ahogarlo, y le preguntó:

—¿Tienes noticias de la capital?

—Seti no renunciará nunca al trono.

—¿Realmente controlas al príncipe Amenmés?

—Ignoro cómo va a reaccionar cuando se anuncie la coronación de su padre.

En un dorado exilio en Tebas, por orden de Seti, Amenmés soñaba con devenir faraón, y Méhy no había dejado de alentarlo con la esperanza de producir un conflicto del que sería el principal beneficiario. Pero el joven Amenmés vacilaba en elegir su camino, entre la sumisión y la revuelta.

Con la mirada perdida, el general pensaba en el primer crimen que había cometido, en la montaña de Occidente. Allí mató a un policía que lo había sorprendido espiando a los miembros de la cofradía que llevaban la Piedra de Luz al Valle de los Reyes.

En aquella ocasión, Méhy había comprendido que el Lugar de Verdad detentaba el secreto esencial de Egipto, el que permitía a un faraón reinar y vencer a la muerte. De modo que la aldea, extremadamente protegida, resultaba inaccesible para los profanos e, incluso, para los dignatarios.

Con el fin de apoderarse de la fabulosa piedra, el general ya había recorrido un largo camino, sembrado de cadáveres, coacciones, mentiras y extorsiones, pero aún faltaba mucho para ganar la batalla.

Estaba dispuesto a conseguir que la maldita cofradía lamentara haberse negado a admitirlo en su seno, y Serketa, que había aprobado el modo en que Méhy se había librado de su suegro para apoderarse de su fortuna, era una formidable aliada, cuyo amor por el crimen le era muy útil. Sin embargo, Méhy sabía que, tarde o temprano, su esposa perdería la cabeza, y tendría que deshacerse de ella.

—¿Están listas ya nuestras nuevas armas? —preguntó ella.

—Tenemos tantas armas como para entablar batalla con un ejército procedente del Norte. No le he dicho nada a Amenmés acerca de los nuevos carros de combate que he puesto a punto. Gracias a las ventajas que no he dejado de procurarles desde hace muchos años, oficiales y soldados sólo ven a través de mis ojos. Aunque el príncipe tomara el mando, las tropas tebaicas sólo me obedecerían a mí. Pero desconfío de Seti... Tiene carácter y no se limitará a reinar sobre el Delta. Por eso le hago llegar algunos mensajes confidenciales asegurándole mi entera fidelidad y dándole cuenta de la situación... a mi manera, claro está.

—¡Qué excitante suena eso, amor mío! —exclamó Serketa, frotándose los pechos contra el rostro del general.

Cansado de estar debajo de ella, Méhy la hizo caer de costado. Serketa lanzó unos gritos de espanto, como si temiera ser agredida, y en ese mismo instante sonaron unos violentos golpes en la puerta de la alcoba.

—¡General, venid pronto, es la policía! —imploró la aterrorizada voz del intendente.

Méhy y Serketa se miraron, atónitos.

—Nunca me detendrán —declaró ella.

El general se levantó.

—No puede ser nada grave.

—¿Y si el tal Amenmés te hubiera traicionado?

—¡Sin mí, él está perdido! —exclamó Méhy.

Acto seguido, se puso una túnica y salió de la alcoba.

—El portero no ha dejado entrar a nadie —aclaró el intendente—, pero el policía insiste en veros de inmediato.

Méhy se dirigió a grandes zancadas hacia la puerta de la villa que daba al jardín, donde se habían reunido varios criados.

—Volved al trabajo —ordenó con sequedad—. Y tú, abre.

Los criados se dispersaron como gorriones asustados, mientras el portero obedecía.

Cuando se abrió la puerta, Méhy descubrió a Sobek, acompañado por varios policías nubios que custodiaban a cuatro hombres, con las manos atadas a la espalda.

—Jefe Sobek... ¿Qué ocurre?

—Uno de mis subordinados ha intentado introducirse en la aldea de los artesanos con estos cuatro bandidos. Puesto que representáis la autoridad suprema en la orilla oeste y os encargáis de proteger el Lugar de Verdad, he querido informaros en seguida.

—¿Qué ha sido de tu policía?

—Se ha cortado el cuello. Los buitres se ocuparán de él.

—Éstos son libios... ¿Los has interrogado?

—El único que puede hablar no parece conocer el egipcio.

—Me los llevo al cuartel principal... ¡Allí sabrán desatarles la lengua, créeme!

—Ese cuartel se encuentra en la orilla este, fuera de mi jurisdicción, y estos hombres son mis prisioneros.

—Como tú bien has dicho, aquí represento la autoridad suprema y quiero saber quiénes son esos bandidos, qué querían y por orden de quién han actuado.

—Permitidme que asista al interrogatorio, general.

El gran nubio no apreciaba demasiado a Méhy, pues lo consideraba demasiado ambicioso y capaz de conspirar para asentar su posición y preservar sus privilegios. Pero hasta el momento no tenía ningún indicio serio contra él, y no podía acusar a un hombre de su talla sin antes tener pruebas irrefutables.

Si Méhy lo apartaba de la investigación, estaría dando, sin saberlo, un paso en falso. Sobek fingiría estar de acuerdo con su decisión, pero mandaría un informe a la capital poniendo de relieve el dudoso comportamiento del general.

—Tu petición no es muy reglamentaria —estimó Méhy—, pero te comprendo. ¿Cómo ha reaccionado el escriba de la Tumba al descubrir la traición de uno de tus policías?

—Tanto el maestro de obras como él siguen ofreciéndome su confianza, y yo no voy a decepcionarles.

—Yo tampoco tengo ninguna razón para no confiar en ti. Me vestiré y te llevaré al cuartel.

Méhy no se tomaba a la ligera la intervención del nubio, al que sabía incorruptible y tozudo. Todas las iniciativas para comprarlo, hacer que lo trasladaran o, sencillamente, desestabilizarlo, habían fracasado, pues Sobek estaba visceralmente unido al Lugar de Verdad, aunque sólo era un hombre del exterior.

A veces, el general tenía la sensación de que Sobek lo miraba con ojos extraños, como si pensara, sin atreverse a reconocerlo, que tenía frente a él al asesino que estaba buscando desde hacía veinte años. Pero Méhy sabía cómo no dejar rastro alguno a sus espaldas, y la investigación del nubio estaba condenada al fracaso.

En cuanto Méhy se puso el uniforme militar, Serketa acudió, intrigada.

—Tenemos serios problemas —reconoció él—. El comando ha fracasado; el nubio al que habías comprado se ha suicidado para escapar del interrogatorio de su jefe, pero quedan esos cuatro imbéciles libios, y yo me veo obligado a llevar a Sobek al cuartel para no despertar sus sospechas. Tendré que hacer algo para intentar salir de este atolladero.

—No me preocupa en absoluto, amor mío —afirmó Serketa, besando el torso de su marido y acariciando la empuñadura de su puñal que, en caso de dificultades, haría callar al jefe Sobek.

4

Los cuatro libios fueron alineados contra la pared de una celda. El ayudante de campo del general Méhy saludó a su superior y al jefe Sobek.

—Esos bandidos han intentado introducirse en el Lugar de Verdad —reveló Méhy—. Han sido detenidos gracias a la intervención del jefe Sobek; pero sólo uno de ellos tiene capacidad para expresarse, y sólo habla el libio. Es una lengua que mi ayudante de campo conoce bien, por lo que él va a interrogarlo... Pero antes tengo que hacerle una pregunta: él recluta a todos los mercenarios que emplea nuestro ejército, y yo quiero saber si reconoce a estos hombres.

La mirada de complicidad del general hizo comprender a su ayudante de campo que Méhy estaba dándole una orden muda ante un civil que debía seguir ignorando los secretos militares. Pero había que responder sí o no.

El oficial examinó de cerca a los prisioneros y luego se volvió hacia el general, que se había colocado algo más atrás que Sobek, para poder asentir con la cabeza sin que el nubio se diera cuenta.

—Ya he visto a esos hombres... —declaró el ayudante de campo, fingiendo vacilar—. Y me preguntaba si no se trata de los mismos ladrones que robaron armas el mes pasado, durante unas maniobras.

—Eran mercenarios libios, en efecto, y fueron declarados desertores —afirmó Méhy.

—Desertores, ladrones y, sin duda, criminales, general. Asesinaron a un centinela para introducirse en la armería —añadió el oficial.

—Procede al interrogatorio.

El ayudante de campo hizo una sola pregunta, y el libio le respondió con frases cortas y entrecortadas.

—Le he preguntado si sus cómplices y él eran culpables, y lo ha confesado todo.

—Pregúntale por qué ha intentado penetrar en la aldea y por orden de quién —ordenó Méhy.

El libio se expresó con el mismo nerviosismo.

—Él y su pandilla habían decidido desvalijar las aldeas de la orilla oeste y, luego, volver a su casa con el botín atravesando el desierto.

—Los entregaremos, pues, al jefe Sobek para que los presente ante el tribunal —sentenció Méhy.

—Siento contradeciros, general, pero eso es imposible.

Méhy pareció contrariado.

—¿Qué quieres decir?

—Estos criminales deben comparecer de inmediato ante un tribunal militar; si decidierais algo distinto, general, vos mismo seríais condenado por falta grave. Dados los hechos, debo redactar un detallado informe y encerrarlos en una celda hasta que se celebre el juicio.

Tras la marcha del jefe Sobek, y obligado a doblegarse ante el reglamento, el general Méhy dio orden de que incomunicaran a los libios antes del juicio expeditivo que los mandaría al penal del oasis de Khargeh, del que no saldrían nunca.

—¿Pondréis vuestro sello en el documento final? —preguntó su ayudante de campo.

—Sería inútil —respondió Méhy—. No quiero oír hablar más de estos canallas.

—Espero que os haya satisfecho mi actuación, general.

—Has estado perfecto.

—He tenido que sobrentender lo que queríais decir... y habría podido equivocarme en las respuestas que esperabais.

—No ha sido así, y te felicito por ello. Tú y yo actuamos por la gloria del ejército, y nunca olvidamos que la disciplina es la primera de las virtudes.

—Tengo la intención de seguir obedeciéndoos sin discutir, ¿pero no creéis que esa fidelidad merece una recompensa?

Méhy sonrió.

—Desde que estás bajo mis órdenes, has aprendido a conocerme y sabes que detesto perder la iniciativa. Si intentaras extorsionarme...

— ¡Claro que no, general! No es eso...

—¿Si mi agradecimiento se expresara en forma de dos vacas lecheras, un lecho de gran calidad y tres sillas de lujo, olvidarías a esos miserables libios?

—Sin duda alguna —afirmó el ayudante de campo.

Cuando el jefe Sobek cruzó el quinto y último fortín para penetrar en la zona ocupada por los auxiliares que estaban al servicio del Lugar de Verdad, en seguida advirtió que algo ocurría. El herrero, el calderero, el alfarero, el curtidor, el tejedor, el zapatero, el lavandero, el leñador, el panadero y sus ayudantes habían salido de sus talleres y estaban formando un círculo, gritando.

Armado con un garrote, el guardia que estaba de servicio se había levantado y se había situado ante la puerta de la aldea, como si temiera un ataque de los auxiliares. Los policías se mantenían a distancia; habían recibido la orden de impedir el paso a cualquier intruso, pero no la de detener a los obreros que se encargaban de mantener el bienestar de la cofradía.

El nubio rompió el círculo, en cuyo centro estaba el escriba de la Tumba, apoyado en su bastón. Desde hacía más de una hora, plantaba cara a los auxiliares, cuyo portavoz era Beken el alfarero.

—Tranquilizaos —exigió Sobek—; de lo contrario, ordenaré a mis hombres que os dispersen.

—¡Hace una semana que no recibimos la ración de pescado seco! —protestó Beken—; deberíamos tener, por lo menos, cuatrocientos gramos por persona y día. Si esto sigue así, nos quedaremos sin fuerzas para trabajar.

—Los miembros de la cofradía no están mejor provistos —repuso Kenhir—, y no puedo hacer nada más que dirigir mis protestas al administrador principal de la orilla oeste que, por su parte, espera el nombramiento de un nuevo visir.

—¿De qué vamos a alimentarnos, entonces?

—El tribunal del Lugar de Verdad ha dado su conformidad para que se os distribuyan conservas. La coronación del faraón ya no puede tardar, y entonces se reanudarán las entregas.

A Kenhir le habría gustado estar seguro de ello; la firmeza de su tono tranquilizó, por lo menos, a los auxiliares, que aceptaron regresar al trabajo arrastrando los pies.

—Habéis corrido un gran riesgo al enfrentaros a ellos directamente —dijo el jefe Sobek al escriba de la Tumba.

—A mi edad, ya no temo a nadie; además, soy el encargado de resolver este tipo de problemas. ¿Te ha recibido el general Méhy?

—Me ha llevado, incluso, al cuartel principal de Tebas, donde su ayudante de campo ha interrogado al único libio que podía hablar.

—¿Qué ha confesado?

—Si confiamos en el ayudante de campo, se trata de una pandilla de ladrones que tenía la intención de atacar todas las aldeas de la orilla oeste y que, además, son desertores sospechosos de asesinato. Serán juzgados por un tribunal militar. A mi entender, no volveremos a verlos.

—Si los delitos que se les imputan son tan graves, serán condenados al penal; ¿por qué pareces contrariado, Sobek?

—¡Porque esa historia no se sostiene por ningún lado! Si efectivamente esos granujas habían robado armas de un arsenal, ¿por qué no las llevaban para atacar el Lugar de Verdad? Y, además, ésta no es una aldea como las demás. ¿Olvidáis que tenían un cómplice, uno de mis propios hombres? Puesto que su condena es segura, escaparán de las demás jurisdicciones y la única verdad de que dispondremos será la que nos ofrezca el ayudante de campo del general.

Kenhir se apoyó firmemente en su bastón.

—Dime qué estás pensando, Sobek.

—¡No me fío en absoluto del tal Méhy! Rezuma ambición por cada poro de la piel, y le creo capaz de las más sórdidas manipulaciones.

—Si no me equivoco, eres un hombre razonable que desconfía de los espejismos y no te gustaría cometer un nuevo error, como el que, hace mucho tiempo, te llevó a acusar injustamente al actual maestro de obras de la cofradía.

Con aquella frase, Kenhir estaba reavivando crueles recuerdos, y el fuerte nubio vaciló:

—La situación es muy distinta...

—¿Tan seguro estás? Consideremos los hechos, sólo los hechos: ¿no es el general Méhy el protector oficial de la aldea?

—Sin embargo, las entregas de pescado se han interrumpido —replicó Sobek.

—Es la ley impuesta por el visir durante el período de luto, entre la muerte del antiguo faraón y el advenimiento del nuevo. Y acabo de recibir una carta de Méhy que nos abrirá las reservas de la administración central, si es necesario. Desde que él está a la cabeza, ¿hemos tenido una sola queja de su gestión?

—No, creo que no...

—¿Ha intentado poner trabas a tu investigación?

—Aparentemente, no —admitió Sobek.

—¿No te ha llevado al cuartel principal de Tebas, lejos de tu territorio, cuando legalmente habría podido impedirte el acceso?

—Es cierto, pero...

—¿No te ha permitido asistir al interrogatorio?

—Sí, e incluso...

—¿Incluso qué, Sobek?

Al nubio no le gustaba nada tener que reconocer aquello, pero debía ser honesto:

—El general Méhy quería entregarme a los libios, y ha sido su ayudante de campo el que le ha recordado que no podían sustraerse a la justicia militar.

Kenhir, enojado, golpeó el suelo con su bastón.

—No te gusta Méhy, y estás en tu derecho. Ese tipo me pone tan nervioso como a ti, lo admito, y seguiré desconfiando de él, pero estoy convencido de que el Lugar de Verdad es sólo una etapa en su carrera y que le interesa velar por él para no ser reprendido por el rey.

¿Y si el nuevo monarca decreta el cierre de la aldea?

De pronto, el escriba de la Tumba sintió multiplicarse el peso de los años sobre sus espaldas.

—Sería el final de nuestra civilización, Sobek, y los dioses abandonarían esta tierra.

5

Situada en la parte sur, la morada de Paneb y Uabet la Pura no era ni la más hermosa ni la más grande de las casas de la aldea donde vivían los treinta y dos artesanos —distribuidos en el equipo de la derecha y el equipo de la izquierda— y sus familias, pero la esposa del coloso había conseguido hacerla alegre y confortable.

La casa tenía un centenar de metros cuadrados habitables. La primera estancia estaba consagrada al culto de los antepasados y albergaba un lecho ritual al que se accedía por tres peldaños; la segunda, de techo plano sostenido por una columna formada por un tronco de palmera enyesado, tenía también un valor sagrado, con una mesa de ofrendas, una estela que representaba una puerta de comunicación con el otro mundo, y otra estela enmarcada en el muro que representaba a un protector de la cofradía, «el espíritu eficaz y luminoso de Ra» que navegaba en la barca del sol y transmitía la vida a sus sucesores. Nefer el Silencioso había ofrecido esta obra a su amigo Paneb, convertido en su hijo adoptivo. También había una alcoba, una sala de aseo y una cocina con el techo de ramas aunque parcialmente al aire libre, de la que salía una escalera que conducía a la terraza. Dos sótanos, uno para las jarras de alimento, otro para el vino y el aceite, completaban una vivienda donde la frágil y hermosa Uabet había encontrado la felicidad.

Tenía treinta y seis años, como su marido, aunque aparentaba diez menos; de su bote de brecha, una piedra dura con betas de rojo y de un blanco amarillento, tomó un poco de galena con un bastoncillo para trazar una delgada línea negra por encima de las pestañas. Luego, inclinando hacia el cuello una concha de alabastro que imitaba a la perfección las conchas del Nilo —incluyendo el pedúnculo con que el molusco se asía—

derramó un poco de aceite perfumado mientras pensaba en su esposo, al que debía compartir con Turquesa, su amante.

Ambas eran sacerdotisas de Hator y jamás habían tenido ningún enfrentamiento, como si respetaran algún tipo de secreto. Turquesa había hecho el voto de permanecer soltera, y Paneb nunca pasaba la noche en su casa. No tenía más esposa que Uabet, que le había dado un hijo de excepcional robustez y llevaba a cabo las tareas propias de una ama de casa. Aunque se mostrase tolerante por amor, no se comportaba como una mujer sumisa, y su marido le debía respeto.

Poniéndose al cuello el collar de cornalina y jaspe rojo que Paneb le había regalado, Uabet se sintió realmente hermosa.

—¡Tampoco hay pescado seco esta mañana! —exclamó, furioso, su marido—. Es la golosina preferida de mi hijo y no soporto que lo priven de ella.

—No podemos hacer nada; tenemos que esperar

—¡No, Uabet, hay algo mejor que hacer!

—No desafíes a los pescaderos, Paneb; ellos cumplen órdenes, no son responsables del cese de las entregas.

—Pero yo soy responsable del bienestar de mi hijo.

Paneb, instalado en una pequeña barca de papiro, había hundido en el agua del río cuatro grandes anzuelos atados a sólidos cabos. Tras una hora de esfuerzo, había conseguido pescar un soberbio barbo de sesenta y cinco centímetros de largo, con el cuerpo de un color blanco plateado y las aletas rojas. Para evitar que el animal sufriera, lo había rematado con un mazo.

Alentado por ese primer éxito, Paneb remó hasta aguas más profundas. Y la suerte le sonrió casi al instante: el pescador entabló un feroz combate con una perca del Nilo, el lates, que medía casi un metro y medio y no pesaba menos de setenta kilos. Por lo común, había que utilizar un arpón y una red para vencer a ese valeroso guerrero pero a pesar de la fragilidad de su esquife, Paneb no renunció. Respondió a cada salto de la perca para hacerle comprender que no escaparía.

El coloso salió vencedor de la lucha y, acto seguido, saludó al alma del pez, pues, cuando pintaba algún lates en la pared de una tumba, lo hacía siempre poniéndolo delante de la barca del sol; así, el pez lo avisaría del inminente ataque del demonio de las tinieblas.

Le bastaron unos minutos para regresar a la orilla jugando con la corriente. Llevando su presa en el hombro izquierdo y sujetando en la derecha el cesto donde había puesto el barbo, el artesano se metía ya en las altas hierbas cuando un violento bastonazo en las pantorrillas le hizo tropezar. Una red cayó sobre su espalda y, aunque consiguió levantarse, el coloso quedó atrapado.

Al incorporarse, vio frente a él a Nia, el jefe de los pescadores, y a tres acólitos con los que Paneb ya había tenido algún que otro enfrentamiento.

—No has debido salir de la aldea —declaró Nia—; ¡cuando te aíslas en tu retiro, no debes abandonarlo!

—Hueles como un pescado podrido. Suéltame inmediatamente.

El panzudo Nia soltó una carcajada.

—No estás en condiciones de presumir, muchacho. ¿Nadie te ha dicho que sólo yo y mis empleados tenemos derecho a pescar aquí?

—Si esperas seguir siendo auxiliar del Lugar de Verdad, reanuda tus entregas hoy mismo. De lo contrario, me encargaré personalmente de tu caso.

—¿Lo estáis viendo...? ¡Mira cómo tiemblo! De momento, degustaré la soberbia perca que has pescado. Pero antes te daré una buena lección para que aprendas cómo funcionan las cosas. ¡Vamos, muchachos!

Cuatro bastones cayeron sobre el coloso. Las gruesas mallas de la red amortiguaron los golpes de los pescadores, dados con demasiada cólera para ser precisos. Mientras tanto, Paneb cortó la red con los dientes, y ensanchó la abertura, lanzando un alarido de rabia que dejó petrificados por unos instantes a los cuatro pescadores.

Una vez se hubo liberado de la malla, el coloso la agarró y la utilizó como una arma; la hizo girar y segó a dos de los acólitos de Nia, que se derrumbaron con la cara ensangrentada; el tercero emprendió la fuga.

—¡No me toques! —aulló el patrón, soltando su bastón—. Eres un artesano del Lugar de Verdad y no tienes derecho a agredir a un auxiliar.

Había tanta rabia en la mirada de su adversario que Nia creyó que había llegado su hora. Pero, finalmente, Paneb arrojó la red a lo lejos.

—Coje mis pescados y vayamos al vivero —le ordenó a Nia.

—¿No... no irás a tirarme al canal?

—Nunca ensuciaría las aguas con un cuerpo tan maloliente como el tuyo. Pero si me vuelves a molestar, te partiré el cráneo y te abandonaré a los buitres, en la montaña.

Nia se apresuró a recoger la perca y emprendió el camino hacia el vivero. Allí se criaban varias especies destinadas a la aldea, que, fuera cual fuera la estación del año y las condiciones climáticas, nunca carecía de pescado fresco.

Dos guardias estaban asando un mújol, que compartirían con el responsable del vivero.

—¡Hermosa presa, Nia! —exclamó uno de ellos—. ¿Pero adónde vas así?

—La lleva al Lugar de Verdad —respondió Paneb—. Y vosotros vais a llenar los cestos de pescado fresco y a seguirnos.

Ambos hombres empuñaron su garrote.

—Será mejor que le obedezcáis —recomendó Nia—; éramos cuatro y nos ha vencido.

Los guardias retrocedieron un paso.

—¿Quién eres?

—Paneb, artesano del Lugar de Verdad.

—¡Tenemos órdenes estrictas! Nadie debe tocar el vivero.

—Son órdenes estúpidas, puesto que el vivero pertenece a la cofradía. Llenad los cestos.

—En el fondo, Paneb tiene razón —agregó el pescador responsable.

Los dos hombres se consultaron con la mirada. Sólo estaban ellos dos para luchar contra aquel coloso de inquietante musculatura; aunque consiguieran derribarlo, cosa que parecía bastante improbable, nunca saldrían indemnes del enfrentamiento. Puesto que no les pagaban bastante para recibir golpes, los guardias decidieron bajar sus armas, y si la administración les reconvenía, afirmarían que habían sido obligados a actuar amenazados por un gran grupo de agresores.

Los auxiliares y el portero de guardia vieron llegar un extraño cortejo, a cuya cabeza marchaba Paneb.

—¡Pescado fresco! —exclamó el herrero, con los puños apoyados en las caderas—. ¿Es para nosotros?

—Tendréis vuestra parte —respondió Paneb.

—¿Quién te lo ha dado?

—Nia se ha mostrado dispuesto a cooperar, y nuestro vivero está lleno de piezas soberbias.

—¿Se reanudarán las entregas, entonces?

—¿No lo estás viendo?

Paneb ofreció dos cestos a los auxiliares, que estuvieron encantados al ver los mújoles de cabeza redondeada y grandes escamas.

Alertadas por la agitación, algunas amas de casa salieron de la aldea para comprobar, con evidente alegría, que una abundante entrega de pescado les permitiría preparar su manjar favorito.

Cuando Paneb depositó la perca ante la puerta del escriba de la Tumba, éste apareció, malhumorado.

—Las he comido más grandes —reconoció el coloso—, pero de todos modos deberíamos darnos un banquete.

—¿De dónde ha salido este pescado?

—Yo mismo lo he capturado... ¿No estará prohibido, no?

—Hasta la proclamación del nombre del nuevo faraón, nadie está autorizado a salir de la aldea.

—He actuado por el bien de la comunidad —alegó Paneb—; de paso, he restablecido las entregas de pescado fresco. El vivero nos pertenece, ¿por qué no aprovecharlo entonces?

—¡Un reglamento es un reglamento, Paneb! Violarlo es una falta muy grave.

—Todos los aldeanos podrán comer de nuevo pescado fresco, ¿no es eso lo verdaderamente importante? Si hubiera que esperar a que los poderosos arreglaran sus cuentas entre sí, no tardaríamos en morir de hambre.

Harto de oír sandeces, Kenhir golpeó el suelo con su bastón y exclamó:

—Regresa a tu casa y no vuelvas a salir al exterior.

—¡Pertenezco a esta cofradía, pero sigo siendo un hombre libre!

—Solicitaré al maestro de obras que te dirija una reprobación. Desde este mismo instante te prohíbo que participes en los trabajos del equipo de la derecha.

6

—Déjanos solos —ordenó Kenhir a su sierva Niut la Vigorosa. Ésta había ido a buscar al maestro de obras y a la mujer sabia, que se había visto obligada a interrumpir sus consultas.

—Los aldeanos están muy nerviosos —reveló ella al escriba de la Tumba—; no dejo de prescribir calmantes.

—¡Y el comportamiento de Paneb no va a facilitarnos las cosas! —masculló Kenhir.

—Todos estamos muy contentos con la llegada de pescado fresco.

—Paneb no tenía derecho a salir de la aldea ni a reemplazar al patrón pescador que había recibido órdenes estrictas de la administración. Tengo la intención de redactar un informe sobre esta violación de las reglas y de prohibir a ese rebelde que trabaje en el equipo de la derecha durante tres meses.

—En la forma no estáis equivocado —consideró Nefer—; pero en el fondo... ¿Acaso no nos ha alegrado la intervención de Paneb? No dependemos de administración alguna y sólo recibimos órdenes formales del faraón. ¿Por qué tenemos que aceptar que nos priven de pescado? Si hay que nombrar un equipo para tomar del vivero todos los días las piezas que nos corresponden, yo me responsabilizaré de ello.

Kenhir esperaba una reacción muy distinta por parte del maestro de obras y quedó atónito ante sus palabras.

—Pero... ¡Paneb ha cometido una falta imperdonable y debe ser sancionado!

—Nuestro hijo adoptivo a veces tiende a olvidar el reglamento —admitió la mujer sabia con una sonrisa dulce y divertida a la vez, a la que el escriba de la Tumba no podía permanecer insensible—; en el presente caso no ha causado daño alguno y nos ha recordado que nuestra supervivencia dependía de nosotros mismos. De nuestra coherencia obtenemos nuestra fuerza.

—De todos modos...

Niut la Vigorosa regresó al despacho.

—¡Te he dicho que te marcharas! —gruñó Kenhir.

—Imuni, vuestro ayudante, os comunica un incidente de excepcional gravedad: la cantidad de agua que debían entregarnos ha sido reducida a la mitad.

Kenhir se levantó como si tuviera veinte años menos y salió de su casa con el aspecto de un joven, seguido por el maestro de obras y la mujer sabia, que estaban tan inquietos como él.

Los tres se dirigieron apresuradamente al enorme depósito con brocal de piedra, de dos metros de diámetro, que estaba instalado junto a la entrada norte.

Varias amas de casa muy enojadas rodeaban al escriba ayudante Imuni.

—Esperábamos cincuenta asnos —precisó el pequeño escriba de mirada torva y rostro de roedor—. Han llegado... ¡pero sin odres!

—¿Y los aguadores que los acompañaban? —preguntó Kenhir.

—También ellos han hecho el camino de vacío.

—¿Qué explicaciones han dado?

—Ninguna —respondió Imuni con su voz melosa—, pero de todos modos he registrado sus declaraciones en una tablilla de madera para que pudierais copiarlas en el Diario de la Tumba.

Aficionado a la literatura, que para él no tenía valor si no era especialmente difícil de leer, Imuni nunca se desplazaba sin su material de escriba, al que cuidaba de un modo obsesivo, al igual que su fino bigote.

—¿Has comprobado nuestras reservas? —preguntó el escriba de la Tumba, inquieto.

—La gran jarra del muro sur está medio llena aún, y en el pozo del templo de Hator hay agua suficiente para celebrar los ritos durante muchas semanas.

—¿Ha sido distribuida el agua que se ha entregado hoy? —preguntó Clara.

—Me he opuesto a ello —declaró Imuni con orgullo—; no se ha llenado ninguna de las ánforas dispuestas en nuestras callejas.

Plantados en el suelo, los grandes recipientes de terracota rosada cubierta de vidriado llevaban los nombres de los soberanos que los habían ofrecido a la aldea, como Amenhotep I, Hatsepsut, Tutmosis III o Ramsés el Grande. Medían dos metros de altura, y ofrecían a las amas de casa el preciado líquido en gran cantidad.

Clara se dirigió hacia la puerta del norte, y Nefer la acompañó.

—La luz de tu mirada ha desaparecido de pronto —le dijo él—; ¿qué temes?

—Que el agua que acaban de entregarnos esté envenenada.

El jefe Sobek en persona velaba por los odres depositados junto a la puerta de acceso. Los arrieros y los asnos ya habían regresado hacia el valle.

—¿Se ha acercado alguien a esos odres? —preguntó Nefer.

—Nadie —afirmó el nubio.

Clara los abrió uno a uno.

—Ningún olor sospechoso... Que un auxiliar traiga almendras y frutos del balanites. Y tú, Sobek, ordena a uno de tus hombres que traiga una garza —dispuso la mujer sabia.

En cada odre, de unos veinte litros, Clara arrojó varios frutos destinados a mantener el agua limpia y preservada de cualquier miasma. Pero la precaución no le bastaba y esperó la intervención de la garza que dos nubios habían conseguido capturar en un campo a orillas del Nilo, sin herirla.

La mujer sabia tranquilizó al hermoso pájaro blanco, magnetizándolo. El ave dio unos pasos y se dirigió hacia los odres. Si el animal bebía significaba que el agua estaba libre de cualquier impureza. Pero, en lugar de ello, el ave zancuda apartó el pico y emprendió el vuelo.

—Vaciemos los odres y quemémoslos —exigió Clara.

—¡Esto ya es demasiado! —dijo Kenhir, que había asistido a la escena—. Nos privan de pescado y agua pura e intentan envenenarnos. Mañana mismo enviaré un detallado informe de lo sucedido a la capital.

—Debo avisar de inmediato al general Méhy e identificar al culpable de tan innoble atentado —estimó el maestro de obras.

—Te acompaño.

—No, Kenhir; quedaos aquí y tomad las medidas necesarias para defender la aldea de una eventual agresión.

—¿Todas las medidas?

—Ya no tenemos elección.

—Los caminos no son seguros, ni siquiera en la orilla oeste; llévate a Paneb contigo.

Méhy estaba atónito:

—¿Qué has hecho, Serketa?

—Estaba aburrida y he decidido envenenar los odres destinados al Lugar de Verdad. Sólo he tenido que robarle una redoma a nuestro amigo Daktair y verter su contenido en esos odres. ¿No te parece divertido? Dentro de unas horas, buena parte de los habitantes de la aldea habrán muerto o estarán enfermos.

El general abofeteó con tanta violencia a su esposa que ésta cayó de espaldas al suelo.

—Yo he reducido el número de odres para sembrar el malestar en la cofradía, provocar sus protestas y hacerles creer que el responsable era Amenmés... —gritó Méhy—. Sin una cantidad de agua suficiente, los artesanos se habrían visto obligados a abandonar temporalmente la aldea, y yo hubiera podido registrarla a mis anchas. ¡Y con tu hazaña tal vez hayas matado a nuestro aliado del interior!

—¿Y si han muerto todos? —susurró Serketa, asustada.

—Olvidas que se benefician de la ciencia de una mujer sabia capaz de curarlos. Y has olvidado, sobre todo, que yo, y sólo yo, soy el que decide nuestra estrategia. No se te ocurra tomar nunca más este tipo de decisiones sin consultarme, Serketa.

Con la mejilla ardiendo, ella se arrastró a los pies de su dueño y señor y le suplicó:

—¿Me perdonas, dulce amor mío?

—No lo mereces.

—¡Perdóname, te lo ruego!

Méhy hubiera pisoteado, de buena gana, a la insensata de su esposa, pero aún podía serle útil. La asió por los cabellos y la levantó del suelo.

Pese al dolor, Serketa no dijo palabra. El día en que su marido cediera a la compasión, lo mataría.

—Si tu plan ha fallado, la cofradía no tardará en reaccionar. Podría hacer que acusaran a Daktair, pero aún nos es indispensable.

Serketa besó el ancho torso de su marido y murmuró:
—Tengo una idea.

Nefer el Silencioso y Paneb el Ardiente, armados con garrotes, habían seguido el camino reglamentario reservado a los artesanos que salían del Lugar de Verdad. Tras cruzar el puesto de control que impedía a cualquiera tomar ese itinerario en dirección contraria, habían flanqueado el Ramesseum, el templo de millones de años de Ramsés el Grande, para dirigirse hacia los edificios de la administración de la orilla oeste.

El aire que se respiraba era pesado. En los campos ya no se tocaba la flauta ni se tarareaban canciones; cada cual miraba a su vecino con ojos suspicaces y se observaba con desconfianza a los que pasaban. Algunos murmuraban que era inevitable que estallara una guerra civil y que la provincia tebaica pagaría cara su fidelidad al príncipe Amenmés.

—¿Estás seguro de que el escriba de la Tumba no redactará un informe contra mí?

—Seguro, Paneb —respondió Nefer.

—¿Por qué ha cambiado de opinión?

—Porque tus faltas a la disciplina no son nada comparadas con el atentado perpetrado contra la aldea.

—¿Y tú habías decidido defenderme?

—Cuando un reglamento deviene estúpido en una determinada situación, es contrario a la armonía de Maat.

En los alrededores de los edificios administrativos reinaba una insólita agitación. Soldados y escribas corrían en todas direcciones, unos oficiales aullaban consignas contradictorias y ya no había guardias para filtrar a los recién llegados.

Los dos artesanos avanzaron hasta el gran patio, donde los caballos no dejaban de relinchar.

Cuando Nefer cruzaba el umbral del edificio donde estaba situado el despacho de Méhy, aparecieron dos soldados y le apuntaron las lanzas contra el pecho.

—¡Acabamos de detener al culpable! —gritó el más excitado.

7

El maestro de obras había dicho que había que tomar «todas las medidas que fueran necesarias». Sin embargo, el escriba de la Tumba había solicitado la opinión de la mujer sabia y del jefe del equipo de la izquierda, dado el carácter insólito de las órdenes que debía dar.

Kenhir salió de la aldea y fue a buscar al jefe Sobek.

—¿Están tus hombres en pie de guerra?

—Nadie puede acercarse a la aldea sin ser descubierto. Mis órdenes son estrictas: una advertencia y, luego, una lluvia de flechas si el interpelado no se detiene.

—Vayamos a casa del herrero.

Desde la muerte del rey Merenptah, Obed el herrero, un sirio barbudo, bajo y de musculosos brazos, tenía mucho menos trabajo, por lo que pasaba la mayor parte de su tiempo durmiendo y hartándose de tortas calientes rellenas de queso de cabra.

Cuando Obed vio entrar en su forja al escriba de la Tumba y al jefe de la policía local, se preguntó si no estaría soñando. Era la primera vez que Kenhir se acercaba por allí, y el herrero temió que trajeran malas noticias para él.

—¿Qué falta he cometido?

—Ninguna, Obed, tranquilízate.

—Entonces...

—Fabricas excelentes herramientas y las reparas tan pronto como es posible; los jefes de equipo y yo mismo sólo podemos felicitarte por tu trabajo. Pero hoy soy incapaz de asegurar que el Lugar de Verdad vaya a seguir actuando como en el pasado. Y si en las alturas deciden atentar contra su integridad, debemos tener la posibilidad de defendernos.

—Ésa es mi misión —dijo el jefe Sobek, extrañado.

—Es cierto, pero los propios artesanos deben poder echarte una mano en caso de necesidad.

El herrero hizo crujir los dedos que, según los niños de la aldea, parecían culebras y olían peor que las huevas de pescado.

—¿Y vos queréis que yo, Obed, fabrique... armas?

—Es la decisión del maestro de obras —precisó Kenhir.

—¡Pero eso es ilegal! —protestó Sobek—. Sólo la administración está habilitada para proporcionármelas y...

—¿Qué nos proporciona la administración? ¡Agua envenenada! Como responsable del bienestar del Lugar de Verdad, considero indispensable reforzar nuestra autonomía en todos los campos.

El nubio reconoció que Kenhir tenía razón. Y puesto que él y su cuerpo de policía debían obediencia al escriba de la Tumba, su responsabilidad quedaba a salvo.

Por su parte, Obed consideró más bien divertida aquella inesperada tarea; rápidamente, alimentó su fuego con carbón vegetal y huesos de dátiles, y luego lo avivó con un fuelle.

Con la segura mano de un veterano profesional, Obed vertió polvo de carbón en los jarros de cerámica, que recordaban, vagamente, a unos colmillos; gracias a un pequeño agujero redondo, la llama del fogón penetraría en su interior, encendería el polvo y pondría al rojo vivo el jarro que el herrero sostendría con unas pinzas de bronce, tras haber introducido en él fragmentos de metal que irían transformándose en puñales y espadas cortas.

—La fabricación comienza en el acto —declaró.

Kenhir y Sobek salieron de la forja.

—¿De todos modos, no pensaréis armar a los artesanos? —preguntó el nubio, preocupado.

—Mi ayudante contará las armas y las almacenará en la cámara fuerte —respondió el escriba de la Tumba—. Yo, y sólo yo, procederé a su distribución si es necesario. Y si también fuera necesario, proporcionaría a los miembros de la cofradía el medio de defenderse.

—¿Recordáis que hay un traidor entre vosotros y que darle una arma lo transformaría, inevitablemente, en asesino?

—Tengo una memoria excelente, Sobek, y soy consciente de que el interés general implica cierto riesgo. Hasta nueva orden, sólo tus hombres irán armados. Pero debes recordar que el devorador de sombras podría utilizar cualquier herramienta como arma.

—¡Se condenaría para toda la eternidad!

—¿Y no crees que ya lo ha hecho?

—Soy el maestro de obras del Lugar de Verdad, y vengo acompañado por un artesano —declaró Nefer pausadamente—. Baja, pues, tu lanza y llévanos ante el general Méhy.

La tranquilidad del sospechoso desconcertó al soldado. Su colega contemplaba con inquietud la robustez de Paneb, que hacía pasar de una mano a otra un enorme bastón. Atravesar el pecho del que afirmaba ser maestro de obras parecía más bien fácil, pero el coloso los mataría a ambos.

—Pediré refuerzos... ¡Sois culpables, estoy seguro!

—¿Qué ocurre, soldado? —preguntó Nefer con placidez.

—¡Como si no lo supieras!

—Han envenenado el agua de una cisterna —respondió su colega, tranquilizado por la actitud de Nefer—. Ya ha habido dos muertos y varios enfermos. El general ha dado órdenes de buscar a todos los que han bebido y detener a los sospechosos.

—Llévanos ante él, tengo algo importante que comunicarle.

Subyugado por la serenidad que emanaba del maestro de obras, el soldado aceptó.

El vasto despacho de Méhy estaba lleno de oficiales y escribas que piaban como gorriones: unos presentaban sus informes, otros solicitaban instrucciones.

Paneb golpeó el enlosado con su bastón, y todos los presentes se volvieron hacia los dos artesanos.

—¡Maestro de obras... estáis bien! —exclamó Méhy—. Iba a enviar un mensajero a la aldea para saber si habíais utilizado el agua envenenada.

—Gracias a la perspicacia de la mujer sabia, no debemos lamentar víctima alguna.

—¡Excelente noticia! Desgraciadamente, aquí no ha sido así.

—¿Qué ha sucedido, general?

—Salid y comenzad por restablecer la calma —ordenó Méhy a los oficiales y escribas—. Anunciad que ya no corremos ningún riesgo y que las causas del drama han sido aclaradas.

Serenada ya, la jauría salió del despacho. Méhy se dejó caer en una silla de alto respaldo, visiblemente abrumado.

—Sentaos, os lo ruego.

—Preferimos permanecer de pie, general.

—¡Qué horrible venganza...! Sin la vigilancia de un médico militar, se habrían producido decenas de muertes. Perdonadme, tengo la garganta seca... ¿Un poco de licor de dátiles?

—No, gracias.

Méhy bebió una copa de un trago.

—Se han producido tantos acontecimientos trágicos que tengo dificultades para ordenar mis pensamientos... Primero, esa prohibición de la capital con respecto al consumo de pescado en período de luto y, luego, el añadido del príncipe Amenmés referente a las entregas de agua a vuestra aldea.

—Se trata de intolerables violaciones de la ley que se aplica en el Lugar de Verdad —recordó el maestro de obras.

—Lo sé, lo sé... Emití de inmediato una nota de protesta dirigida a las autoridades provisionales, y expliqué al príncipe Amenmés que no podía imponerse a vuestra cofradía ningún racionamiento de agua sin órdenes del faraón. Pero el hijo de Seti a veces tiende a creer que es el nuevo dueño del país...

—General, debéis saber que hemos tomado pescado de nuestro vivero.

—Me parece una iniciativa excelente, Nefer; nadie os lo impedirá, y yo menos que nadie. Como administrador, os apoyaré de manera incondicional. Por lo que al agua se refiere, no he conseguido impedir el desastre que se ha producido hoy. O la situación vuelve a la normalidad mañana mismo o dimitiré, y se iniciará un conflicto entre Amenmés y quienes respetan la ley de Maat.

Con estas palabras, Méhy demostraba a los representantes de la cofradía allí presentes que él era su mejor aliado. Y, puesto que manipulaba al joven y crédulo Amenmés, el general no corría riesgo alguno de ser cesado en sus funciones.

—¿Sabéis por qué ha sido envenenada el agua? —preguntó Nefer.

—Sin duda ha sido una venganza de inaudita crueldad... El hermano de uno de los libios que intentaron introducirse en vuestra aldea trabajaba en los establos. Cuando supo que sus cómplices habían sido detenidos y condenados, robó drogas de la enfermería y contaminó los odres destinados al ejército y al Lugar de Verdad. Por suerte, un médico advirtió la desaparición de varias redomas y dio la alerta en seguida. Lamentablemente, dos palafreneros, un centinela y un escriba de la contabilidad ya estaban vomitando, y varios infantes se retorcían de dolor. No hemos podido salvarlos a todos.

Nefer se estremeció al pensar cuántos aldeanos habrían muerto si la mujer sabia no hubiera presentido el peligro.

—¿Cómo habéis identificado al culpable? —preguntó Paneb.

—Un oficial advirtió que se comportaba de un modo extraño y se le ocurrió registrar su choza. Allí descubrió los frascos robados. El miserable intentó huir y los arqueros lo abatieron. Gracias a los colegas del asesino, hemos sabido quién era y por qué había actuado así. He dado órdenes estrictas para que el agua y los alimentos sean analizados todos los días por los servicios sanitarios, con el fin de evitar una tragedia como la que hemos vivido hoy.

Pero lo que Méhy no dijo es que había sido la dulce Serketa la que había puesto en casa del libio las pruebas que lo inculpaban, es decir, las redomas que ella misma había robado de la enfermería para evitar que se abriera una investigación dirigida al laboratorio de Daktair.

—Sin ánimo de dudar de la calidad de vuestros controles, nosotros también los analizaremos —afirmó el maestro de obras.

—Cuatro ojos ven más que dos.

—Si mañana mismo no se nos entregan las cantidades de agua habituales, temo una revuelta de los artesanos.

El general Méhy se levantó y dijo:

—Soy consciente de la gravedad de la situación y haré lo que esté en mi mano para evitar lo peor.

8

De acuerdo con la tradición, la morada del maestro de obras era una de las dos más hermosas de la aldea, junto con la del escriba de la Tumba. Como cada mañana, Nefer y Clara se lavaban, antes del alba, para hacer sus abluciones antes de dirigirse al templo y celebrar allí los ritos de renacimiento de la luz en nombre del faraón y de la reina de Egipto.

Al maestro de obras le gustaba encender las lámparas que él mismo había fabricado; se componían de unas copas de bronce, llenas de aceite de ricino o de oliva, colocadas sobre columnitas papiriformes de madera de acacia, clavadas en una base semiesférica de calcáreo. Cada vez que brotaba la llama, Nefer pensaba en el milagro que se producía todos los días en el Lugar de Verdad, donde los vivos intentaban comunicar con las fuerzas divinas para ofrecer a Maat un lugar de encarnación. A pesar de sus defectos e insuficiencias, unos hombres y mujeres habían decidido reunirse y consagrar su existencia a una obra que los sobrepasaba.

Gracias a la Piedra de Luz, transmitida de maestro de obras en maestro de obras, era posible transmutar la materia, viajar de la piedra a la estrella y de la estrella a la piedra.

Las lámparas iluminaban el mobiliario que los artesanos habían ofrecido a Nefer el Silencioso cuando el faraón lo había confirmado en sus funciones de maestro de obras: una silla de alto respaldo decorada con espirales, lotos, rombos y granadas enmarcando un sol, otra silla adornada con una parra y racimos de uva, una silla plegable con marquetería de marfil y ébano, mesas bajas rectangulares, mesillas, arcones domésticos... Lo bastante para satisfacer a cualquier hombre importante y hacer que se sintiera orgulloso de su éxito.

Pero esta morada se levantaba en el centro de una aldea que no se parecía a ninguna otra, y el jefe de la cofradía no tenía más ambición que transmitir las enseñanzas recibidas en la Morada del Oro, para que templos y tumbas fueran costruidos según las leyes de la armonía.

Nefer observó a su esposa. Se estaba untando sobre la piel un ungüento líquido y perfumado con flor de acacia, contenido en un frasco de largo cuello, que la protegería de los rayos del sol; luego hizo correr la tapa de un cofrecillo para joyas y sacó dos pendientes de jaspe rojo, adornados con tres hilos de oro. Se los puso mirándose a un espejo formado por un disco solar de bronce que coronaba una columnilla verde y que simbolizaba la buena salud y la prosperidad.

Nefer apoyó las manos dulcemente sobre los hombros de Clara.

—¿Cómo se puede describir tu belleza?

Silencioso como su dueño, *Negrote* saltó al cuello de Clara con ternura y le lamió la mejilla, mientras agitaba la larga cola vigorosamente para demostrar su alegría al recibir caricias.

Cuando el elegante perro negro volvió a su estera, Clara abrió un cesto circular, del que sacó un collar floral compuesto por dos hileras de pétalos de loto que enmarcaban una hilera de flores de mandrágora amarilla, separadas por cintas rojas.

—¿Por qué llevas un collar tan frágil?

—Es una ofrenda destinada a la diosa del silencio.

—Vas a subir a la cima para encontrarte con la gran cobra hembra, ¿no es cierto?

—Necesitamos su ayuda, Nefer; sólo su poder mágico nos permitirá afrontar las vicisitudes del destino y modificar el curso de los acontecimientos.

—Pero cada vez que la haces salir de su escondite, estás arriesgando tu vida.

—Lo sé, pero ¿acaso no debemos correr todos los riesgos que sean necesarios para proteger a la aldea de las desgracias que la acechan?

Nefer besó a su esposa en el cuello.

El paisaje era espléndido, con los primeros rayos del sol naciente. Había un acusado contraste entre el ocre del desierto y el verde de los cultivos; sin embargo, los dos mundos se complementaban, más que enfrentarse, y la austeridad del primero hacía más cálidos a los segundos, acompasados por bosquecillos de palmeras.

Clara trepaba con paso regular hacia la cima de Occidente, a la que ofrecería el collar y un ramillete compuesto por flores de papiro y adormidera, hojas de enredadera y de mandrágora; así apaciguaría el furor de la montaña sagrada, en cuya cima vivía una enorme serpiente. La mujer sabia que había iniciado a Clara en sus funciones de madre de la cofradía le había recomendado que venerase a la diosa del silencio para que se convirtiera en su guía y en sus ojos cuando el porvenir se oscureciese.

La cima culminaba a cuatrocientos cincuenta metros, y su cumbre, en forma de pirámide, se hallaba en el eje de los templos de millones de años, dispuestos en abanico con respecto a este último santuario, que prácticamente rozaba el cielo; en cuanto a las moradas de eternidad del Valle de los Reyes, éstas estaban colocadas bajo la protección de «la gran cima de Occidente, hija de la luz con su nombre de Maat».

Allí arriba se revelaba la madre divina, dueña de los nacimientos y las transformaciones, regente de los seres en rectitud, socorredora para quien la venerase, protectora para quien la llevara en su corazón. Pero aquella misteriosa soberana no soportaba la mentira ni la avidez, y su amor podía llegar a ser terrible.

Sólo la mujer sabia era capaz de franquear los límites del oratorio donde vivía la cobra real en la que se encarnaba la diosa de la cima; en el cuerpo de la serpiente, representada con tanta frecuencia en los muros de las tumbas reales, se realizaba la regeneración cotidiana del sol. Era, pues, la vencedora del tiempo y la moldeadora de la resurrección.

Cuando llegó a la cumbre, Clara depositó el ramo y el collar en un pequeño altar, y salmodió un himno a la luz renaciente que animaba de nuevo todas las formas de vida.

Lentamente, la cobra hembra salió de su cueva y luego, con sorprendente vivacidad, se irguió en posición de ataque. Como ella, la mujer sabia se balanceó de derecha a izquierda y de izquierda a derecha, suavemente, sin movimientos bruscos, y sin dejar de mirar los ojos del reptil, de los que manaba un fulgor rojizo cuya agresividad se fue atenuando poco a poco.

Apaciguada por la voz melodiosa de la superiora de las sacerdotisas de Hator, la cobra de la diosa se inmovilizó como si se transformara en estatua de granito, y escuchó las preguntas de aquella que había conseguido hechizarla.

Los aldeanos estaban muy inquietos, y muy pocos lograban conciliar el sueño, pues no sabían si les sería proporcionada toda el agua potable que necesitaban. Sin embargo, como cada mañana, las mujeres habían cumplido su deber de sacerdotisas de Hator, depositando ofrendas en los altares de los antepasados, cuya protección resultaba más indispensable que nunca.

—Las autoridades se están burlando de nosotros —estimó Karo el Huraño. El cantero era rechoncho, de brazos cortos y poderosos, nariz rota y cejas espesas—. ¡No nos entregarán agua, ni pan, ni verduras!

—Eres demasiado pesimista —repuso Renupe el Jovial, escultor de gran panza y cabeza de trasgo malicioso—; gracias a Paneb, ya hemos obtenido pescado fresco.

—Eso fue un hecho aislado —consideró Nakht el Poderoso, otro cantero con aspecto de atleta que caminaba golpeando pesadamente el suelo—. Nadie le había pedido nada, y con esa actitud sólo nos creará problemas.

—Siéntate en el taburete y no te muevas —le ordenó Renupe, que hacía las veces de peluquero y barbero.

—¡No llevo los cabellos demasiado largos! —protestó Nakht.

—Hoy te toca a ti. No des mal ejemplo o tu existencia se volverá imposible.

El Poderoso no quiso contrariar al Jovial, que había afilado su navaja de sílex y demostraba tener destreza. Con él, no había cortes; y una loción después del afeitado calmaba las irritaciones de la piel.

Gau el Preciso se acercó a sus compañeros del equipo de la derecha. El dibujante era un hombre voluminoso, con la nariz muy larga y no demasiado agraciado.

—¿Alguna noticia? —preguntó con su habitual voz ronca.

—Ninguna —respondió Karo—; Userhat el León ha ido a la puerta principal, a ver qué pasa.

El jefe escultor, de pecho tan soberbio como el de una gran fiera, regresaba hacia el grupito en compañía del cantero Casa la Cuerda, de rostro cuadrado animado por unos vivos ojillos marrones.

—Ni un asno a la vista —declaró éste.

—Porque no te has mirado a ti mismo —dijo Renupe con ironía.

—Si no tuvieras una navaja en la mano, te haría tragar tus palabras.

—Cálmate —recomendó Userhat—, no debemos pelearnos.

El rechoncho dibujante Pai el Pedazo de Pan salió de su casa con paso vacilante.

—Mi mujer me pide agua para la cocina.

—¡Pues deberá esperar como las demás! —respondió Casa, irritado.

—No me digáis que no han llegado los asnos... ¡No me atrevería a volver a casa!

—Si es necesario, yo te ofreceré asilo —prometió Didia el Generoso, un carpintero de gran talla y lentos gestos.

El orfebre Thuty el Sabio, flacucho y frágil, guardaba silencio, al igual que el dibujante Unesh el Chacal, más cerrado aún que de costumbre.

Deseando olvidar las preocupaciones, el cartero Fened la Nariz, que se había quedado muy delgado desde su divorcio, y el escultor Ipuy el Examinador, enjuto y nervioso, jugaban a los dados.

—¿No tenéis otra cosa que hacer que charlar inútilmente? —preguntó el pintor Ched el Salvador.

La nariz recta, los labios finos y el pequeño bigote, muy cuidado, le daban un aire desdeñoso.

—¿Qué propones? —replicó Karo el Huraño.

—Desde el cuidado de las herramientas hasta los encargos del exterior, no falta trabajo... Y cada jornada en la que no perfeccionamos el oficio es una jornada perdida.

—Cuando lo cotidiano no está asegurado —afirmó Pai—, no hay ya oficio posible.

—¿Pero dónde se ha metido Paneb? —preguntó Nakht.

—¡Ahí viene! —dijo Casa la Cuerda.

El coloso corría hacia sus compañeros, gritando:

—¡Llegan los asnos! ¡Hay un centenar, por lo menos!

Alcanzados muy pronto por sus colegas del equipo de la izquierda, los miembros del de la derecha se precipitaron hacia la puerta del norte y salieron de la aldea. Nunca antes se habían alegrado tanto de la llegada de los asnos y de su preciado cargamento.

Karo el Huraño se apoderó de un odre.

—Me muero de sed —reconoció.

La mano del maestro de obras se posó en la muñeca del escultor para impedirle beber, y le dijo:

—¿Has olvidado que el agua puede estar envenenada?

9

—Habrá que esperar a que regrese la mujer sabia para que nos garantice la calidad del agua —decidió el maestro de obras.

—¿Adónde ha ido? —preguntó Nakht el Poderoso.

—Ha subido a la cima.

¿Y si no volviera? —preguntó Fened la Nariz, angustiado.

El maestro de obras se volvió hacia la montaña sagrada.

—La luz es muy pura esta mañana; seguro que Clara ha sabido obtener del silencio las fuerzas que nos son necesarias.

Los auxiliares descargaron los cuadrúpedos, a los que se ofreció forraje, y los odres fueron amontonados cerca de la puerta principal de la aldea.

Entonces comenzó una ansiosa espera. Algunos se entregaron a ocupaciones más o menos irrisorias, otros miraron al sendero que debía tomar la mujer sabia para regresar al Lugar de Verdad. Cuando la intensidad del sol de mediodía hizo que empezaran a secarse sus gargantas, el escriba de la Tumba ordenó que se distribuyeran raciones de agua después de que las mujeres y los niños hubiesen recibido las suyas. La esperanza disminuía y los pesimistas quedaron convencidos de que ya no volverían a ver a la esposa del maestro de obras. Como la mujer sabia que la había precedido, se habría desvanecido en la montaña absorbida por la diosa.

—Bebe un poco —le dijo Paneb al maestro de obras.

—Ya vuelve —murmuró Nefer.

El coloso escudriñó la ladera de la montaña, pero no vio a nadie.

—Bebe y ve a descansar un rato.

—Clara ya vuelve —repitió.

La perfecta vista de Paneb le permitió divisar una silueta que avanzaba por el pedregoso sendero.

—Tienes razón, Nefer... ¡Es ella, es ella, sí!

La buena nueva se propagó en seguida y varios niños, entre ellos el hijo de Paneb, fueron autorizados a correr al encuentro de la mujer sabia.

Clara, radiante, fue recibida con gritos de júbilo; su presencia demostraba que la soberana de la cima había accedido a la petición de la madre de la cofradía y que seguiría protegiendo la aldea.

—¿Ha sido entregada el agua? —preguntó Clara.

—Sí —respondió Nefer—, pero nadie ha bebido aún.

La mujer sabia abrió un odre y bebió un largo trago antes de que su marido tuviera tiempo de intervenir.

—Clara, no deberías haber...

—No tenemos nada que temer.

La mujer sabia posó la mano en cada uno de los odres.

—Que se distribuya el agua.

En pocos minutos, la aldea volvió a la vida. Sus habitantes podían beber de nuevo, lavarse y cocinar.

—Méhy ha sabido actuar correctamente —consideró el escriba de la Tumba—; al conseguir que se restableciera la entrega de agua, nos ha prestado un buen servicio. Sobreviviremos tanto tiempo como él nos apoye.

El príncipe Amenmés había cambiado mucho. Aficionado a los caballos y a los interminables paseos por el desierto, se había ido apoltronando poco a poco, disfrutando de los inagotables placeres de la existencia tebaica: fastuosos banquetes en los que se servían inolvidables vinos, deliciosos paseos por el Nilo, baños en el estanque de la lujosa villa que el general Méhy había puesto a su disposición, fugaces relaciones con jóvenes bellezas poco reticentes, y un pequeño ejército de peluqueras, manicuras y masajistas que le hacían la vida más placentera... ¿Qué más podía desear?

Méhy se inclinó ante Amenmés:

—¿Deseabais verme, príncipe?

—¡Acabo de despertar, general! Desde que estoy aquí, me he engordado muchísimo y no tengo fuerzas para hacer nada... ¡Esta vida, por encantadora que sea, no puede durar más! He tomado la decisión de regresar a Pi-Ramsés.

—Pero correríais grandes riesgos, príncipe.

—¡A fin de cuentas, Seti es mi padre!

—Espero equivocarme, príncipe, pero temo que la lucha por el poder borre los vínculos familiares. Si volvéis a la capital tal como está la situación, no sabéis la suerte que os espera. Aquí estáis seguro.

—¡Esta seguridad me ahoga! Estoy condenado a convertirme en un notable de Tebas que muera, obeso, en los brazos de una moza de partido.

—Vuestro porvenir me parece mucho más prometedor a condición de que no perdáis la paciencia —dijo Méhy, sonriendo.

—¡La paciencia! ¿Cuánto tiempo hace que estoy aquí, hechizado por la magia de esta provincia? Mientras disfruto de sus encantos, mi padre se prepara para convertirse en faraón.

—Es probable, pero Seti es consciente de que no podrá reinar sin Tebas. Y sabe que vuestra estancia en la ciudad del dios Amón os ha hecho popular en ella y que disponéis de fuerzas armadas cuya reputación es conocida.

Amenmés se sintió intrigado.

—¿Y qué conclusión sacáis de todo ello, general?

—Que tal vez vuestro padre intente negociar con vos para asociaros al trono; ¿acaso no es evitar una guerra civil su principal preocupación?

El argumento de Méhy hizo vacilar al príncipe, pero no lo convenció:

—Mi padre no tiene un carácter afable. ¡Me ordenará que obedezca sus órdenes!

—Entonces, os corresponderá a vos tomar la última decisión.

Al caer la noche, Fened la Nariz, provisto de un largo bastón, guió a los artesanos del equipo de la derecha hacia el local que les estaba reservado, al límite de la necrópolis, al pie de la colina del norte. Gau el Preciso exigió a todos los artesanos que se identificaran antes de cruzar el porche que daba a un pequeño patio al aire libre, donde se había instalado una alberca de purificación de forma rectangular. Pai el Pedazo de Pan tomó agua con un pequeño cuenco y la vertió en las manos de sus colegas, que iban entrando uno a uno en la sala de reunión, cuyo techo, sostenido por dos columnas, estaba pintado de un ocre amarillento.

Se sentaron en los sitiales empotrados en banquetas de piedra dispuestas a lo largo de los muros, después de que el maestro de obras se hubiera colocado al oriente, en el sitial de madera que habían ocupado sus predecesores. Tras él, separado de la sala por unos muretes, había un santuario que se componía de un naos que albergaba una estatuilla de la diosa Maat y dos pequeñas estancias laterales, donde se conservaban objetos rituales.

De ese espacio sagrado, donde sólo podía penetrar el maestro de obras, Paneb recordaba haber visto brotar la luz de la piedra sagrada de la cofradía, una luz tan potente que había atravesado las puertas de madera del naos.

Pero aquella noche, el local de reunión sólo estaba iluminado por unas lámparas.

Había otro artesano que se sentía decepcionado por la ausencia de la piedra: aquel que traicionaba a sus hermanos y buscaba su escondrijo para cambiar el inestimable tesoro por la hermosa fortuna que sus aliados habían amasado para él en el exterior. El local permanecía cerrado cuando no había asamblea, pero Nefer no había cometido la imprudencia de dejar allí la Piedra de Luz.

—Rindamos homenaje a los antepasados, que sigan iluminando nuestro camino y guiándonos por el sendero de la rectitud —dijo—. Que el sitial de piedra más próximo a mí sea ocupado por la potencia creadora de mi predecesor, resucitado entre las estrellas y presente siempre entre nosotros.

El asiento del difunto permanecería vacío para siempre, pues todo jefe de equipo del Lugar de Verdad era irremplazable.

—Seguimos sin saber quién gobernará, muy pronto, las Dos Tierras, si Seti o su hijo, y qué suerte le reservará a nuestra cofradía el nuevo faraón. Por ello, sin esperar la respuesta a estas preguntas, deseaba consultaros para tomar decisiones.

—A mi entender, algunos se angustian por nada —declaró Renupe el Jovial—; un faraón no podría preparar su morada de eternidad sin la obra del Lugar de Verdad. En cuanto el nuevo rey sea coronado, ordenará que empecemos a trabajar.

—No es posible extraer el veneno de la serpiente ni del hombre malvado —objetó Gau el Preciso—; si el nuevo rey nos es hostil, podemos esperar lo peor.

—¡Seguro! —dijo Nakht el Poderoso—; y el herrero no fabrica armas para distraerse. ¡Yo lucharé hasta el final para defender nuestra libertad!

—Somos artesanos, no soldados —recordó Ipuy el Examinador—; si el ejército decidiera evacuar la aldea, sería inútil resistirse.

—¡No hacerlo sería una cobardía imperdonable! —dijo Paneb, indignado—. ¿Qué sentido tiene sobrevivir si abandonamos todo lo que amamos? Nos estaríamos comportando como borregos.

—¡No insultes a tu hermano! —protestó Casa la Cuerda.

—Ya basta —intervino el maestro de obras—; ¿acaso olvidáis que cuesta más hablar que realizar cualquier otro trabajo y que sólo debéis expresaros para aportar soluciones?

Paneb no pudo evitar hacer la pregunta que le abrasaba la lengua:

—¿La Piedra de Luz será desplazada y escondida fuera de la aldea para evitar que caiga en malas manos?

—¿Acaso temes una invasión inminente...? —preguntó Didia el Generoso, preocupado.

—La lucha por el poder será implacable... y corremos el riesgo de ser las primeras víctimas —aventuró Thuty el Sabio.

—Deben tomarse todas las precauciones para salvaguardar nuestro más valioso tesoro —consideró Pai el Pedazo de Pan.

—¿Dónde estará más seguro que en el interior de este recinto? —preguntó Ched el Salvador—. Si nos ven saliendo de la aldea con el valioso fardo, tal vez nos sigan. Hay que ocultar la piedra aquí, de modo que ningún ladrón consiga encontrarla.

Se entabló una serena discusión, pero finalmente todos estuvieron de acuerdo con la solución propuesta por el pintor.

—Una palabra perfecta está mejor escondida que una piedra preciosa —concluyó el maestro de obras citando una máxima del sabio Ptah-hotep—; sin embargo, se la encuentra entre las siervas que trabajan con la muela. No olvidemos nuestros deberes cotidianos, respetemos nuestra regla de vida y salvaguardaremos nuestros tesoros.

10

Kenhir tenía un sueño delicioso: el desierto había desaparecido, los árboles florecían, las casas blancas de la aldea brillaban bajo un suave sol, y el viejo escriba podía redactar el Diario de la Tumba tranquilamente porque no había nadie que lo molestase.

—¡Despertad, preguntan por vos!

Aquella voz autoritaria y acidulada... ¿Acaso no era la de su sierva, Niut la Vigorosa? El sueño se desvaneció, y Kenhir abrió los ojos.

—Otra vez tú... ¿Pero qué hora es?

—Hora de levantaros y acudir inmediatamente a la gran puerta, donde requieren vuestra presencia.

—Ya no tengo edad para apresurarme.

—Os digo lo que me han pedido que os dijera; ahora, tengo que hacer la limpieza.

Ante la idea de la infernal ronda diaria de la escoba, Kenhir prefirió levantarse. Y la realidad le saltó a la cara: si lo solicitaban en la gran puerta, debía de haber ocurrido una nueva catástrofe.

Con las piernas rígidas y las caderas doloridas, el escriba de la Tumba trotó por la calle principal y, al salir de la aldea, se encontró con Beken, el jefe de los auxiliares. El barbudo alfarero, que era conocido por su disimulo, parecía fuera de sí.

—¿No ha sido entregada el agua? —preguntó Kenhir.

—Sí, sí... pero también esperábamos verdura y no hay ni una sola. Según los arrieros, el ejército ha requisado a todos los hortelanos de la orilla oeste, incluidos los que trabajan para el Lugar de Verdad. Se dice que el príncipe Amenmés está decidido a luchar contra su padre.

Kenhir se dirigió hacia el quinto fortín, donde el jefe Sobek daba consignas a una decena de policías. El tono de Sobek era seco; las palabras, nerviosas:

—¡A vuestros puestos, y pronto! —exigió el nubio.

Sobek tenía los ojos enrojecidos de no dormir.

—¿Están fundados los rumores de que se avecina una guerra civil? —le preguntó Kenhir.

—No lo sé, pero que requisen a vuestros hortelanos no es buena señal. Esto tiene el aspecto de una movilización general.

—Entonces, pronto repercutirá en ti y en tus hombres...

—Yo sólo recibo órdenes del escriba de la Tumba y del maestro de obras del Lugar de Verdad.

—Esa actitud puede causarte graves problemas.

—Pase lo que pase, cumpliré mi misión.

—Si Amenmés se proclama faraón y decide apoderarse de la aldea, tal vez te veas obligado a deponer las armas...

—He reflexionado mucho sobre este problema —confesó Sobek—, y he tomado una determinación: fidelidad a la palabra dada. Me pagan para defender esta aldea de sus enemigos, sean quienes sean, y cumpliré mi contrato. Y os prometo que ninguno de mis hombres desobedecerá.

De acuerdo con la voluntad de la diosa de la cima, los habitantes del Lugar de Verdad habían abandonado sus tareas cotidianas para consagrarse, durante un día entero, a sus deberes sacros. No recurrían a los servicios de un ritualista del exterior puesto que, según el estatuto de la cofradía, los artesanos también eran sacerdotes dirigidos por el maestro de obras, y las sacerdotisas de Hator eran guiadas por la mujer sabia.

Todos estaban purificados, ungidos con mirra, vestidos con ropas de lino de una calidad real y calzados con sandalias blancas. Se dirigían en procesión hacia el templo de Maat y de Hator, cargados de ofrendas: panes de múltiples formas, jarras de leche, cerveza y vino, espejos, botes para ungüentos, patas de diversos animales talladas en madera... El conjunto de las maravillas de la creación y de los alimentos que proporcionaban la energía serían presentados, así, al gran Dios nacido de sí mismo, capaz de manifestarse en millones de formas sin perder un ápice de su unidad, el que creaba, a cada instante, el cielo, la tierra, el agua, las montañas y daba vida a los humanos.

Una vez las ofrendas fueron depositadas en los altares, la mujer sabia y el maestro de obras, oficiando en nombre de la pareja real que gobernaba Egipto desde la primera dinastía, elevaron una figurita de la diosa Maat hacia la propia Maat, para que el don fuese total, para que lo semejante se uniera a su semejante y la unidad se cumpliera sin abolir la multiplicidad ni la diversidad, puesto que Maat, por sí sola, simbolizaba la totalidad de las ofrendas.

—Mientras el cielo siga firme sobre sus cuatro soportes y la tierra, estable, sobre sus fundamentos, mientras el sol brille de día y la luna se ilumine por la noche, mientras Orión sea la manifestación de Osiris y Sothis, la soberana de las estrellas, mientras la inundación llegue a su hora y la tierra haga crecer sus plantas, mientras los decanatos cumplan su función y las estrellas permanezcan en su lugar, este templo será estable como el cielo —dijo el maestro de obras.

—Que esta morada celestial acoja a la dama del oro, de la plata y de las piedras preciosas —imploró la mujer sabia—, que preserve nuestra alegría y nuestra coherencia frente a la adversidad.

Durante la ceremonia, el traidor no había podido quitarse de la cabeza la Piedra de Luz, pensando si el maestro de obras la habría ocultado en el templo principal de la aldea o en el local de la cofradía. Durante mucho tiempo había elaborado planes para introducirse allí, y el fracaso del comando libio no le había hecho cambiar de decisión.

¿Pero no estaría equivocándose de objetivo? Nefer y la mujer sabia sabían que un devorador de sombras merodeaba en busca de su tesoro, y forzosamente habrían tendido sus trampas. Tal vez pretendían hacer creer al ladrón que la Piedra de Luz sólo estaría segura en uno de los lugares sagrados de la aldea.

Sin duda era más hábil elegir un escondrijo aparentemente más expuesto, más visible, tal vez incluso tan evidente que a nadie se le ocurriera reparar en él. ¿Y no se habría traicionado Nefer el Silencioso al evocar la palabra perfecta, más oculta que una piedra preciosa, pero que se hallaba, sin embargo, entre las siervas que trabajaban con la muela?

La piedra de la muela, indispensable para triturar los cereales que se utilizaban en la fabricación del pan y de la cerveza, no era una piedra cualquiera. Se trataba de dolerita, de color pardo verdoso y excepcional dureza. Paralelamente, ella era la que reemplazaba el corazón del viajero por el más allá; así, provisto de un indestructible corazón de piedra, podía afrontar el tribunal del otro mundo y sus peligros.

Había una muela entre los auxiliares, varias en la aldea... ¿Y si una de ellas sirviera para ocultar la Piedra de Luz, una dolerita mágicamente animada por los ritos y provista de especial energía?

El traidor había ido desencaminado durante mucho tiempo, pero por fin estaba seguro de estar sobre la pista que conducía al tesoro.

—¿De quién creéis que os estáis burlando? —preguntó Uabet la Pura, enojada—. ¿Acaso pensáis que vamos a aceptar ropas a medio lavar y lienzos en los que queden manchas?

Los lavanderos agacharon la cabeza. Uno de ellos, sin embargo, intentó enfrentarse a la furiosa mujercita:

—Hacemos lo que podemos... Nuestro trabajo es agotador y difícil y nos pagan muy mal.

—¡Visto el resultado, aún os pagan demasiado!

Sólo los hombres eran destinados a esa ingrata tarea sobre la que Uabet, esposa de Paneb, se encargaba de velar. La higiene era la base de la salud, y no toleraba ningún abandono.

—No tenéis derecho a tratarnos así... ¡Podríamos dejar el trabajo!

—Pues allá vosotros: seréis despedidos inmediatamente y sustituidos mañana mismo. Seguro que encontraré lavanderos mejores que vosotros rápidamente.

La joven fingió regresar a la aldea.

—¡Esperad! Mejoraremos nuestros servicios.

—Hoy no cobraréis. Y tened en cuenta que a partir de ahora no volveré a pasaros por alto ni un solo error más —respondió Uabet.

Con la cabeza más gacha aún, los lavanderos regresaron hacia el canal con la firme intención de corregir sus errores y recuperar su retraso, pues Uabet la Pura no bromeaba. Sería mejor ganarse su simpatía si querían conservar un puesto de trabajo tan penoso como envidiado por muchos.

Fueran cuales fuesen los rumores, el Lugar de Verdad seguía existiendo y todo debía funcionar como siempre.

—Esta ceremonia me ha impresionado mucho —confesó Paneb el Ardiente al maestro de obras, su padre adoptivo—. Aún no me había dado cuenta de la importancia vital de la ofrenda, y de pronto me ha parecido que el templo nacía, que sus jeroglíficos cobraban vida y que sus piedras se teñían de oro.

—Eres un observador excelente, Paneb.

—Durante el ritual no estabas solo... Estábamos todos reunidos, con un único corazón, y no pensábamos en nosotros mismos sino en esa armonía secreta a la que pertenecemos los servidores.

Nefer el Silencioso no atemperó el entusiasmo de Paneb, que olvidaba la presencia de un traidor, porque tenía algo mejor que proponerle:

—Has trabajado mucho, te han sido revelados numerosos secretos del oficio y has sido autorizado a pintar en una tumba real... Ha llegado la hora de llevar a cabo tu obra maestra, si ésa es tu voluntad.

Paneb replicó de inmediato, muy excitado:

—¿Acaso lo dudas? ¡Dime qué debo hacer!

—No es tan sencillo... Tendrás que tomarte tiempo para reflexionar antes de elegir el tema de tu obra maestra, y no cometer error alguno en su ejecución.

—¡Ya tengo cien ideas!

—Sobran noventa y nueve, y no te olvides de lo esencial.

—¿Qué es?

—Lo esencial es la materia prima. Mientras no sepas cuál es, la obra maestra permanecerá tan alejada de tu espíritu como de tu mano.

—¿Debo salir de la aldea para descubrirla?

—Puedes hacerlo si lo deseas, Paneb.

—¿Y no me darás ninguna indicación?

—Hace ya tanto tiempo que pasé por esta prueba... Me falla la memoria...

Si Nefer no hubiera sido el maestro de obras, de buena gana Paneb le hubiera sacudido para hacerle hablar.

—Los lavanderos han intentado engañarnos —le dijo Uabet a su marido, que acababa de tenderse en el lecho—, pero los he metido en vereda.

Paneb permaneció en silencio.

—¿Te duele algo? —preguntó Uabet.

—¿Has oído hablar alguna vez de la materia prima, Uabet? La muchacha sonrió:

—Ah... El maestro de obras te ha pedido que prepares tu obra maestra.

Paneb dio un salto y la tomó por los hombros.

—¡Lo sabes!

—Sólo soy una simple sacerdotisa de la diosa Hator, pero espero que lo consigas.

11

La mujer sabia había comprobado la calidad del agua y Fened la Nariz la del pescado, mientras Kenhir comprobaba la ausencia de verduras y también la del jefe de los auxiliares.

—¿Dónde se ha metido Beken? —le preguntó al herrero.

—No lo hemos visto aún esta mañana... Se le habrán pegado las sábanas.

—¡Ese tipo me va a oír! ¡Yo no tengo por qué hacer su trabajo! ¡Imuni! —gritó Kenhir.

El escriba ayudante acudió rápidamente.

—Prepárame una tablilla nueva. Te dictaré un informe sobre el comportamiento de Beken. Voy a despedirlo ahora mismo.

Imuni estaba preparando su pincel cuando el herrero distinguió a lo lejos una nube de polvo.

—Alguien se acerca con unos asnos —dijo—. Sobek lo ha dejado pasar, por lo que no hay peligro alguno.

Los escribas y los auxiliares no tardaron en identificar a Beken el alfarero, a la cabeza de un cortejo de asnos que llevaban pesados cestos.

—¿De dónde vienes? —le preguntó Kenhir, atónito.

—El Lugar de Verdad me ha tratado siempre muy bien, y no tengo ganas de cambiar de oficio. De modo que he hablado con algunos propietarios de pequeños huertos para que no os falte de nada hasta que se restablezcan correctamente las entregas.

En los cestos había lechugas, cebollas, puerros, lentejas, hinojos, ajos, coles, perejil y comino.

—En el fondo eres el jefe de los auxiliares, y te has limitado a hacer tu trabajo —masculló el escriba de la Tumba—. Además, tienes suerte: he decidido olvidar tus faltas a la disciplina y anular tu despido.

La pelirroja Turquesa era la más sensual de las mujeres de la aldea. Sin embargo, había hecho voto de permanecer soltera y ni siquiera su fogoso amante, Paneb, había conseguido convencerla de que se casara con él. Mujer libre y sacerdotisa de Hator, había elegido su modo de vivir y había decidido su destino por sí misma.

Hacer el amor con el Ardiente seguía siendo un placer incomparable para ella, pero él sólo pasaba la noche en casa de su esposa Uabet la Pura, que había hecho amistad con Turquesa. Entre esta última y el coloso sólo reinaba la pasión sin más acompañamiento de cotidianidad ni de costumbres. Y cuando Paneb entró en su morada, que él mismo había pintado, Turquesa sintió un delicioso estremecimiento que le recorrió la piel.

—Te he traído un regalo.

Paneb ofreció a su amante un cinturón compuesto por cauríes, unas conchas conocidas por su poder erótico.

Turquesa sonrió y dijo:

—¿Crees que los necesitamos?

—Me gustaría verte llevar este cinturón... como único vestido.

A sus treinta y cinco años, Turquesa tenía un cuerpo magnífico. Sabía que numerosos hombres la miraban, ¿pero quién iba a atreverse a competir con Paneb?

Sin dejar de mirar a su amante, se quitó muy lentamente el vestido y, luego, con soberana elegancia, se ciñó el talle con el cinturón de conchas, y, desnuda, giró sobre sí misma.

—Una vez te dije que el tiempo no lograría alterar tu belleza y que haría más hechizante aún tu magia... Y no me equivoqué.

La mano diestra de Turquesa se apoyó en una lira, mientras levantaba la pierna izquierda con la gracia de una bailarina para posar el pie en el hombro de Paneb.

—¿Vas a seguir hablando durante mucho rato?

Satisfechos, descansaban el uno junto al otro.

—Ya es prácticamente la hora de cenar... Tu mujer y tu hijo te esperan.

—Me gustaría quedarme.

—Eso es del todo imposible. Si no cumples con tus deberes de esposo y padre, te cerraré mi puerta.

Paneb no se tomó la advertencia a la ligera.

—En la jerarquía de las sacerdotisas de Hator, ocupas un puesto superior al de Uabet la Pura.

—¿Y qué importa eso ahora?

—Ella dice que no sabe qué es la materia prima.

—De modo que te han pedido que realices una obra maestra...

Paneb se apoyó en un codo para contemplar a su amante.

—¡También tú lo sabes!

—La prueba es muy dura, y muy pocos artesanos han conseguido superarla. ¿No sería mejor que renunciaras a ello antes que fracasar estrepitosamente?

El coloso atrajo a Turquesa hacia sí y le dijo:

—Revélame la naturaleza de la materia prima.

—El camino de las sacerdotisas de Hator no es el de los artesanos.

—¡Te niegas a responderme!

—No es que me niegue, es que ignoro la respuesta.

En el local de reunión se respiraba un aire tenso. Tras haber invocado a los antepasados, el maestro de obras hizo balance de la situación.

—Probablemente dispondremos de los víveres esenciales durante varios días, hasta la coronación del nuevo faraón, o por lo menos, eso espero. El rey es el jefe supremo de la cofradía, y él decidirá nuestra suerte.

—¿Tendremos que aceptarla aunque nos sea desfavorable? —se rebeló Karo el Huraño.

—¡Sabes muy bien que sí! —repuso con sequedad Casa la Cuerda.

—¿Y si hubiera dos faraones? —preguntó Thuty el Sabio—. ¿A cuál de los dos tendríamos que obedecer?

—Somos la tripulación de un barco cuyo gobernalle es Maat —recordó Gau el Preciso—; aunque la anarquía reine en el exterior, el maestro de obras debe mantener la armonía en el Lugar de Verdad.

—Tal vez no le dejen tiempo para ello —aventuró Unesh el Chacal.

—Preocupémonos del presente —repuso Nefer—. Si entramos en un largo período de incertidumbre, pueden faltarnos ciertos objetos domésticos. La prudencia consiste pues en fabricarlos nosotros mismos, para vivir en autarquía mientras sea necesario.

—Utilicemos tamarisco —propuso Didia el Generoso—; es la madera perfecta para ese uso, es conocida por apartar las fuerzas del mal y, además, Horus expulsó a sus enemigos con un bastón de tamarisco.

—Necesito voluntarios para cortar esa madera y traerla en cantidad suficiente.

—¿Por qué no se confía esa tarea a los auxiliares? —preguntó Userhat el León, muy extrañado.

—Porque algunos de ellos, como los hortelanos, han sido requisados; los leñadores que trabajan para la aldea no van a tardar en serlo también; además, irían demasiado despacio.

—Iré yo —declaró Paneb.

—Como carpintero, debo acompañarlo —consideró Didia.

—Tres no seremos demasiados —añadió Renupe el Jovial.

—Voy a serte sincero —dijo el jefe Sobek al maestro de obras, que iba acompañado por los tres voluntarios—: no estoy demasiado de acuerdo con esta iniciativa. Debo insistir en que ningún artesano salga de la aldea hasta nueva orden, de ello depende la seguridad de todos.

—Comprendo tu punto de vista, pero considero que esta tarea es prioritaria —respondió Nefer.

—Podría ser peligroso.

—Pues danos armas —sugirió Paneb.

—Sería más peligroso aún —estimó el nubio.

—Tengo la impresión de que no confías en nosotros.

—Si vais armados y dais con una patrulla hostil, ¿qué sucederá?

—¡Pues entonces ordena a tus policías que nos escolten! —propuso Renupe.

—Sería la mejor manera de llamar la atención —repuso Sobek—. Si insistís en salir, más vale que paséis por simples campesinos.

—Vamos —dijo Paneb, impaciente—; ya hemos discutido bastante. Si tenemos que defendernos, lo haremos con nuestras hachas de leñadores.

—Tened mucho cuidado —recomendó el nubio.

Didia conocía un bosque de tamariscos a tres cuartos de hora de la aldea, caminando de prisa. Las raíces de los árboles, de corteza de color pardo rojizo, buscaban el agua hasta treinta metros de profundidad y se extendían por una cincuentena de metros. Los tamariscos crecían rápidamente y servían de protección contra el viento, en el lindero de los cultivos.

Paneb eligió el primer árbol que iban a cortar.

—Está bien —consideró Didia—; éste dificultaba el crecimiento de los demás.

El joven coloso puso manos a la obra, y sus dos compañeros no consiguieron seguir su ritmo. Renupe el Jovial no tardó en beber agua fresca de su odre, y pidió hacer una pausa, pero Paneb se negó.

—No nos demoremos por aquí, Renupe; tomemos con la mayor rapidez la cantidad de madera necesaria y regresemos.

La elección del segundo tamarisco era más difícil pero Paneb, ante el asombro del carpintero, no cometió ningún error. Renupe trabajó con más ahínco, y los cestos muy pronto estuvieron llenos.

—Tenemos suficiente madera para fabricar las escudillas y las cucharas que utilizan las amas de casa —estimó Didia—. Sea cual sea la tarea que deba realizarse, lo más importante es la materia prima.

Paneb miró con otros ojos los trozos de tamarisco.

La expedición había sido organizada por el maestro de obras, y tal vez el objetivo de Nefer era que Paneb descubriera que un modesto material como el tamarisco tenía un valor inestimable.

El coloso sabía que era inútil preguntar al carpintero, ¿pero de qué modo podía un pintor utilizar tamarisco como materia prima?

—Tenemos visita —advirtió Renupe el Jovial.

Por el sendero que conducía al bosque de tamariscos, se acercaban una decena de soldados comandados por un oficial con cara de bruto.

12

—¿Qué estáis haciendo aquí? —preguntó el oficial.

Renupe el Jovial le respondió con una amplia sonrisa:

—Estamos cortando las ramas viejas de estos árboles para que puedan crecer los árboles jóvenes.

—¿Habéis pagado la tasa?

—Ignorábamos que la hubiera... ¿No pertenece este bosque a todo el mundo?

—Te equivocas, campesino. Yo he instaurado una tasa para proteger a la población de los bandidos. En estos tiempos turbulentos, mis patrullas son indispensables, pero no gratuitas.

Paneb apartó a Renupe y replicó:

—¿Ha sido informado de tus manejos el administrador de la orilla oeste?

El oficial se puso agresivo:

—¿Quieres que me crea que lo conoces? ¡El administrador no se relaciona con miserables como tú!

—Puedes creer lo que quieras... El administrador me honra con su amistad, y yo podría contarle que unos militares están extorsionando a los pobres.

El oficial desenvainó su puñal.

—¡No perdamos los estribos! —se apresuró a decir Renupe—. No vamos a matarnos por unas ramitas. ¿A cuánto asciende la tasa?

—¡Es demasiado alta para ti, campesino! Tendrás que pagármela en jornadas de trabajo.

—Os lo advierto —anunció Paneb, pausadamente—, no sois lo bastante numerosos ni lo bastante valientes. Si yo estuviera en vuestro lugar, seguiría mi camino.

El oficial soltó una carcajada y replicó:

—Cuando no se va armado, no se levanta la voz, desgraciado.

—Deberíais hacerle caso a mi amigo —intervino Didia, conciliador—; si se enfada, no saldréis ilesos de este bosque de tamariscos.

El aspecto del coloso impresionaba al militar, pero no lo creía capaz de acabar con su escuadra.

—¿Acaso está protegido por los dioses? —ironizó.

Un enorme gato con manchas negras, blancas y rojizas saltó de la rama de un árbol y aterrizó entre Paneb y el oficial. Con los pelos del lomo erizado, maulló enseñando los dientes, mientras miraba furiosamente al militar.

—¡Maldito animal, voy a retorcerte el pescuezo!

—¡No lo hagáis, jefe! —intervino un soldado—. No es un gato normal. Debe de ser el que coge un cuchillo para cortar la cabeza de la serpiente de las tinieblas y sus aliados.

—Sí, es él —confirmó otro soldado—, sólo puede ser el temible felino en el que se encarna el sol. Y protege a ese coloso... Larguémonos, jefe, de lo contrario nos ocurrirá alguna desgracia.

Y, sin esperar órdenes, los soldados abandonaron el campo.

El príncipe Amenmés había pensado en decretar la movilización general antes de renunciar a ello y, luego, estudiarlo de nuevo.

Tanta indecisión hacía enfurecer a Méhy, pero el general no dejaba traslucir sus sentimientos, e incluso alentaba al príncipe a que madurase una decisión cuyas consecuencias podrían resultar dramáticas para el país.

Mientras Amenmés se ahogaba en sus veleidades, Méhy escribía a Seti, que hacía lo imposible para calmar los ardores guerreros de su hijo, con la firme intención de preservar la paz civil.

Uno de sus secretarios le llevó algunos informes sobre la producción agrícola de la provincia tebaica.

—Son excelentes —anunció el funcionario—, pero tengo que comunicaros una triste noticia: el alcalde de Tebas ha fallecido.

—Lo echaremos en falta —deploró Méhy, que en el fondo estaba encantado con la desaparición del viejo canalla, que sabía demasiado sobre él, pero que había tenido la prudencia de no oponerse nunca a su ascenso.

«Mi dulce esposa no será nunca responsable de esa muerte», pensó el general, que consultó, de inmediato, una lista de dignatarios entre los que eligió al más estúpido y dócil para suceder al difunto. El nuevo alcalde, que no sabía una sola palabra de administración, se pondría en manos de Méhy, que de este modo seguiría reinando sobre la ciudad y sobre la región, desde la sombra.

Dejando a sus espaldas un embriagador aroma a lis, Serketa se contoneó al entrar en el despacho de su marido.

—¿Qué te parece mi nuevo vestido verde con franjas plateadas?

—¡Espléndido!

—Te echaba en falta... —ronroneó ella, y haciendo arrumacos, se le sentó sobre las rodillas.

—¿Se ha decidido, por fin, el principito a iniciar los ataques?

—Todavía no, amor mío. Y sólo recibo instrucciones triviales, como si nadie detentara realmente el poder en la capital. Se podría decir que Seti no se atreve a apoderarse de ella.

—Mañana termina el período de luto... Forzosamente habrá novedades, y sé que estás listo para enfrentarte con cualquier situación.

—¿De dónde ha salido este animal? —preguntó el jefe Sobek, extrañado al ver un enorme felino encaramado en el hombro de Paneb.

—Es el gato del sol.

—¿Es un gato? ¡A mí me parece, más bien, un lince!

—Él me ha protegido, y yo he decidido adoptarlo —añadió Paneb.

El nubio se acercó demasiado al coloso, y el felino bufó e intentó arañarlo con un rabioso zarpazo.

—¡Es encantador! ¿Qué nombre le has puesto?

—Bueno... ¿Por qué no *Encantador*?

Sobek se encogió de hombros.

—¿Algún problema?

—Gracias a *Encantador*, ninguno.

Paneb, Didia y Renupe se presentaron ante el escriba de la Tumba, que anotó la cantidad de madera que llevaban tras haber pesado los sacos en la balanza que sólo él tenía derecho a tocar. Luego confió a Didia el cuidado de trabajar el tamarisco, acompañado por otros dos artesanos del equipo de la derecha que él designaría.

—Me quedo con mis dos compañeros de ruta, y ahora iremos inmediatamente al taller —respondió Didia—. Este trabajito nos desentumecerá los dedos.

Al salir del despacho de Kenhir, Paneb vio a *Negrote*, que le cortaba el paso. Con la cola levantada y rígida, arqueado sobre las patas y dispuesto a saltar, con la mirada amenazadora y los belfos recogidos para descubrir sus colmillos, *Negrote* miraba al gato con la firme intención de no dejarlo entrar en la aldea. Como macho dominante, reinaba sobre los animales domésticos, y no aceptaba a cualquiera.

Paneb y *Negrote* eran buenos amigos; el perro no se había lanzado aún sobre el intruso, pero era preciso iniciar, de inmediato, una negociación.

—Escúchame, *Negrote*, este gato me ha defendido del ataque de unos hombres malvados. De acuerdo, es un gato, y se mostrará más bien independiente, pero le prohibiré que entre en tu terreno y en nada desmerecerá tu autoridad.

El perro tenía las orejas levantadas y, de acuerdo con el brillo de los ojos castaños, había comprendido el mensaje.

—En cuanto a ti, *Encantador*, no seas orgulloso y procura que te acepten. En esta aldea nos respetamos los unos a los otros, y contemplamos la jerarquía; en tu caso, el jefe es *Negrote*.

Paneb dejó en el suelo al gato, que no debía de pesar menos de doce kilos.

El perro gruñó, *Encantador* bufó, sacando las uñas e hinchado como un puercoespín. *Negrote* no estaba acostumbrado a este tipo de animales, pero no retrocedería.

—¡Nada de peleas! —ordenó el coloso—. Le toca al recién llegado comportarse correctamente.

Paneb clavó su mirada en la del felino, que percibió las exigencias del hombre con el que había decidido vivir.

Aceptó, pues, esconder las garras y adoptar la posición de la esfinge, que *Negrote* adoptó también; después se levantó y trazó un círculo alrededor del gato, olisqueándolo de lejos.

Cuando *Encantador* se levantó, a su vez, para frotarse contra la pierna de Paneb, el perro se limitó a seguirlos, con suspicacia, aunque sin animosidad.

La aldea tenía un habitante más.

Por fin empezaba el día con tranquilidad... Kenhir había podido terminar su sueño sin que su sierva lo importunara. Se levantó de la cama con lentitud, hizo sus abluciones a su ritmo y degustó el desayuno releyendo unos poemas de los antiguos tiempos.

Pero aquella hermosa serenidad se quebró de pronto.

—Vuestro despacho necesita una limpieza a fondo —declaró Niut la Vigorosa con la impertinencia que la caracterizaba y que tanto enojaba al escriba de la Tumba.

—Ni hablar —masculló Kenhir.

—Tengo un horario que respetar —replicó la sierva—, y no acepto que ninguna habitación de esta casa esté sucia.

—¿Quién manda aquí?

—La verdad —respondió Niut—. Y la verdad de una morada es su limpieza.

Aturdido por el argumento de su sirvienta, Kenhir se limitó a amontonar algunos rollos de papiro sobre un anaquel y a coger una parte del Diario de la Tumba.

Y a continuación vio como Niut la Vigorosa penetraba en sus dominios con un arsenal de escobas, cepillos y trapos.

—Venid, pronto —oyó que lo llamaba la imperiosa voz de Userhat el León—; el cartero quiere veros.

Kenhir salió presuroso de su casa y se dirigió a la puerta principal de la aldea, seguido por numerosos artesanos.

—¿Has avisado al maestro de obras? —preguntó al jefe escultor.

—Va delante de nosotros.

En presencia de Nefer el Silencioso, el cartero Uputy entregó al escriba de la Tumba un decreto real procedente de la capital.

A Uputy le temblaban las manos.

—Espero que el texto no contenga malas noticias para vosotros —le dijo a Kenhir.

—Reunámonos ante el templo de Maat y Hator —decidió el maestro de obras.

Cuando los artesanos se quedaron en silencio, Nefer le pidió al escriba de la Tumba que leyera el texto oficial.

El decreto proclamaba la coronación de Seti II, convertido en rey del Alto y Bajo Egipto y nuevo jefe supremo del Lugar de Verdad.

13

A sus cincuenta y cinco años, el faraón Seti II era un hombre robusto y autoritario, capaz de dirigir las fuerzas armadas con mano de hierro y hacerse obedecer por los altos funcionarios. Al elegir consagrar su reinado al temible dios Set, el señor de la tormenta y de las perturbaciones cósmicas, esperaba dar un impulso decisivo, a imitación del gran Seti I, el padre de Ramsés. Pero el hijo de Seti II, Amenmés, no estaba a su lado para aclamarlo durante la coronación y reconocerlo como soberano legítimo.

Nacido de padre sirio y madre egipcia, el untuoso canciller Bay se inclinó ante el rey.

—¿Me traes por fin una carta de Amenmés?

—Por desgracia no, majestad, pero las noticias que he ido recogiendo no son malas. Según rumores que me parecen fundados, el hombre fuerte de Tebas es el general Méhy, y sus tropas os son fieles.

El canciller Bay era pequeño, enclenque y nervioso, con los ojos negros y el mentón adornado con una barbita. Había conseguido desplazar a los demás cortesanos para convertirse en el consejero privilegiado del nuevo faraón, que le estaba agradecido por haber descubierto muchas conspiraciones y haber destruido a los clanes peligrosos.

La única rival del canciller era la reina Tausert, una espléndida mujer morena con rostro de diosa que acababa de entrar en el despacho del monarca. La esposa de Seti, de treinta y tantos años muy bien llevados, tenía tanto carácter como su marido, y disgustarla era caer en desgracia. De modo que Bay nunca se oponía a lo que la reina decía, aunque no estuviera de acuerdo con ella.

—Estoy seguro de que el general Méhy hará cualquier cosa para evitar una guerra civil —dijo el rey—; pero Amenmés es capaz de apartarlo del mando y ponerse a la cabeza de las tropas tebaicas.

—En ese caso, se convertiría en un rebelde y debería ser combatido sin piedad alguna —consideró la reina.

—Amenmés es mi hijo, no el tuyo.

—No importa, Seti; nadie puede ofender la autoridad del Estado sin ser castigado. De lo contrario se abre la puerta a la anarquía y a la desgracia general.

—¿Cómo no aprobar a la reina? —susurró Bay—. Sois el soberano tanto del Egipto del Norte como del Sur, y debéis mantener la unidad del país.

—Si Tebas se separa —prosiguió Tausert—, habrá que intervenir en el más breve plazo y con el máximo rigor. El reinado de un faraón no puede prescindir de la protección del dios Amón. Debes hacer que excaven tu morada de eternidad en el Valle de los Reyes y que construyan tu templo de millones de años en la orilla oeste de Tebas; asimismo, debes contribuir al embellecimiento de Karnak.

—¿Has hecho un informe sobre el Lugar de Verdad? —preguntó Seti al canciller Bay.

—Por supuesto, majestad. Su maestro de obras, Nefer el Silencioso, goza de una excelente reputación y las obras que ha llevado a cabo son perfectas. No hay ningún artesano que tenga quejas de él y no veo, pues, razón alguna para sustituirlo. Se afirma que esa cofradía no es demasiado flexible y que es preferible no contrariarla.

—¿No es el faraón el jefe supremo? —preguntó la reina, extrañada.

—Es cierto, majestad, pero también se dice que estos artesanos detentan grandes secretos, como la fabricación de un oro alquímico, y que un rey debe hacerse con su confianza para beneficiarse de ellos.

—¿Entre ellos no hay un representante del Estado?

—Sí, el escriba de la Tumba. Se llama Kenhir, tiene setenta y dos años y, al parecer, da pruebas de un carácter especialmente difícil. Pero no se le puede reprochar nada en lo referente a la gestión de la aldea de los artesanos.

—Setenta y dos años... ¡Es demasiado viejo! Hace ya mucho tiempo que ese escriba debería haberse retirado. Redacta inmediatamente una carta de revocación.

—¿Por quién deseáis sustituirlo, majestad?

—¿Por qué no tú, Bay?

El canciller palideció.

—Estoy a vuestras órdenes, pero no conozco Tebas ni esta función en concreto, y...

—Necesitamos al canciller a nuestro lado —decidió Seti—. Sin él, no habría conseguido destruir a la oposición.

—Comprendido —respondió Tausert—; pero que redacte esta carta y nombre a un escriba fiel y obediente para gestionar el Lugar de Verdad. Él preparará nuestra llegada a Tebas. ¡Ah, lo olvidaba...! Es preciso evitar que el maestro de obras se moleste por nuestra decisión y decida mantener al anciano en su puesto. He aquí la solución...

El príncipe Amenmés estaba abrumado.

—De modo que se ha atrevido...

—Sin ánimo de ofenderos, la decisión de vuestro padre era previsible —observó el general Méhy.

—Se ha atrevido a convertirse en faraón sin consultarme, sin convocarme a Pi-Ramsés para asociarme al trono, se ha atrevido a rechazarme y a tratarme como un rival mediocre. Le odio... ¿Me oyes, Méhy? ¡Le odio!

—Comprendo vuestra decepción, príncipe, ¿pero no sería conveniente hacer algo en seguida?

—Oponerse al faraón es convertirse en rebelde, perder la vida y el alma...

—Nadie lo niega.

—¿Qué porvenir me espera, entonces? Mi padre nunca me elegirá como sucesor... Me pudriré aquí hasta que me muera.

—¿Acaso habéis olvidado vuestras primeras intenciones?

Amenmés miró a Méhy con asombro y dijo:

—¿Qué queréis decir?

—No aprobasteis la coronación de vuestro padre y no lo reconocéis como faraón legítimo. Para no ser considerado un rebelde y satisfacer vuestras justas ambiciones, sólo os queda una solución: convertiros en faraón con la aprobación de los sacerdotes de Karnak. De ese modo, será vuestro padre el acusado de rebelión y de usurpación.

—No cederá... ¡Y estallará la guerra civil!

—¿Quién sabe, príncipe? Seti no espera que toméis semejante determinación. Ante el hecho consumado, tal vez retroceda.

—El riesgo es enorme, Méhy.

—Es el precio de vuestra gloria y vuestro triunfo, príncipe Amenmés, y la decisión os corresponde sólo a vos.

El maestro de obras manifestó su sorpresa ante el cartero Uputy.

—Una carta del palacio real, para mí... ¿Acaso todos los documentos oficiales no deben dirigirse al escriba de la Tumba?

—Mis instrucciones son tajantes: debo entregaros esta misiva en mano; a vos y a nadie más.

Nefer el Silencioso regresó a su casa, pensativo, con el papiro sellado. Al llegar, Clara se disponía a salir hacia su consulta.

El maestro de obras rompió el sello y leyó el documento.

—Increíble...

—¿Malas noticias? —preguntó la mujer sabia, preocupada.

—¡Una verdadera catástrofe!

Nefer comunicó el contenido de la misiva a su esposa, a la que no le pareció exagerado el término «catástrofe». Con la coronación de Seti II, el peligro de que asaltaran la aldea parecía haberse alejado, pero había muchos otros modos de atacarla. Y ningún artesano había considerado que aquél podía ser uno de ellos.

—¿Qué debemos hacer? —preguntó Clara.

—No ceder ni una pulgada de terreno.

—¿No estaremos actuando al margen de la ley?

—Es posible... Pero si acepto esta orden, vendrán muchas más, y la cofradía ya sólo será un grupo de obreros serviles, condenado a extinguirse.

Nefer y Clara se abrazaron.

—Tienes razón, hay que luchar sin temer las consecuencias.

Kenhir se estaba lavando el pelo como todas las mañanas. Era su placer favorito, un momento de felicidad perfecta durante la que olvidaba el peso de los años y de su trabajo. Tras el aclarado, se frotaba el cuero cabelludo con aceite de ricino, un bálsamo milagroso que le aclaraba las ideas y le devolvía el vigor.

Pero en el frasco no quedaba ni una sola gota de aceite.

—¡Niut, tráeme otro frasco! —exigió con voz malhumorada.

La sierva no se apresuró en aparecer.

—Ya no queda —le dijo.

—¿Cómo es posible...? ¿No has vigilado mis reservas?

—Me pagan para hacer la limpieza y la cocina, no para administrar vuestra casa.

—¡Qué desastre! ¿Qué voy a hacer sin aceite de ricino? ¡Encuéntramelo en la aldea!

—Tal y como están las cosas, las reservas se han agotado. Habrá que esperar a que se reanuden las entregas.

—No puedo esperar, sobre todo con semejante incertidumbre. Vete a ver a Uabet la Pura y pídele que convenza a su marido de que recoja ricino. Y dile que es muy urgente.

—Primero terminaré de limpiar la cocina; casi parece una pocilga.

Kenhir no insistió y se secó el pelo. Se sentía abatido sin su loción, y si esa sinvergüenza de Niut fracasaba, el porvenir se anunciaba sombrío.

Cuando salió del cuarto de baño, el escriba de la Tumba descubrió a Nefer el Silencioso, con un papiro en la mano. La gravedad del rostro del maestro de obras no presagiaba nada bueno.

—He recibido una carta del palacio real —reveló Nefer.

—¿Y eso por qué? ¡Toda la correspondencia oficial debe dirigirse a mí!

—En este caso, era imposible.

—¿Por qué razón?

—Porque me piden que firme vuestra jubilación.

14

Kenhir tardó bastante rato en reaccionar:

—Tengo setenta y dos años, pero no pienso jubilarme todavía.

—Es evidente que no os piden vuestra opinión.

—¿La carta está firmada por el faraón Seti II?

—No, por el canciller Bay —respondió el maestro de obras.

—¡Entonces no tiene valor alguno! No dependo de ningún dignatario y únicamente el rey puede poner fin a mis funciones.

—El canciller Bay considera que sois demasiado mayor para realizar un trabajo cuya pesadez conoce, y se propone reemplazaros por un joven escriba formado en Pi-Ramsés.

—¡Un incapaz que ni siquiera ha nacido en Tebas! Ya veo: el nuevo poder intenta echar mano al Lugar de Verdad e imponerle su sello personal.

—El canciller sólo espera mi aprobación para nombrar a vuestro sucesor. A cambio, me atribuye cinco servidores que me librarán de cualquier cuidado material, de modo que mi única preocupación sea la Tumba del rey.

Kenhir apretó las mandíbulas y luego preguntó:

—¿Y qué piensas responderle al tal Bay?

—Que acepto a sus servidores para que trabajen en los campos y me procuren una buena renta.

El anciano escriba se sintió presa del pánico, y a duras penas logró articular:

—Pensaba que te conocía, Nefer... Pero ahora veo que me he equivocado.

—Luego le recordaré que no existe ningún límite de edad para ejercer la función de escriba de la Tumba, que vuestra salud es espléndida, vuestra competencia inigualable, y que la cofradía está encantada con vuestra gestión.

Una gran sonrisa iluminó el rostro de Kenhir.

—¡No, no me he equivocado en absoluto!

—Finalmente precisaré que ni yo mismo, ni el jefe del equipo de la izquierda deseamos vuestra marcha, y que estaría inmediatamente acompañada por las nuestras y la de la mujer sabia. La cofradía ya no sería, pues, apta para preparar una morada de eternidad y un templo de millones de años, puesto que nadie tendría capacidad para manipular la Piedra de Luz y animar la Morada del Oro.

Kenhir se secó una lágrima.

—Nefer...

—El nuevo poder ha intentado dividirnos, convencido de que cualquier sociedad humana descansa sobre la ambición, la avidez y el espíritu de competencia. El canciller Bay ha olvidado que, pese a nuestros defectos y debilidades, vivimos en el Lugar de Verdad, bajo la ley de Maat.

Los dos hombres se sumieron en un abrazo.

—Acabo de rejuvenecer veinte años —reconoció Kenhir, emocionado.

Con la cabeza entre las manos, Paneb contemplaba desde hacía varias horas una rama seca de tamarisco y no conseguía convencerse de que aquella modesta madera podía ser la materia prima de su obra maestra. No le proporcionaba soporte ni motivo; pintar sobre tamarisco o pintar el tamarisco no hacía brotar en él el menor deseo.

Uabet se acercó dulcemente a su marido:

—¿Puedo molestarte?

Paneb lanzó el pedazo de madera a lo lejos.

—¡Ésta no es la materia prima!

—Es evidente que no —lo aprobó ella, sonriendo—. ¿Aceptarías ir a buscar ricino para el escriba de la Tumba? Ya no le queda aceite y Niut la Vigorosa teme que se ponga insoportable si no se frota el cráneo diariamente. Lo encontrarás cerca del primer canal, no muy lejos del Ramesseum.

—¿Es una obligación?

—No, sólo es un favor.

El coloso no sabía resistirse a su esposa, menuda y enternecedora. Y, antes de que pudiera darse cuenta, se encontró en el sendero que llevaba al canal, tras haber sido controlado por los policías.

Los ricinos crecen de buena gana a orillas de las marismas o a lo largo de las corrientes de agua. Son del tamaño de una higuera pequeña; sus hojas, lisas y oscuras, albergan unos frutos que se hacían secar al sol hasta que la envoltura se agrietara y se desprendiera. Machacándolos con la muela, se exprimía un aceite de poco precio, conocido porque hacía crecer el pelo, quitaba la jaqueca, purgaba los intestinos y alimentaba las lámparas.

Paneb fue recogiendo frutos y metiéndolos en una gran bolsa, y de pronto empezó a oler a quemado. No lejos de él, unos chiquillos emprendieron la huida entre carcajadas. Habían conseguido pegar fuego a unos matorrales secos que, a veces, se encendían espontáneamente. Cuando las llamas se extendieron, Paneb pensó que podían subir hasta el cielo. ¿No era el fuego la fuerza de vida por excelencia? El fuego destruía lo caduco y daba paso a nuevas formas.

De pronto, al pintor le pareció que el mundo era un camino hacia el fuego creador, y no seguirlo suponía sucumbir al mortal frío de la banalidad.

El coloso apartó unas ramas secas y rodeó la hoguera de arena, para impedir que las llamas se propagasen y destruyeran la hilera de ricinos. Luego esperó a que el fuego se apagase, y se alejó, pensativo.

¿Sería el fuego la materia prima que necesitaba para realizar su obra maestra?

El aceite de ricino hacía renacer a Kenhir. La sangre le circulaba mejor por el cerebro, y se sentía con ánimo de dictar a su asistente, Imuni, un largo informe sobre la gestión del Lugar de Verdad.

Imuni, sentado con los pies cruzados, había preparado minuciosamente su material, que no prestaba a nadie y por el que velaba celosamente, comenzando por su paleta de sicomoro, considerada como el brazo de Thot y cuyo nombre simbólico era «Ver y Oír». Siempre limpiaba sus pinceles minuciosamente, al igual que los cubiletes donde diluía los panes de tinta roja y negra sin que el líquido rebosase.

—¿Estás en forma, Imuni? ¡Tenemos para un buen rato! No faltará ni un solo detalle sobre mi modo de trabajar.

—¿Por qué tenéis que justificaros?

—Porque el poder central quiere sustituirme.

—¿Por qué razón?

—¡Porque soy demasiado viejo! Pero yo no tengo la más mínima intención de jubilarme.

Imuni trató de mostrarse indiferente ante la noticia, aunque en lo más hondo de su ser sintió brotar una súbita esperanza: ¿quién mejor que él para sustituir a Kenhir?

Si el faraón le pedía su opinión, le indicaría, en respetuosos términos, que el tiempo del viejo escriba había terminado.

—¿Bastará este documento para convencer a la administración de que revoque su decisión?

—Claro que no, Imuni, pero ésta no es mi única arma.

—¿No estamos obligados a obedecer?

—La regla del Lugar de Verdad nos prohíbe ceder ante la injusticia y lo arbitrario.

Mientras Kenhir comenzaba a dictar, Imuni pensó que era prudente no desvelar demasiado pronto sus ambiciones. A pesar de su edad, tal vez el viejo escriba de la Tumba dispusiera de insospechados recursos.

El traidor había tardado algún tiempo en examinar de cerca las muelas de la aldea, pues debía acercarse a ellas sin llamar la atención de las amas de casa encargadas de la fabricación del pan y la cerveza. Ninguna de las moletas de dolerita emitía la menor luz.

Ya sólo le quedaba echar una ojeada a la gran muela que utilizaban los auxiliares. Al finalizar su jornada de trabajo, la mayoría de ellos regresaban a su casa; y como era el aniversario de su jefe, Beken el alfarero, incluso Obed el herrero había abandonado su modesta morada, donde tanto le gustaba dormir para no alejarse de su forja.

Así pues, el campo estaba libre, pero debía desconfiar de cualquier mirada indiscreta. El traidor esperó hasta el crepúsculo y tomó la precaución de ponerse una túnica que nunca había llevado y que su esposa había tejido en secreto.

Modificando sus andares, salió por la pequeña puerta del oeste y rodeó el recinto para escapar de la vigilancia del guardia que estaba de centinela ante la gran puerta.

La zona reservada a los auxiliares estaba desierta. Soplaba una leve brisa del norte, y un gran ibis cruzó el cielo anaranjado.

Calzado con sandalias de papiro, el traidor caminó hasta la muela y se agachó detrás de ella para observar los alrededores.

Al levantarse, tuvo la sensación de ser espiado: alguien se ocultaba tras los sacos de harina y lo observaba, alguien que le tenía miedo y no se atrevía a enfrentarse a él.

El traidor vacilaba. No sabía si debía huir sin identificar al adversario o enfrentarse a él y matarlo, fingiendo un accidente.

El felino dio un salto, le arañó el hombro al pasar y corrió hacia la aldea.

¡Era *Encantador*, el enorme gato de Paneb!

Aquel monstruo se había concedido un vasto territorio de caza que sus congéneres no le discutían.

Afortunadamente, el maldito minino no podía hablar ni revelar a nadie que había visto al traidor junto a la muela de los auxiliares, ese objeto tan ordinario ante el que tantas veces había pasado sin prestarle la menor atención.

Con los nervios a flor de piel, el traidor se acercó lentamente a la muela. El tamaño de la moleta era prometedor y, en la oscuridad, podría saber inmediatamente si la dolerita emitía luz.

No, era un razonamiento estúpido. La piedra sagrada no podía estar expuesta al aire libre. El maestro de obras, que era un escultor consumado, la había disimulado bajo una envoltura destinada a ocultar su verdadera naturaleza.

El traidor utilizó un pequeño cuchillo, muy puntiagudo, para rascar la superficie de la moleta, con la esperanza de ver aparecer otro material brillante debajo de la superficie.

Pero debajo sólo había dolerita. Despechado, el traidor tuvo que admitir que se había equivocado. El maestro de obras no había dejado la valiosa piedra expuesta a las miradas, ni siquiera bajo una apariencia engañosa; era evidente que tenía que volver a la primera hipótesis: el mayor tesoro de la cofradía se conservaba en un lugar cerrado y bien vigilado.

15

Cuando el canciller Bay entró en el despacho del general Méhy, éste supo inmediatamente que el consejero del faraón Seti II sería un temible adversario.

—¿Habéis tenido buen viaje, canciller?

Para seros franco, me horroriza desplazarme, pero su majestad y su esposa querían que me entrevistara personalmente con el maestro de obras del Lugar de Verdad. ¿Le habéis avisado de mi visita?

—Por supuesto. Podréis verlo aquí mismo mañana por la mañana.

—Al parecer es todo un carácter.

—Su formación ha llevado a Nefer el Silencioso a ser extremadamente riguroso, y no se doblega fácilmente ante las exigencias administrativas —deploró Méhy.

—¿Tenéis algún expediente sobre él?

—Ninguna mancha en su carrera —afirmó el general.

Méhy habría cargado contra el maestro de obras de buena gana, pero desconfiaba de Bay; cuando conociera mejor las intenciones del canciller, intentaría manipularlo.

—¿Será el tal Nefer un hombre absolutamente honesto? —preguntó Bay, inquieto.

—Los artesanos del Lugar de Verdad forman una cofradía muy particular, canciller; depende directamente del rey y se muestra muy exigente en este aspecto.

—Lo sé, general, lo sé... Dicho de otro modo, no podéis ayudarme.

—Mi papel oficial consiste en proteger la aldea de los artesanos y evitarle cualquier molestia, y lo cumplo lo mejor que puedo. Pero no tengo derecho a penetrar en el Lugar de Verdad y no ejerzo influencia alguna sobre sus dirigentes. Sin embargo, estoy a vuestra entera disposición.

—El rey aprecia vuestra lealtad, general; es consciente de que vuestra autoridad y vuestros consejos han evitado un conflicto que hubiera resultado catastrófico para nuestro país. Supongo que habéis puesto al príncipe Amenmés bajo arresto domiciliario.

—Por supuesto. Está enfermo, deprimido y acabará aceptando la soberanía del rey.

—No tiene más remedio.

El maestro de obras fue acogido calurosamente por el canciller Bay, que lo recibió en el jardín de la administración central, bajo un quiosco cubierto de hiedra. En su interior, al abrigo del sol, unas fuentes de fruta y unas copas de cerveza se habían colocado sobre unas mesillas bajas.

—Qué agradable debe de ser la vida en Tebas —observó el canciller—; pero no he venido para hablaros de eso. El faraón ha recibido vuestra carta y el grueso informe de Kenhir; debo reconocer que esos documentos nos han sorprendido un poco. No discutimos el excelente trabajo realizado por el escriba de la Tumba, ¿pero creéis que aún tiene edad para ejercer una tarea tan estresante? La hora de la jubilación ha llegado, y Kenhir se la merece.

—¿Habéis leído por completo mi misiva? —preguntó Nefer.

—Da testimonio de un magnífico sentido de la amistad, ¿pero no sería preferible olvidarla? Vos dirigiréis la construcción de la morada de eternidad de Seti II, y considero necesario el nombramiento de un nuevo escriba de la Tumba, más joven y mejor informado de las necesidades del momento. Los tiempos cambian, Nefer, hay que saber adaptarse a ellos. ¿Me he explicado bien?

—Perfectamente, canciller.

—El problema queda solucionado pues... Os enviaré un escriba formado en la capital, cuyo nombramiento aprobaréis y con el que colaboraréis.

Bay, satisfecho, masticó un higo meloso y azucarado.

—Estaba convencido de que el maestro de obras del Lugar de Verdad sólo podía ser un hombre inteligente y mesurado, y me alegro de no haberme equivocado.

—Temo decepcionaros, canciller.

—¡De ningún modo, mi querido Nefer! Sois un hombre muy competente y no dudo de vuestro éxito. La tumba del rey será una maravilla, estoy seguro de ello.

—La cofradía dará lo mejor de sí misma, eso es cierto; pero para lograrlo, necesita un escriba de la Tumba de autoridad indiscutible.

—Tranquilizaos, el sucesor de Kenhir tendrá la cualificación necesaria.

—Lo dudo.

El canciller se sintió contrariado, pero no tardó en comprender.

—Tenéis vuestro propio candidato, no es cierto.

—En efecto —admitió Nefer.

—En el fondo, es natural: vos mismo sabéis que el viejo Kenhir está al final de su carrera y habéis preparado su sucesión. ¿Podéis decirme su nombre?

—El propio Kenhir.

Bay frunció el ceño.

—¿Os estáis burlando de mí?

—Como expliqué en mi carta, no puede haber mejor escriba de la Tumba que Kenhir. Ésa es la voluntad de la cofradía.

—¡Pero no la mía!

—¿La vuestra, canciller, o la del rey?

—Estamos rozando el secreto de Estado, Nefer, pero puedo confiaros que la reina Tausert ha exigido ese cambio.

—¿Qué tiene que reprocharle a Kenhir?

—Bueno... nada en concreto.

—Así pues, se trata de un simple capricho.

—¡Medid vuestras palabras, os lo ruego!

—Somos una cofradía de artesanos, canciller, y trabajamos materiales que no toleran los caprichos ni los malhumores. Y si la reina ha decidido imponernos un escriba incapaz de adaptarse a nuestras costumbres, debe renunciar a ello.

—¡Os aconsejo que obedezcáis, Nefer!

—creo que no me habéis entendido. La cofradía no puede trabajar correctamente sin coherencia, y esa coherencia exige que Kenhir sea mantenido en su puesto.

—El deseo de la reina...

—¿Es acaso superior a la ley de Maat, que su majestad tiene el deber de encarnar y transmitir? Explicadle que Kenhir no es un escriba como los demás y que lo necesitamos para administrar nuestra comunidad. Si su salud empeora, tanto él como yo modificaremos nuestro punto de vista.

—Maestro de obras, me estáis poniendo en una situación muy comprometida.

—Cuento con vuestras habilidades de diplomático para resolver el problema, canciller. Indicadle a la reina que todos debemos actuar en el mismo sentido y que espero las instrucciones de palacio para comenzar a excavar la morada de eternidad del faraón.

—Es aún peor que mis peores pesadillas —confió el canciller Bay al general Méhy—. El tal Nefer es intratable... ¡Y la reina también! Si su majestad no quiere escuchar, ¿creéis que el maestro de obras dimitirá y abandonará a la cofradía a su suerte?

—El Silencioso es un personaje obstinado que no se compromete a la ligera; si os ha prometido hacer algo, lo hará.

—Esperaba que mis advertencias lo amedrentaran, pero su decisión era firme. Y ahora estoy obligado a regresar en seguida a Pi-Ramsés para exponer los hechos a la pareja real.

—¿Qué ocurriría si fuera imposible llegar a un acuerdo?

—Kenhir sería jubilado por las buenas, y sería reemplazado por otro.

—Sería la peor de las soluciones —consideró el general—; el funcionario que nombrarais sería rechazado por los artesanos, y el trabajo se desorganizaría.

—No me atrevo a imaginar semejante caos.

—No lo organicéis vos mismo, canciller.

—¡No conocéis a la reina Tausert! Si la contrarían, su cólera puede ser devastadora.

—¿El rey está de acuerdo con su esposa?

—Seti no se ha manifestado aún.

—No perjudiquéis, pues, al Lugar de Verdad; sin él, un reinado no podría arraigar en la eternidad.

—El faraón es consciente de ello y estoy convencido de que tomará las medidas necesarias para evitar un desastroso conflicto.

Ignorando las verdaderas intenciones del nuevo poder, Méhy había representado bien su papel de protector de la aldea. El porvenir se encargaría de aclararle ciertas cosas.

Paneb pintaba llamas en todas sus formas. Desde hacía varios días, no dejaba de observarlas, de escrutar su danza para captar sus más íntimos movimientos. Malgastando gran número de panes de color, que él mismo fabricaba, utilizaba decenas de matices del rojo y del amarillo para evocar las variaciones del fuego, desde que empezaba a arder hasta que las brasas se extinguían.

Pedazos de papiro y fragmentos de calcáreo se amontonaban unos sobre otros; Paneb, descontento con su trabajo, no le daba importancia alguna a las pequeñas obras que había realizado.

—¿Sabes que quieren quitarnos a Kenhir? —le preguntó su esposa.

—Resistiremos.

¿No tienes ganas de cambiar?

—Kenhir no cambia. Y está bien así.

Uabet la Pura se sentó junto a su marido.

—¿Sigues buscando la materia prima?

—El fuego me habla, pero no consigo entender lo que me dice. Y representarlo no me satisface. Sin embargo... tengo la impresión de que estoy cerca del secreto.

—No vas desencaminado.

Paneb miró con asombro a su mujer.

—¿Quieres decir... que el fuego es la materia prima indispensable para mi obra maestra?

—En cierto modo, sí.

—¡Explícate, te lo ruego!

—Debes encontrar solo tu camino, Paneb.

—¿Por qué no basta con pintar el fuego?

—Pregúntate sobre la llama invisible que anima tu mano y sobre la que tu mirada hace nacer todas las mañanas; aprende a regular los grados del fuego, del entusiasmo por la creación en espíritu, sin olvidar la ofrenda. Tienes que progresar, a la vez, como un explorador deseoso de descubrir regiones nuevas y dominar, aunque sólo sea por un instante, el territorio conquistado.

—Lo que dices es muy raro, Uabet.

—Estas palabras no son mías, Paneb, sino las del fuego de quien soy hija, como las demás sacerdotisas de Hator.

16

Al canciller Bay no le podían ir peor las cosas: el viaje había sido penoso, pues el viento había partido un mástil y se habían visto obligados a cambiar de barco, su secretario había caído enfermo y, por si fuera poco, Seti II inspeccionaba los cuarteles de la frontera del norte y la reina Tausert se encargaba de despachar los asuntos corrientes. Como tenía confianza en la capacidad de su joven esposa, el nuevo faraón le cedía de buena gana la administración del reino para mejor encargarse del ejército, en vistas a un eventual conflicto con su hijo Amenmés.

El canciller Bay había previsto entrevistarse primero con el rey y solivantarlo contra la reina, pero el monarca estaba de viaje, por lo que su estrategia se reducía a la nada. Y estaba convencido de que el enfrentamiento con Tausert terminaría con una derrota.

La reina lo recibió en su sala de audiencias privada, a la que sólo tenían acceso los personajes más influyentes del Estado, y Bay quedó, una vez más, deslumbrado por su belleza y su elegancia. Llevaba un vestido de un verde claro que ponía de manifiesto sus formas perfectas; collares y brazaletes de una ligereza casi irreal contribuían a su encanto, al que nadie podía resistirse durante mucho tiempo. Tausert había hechizado a Seti y a la corte, y el propio Bay estaba subyugado por tanta prestancia, aliada a una temible inteligencia.

—¿Estás satisfecho de tu periplo tebaico, Bay?

—Más o menos, majestad.

—Empieza contándome las buenas noticias.

—La provincia es apacible y las tropas del general Méhy os son fieles.

—¿Te has entrevistado con Amenmés?

—No, está enfermo y deprimido; parece ser que se ha dado cuenta de que no estaba a la altura de su padre.

—¿Podría tratarse de una artimaña?

—Es posible, pero Tebas no está en pie de guerra.

—Pasemos ahora a las malas noticias —exigió la reina.

El canciller tragó saliva.

—He hablado con Nefer el Silencioso, el maestro de obras del Lugar de Verdad, para comunicarle vuestras intenciones y...

—¿Cómo que mis intenciones? ¡Se trataba de una orden!

Contrariamente a lo que solía hacer, el canciller fue directamente al grano:

—El maestro de obras se niega a aceptar vuestras órdenes, majestad.

La hermosa Tausert se enfureció:

—¿He comprendido bien, Bay?

—Nefer ratifica lo que escribió, es decir, que desea que Kenhir siga siendo el escriba de la Tumba.

—¿Es consciente de que debe obediencia absoluta al faraón?

—Claro, majestad, y acabará doblegándose ante vuestra voluntad. Pero mi intervención no le ha parecido suficiente y se ha puesto a la defensiva ante la sustitución de Kenhir, cuya salud es excelente.

—¿No estarás defendiendo al tal Nefer, verdad, canciller?

—En absoluto, majestad, y lamento haber fracasado. Pero el hombre es muy tozudo y no será fácil lograr que claudique.

—Generalmente, tienes éxito en las misiones que te confiamos.

El elogio de la reina a Bay le pareció más bien una amenaza.

—Incluso el general Méhy me ha aconsejado prudencia. Si hacemos que el anciano Kenhir se jubile, los aldeanos se disgustarán tanto que no trabajarán con su entusiasmo habitual. Sus tareas pueden desorganizarse, incluso.

—¿Se atreverían a rebelarse?

—El término es excesivo, majestad, pero al parecer esos artesanos aprecian mucho la coherencia de Kenhir.

—Dicho de otro modo, piensas que he cometido un error y deseas que revoque mi decisión.

Al canciller le hubiera gustado que se lo tragara la tierra para no tener que responder. En pocas palabras, podía perder el beneficio de largos años de paciente labor, y su carrera terminaría al pie de la escala de los escribas, en un villorrio de provincias.

—Espero una respuesta, Bay —se impacientó la reina.

Tal y como estaban las cosas, tal vez sería preferible jugar, por una vez, a la sinceridad.

—Después de mi entrevista con el maestro de obras, majestad, creo que es mejor mantener a Kenhir en su puesto. De este modo, la cofradía del Lugar de Verdad no tendría que pasar por ningún altibajo y estaría en condiciones de responder, en el más breve plazo, a las necesidades del faraón. Además, ese escriba es ya muy mayor y...

—Me sorprendes, Bay —interrumpió la reina.

—Lo siento, majestad, pero he elegido decir la verdad. Muchos me consideran un oportunista, capaz de utilizar la mentira y el halago para lograr mis fines, y no van del todo desencaminados. Pero hoy soy el consejero de la pareja real que preside los destinos de un país al que amo y al que deseo servir. Me parece, pues, necesario cambiar de actitud, me cueste lo que me cueste.

La mirada de la reina pasó, de agresiva, a ser casi tierna.

—Te había juzgado mal, Bay, pues te consideraba uno de esos mediocres cortesanos cuya única ambición es el enriquecimiento personal. Parece que has elegido el camino de la franqueza.

Tausert era avara en cumplidos, por lo que sus palabras no tranquilizaron en absoluto al canciller; ¿acaso no serían el preludio de su ejecución?

—Dame más detalles sobre Nefer el Silencioso —reclamó Tausert.

—Me ha impresionado mucho, majestad; es un hombre apacible y poderoso a la vez, cuya presencia llena el lugar donde se encuentra. Ante él te sientes pequeño, casi sin fuerzas; no levanta el tono de voz, no intenta convencer, va derecho al grano como si no temiera obstáculo alguno. Desconfiad de él, majestad; Nefer es sólo un artesano, pero tiene la estatura de un verdadero jefe y no dudará en enfrentarse a cualquiera para preservar la cofradía que lo colocó a su cabeza.

—¿Sería capaz de oponerse al faraón en persona?

El canciller Bay vaciló:

—Probablemente no, pero no estoy seguro, con todos mis respetos, de que planteéis correctamente el problema.

—Explícate.

—A un hombre de esa índole no le basta con recibir órdenes. Para que su obediencia no sea sólo sumisión sino, sobre todo, adhesión, es necesario que apruebe plenamente el proyecto propuesto. Dada la presencia del príncipe Amenmés en Tebas y sus reacciones todavía imprevisibles, el reinado de Seti II comienza en condiciones difíciles, y la excavación de su tumba en el Valle de los Reyes será un acto fundamental. ¿Qué ganaríamos humillando a Nefer el Silencioso y obligándolo a separarse de Kenhir?

—¡El respeto de nuestra soberanía, Bay!

—Es cierto, majestad, ¿pero no sería preferible mirarlo con cierta perspectiva?

—¿Aconsejas a una reina que cambie su decisión?

—Le aconsejo que actúe en interés del reino.

—Déjame sola, Bay; cuando el faraón regrese tomaremos una decisión definitiva.

Encantador saltó sobre las rodillas de Kenhir, que disfrutaba del sol vespertino en el umbral de su morada. Sentado en un taburete de tres patas, el viejo escriba rememoraba los años pasados al servicio de la cofradía, con sus alegrías y sus penas, y no lamentaba nada, ni tan sólo los innumerables ajetreos cotidianos y los insoportables defectos de los artesanos, que ni siquiera los dioses habían conseguido eliminar.

El enorme gato multicolor había ocultado sus garras para no herir al viejo escriba, cuyas manos lamía con esmero.

Unos metros más atrás, *Negrote* observaba la escena. El perro negro admitía que el felino entablara amistad con el escriba de la Tumba, pero seguía sin quitarle los ojos de encima antes de adoptarlo definitivamente.

—Eres más hábil que yo, pues siempre sabes caer sobre tus patas —confió Kenhir a *Encantador*—. Yo no soy muy diplomático y sólo he pensado en hacer correctamente mi oficio, olvidando complacer al poder establecido... Pero lo habría hecho mal, y ya soy demasiado viejo para cambiar.

Paneb se sentó a la derecha del escriba de la Tumba.

—Ese animal os aprecia... y, sin embargo, sigue mostrándose esquivo.

—Probablemente, tenemos un carácter parecido.

—No sois un artesano, Kenhir, pero vuestra larga carrera os ha permitido descubrir muchos secretos de la cofradía.

—No te fíes de los rumores, muchacho.

—Nefer me ha pedido que realizara una obra maestra.

—Una etapa decisiva, Paneb, y, a pesar de tus dones, no está ganada de antemano.

—Vos deberíais saber qué es la materia prima.

—La naturaleza humana. No hay nada más perverso y más irrisorio, pero es la herramienta que los dioses nos han dado y debemos acomodarnos a ella. No la rechaces y utilízala como un material especialmente difícil de trabajar.

—¿Debo cambiar mi persona?

—Sobre todo, no te hagas ilusiones. Has nacido así y así morirás. La experiencia me ha demostrado que nadie cambia y que sólo se convierte en maestro de obras el que había nacido para cumplir dicha función. Pero hay que pulir la piedra y la madera para lograr que afloren las formas que en ellas se ocultan... Desnuda tu alma, Paneb, y descubre la esencia de tu ser; sólo así alcanzarás la materia prima.

El gato dormitaba, confiado, y abrió los ojos cuando Nefer el Silencioso se acercó.

—¿No hace una tarde deliciosa? —preguntó Kenhir, como si se dirigiera al sol poniente—. Hacía muchos años que no me permitía abandonarme así a la pereza.

—Acabo de recibir la respuesta definitiva de palacio, sobre vos —reveló el maestro de obras.

—Antes de darme los detalles, déjame aprovechar el crepúsculo y mi última jornada en esta aldea. Mi equipaje está listo, he despedido a mi sierva y partiré sin despedirme de nadie. Mañana mismo seré olvidado y nadie me echará en falta. Así es la vida...

—De vez en cuando, la vida toma inesperadas direcciones.

El anciano escriba fue presa de la angustia:

—¿El rey me ha impuesto una pena añadida?

—Juzgadlo vos mismo... Seti II os confirma en vuestras funciones de escriba de la Tumba.

17

Nefer el Silencioso y Kenhir subieron hasta la tumba que el maestro de obras se hacía excavar en la necrópolis del Lugar de Verdad. De vez en cuando, él mismo trabajaba en ella, con la ayuda de Paneb, que acababa de terminar una pintura en la que predominaba el ocre.

—Quiero que veáis la última obra de mi hijo adoptivo —le dijo Nefer al viejo escriba—. Creo que está especialmente lograda.

Los muros sólo estaban groseramente tallados, y la luz del exterior únicamente iluminaba la parte baja de la pared, ante la que el maestro de obras se detuvo. No llegaba a los colores vivos, y el escriba de la Tumba tuvo que acostumbrarse a la penumbra para discernir la escena.

Frente a frente, dos hombres: el uno vestido con el delantal de los maestros de obras; el otro, con una túnica de ceremonia. Éste llevaba el material de los escribas.

—Pero si... ¡soy yo! —exclamó Kenhir, asombrado.

—He querido que os reprodujeran en esta morada de eternidad para que podamos seguir dialogando y preocupándonos por la felicidad de esta aldea cuando hayamos abandonado esta tierra.

—Es un gran honor —musitó Kenhir, emocionado.

—Sobre todo es una prueba de mi estima hacia el escriba de la Tumba, que olvida su edad y sus males para mejor preservar el bienestar de la cofradía.

—Es la más hermosa prueba de afecto que jamás he recibido, Nefer... ¿Cómo puedo agradecértelo?

—Siguiendo adelante, Kenhir, por muchas dificultades que se presenten.

El escriba contempló largo rato la pintura que lo representaba en su edad madura.

—Paneb me ha atribuido una nobleza que no tengo... ¡Pero es preferible presentarse así ante los dioses!

—¿Os ha hablado de su obra maestra?

—Busca por todas partes la materia prima, y no descansará hasta que la encuentre.

—¿Va por el buen camino?

—Eso espero... ¿Pero cuántos han fracasado cuando creían estar llegando a su objetivo?

Los dos hombres salieron de la tumba que dominaba la aldea.

—Qué suerte tenemos, Kenhir: vivir y morir aquí, en compañía de los antepasados, lejos de la agitación del mundo exterior, con la protección de la Piedra de Luz. ¿Crees que existe más hermoso destino?

—Me gustaría hablarte de un proyecto, algo sorprendente, que me interesa...

Nefer el Silencioso escuchó con atención. El proyecto era realmente sorprendente.

En la cofradía, toda buena noticia era acompañada de un banquete, por lo que Pai el Pedazo de Pan no dejó de organizar uno para celebrar que Kenhir seguía siendo el escriba de la Tumba. Aunque la mayoría de los aldeanos deplorasen su difícil carácter, los dos equipos reconocían la competencia y la seriedad del viejo escriba, que era considerado como un miembro indispensable de la cofradía.

El único que no estaba contento era Imuni, el ayudante de Kenhir, que tenía esperanzas de ocupar el lugar de su patrón, al que ya se sentía superior, aunque los dedos del escriba de la Tumba no estuvieran aún entumecidos. Kenhir redactaba solo el Diario de la cofradía, y únicamente delegaba a su ayudante algunas tareas secundarias. Imuni se consoló pensando en la edad de su jefe, que ya no tardaría en partir al reino de Osiris.

Al terminar la fiesta, Kenhir recibió a Niut la Vigorosa.

—Me despedisteis porque creíais que ibais a abandonar la aldea —recordó la joven—. Pero finalmente os quedáis, así pues, ¿me vais a contratar de nuevo?

—¿Eres consciente de que tienes un carácter espantoso?

—Es necesario para soportar el vuestro. Lo importante es si estáis satisfecho con mi trabajo o no.

—A excepción de la limpieza de mi despacho, que es demasiado frecuente, no estoy descontento. Por lo que se refiere a tu cocina, debo admitir que es suculenta aunque le falte grasa.

—Sería desastroso para vuestra salud. He hablado de ello con la mujer sabia y ha estado de acuerdo conmigo. Mientras sea yo la encargada de preparar vuestras comidas, evitaré las grasas.

—Un día me dijiste que tú no te encargabas de mi casa, sino sólo de la limpieza y la cocina.

Niut la Vigorosa sonrió.

—¿Deseáis... ampliar mis responsabilidades?

—Exactamente. Se avecina un período de mucho trabajo para mí, y ya no tengo la misma energía que antes, sobre todo después de la prueba por la que acabo de pasar. Así pues, sólo deseo consagrarme a la Tumba y a sus exigencias. Tú velarás por esta morada y por todo lo necesario para la buena marcha de lo cotidiano, sin olvidar el cuidado de mis vestidos y los frascos de aceite de ricino para mis cabellos.

—Mi salario...

—He pensado en ello, claro está, y he encontrado una solución que presentaría numerosas ventajas, aunque tal vez a ti no te guste demasiado.

—¿Os negáis a aumentarme el sueldo?

Ahora le tocaba sonreír a Kenhir.

—No me gusta malgastar el dinero, pero no soy tan avaro. Para asumir tu pesada tarea, tendrás que vivir aquí. Por eso quiero pedirte que te cases conmigo.

Niut quedó estupefacta.

—Pero...

—¡Pero yo soy un viejo y tú una muchacha! ¿Crees que no lo sé? Tranquilízate, no siento por ti ningún deseo malsano y mi único amor es el de un abuelo hacia su nieta. Te he observado, Niut, y he advertido que eres honesta, trabajadora y digna de estima. Al casarme contigo, te hago mi heredera. Cuando muera, serás una mujer rica y cultivada, pues te concederé tiempo para leer y descubrir los magníficos textos de los sabios. Entonces podrás agradecérmelo, elegir al hombre que te guste y darle todos los hijos que quieras. Naturalmente, dormiremos en alcobas separadas y tendrás tu propio cuarto de baño. El anuncio de esa boda evitará los rumores de nuestros queridos aldeanos, cuya imaginación, a veces, va muy de prisa. Les diremos que se trata de un acto legal para asegurar tu porvenir y nada más. Espero que tú sabrás disipar cualquier malentendido.

—¿Ha... habláis en serio?

—Muy en serio. No eres una sierva como las demás, Niut; satisfacerme a mí es una hazaña que merece una recompensa. Convertirte en mi esposa sólo te procurará ventajas y te valdrá, incluso, el respeto de las demás amas de casa. Ya he hablado de esto con el maestro de obras; al principio quedó tan boquiabierto como tú, pero luego comprendió mi punto de vista. Piénsalo, muchacha, y decide.

—¿No me acusarán... de haberos seducido y haberme comportado como una cualquiera?

—Tranquilízate, ya debe de hacer mucho tiempo que circulan los rumores. Con esta boda tendrán que morderse la lengua; ya nadie te faltará al respeto, so pena de una severa reconvención. Daré cuentas ante el tribunal de la cofradía de la verdadera naturaleza de nuestra unión.

—Es tan inesperado, tan...

—Yo no te obligo a que hagas nada, Niut; tú puedes elegir libremente.

—¿De verdad no tenéis segundas intenciones?

—Te lo juro por la vida del faraón y por la del maestro de obras. No te he ocultado nada; puedes estar segura de mis intenciones. Existe, sin embargo, un riesgo...

A Niut se le hizo un nudo en la garganta:

—¿Cuál?

—Que tu nuevo estatuto de ama de casa se te suba a la cabeza y ya no me sirvas como antes. Pero ese riesgo debo correrlo yo.

—¡No me conocéis!

—Conozco bien la naturaleza humana, jovencita.

—¡Me comprometo firmemente a ocuparme de esta casa como si fuera mía!

—Pero si será tuya, precisamente, si aceptas esta boda.

Niut la Vigorosa tocó una pared, como si quisiera asegurarse de que no estaba soñando.

—Y en ese caso, ¿cómo podéis suponer que podré tolerar el menor desorden? Hay muchos detalles que me molestaban y sobre los que me veía obligada a callar para conservar mi trabajo... pero si voy a ser la dueña de esta casa, la cosa cambia. Deben rehacerse las pinturas, algunas piezas del mobiliario son indignas del escriba de la Tumba y la comodidad de los cuartos de baño deben mejorarse en seguida. De lo demás ya hablaremos más adelante.

Kenhir ya había previsto que Niut reaccionaría así y se preguntó, por unos instantes, si sería capaz de resistirlo durante mucho tiempo. Pero era el precio que debía pagar para ofrecer a aquella muchacha excepcional cuanto merecía.

—¿Debo entender... que aceptas?

—No, claro que no... En fin, quiero decir que... ¡Es todo tan inesperado!

—¿Tienes alguna exigencia que yo no haya tenido en cuenta?

—No, los términos del contrato me interesan, pero es un cambio tan grande... ¿Y por qué me habéis elegido a mí?

—¡Porque ya no tengo edad para volver a casarme, Niut! El destino acaba de asestarme un duro golpe que me obliga a ocuparme sólo de lo esencial. Tú tienes una vida que vivir, y yo la posibilidad de ofrecerte una base sólida. Me conozco y sé que no soy bueno ni generoso, porque los años pasados administrando esta cofradía me han enseñado a ser desconfiado y a no tener ilusiones; al desposarte, ante todo busco mi interés y mi bienestar. Sobre todo, no quiero que creas que actúo por caridad y por grandeza de corazón.

Para tranquilizarse, Niut la Vigorosa cogió un cepillo y la emprendió con un arcón de madera.

—Tal vez sepáis clasificar correctamente vuestros archivos, pero no sabéis cómo se dobla la ropa y se guarda adecuadamente. Y a vuestra edad ya no se es capaz de aprender semejantes sutilezas. Por lo que se refiere a la deplorable costumbre de llevar varios días seguidos una túnica arrugada, ante las desaprobadoras miradas de las mujeres de la aldea... Dejemos las cosas claras, Kenhir: ocuparse de una casa necesita iniciativa, y yo no quiero que me contraríen en mis dominios.

—¿No hay negociación posible?

—Ninguna.

—Pues acepto tus condiciones, Niut.

18

A la espera de las órdenes de Seti II, el maestro de obras había distribuido las tareas entre los artesanos de ambos equipos, con el acuerdo del jefe del equipo de la izquierda: hacer reformas en el templo principal y en las capillas anexas, rehacer el enlosado del local de reunión, embellecer sus moradas y reparar sus graneros.

Paneb el Ardiente y Ched el Salvador habían dado el último toque a la vasta tumba de Kenhir, cuya boda había sido sellada por el tribunal de la aldea; en presencia de testigos, el escriba había redactado un testamento según el que legaba la totalidad de sus bienes a Niut la Vigorosa.

—Ya estoy en paz conmigo mismo —confió Kenhir al maestro de obras—. Ahora puedo morir tranquilo.

—¿Estáis satisfecho con vuestra tumba?

—Es una maravilla de la que no soy digno... ¡Pero no la cederé a nadie! No tengo prisa para habitar esa suntuosa morada, pero velaré por ella con celoso cuidado. El más allá tiene cosas buenas, Nefer... Gracias al talento de los pintores, los campesinos siegan sin esfuerzo, el trigo está siempre maduro, el viento hincha las velas de los barcos sin desgarrarlas, y yo soy eternamente joven. ¿Qué más se le puede pedir a la cofradía? Si me hubiera visto obligado a abandonar esta aldea, me habría vuelto loco; gracias a ti he escapado a esa desgracia, Nefer.

—Vuestra salvaguarda la debéis sólo a vos mismo y a vuestro trabajo, Kenhir.

—En este mundo donde el conflicto es perpetuo, la fraternidad es una rara cualidad; soy feliz por haber vivido el tiempo suficiente para conocer su fulgor.

El sol brillaba, el agua y los alimentos habían sido entregados, las flores adornaban los altares de los antepasados y la aldea zumbaba como una colmena feliz; pero el maestro de obras seguía inquieto.

—Entramos en una nueva era —le confió al escriba de la Tumba—; el canciller Bay sirve de intermediario entre el faraón y la cofradía, y no estoy seguro de que nos sea favorable.

—Un cortesano sólo busca su beneficio, evitando contrariar a sus superiores; si no le ve la utilidad al Lugar de Verdad, hará todo lo posible por destruirlo.

—Ese tipo es inteligente y artero. Al convencer a la reina de que cambiara de opinión, creo que ha demostrado el alcance de su influencia.

—¿Intuiste qué pensaba realmente?

—Tuve la sensación de que sus ideas no eran definitivas aún y de que se preguntaba sobre la naturaleza concreta de nuestro trabajo.

—Afortunadamente, el general Méhy sigue siendo nuestro protector oficial; pero, tal vez, la presencia del príncipe Amenmés en Tebas acabe perjudicándole y jugando en contra nuestra. Si estalla una guerra civil, la aldea desaparecerá.

—Por esa razón, la Piedra de Luz debe permanecer bien escondida.

—Hasta ahora, el traidor no se ha acercado a ella, y estoy convencido de que aún está muy lejos de descubrirla.

—Debemos estar atentos, Kenhir; ¿acaso no se ha mostrado lo bastante hábil para permanecer agazapado en las sombras?

—Como dice Sobek, este devorador de sombras forzosamente acabará cometiendo un error.

—Yo no estaría tan seguro —objetó Nefer—; nos vemos obligados a actuar teniendo en cuenta su presencia.

—Además está la actitud de la reina... No la emprendió conmigo sólo a causa de mi edad. Tausert tenía la intención de traer a la aldea a una especie de espía que le habría descrito con detalle las actividades del Lugar de Verdad. El nuevo poder quiere someternos y apoderarse de nuestros secretos.

—Sin embargo, la reina renunció a reemplazaros.

—Sí, y me pregunto por qué —reconoció Kenhir—. Temo que esta decisión vaya seguida por una venganza mucho más cruel que mi jubilación.

—La mujer sabia y las sacerdotisas de Hator nos disponen

todos los días bajo la protección de la diosa, e intentamos mantenernos en el camino de Maat; ¿pensáis en medidas de seguridad más eficaces?

De vez en cuando, a Kenhir le hubiera gustado disponer de un ejército numeroso y bien equipado; sólo quedaba esperar que el maestro de obras no se equivocara.

Casa la Cuerda y Fened la Nariz aparecieron ante Paneb y le impidieron el paso en el sendero que llevaba a la necrópolis.

—Queríamos hablar contigo —dijo Casa.

—¿Y bien? —respondió Paneb.

—¿Por qué trabajas solo en la tumba de Nefer el Silencioso? Podemos ayudarte.

—Es inútil que insistáis.

—¡No respetas las costumbres!

—Yo, y sólo yo, debo ocuparme de la última morada de mi padre adoptivo.

—¿No eres demasiado vanidoso?

—Eso debe juzgarlo el maestro de obras. Si no está satisfecho con mi trabajo, recurrirá a otros.

—¡Tú lo que quieres es que el patrón te reconozca todo el mérito y que a nosotros nos consideren menos que nada! ¡Eso no nos gusta nada, Paneb!

—Estás muy equivocado, y ahora déjame pasar, tengo trabajo.

—Casa no se equivoca —insistió Fened—; de acuerdo, el maestro de obras te ha elegido como hijo, pero ésa no es razón suficiente para que nos trates como una bazofia.

—¿Acaso has perdido la nariz? Deseo llevar a cabo ese trabajo yo solo, eso es todo.

—No nos dices bastante, Paneb.

—¿Me dejáis pasar o no?

Casa la Cuerda y Fened la Nariz habrían podido recurrir a otros artesanos del equipo de la derecha para oponerse al coloso, cuya tranquilidad les inquietó. Generalmente, a Paneb le gustaba manifestar su cólera, pero esta vez parecía prácticamente impertérrito.

Fened prefirió calmar las cosas.

—No queremos molestarte, Paneb... Muéstranos lo que has pintado y te dejaremos en paz.

—He puesto una gran piedra ante la entrada de la tumba. Si alguien la toca, probará mis puños.

—¡No tienes derecho a tratarnos así! —contestó Casa.

—Pues sed menos susceptibles.

—Mereces una buena lección, Paneb; después tendrás mejor carácter.

—Estoy a tu disposición.

—¡Calmémonos! —exigió Fened la Nariz—. En el fondo, no hay por qué discutir... Basta con que Paneb se muestre algo conciliador y el incidente quedará zanjado.

—El incidente quedará zanjado en cuanto os apartéis de mi camino.

La mirada del coloso se iba endureciendo progresivamente, por lo que Fened y Casa dejaron que subiera hasta la tumba de Nefer el Silencioso, cuya entrada liberó apartando el enorme bloque de piedra.

El fuego era sólo uno de los aspectos de la materia prima, y Paneb no estaba satisfecho con ella. Si la materia prima existía realmente, sólo podía hallarse en el corazón de la roca, en el lugar donde el joven pintor realizaba su obra maestra: la decoración de la morada de eternidad dedicada a su padre adoptivo. Transformaría las mudas paredes en un canto coloreado, intentaría encarnar las múltiples formas de vida en su paleta, para ofrecerlas al alma de Nefer.

Su materia prima era la pintura, y no debía apartarse de ella.

Desde hacía dos días, el traidor tenía fiebre, pues la herida en el hombro que le habían infligido las garras del enorme gato se había infectado.

¡Qué ridiculez! Había conseguido ocultarse en la cofradía, se había movido en la sombra sin dar un solo paso en falso y había preparado el robo de la Piedra de Luz, y ahora, finalmente, había caído víctima de un gato.

No podía ir a ver a la mujer sabia, pues le pediría explicaciones sobre el origen de la llaga. El traidor tenía miedo de enredarse con una mentira y despertar unas sospechas que redujeran a la nada todos sus esfuerzos.

Su esposa le había hecho beber una poción, pero no le había hecho efecto, y la fiebre subía.

—Ve a ver a Clara —le aconsejó ella.

—Es demasiado arriesgado.

—¡Pero puedes caer gravemente enfermo!

—Bastará con desinfectar la herida.

—Yo no tengo las hierbas adecuadas, y Sobek prohíbe a las amas de casa que salgan de la aldea, como medida de seguridad. De momento, ni siquiera tenemos derecho a ir al mercado.

—Hay una solución... Cuando Obed el herrero se hace una herida, se cura con un ungüento a base de cobre.

—¿Sabes dónde lo guarda?

—En un cobertizo para las herramientas, en un anaquel.

—¿Puedo llegar hasta él?

—Sí, se puede entrar cuando Obed está ocupado... Y en estos momentos está forjando armas.

—Si me sorprenden robando un bote de ungüento me llevarán ante el tribunal de la aldea y tendré que dar muchas explicaciones. En el mejor de los casos, seremos expulsados de la cofradía.

—Tienes razón, pero creo que vale la pena correr el riesgo. Si tú tienes miedo, iré yo mismo.

—Estás temblando; estás demasiado nervioso.

—¿Acaso no estás nerviosa tú también?

—Menos que tú... Iré yo.

La esposa del traidor rompió un bote, cuyos fragmentos puso en un cesto, y luego se lo colocó sobre la cabeza.

—Iré a casa del alfarero para que me dé uno nuevo, así podré pasar ante el cobertizo del herrero.

—¡Debería haber estrangulado a aquel gato! —gritó el herido, furioso.

—En adelante, mantente alejado de él.

Cuando su esposa salió de la morada, el traidor permaneció postrado en la cocina, y su herida le pareció cada vez más dolorosa.

Si su mujer fracasaba, huiría y la abandonaría a la policía de la aldea. Cuando ella hablara, incapaz de resistir la presión de un interrogatorio, él ya estaría lejos del Lugar de Verdad.

Cansado, se adormeció, soñando con un gran dominio, con servidores atentos, con vacas cebadas y finas comidas. Pero cuando tendía una mano hacia un muslo de oca asada, la del maestro de obras lo agarró por la muñeca y soltó un grito.

—Cálmate —le dijo su esposa—; soy yo.

El traidor salió de su pesadilla.

—¿Lo... lo has conseguido?

—Tengo el ungüento.

—¿Nadie te ha visto robarlo?

—Nadie, y he traído un bote nuevo, lo que explicaría mi presencia en la zona de los auxiliares si alguien me preguntara por ello. Ahora voy a curarte.

Veinticuatro horas más tarde, tras varias aplicaciones, la fiebre había bajado y la herida tomaba un mejor aspecto.

El traidor estaba a salvo.

19

Con un hatillo al hombro, los cinco hombres se dirigían al Lugar de Verdad arrastrando los pies. En el embarcadero, habían preguntado por la ruta que debían seguir, y habían descansado varias veces para recuperar el aliento, poco impacientes por llegar a su destino.

Apenas estuvieron a la vista del primer fortín cuando varios policías negros los rodearon, y los amenazaron con sus cortas espadas.

—¡Tumbaos boca abajo, pronto! —ordenó uno de ellos.

Aterrorizados, los viajeros obedecieron.

—¿Quiénes sois?

—Campesinos —respondió el más joven.

—¿Qué lleváis?

—Sólo un poco de ropa.

—¡Vamos a verlo!

Los policías registraron los hatillos y no encontraron armas, pero sí una tablilla de madera de aspecto oficial.

—¡En pie, y no hagáis movimientos bruscos!

—¿Adónde nos lleváis?

—A ver a nuestro jefe, Sobek. A él le diréis quiénes sois.

Los cinco hombres fueron, al mismo tiempo, arrastrados y empujados hasta el fortín, donde les ataron las muñecas a la espalda.

El impresionante atleta nubio aumentó sus temores.

—¿De modo que sois campesinos? —preguntó Sobek.

—Trabajábamos en las tierras del templo de Tod —respondió el joven—. Una orden nos ha destinado aquí.

—¿Una orden de quién?

—¡Del faraón en persona!

—¿Para qué tarea concreta?

—Cultivar un campo que el rey ofrece al maestro de obras, Nefer el Silencioso. Mirad la tablilla que nos han entregado: al parecer todo está escrito ahí.

Redactado en un estilo rigurosamente administrativo, el texto confirmaba las declaraciones del campesino.

—Jefe, un vigía dice que se acerca un ejército —le dijo un policía a Sobek.

—Esta vez la cosa es seria... Amontonad a esos tipos en un rincón y no los desatéis. Eran una artimaña para poner a prueba nuestro sistema defensivo. Alertad a los demás fortines y a la aldea.

Los nubios de Sobek, que estaban bien entrenados, pronto estuvieron dispuestos a responder enérgicamente en caso de ataque.

¿Pero quién había mandado aquel ejército, Seti II o Amenmés? O bien el faraón recientemente coronado quería dejar clara su autoridad en el Lugar de Verdad, o bien su rival intentaba llevar a cabo su primer acto de soberanía. Tanto en un caso como en otro, el enfrentamiento parecía inevitable.

—Por lo menos hay un centenar de hombres con asnos, jefe, pero es extraño... ¡Juraría que a su cabeza va el carro del general Méhy!

Sobek hizo una mueca. Si el general había elegido a sus cien mejores hombres, los policías nubios, a pesar de su bravura, no tenían posibilidades de vencer.

Sobek podía deponer las armas o, incluso, aliarse con las fuerzas que se disponían a destruir la aldea y a expulsar a sus ocupantes; pero se aferraría a su primera misión, por fidelidad a sí mismo y, a la vez, a la cofradía que tanto admiraba.

—Jefe, esto es más extraño aún... Parece que los soldados de Méhy no van armados.

—¿Se han vuelto cegatos todos nuestros vigías?

—No, es cierto.

Sobek salió del fortín para comprobarlo, y vio cómo la tropa se había detenido y Méhy bajaba de su carro.

Los arqueros nubios, dispuestos a disparar, no daban crédito a sus ojos.

—¿Qué queréis, general? —preguntó Sobek.

—He conducido personalmente hasta vosotros a los portadores de regalos enviados por el faraón Seti II para el Lugar de Verdad. He aquí su lista, marcada con el sello real.

El jefe Sobek, atónito, no bajó la guardia.

—Me veo obligado a registrar a estos hombres para asegurarme de que no llevan armas escondidas.

Botes de afeites verdes y negros, gran cantidad de ungüentos olorosos y relajantes, jarras de aceite de ricino, de moringa, de lino, de sésamo y de oliva, lociones para preservar la salud de los cabellos y la piel... El faraón ofrecía a la cofradía una verdadera fortuna en productos de belleza, y al escriba ayudante Imuni comenzaba a dolerle la muñeca, a fuerza de anotar lo que le dictaba Kenhir, maravillado por la calidad del aceite de ricino.

La carta de la pareja real, dirigida al escriba de la Tumba y al maestro de obras, daba testimonio de su confianza en la cofradía y le pedía que eligiera el emplazamiento de su morada de eternidad en el Valle de los Reyes. El monarca, que se encontraba en Pi-Ramsés, no pensaba dirigirse a Tebas de inmediato, pero ello no debía demorar el inicio de los trabajos.

—Todo vuelve a la normalidad —advirtió Nefer.

—Yo no estaría tan segura —objetó la mujer sabia.

—¿Acaso dudas de la palabra del faraón?

—No se atreve a dirigirse a Tebas porque teme una reacción violenta por parte de su hijo Amenmés.

—¿Acaso no se preocupa Seti de reforzar nuestras fronteras del nordeste?

—Sabes tan bien como yo que venir al Valle de los Reyes para venerar a los antepasados es uno de los primeros deberes de un nuevo faraón. Al renunciar a ello, Seti da prueba de debilidad y no respeta en absoluto su nombre.

El juicio de su esposa era severo, pero el maestro de obras no tenía nada que objetar.

—Hay otra cosa que me preocupa —reconoció ella—, y no va a ser fácil quitármelo de la cabeza.

—¿Puedo ayudarte?

—Me temo que no —respondió ella, sonriendo—. Buena parte de las riquezas ofrecidas por el rey se depositarán en el templo, pero hay que repartir el resto de los productos de belleza entre las sacerdotisas de Hator... De modo que las próximas horas se anuncian más bien difíciles.

Clara no se equivocaba. En duras discusiones durante las que se utilizaron argumentos fundamentales, como la antigüedad en la cofradía, el privilegio de la edad o la fragilidad de la epidermis, todas las amas de casa intentaron obtener el máximo para sí mismas.

Sólo Turquesa no tuvo que luchar, como si la luz de su belleza, sobre la que el tiempo no hacía mella alguna, fuera considerada como una protección por todas las mujeres de la aldea. Uabet la Pura se defendió con habilidad, e incluso la joven Niut obtuvo poco más o menos lo que deseaba, sin olvidar una gran jarra de aceite de ricino para su anciano marido.

Mientras la mujer sabia se preocupaba de mantener la armonía en el interior de la aldea, el maestro de obras acudió al primer fortín, donde los cinco campesinos se preguntaban si saldrían vivos de su penosa aventura.

Tras haber consultado el documento oficial que Sobek le mostraba, Nefer tuvo que rendirse a la evidencia: el faraón le regalaba un campo de trigo junto al Ramesseum y pagaba a cinco campesinos para que se ocuparan de él. El maestro de obras podía disponer de la cosecha a su guisa.

—¿No deberíamos desatarlos, Sobek?

—Tienes que comprenderme, Nefer: los he considerado individuos peligrosos, encargados de provocar una diversión antes del ataque del grueso del ejército.

—La iniciativa era buena. Sobre todo, a partir de ahora no debemos bajar la guardia.

—Por lo que veo, esta prueba de la estima del faraón no te parece suficiente...

La mujer sabia considera que sólo la presencia del faraón en Tebas disiparía todo riesgo de guerra civil.

—El general Méhy opina lo mismo —precisó el jefe Sobek—. Según él, el príncipe Amenmés aún no ha reconocido oficialmente la soberanía de su padre, y este silencio no presagia nada bueno.

—Desde mi punto de vista —dijo Karo el Huraño a Didia el Generoso, que fabricaba un amuleto en forma de nudo de Isis—, el asunto está resuelto: Seti II se limitará a reinar sobre el norte del país y Menfis, mientras que el príncipe Amenmés se abandonará a las delicias de Tebas.

—Eso es contrario a la plena realización del poder faraónico y a la ley de Maat —objetó el carpintero—; si las Dos Tierras se oponen, si el Norte y el Sur se separan, se desatará una verdadera catástrofe. Seti vería tambalearse su trono y Egipto acabaría sumiéndose en la anarquía.

—Los tiempos han cambiado —intervino Thuty el Sabio, que parecía, como siempre, muy frágil—. Tal vez Seti se conforme con lo que tiene para evitar un gran desastre.

—Yo soy pesimista —se apresuró a decir Unesh el Chacal—. Mi olfato me dice que estamos atravesando un breve período de calma antes de la tempestad.

—¡Aprovechémoslo, pues! —recomendó Pai el Pedazo de Pan, que repartió pasteles entre sus compañeros—. Los he cocido yo mismo, y son muy melosos.

—Me preocupa Paneb —confesó Didia el carpintero—; generalmente está de muy buen humor y tiene un carácter muy abierto, pero últimamente lo veo triste, taciturno.

—Creo saber por qué —aventuró Unesh.

—¡Pues bien, habla!

—¿No lo habéis adivinado?

Didia se rascó la sien y dijo:

—No vas a creer que...

—Pues claro.

—¿Pensáis que está preparando una obra maestra? —preguntó Pai.

El silencio demostró al dibujante que ésa era, en efecto, la opinión de sus compañeros.

—¿No es demasiado joven para enfrentarse a semejante desafío?

—Paneb no tiene posibilidad alguna, y lo sabe, por ello va perdiendo poco a poco su alegría —consideró Unesh—. Y cuando su fracaso se haya consumado, la habrá perdido definitivamente.

—Cualquiera diría que te alegras de su desgracia, Chacal.

—No soporto a los vanidosos. Me gusta ver cómo se dan de cabezazos contra la pared. Artesanos más dotados que Paneb tuvieron la humildad de vivir su oficio, y nada más que su oficio, sin querer dominar la materia prima.

En la colina del oeste, donde se había excavado la necrópolis principal de la aldea, un sordo ruido quebró la quietud vespertina. Paneb acababa de mover la gran roca para cerrar la entrada de la tumba de Nefer el Silencioso, donde había trabajado todo el día, ajeno a los festejos que se organizaban para celebrar la llegada de los productos de belleza enviados por el faraón.

20

Con el cuerpo perfumado, soberbia en su desnudez de mujer enamorada, Turquesa había arrastrado a Paneb por el camino del placer. Cada vez que se entregaban el uno al otro, el coloso tenía la sensación de descubrir una nueva amante de inagotable imaginación.

Los amantes, hechizados, se contemplaban como si acabaran de renacer.

—No envejeces, Turquesa... ¿Cuál es tu secreto?

—La magia de la diosa Hator.

—¿No habrás buscado, tú también, la materia prima?

—Nuestro camino es distinto del de los artesanos.

—¡Pero seguro que la utilizáis!

—¿No es la propia Hator el amor infinito que une todas las formas de vida del universo entre sí?

— Y si la materia prima fuera ese amor...

—Los aldeanos dicen que te encierras durante todo el día en la tumba de Nefer el Silencioso y que no permites que nadie vea tu trabajo.

—Es cierto... Sólo el viejo Kenhir tuvo el privilegio de contemplar una escena que le mostró el maestro de obras. Desde entonces, cierro la entrada con una gran piedra; incluso el propio Nefer desconoce mi obra maestra.

—Pero si no conoces la materia prima, ¿no estarás abocado al fracaso?

—El fracaso sería esperar descubrirla en la madera, el fuego o quién sabe dónde. No sirve de nada pasar el tiempo preguntándose sobre ella. O soy capaz de realizar una obra maestra o no lo soy; la materia prima es la unión de mi corazón y mi mano, y sólo hay una realidad verdaderamente importante: hacer. Y lo que yo sé hacer es pintar.

Unos agudos gritos intrigaron a los amantes.

—¡Es *Bestia Fea*! —exclamó Turquesa, cubriéndose con un velo de lino para ir a abrir la puerta.

La oca de cuello amarillo con franjas negras graznaba hasta desgañitarse con la evidente intención de entrar en casa de la sacerdotisa de Hator.

—Tengo la sensación de que *Bestia Fea* desea decirte algo, Paneb.

—A mí, pero... ¡Sí, tienes razón! Llegaré tarde.

Paneb fue el último en presentarse ante Karo el Huraño, que realizaba las funciones de guardián del umbral en la puerta del local de reunión del equipo de la derecha.

—Ya iba a cerrar la puerta —gruñó el Huraño.

—Aún está abierta y eso es lo que cuenta.

Todos los artesanos ocupaban el lugar que les estaba reservado, y el maestro de obras invocó a los antepasados para que siguieran protegiendo la cofradía y trazando su camino. Por la gravedad del tono, los miembros del equipo intuyeron que Nefer tenía malas noticias que darles.

—No hay ninguna visita del faraón prevista hasta nueva orden, sin embargo, nos ha encargado que preparemos su morada de eternidad —reveló—. De modo que mañana partiremos hacia el Valle de los Reyes para elegir un emplazamiento.

—¿Y si al faraón no le gusta? —se preocupó Fened la Nariz.

—Ya veremos.

—¿Por qué no viene a vernos el rey? —preguntó Nakht el Poderoso.

—Porque su hijo Amenmés está en Tebas.

—¿Se conocen ya sus intenciones?

—Nada concreto aún, pero no ha jurado fidelidad a su padre, como si se dispusiera a tomar el poder en la ciudad del dios Amón.

—El Sur contra el Norte... ¡Y nosotros en el medio!

—De momento, tenemos que excavar una tumba real; y no hay nada más maravilloso —dijo Paneb.

—¿Y el equipo de la izquierda? —se preocupó Ipuy el Examinador.

—Trabajará en el Valle de las Reinas, dirigido por Hay. La roca allí es de calidad mediocre, por lo que hay que restaurar varias tumbas antiguas.

—¿Has pensado ya en el plano de la tumba? —preguntó Gau el Preciso.

—Hablaremos de ello cuando estemos allí.

La respuesta del maestro de obras sorprendió a los artesanos; por lo general, Nefer no se mostraba tan evasivo.

—Mañana, al alba, Kenhir distribuirá las herramientas y nos pondremos en camino hacia el Valle.

El escriba de la Tumba, despertado por su joven esposa cuando el día no se había levantado aún, mordisqueó un pedazo de pan tierno antes de dirigirse, cojeando, hacia la cámara fuerte y abrirla al abrigo de las miradas para sacar mazos, cinceles de cobre de distintos tamaños y picos que repartió entre los artesanos. Imuni, el escriba asistente, anotó con precisión lo que se entregaba y quién lo recibía, y el pequeño grupo comenzó a trepar por el sendero lentamente, para no dejar atrás a Kenhir.

—El viejo está de un humor terrible —advirtió Pai el Pedazo de Pan—; cada vez es más autoritario e intransigente.

—A su edad ya no va a cambiar —consideró Renupe el Jovial—. Además, él ya no está para estos trotes.

—¡Y un cuerno! —objetó Thuty el Sabio—; dentro de unos minutos trepará más rápido que nosotros. No se perdería una estancia en el Valle por nada del mundo. Allí, nada es como en otra parte; es como si nos autorizaran a entrar vivos en el otro mundo.

Muchos compartían la opinión del orfebre. Cuando el equipo pasó por la estación del collado, para depositar allí esteras, jarras de agua y provisiones, todavía se discutían problemas de familia y de salud, pero cuando se inició el descenso que llevaba a «la gran pradera», donde vivían las almas de los faraones resucitados, se hizo el silencio.

No eran obreros como los demás, sino una tripulación encargada de navegar por un paisaje sagrado, inaccesible a los profanos, donde debían explorar una ruta nueva excavando la roca; incluso el traidor sintió cierta emoción al franquear la estrecha puerta de piedra del Valle de los Reyes, custodiada por policías nubios. Pero sabía perfectamente que ya había ido demasiado lejos para dar marcha atrás y que había sido demasiado humillado para perdonar. Si se hubiera hecho justicia, habría sido él el encargado de conducir a la cofradía hacia su destino, en lugar de Nefer el Silencioso.

Al cruzar el umbral del Valle, a todos les sorprendió descubrir a la mujer sabia, que llevaba una larga túnica dorada.

El maestro de obras se inclinó ante ella.

—En ausencia del faraón, condúcenos al justo lugar donde debemos excavar su morada de eternidad.

Clara ciñó a los riñones de Nefer el delantal de oro que simbolizaba su dignidad de jefe de los constructores y le confería la autoridad necesaria para dar el primer golpe de cincel en la materia bruta; protegiendo su garganta, el nudo de Isis apartaba de él las fuerzas maléficas y liberaba su pensamiento hacia la obra que debía realizarse.

Con la mujer sabia y el maestro de obras a la cabeza, la procesión pasó ante la morada de eternidad de Ramsés el Grande, caminó por las piedras que cubrían la de Tutankamón, un santuario secreto que muy pocos iniciados conocían, tomó un sendero hacia el suroeste antes de bifurcar hacia el oeste y, luego, volver hacia el sur para dejar atrás la tumba de Tutmosis I y detenerse quince metros más allá, frente al acantilado.

El lugar era extraño, como apartado del Valle. Todos experimentaron una sensación de profunda soledad, pero sin tristeza alguna.

Fened la Nariz se acercó. Olisqueó la roca, la besó, la acarició. Y lo hizo varias veces para entrar en íntimo contacto con ella, sentir la circulación de la vida por sus venas, saber si consentiría abrirse.

—La roca acepta —concluyó.

Los artesanos formaron un semicírculo, y Nefer el Silencioso se adelantó.

Tras haber consultado el plano que indicaba el emplazamiento de las tumbas reales, uno de los principales secretos de Estado, el maestro de obras había advertido que el acantilado estaba intacto en aquel lugar.

Dio el primer golpe de mazo y hundió el cincel de oro en la piedra virgen para fecundarla de la obra futura.

A todos los presentes se les encogió el corazón, con la convicción de que la cofradía se introducía una vez más en lo invisible para hacer aparecer en la tierra un nuevo rostro de la eternidad. Apenas perceptible, la vibración producida por las herramientas llenó, sin embargo, el circo montañoso, como si el Valle entero diera su consentimiento a la tripulación del Lugar de Verdad.

El maestro de obras se apartó y Paneb blandió el pesado pico de piedra en el que el fuego del cielo había trazado el hocico y las dos orejas del dios Set.

Y el fuego penetró la roca.

Excavar la roca con los grandes picos y los cinceles biselados de acuerdo con las instrucciones del maestro de obras, quitar los fragmentos transportándolos en pequeños cestos, limpiar las herramientas, dormir en las chozas de piedra de la estación del collado, volver a trabajar en el Valle... Gracias a la coherencia que reinaba en el equipo, la obra se había organizado sin contratiempos.

Sólo Ched el Salvador, cuya agudeza visual se mantenía gracias a los remedios de la mujer sabia, no participaba en esta fase de los trabajos. En el taller al aire libre instalado junto a la Tumba, preparaba la decoración de la puerta monumental y del primer corredor.

—Tal vez sea sólo una impresión mía, pero tengo la sensación de que los trabajos se están desarrollando a un ritmo bastante acelerado. Se diría que tienes prisa, y eso no es propio de ti —le dijo a Nefer.

—Así es, no tenemos tiempo que perder.

—¿Acaso tienes algún tipo de información confidencial que prefieres mantener en secreto?

—No, Ched; sólo intento adaptarme a ese lugar preciso y al momento en que vivimos.

—Sin ánimo de ser pesimista, creo que eso no es buena señal.

—Aún no lo sé... ¿Te ha hablado Paneb de su obra maestra?

—Algo me ha dicho... No quiere que nadie lo ayude. Creo que no le ha hecho mucha gracia dejar la tumba que te está preparando, pero viendo la energía con la que maneja el pico, se diría que se siente más que feliz de participar en la creación de una nueva tumba real. Ese muchacho tiene una capacidad de trabajo sobrenatural.

—¿Y le bastará para descubrir la materia prima?

—No lo sé... El número de cualidades requeridas es ilimitado, y nadie conseguirá nunca establecer la fórmula del éxito. ¿Pero ya no tienes confianza en los dioses?

—Tranquilízate, Ched.

Bajo la escrutadora mirada de Kenhir, al que Didia el carpintero había dado un sólido taburete de tres patas, el equipo de la derecha avanzaba a buen ritmo, liderados por Paneb y Nakht el Poderoso, que intentaba rivalizar con el coloso.

La mujer sabia no se había equivocado: la roca era hermosa y sana, y cantaba a coro con las herramientas.

21

Había transcurrido casi un año desde la coronación de Seti II, y el tiempo parecía haberse detenido, salvo para los artesanos del Lugar de Verdad que habían recibido del monarca la aprobación del emplazamiento de su morada de eternidad en el Valle de los Reyes. Los equipos de la derecha y de la izquierda habían trabajado allí, alternándose, al igual que en el Valle de las Reinas, donde proseguía el programa de restauración.

El príncipe Amenmés no había tomado decisión alguna, pero había salido de su letargo para seguir un entrenamiento militar comparable al de los soldados de élite. Aquella actitud le había valido la simpatía del ejército tebaico, decepcionado por la falta de consideración del faraón que, según los informadores del general Méhy, ya no salía de Pi-Ramsés.

Entre éste y su hijo no había contacto alguno, ni siquiera una carta, y Amenmés seguía sin haber jurado fidelidad a su padre. La tensión y la inquietud reinaban aún, y había una pregunta que se hacían los ciudadanos una y otra vez: ¿por qué el rey no manifestaba su autoridad de un modo u otro? Era evidente que debía preocuparse de consolidar las fronteras del nordeste y evitar una revuelta en Siria-Palestina, pero las consecuencias de la firmeza de Merenptah eran perceptibles aún y ningún peligro de invasión parecía amenazar a Egipto a corto plazo. El faraón también debía tener cuidado con la actitud de los altos dignatarios, dispuestos a fomentar conjuras, pero el canciller Bay, el hombre fuerte del régimen, parecía haberle tomado la medida a la corte de Pi-Ramsés, con la ayuda de la reina Tausert, que se reafirmaba día a día como una mujer de Estado. ¿Por qué toleraba, ella también, la larvada sedición de Amenmés?

Méhy estaba cada vez más inquieto a causa de esta situación. Los tesoros del Lugar de Verdad, aunque estaban muy cerca, parecían, sin embargo, inaccesibles, tanto más cuanto el traidor no había descubierto aún la menor pista que condujera a la Piedra de Luz. Y estaba ocupado, con su equipo, excavando y decorando la tumba de Seti II, incomunicado, pues, durante varios meses. Méhy había intentado, varias veces, abordar con Amenmés el problema del estatuto particular de la aldea de los artesanos, pero el príncipe no parecía interesado en hablar de ello, pues estaba demasiado ocupado aprendiendo el manejo de las armas.

La dulce Serketa pasaba horas y horas en el laboratorio de Daktair, perfeccionando su conocimiento de los venenos, que probaba en pequeños roedores cuya agonía, más o menos rápida según los productos, la entretenía; a la esposa del general le hubiera gustado emprenderla con animales mayores, pero el sabio se lo había desaconsejado, por miedo a que lo pusiera en un compromiso. Apreciaba mucho a su discípula, que se mostraba imaginativa y disipaba su neurastenia. Daktair ya no creía en la posibilidad de transformar Egipto en un país moderno donde la ciencia y la técnica borraran las antiguas creencias, pero la determinación de Serketa a veces le devolvía la esperanza. Pero también era preciso que estallara un conflicto interno para que pudieran emerger nuevas fuerzas. Por medio de correos confidenciales, Méhy seguía asegurándole al faraón su absoluta fidelidad, al tiempo que le señalaba que el príncipe Amenmés no había renunciado a sus ambiciones. El general, claro está, hacía todo lo posible para convencer al hijo del faraón de que no hiciera nada que luego pudiera lamentar.

Por mucho que Méhy se lo preguntaba, no lograba comprender las razones de la espera de Seti II, sobre todo con el nombre que el faraón ostentaba. Él, el protegido del dios Set, debería de haber caído como un rayo sobre aquel hijo rebelde que osaba desafiarlo. ¿Y por qué la reina Tausert, que no sentía afecto alguno por Amenmés, no empujaba al rey a actuar?

Un oficial destinado a Pi-Ramsés, autorizado a visitar a sus abuelos tebaicos, le proporcionó la respuesta al general Méhy, a cambio de una cuantiosa recompensa. Como la noticia iba a hacerse oficial muy pronto, Méhy acudió presuroso a la residencia que ocupaba el príncipe Amenmés, cerca del cuartel principal, para ser el primero en comunicársela.

Méhy tuvo la desagradable sorpresa de encontrar al hijo de Seti acompañado por dos especialistas de los carros, a los que había pedido que no se acercaran al príncipe.

—¡Venid aquí con nosotros, general! Cada día sé más cosas sobre la calidad del armamento tebaico —reveló Amenmés—. Nunca podré agradeceros lo suficiente haber puesto a punto tan formidable máquina de guerra. ¿Pero qué os pasa? Tenéis mala cara. ¿Malas noticias?

—Debo hablaros a solas.

Los dos especialistas de los carros desaparecieron rápidamente.

—Vuestros hombres os obedecen al instante, general... Algún día yo espero conseguir lo mismo. Necesitaba tiempo y he sabido obtenerlo. Bueno, ¿qué es eso tan importante y tan urgente que debíais comunicarme?

—Supongo que no habéis dejado de preguntaros las causas del prudente silencio de vuestro padre.

—He llegado a una conclusión: se conforma con reinar sobre el Norte.

—Según la información que acabo de recibir, eso no es exactamente así.

El príncipe se sintió intrigado:

—¡Explicaos, general!

—La reina Tausert está embarazada.

—Embarazada... ¡Si da a luz a un varón, mi padre tendrá otro hijo! Un hijo al que elegirá como corregente en mi lugar, y perderé así cualquier legitimidad. ¡De modo que ése es el proyecto que concibió con la perversa Tausert!

Amenmés agarró la empuñadura de un puñal y lo lanzó, furioso, hacia un mapa de Egipto que estaba dibujado en un muro. El arma se hundió en la pared, tras haber atravesado el nombre de la capital, Pi-Ramsés.

—¿Cuándo parirá la reina?

—Dentro de unos dos meses —repuso Méhy.

—Si mi padre se atreve a humillarme, no permitiré que se aproveche del trono durante mucho tiempo.

Cuando Paneb regresó del Valle de los Reyes para tomarse dos días de descanso tras ocho de trabajo, tenía en la cabeza varios proyectos. Primero, proseguir su obra maestra, que le exigía todo el talento y toda la técnica de los que era capaz, e incluso más; luego, proponer a Nefer el Silencioso una decoración inédita para la sala del pozo de la Tumba de Seti II. Esta morada de eternidad era muy distinta de la de Merenptah. La situación del reinado no era en absoluto semejante y la tripulación del Lugar de Verdad no podía limitarse a realizar una simple imitación. Pero la idea del pintor era tan sorprendente que tal vez el maestro de obras la descartara.

Paneb esperaba que Uabet la Pura le hubiera preparado una de esas suculentas comidas cuyo secreto poseía, pero en su lugar, en cuanto cruzó el umbral de su morada, su esposa se le echó a los brazos, llorando.

—¿Qué sucede?

—Ven a ver la cocina —consiguió articular Uabet entre sollozos.

El lugar estaba devastado. Botes rotos, marmitas volcadas, sacos de carbón despanzurrados, verduras esparcidas... Para Uabet la Pura, extremadamente cuidadosa, aquello era un cataclismo.

—¿Quién lo ha hecho?

—Tu hijo y su mono verde... En vez de esperar tranquilamente mi regreso del templo, han transformado mi cocina en un campo de juego y éste es el resultado. Como Aperti tenía prisa por ir a la escuela, ni siquiera ha escuchado mis reproches.

—¿No has podido retenerlo?

—Nuestro hijo sólo tiene once años, pero ya es más robusto que algunos adultos.

Paneb permanecía extrañamente tranquilo.

—Iré a buscarlo.

—¡No seas demasiado severo, te lo ruego! Aperti es sólo un chiquillo... Y aunque haya cometido una gran tontería, no merece un castigo desproporcionado.

Paneb besó dulcemente a su esposa en la frente.

Paneb fue a la escuela, donde un artesano del equipo de la izquierda daba una clase de matemáticas, pero descubrió que su hijo Aperti no estaba allí, sino en casa de Gau el Preciso.

—¿Está aquí mi hijo? —le preguntó a la esposa del dibujante.

—Sí, ha venido a que mi marido le explicara una división demasiado complicada para su gusto.

—Decidle que venga.

—¿No quieres entrar?

—No, Uabet nos espera.

Cuando Aperti apareció por la puerta, parecía bastante tranquilo.

—¿Por qué no has ido a la escuela?

—El profesor no me gusta... Prefiero a Gau. Él me ha dado la solución del problema.

—Dicho de otro modo, ¡eres un tramposo!

Gau intervino, con su voz ronca.

—No es tan grave, Paneb; ahora, tu hijo ha comprendido bien el principio de la división. ¿No es eso lo más importante?

—Te lo agradezco, Gau. Ven aquí, Aperti.

El muchacho empezó a correr como si quisiera escapar de su padre. Pero a pocos pasos de su casa, un poderoso puño lo levantó del suelo y el chiquillo se halló ante la mirada enojada del coloso.

—¿Por qué has destrozado la cocina?

—¡Estaba divirtiéndome con mi monito verde!

—Le has faltado al respeto a tu madre.

—Tengo derecho a...

Paneb le soltó una sonora bofetada a su hijo que casi le hizo saltar las lágrimas.

—No tienes ningún derecho, sólo obligaciones, y la primera de ellas consiste en venerar a la madre que te ha dado la vida. Durante más de tres años te dio el pecho y no tuvo reparos en limpiar tus excrementos. Ella te enseñó a hablar, a leer y a escribir, ella vela por tu salud. Prostérnate ante tu madre y no vuelvas a comportarte así nunca, Aperti. De lo contrario, te partiré los huesos y te expulsaré de la aldea.

22

Para trabajar en la tumba de Seti, Paneb utilizaba dos objetos indispensables: un codo plegable que le permitía comprobar las proporciones, en caso de duda, y el ojo que contenía todas las medidas que le había regalado Ched el Salvador.

Éste había concebido el programa para los tres corredores seguidos que conducían a la sala del pozo, cuyos muros habían sido nivelados con gran esmero y cubiertos de un yeso blanco sobre el que los dibujantes habían trazado los jeroglíficos que componían las *Letanías de Ra* y el *Libro de la cámara oculta*. Los extractos elegidos ofrecían al alma real el conocimiento de los nombres secretos de la luz y los de las regiones del más allá, que era preciso atravesar para alcanzar la resurrección.

Los escultores habían creado un admirable retrato idealizado del rey, eternamente joven y coronado como Osiris; de ese modo, vivía la regeneración del dios del imperio de los muertos y del reino subterráneo sin dejar de ser la encarnación del sol, vencedor de las tinieblas. Luego, Seti II era representado haciendo ofrenda a la luz divina, Ra, y a la regla eterna del universo, Maat.

La jornada de trabajo concluía, la luz de las lámparas se debilitaba. La pequeña sala acababa de ser tallada en la roca, pero aún había que dotarla de vida.

—¿Cuándo excavaremos el pozo del alma? —preguntó Paneb al maestro de obras.

—No lo excavaremos.

El pintor se sorprendió:

—¡Pero es necesario! Cuando el sarcófago pase por encima del pozo, la energía que contiene hará que la muerte desaparezca de él.

—¿Cómo se llama esa energía, Paneb?

—Es el *Nun*, el gran dios llegado por sí mismo a la existencia, el padre de las fuerzas creadoras y la fuente de toda vida.

—Recuerdas los textos que has dibujado, ¿pero realmente has percibido su sentido y su importancia? Que el pozo sea excavado materialmente o no, es algo secundario; concíbelo en espíritu, del mismo modo que pensamos en nuestros antepasados, y aprende que los jeroglíficos y las escenas rituales le dan su plena realidad. Lo esencial es el propio *Nun*. Para unos, aparece como el caos, las tinieblas insondables, la inmensidad de ese universo que nuestro cerebro no captará nunca; para otros, es lo indiferenciado, lo que era antes del ser y seguirá siendo después de la nada, la sustancia vital invisible presente en cualquier forma. Cuando excavas unos cimientos para hacer nacer el templo, tocas el *Nun*; la inundación es uno de sus aspectos, el soplo del viento otro y, cuando te duermes, te reúnes con él. Por él bogan las barcas solares; de él, de lo no creado, procede cualquier creación. En cuanto cruzas conscientemente los límites del mundo visible, penetras en él.

—¿Significa eso que el Valle de los Reyes es una de sus expresiones?

—Sí, Paneb, está situado en el *Nun*, como nuestra tierra, un islote que emergió por un tiempo limitado. Esta energía ilimitada nos envuelve y alimenta tanto nuestro espíritu como nuestro cuerpo. Nosotros, artesanos del Lugar de Verdad, tenemos el privilegio y la responsabilidad de vivir en el interior del *Nun* cuando moldeamos una morada de eternidad donde se expresa su omnipotencia. Gracias a la armonía que transforma la materia bruta, la energía del origen se revela sin desvelarse. Y sin ella sólo excavaríamos tumbas, no santuarios de vida.

—¿Quieres decir que el *Nun* es... la materia prima?

—Es tarde, Paneb, y querías exponerme un proyecto para la decoración de esta sala.

—¿Estás segura? —preguntó Pai el Pedazo de Pan a su esposa.

—Completamente.

—¡Esta vez, es demasiado! No me importa ser un buen chico y mostrarme paciente, pero no deben burlarse de mí.

—¿Qué podemos hacer? No es seguro que el tribunal nos dé la razón, sobre todo si lo preside el escriba de la Tumba.

—¡Estoy en mi derecho!

—¡Dile entonces lo que merece!

Alentado por la legítima cólera de su esposa, Pai el Pedazo de Pan consultó con sus colegas Unesh el Chacal y Gau el Preciso, que compartieron su indignación y lo acompañaron hasta el despacho de Kenhir.

El viejo escriba estaba leyendo el correo oficial, que no contenía nada alarmante, y dirigió una sombría mirada al trío:

—¿Qué pasa ahora?

—¡Tienes que escucharnos, Kenhir! —exigió Pai, con las mejillas encendidas.

—¿Tenéis algo que decirme?

—¡Ya lo creo! ¿Por qué te niegas a concederme las jarras de cerveza que me corresponden? Ya no hay una sola en casa y me niego a ser tratado de modo tan deplorable. Cuando hay algo que hacer, no dudas en llamarme; pero cuando distribuyes buena cerveza, te olvidas de mí.

—Es por tu bien.

—¿Cómo que por mi bien?

—Estás muy obeso, Pai, y beber demasiada cerveza agravaría tu estado.

—Por muy escriba de la Tumba que seas, no puedes decirme lo que debo hacer.

—Estás en un error, Pai: si caes enfermo, tu ausencia retrasará el trabajo del equipo y esa demora nos perjudicará a todos. Como estamos en plena excavación de una tumba real, debo velar por tu salud. Y que tus amigos no te den de beber a escondidas, pues acabaría sabiéndolo y me vería obligado a tomar medidas disciplinarias.

Los tres dibujantes salieron de la casa del escriba, se miraron y pensaron que la cara de Kenhir merecía ser colocada entre las rocas más duras.

El escriba de la Tumba se sentó en su taburete y puso las manos sobre su bastón. Esperó a que los miembros del equipo de la derecha hubieran encendido las lámparas en la morada de eternidad de Seti II para dirigirse al maestro de obras.

—El nerviosismo se apodera de tu equipo, Nefer, y el de la izquierda no se muestra mucho más sereno. Hay ha tenido que regañar a los artesanos dos veces esta semana, y he restringido la distribución de cerveza fuerte para evitar que se emborrachen.

—Es normal que estén inquietos —alegó Nefer—. Están descontentos porque preparan una tumba que el faraón reinante no se ha dignado visitar.

—¡Cuando se trabaja correctamente, no hay tiempo para ponerse nervioso!

—Todos saben que el nacimiento del hijo de Tausert y Seti II enfurecerá al príncipe Amenmés.

—Si es mínimamente inteligente no se enfrentará a su padre. Seti vendrá a presentar su hijo al dios Amón de Karnak, Amenmés se inclinará ante el rey legítimo y todo volverá a la normalidad.

—Me alegra vuestro optimismo, Kenhir.

—No te confíes, Nefer, es sólo fachada. He sabido que el príncipe Amenmés había hablado varias veces con el sumo sacerdote de Karnak y que las autoridades de la región se sorprenden de su radical cambio de actitud. Tras haber probado los placeres de la existencia, el príncipe se ha convertido en un verdadero soldado, tan capaz de mandar como de combatir en primera línea. Y este afán guerrero no presagia nada bueno.

—Algunas personas se conforman con veleidades; esperemos que Amenmés sea una de ellas. Además, ¿no se encarga el general Méhy de asegurar nuestra protección?

—Bastaría un simple decreto real para que perdiéramos esa protección.

—¿Por qué iba a asestarnos Seti un golpe bajo cuando estamos preparando su morada de eternidad?

—Pero la reina Tausert detesta el Lugar de Verdad. Al intentar sustituirme por un espía a sueldo, esperaba introducir un gusano en la fruta.

—Pero fracasó —recordó Nefer—, y ésa es la prueba que demuestra que la pareja real considera que nuestro trabajo es fundamental.

Kenhir inclinó la cabeza.

—No me ha gustado mucho el comportamiento de Unesh el Chacal, estos últimos días —murmuró—. Se une a uno u otro para protestar, aun manteniéndose algo atrás, como si intentara hundir a la comunidad permaneciendo en la sombra.

—¿Qué estáis insinuando, Kenhir? —preguntó el maestro de obras—. ¿Acaso habéis identificado al aldeano que nos traiciona?

—No tengo prueba alguna de la culpabilidad de Unesh, pero me gustaría que no le quitaras los ojos de encima.

—¿Nada más?

—No. ¿Por qué tanto misterio en torno a la sala del pozo?

—Paneb me ha hecho una sorprendente proposición que he aceptado, y ha comenzado a pintar.

Kenhir frunció el ceño.

—No me gustan demasiado las sorpresas en lo referente a la decoración de una tumba real.

—Esta tumba es muy especial, puesto que debemos actuar en ausencia del rey y con la incertidumbre de qué pasará en el futuro. ¿No era necesario tener en cuenta estas circunstancias?

—Si la iniciativa de Paneb no es conveniente, habrá que borrar y empezar de nuevo.

—Venid a ver.

Kenhir, irritado, se metió en el primer corredor, cuyos textos examinó, temiendo descubrir en ellos algunas fantasías. Pero no advirtió ninguna falta, e incluso comprobó que el revoque era de excepcional calidad. En cuanto a las escenas de ofrendas, se adecuaban perfectamente a los modelos rituales. Pero quedaba por examinar la famosa sala del pozo. Diez lámparas de tres mechas producían una intensa luz que ponía de relieve cada detalle de las sorprendentes pinturas de Paneb.

Ni escenas de ofrendas, ni divinidad, sólo la representación de los objetos sagrados que, durante los funerales de un faraón, eran depositados en la tumba: un halcón sobre una insignia, una cobra, un toro, un chacal, un ibis, un cocodrilo y algunas estatuas que mostraban al faraón en una barca, manejando un cetro, de pie sobre una pantera o representado en forma de un niño desnudo tocando el sistro, y un ritualista con una ofrenda real.

—Thuty fabricará en oro estos objetos, siempre que la cofradía no sea arrastrada por la tormenta —precisó el maestro de obras—. Si por desgracia fuera así, al rey no le faltaría de nada porque esas pinturas, una vez animadas por los ritos, se convertirían en realidad.

Kenhir estaba atónito. Paneb había elegido formas simples, sin elegancia, pero que encarnaban las diversas potencias que acompañarían al alma del rey durante su perpetuo viaje por el más allá. Un fino contorno rojo subrayaba algunas figuras, y todas estaban pintadas del color del oro.

—¿Estáis satisfecho, Kenhir?

—No, estoy harto.

23

—La reina Tausert acaba de dar a luz un niño —anunció el general Méhy con gravedad.

El príncipe Amenmés estaba mirando al cuartel principal de Tebas por una de las ventanas de su residencia, dándole la espalda a Méhy.

—¿Se conocen las intenciones de mi padre?

—Desea que el niño sea asociado al trono, y ésa es también la voluntad de la reina.

Se hizo un prolongado silencio.

—General, no me habíais dicho que vuestros especialistas han fabricado un nuevo carro de guerra más ligero y robusto que los modelos utilizados por los ejércitos del Norte.

—No os lo había dicho por una razón muy simple, príncipe: no está terminado aún.

—Pues los dos técnicos a los que yo he consultado no opinan lo mismo.

—Son demasiado optimistas.

—Lo comprobaré yo mismo.

—No corráis riesgos innecesarios y...

—A partir de hoy, tomo el mando de las tropas de Tebas acuarteladas en Elefantina, y de las que custodian las fortalezas de Nubia. Os mantengo en el grado de general, siempre que ejecutéis mis órdenes al pie de la letra y no volváis a ocultarme nada. Al menor paso en falso, Méhy, seréis destituido.

El general se inclinó.

—Haced que vengan los escribas para dictarles un decreto —ordenó Amenmés.

—Un decreto... Debo entender que...

Amenmés se dio la vuelta y Méhy se percató de que su rostro había cambiado: la mirada se había hecho penetrante, los rasgos imperiosos.

—¿No he hablado bastante claro?

—Estoy a vuestras órdenes, majestad.

Amenmés esbozó una triunfante sonrisa.

—No habéis perdido vuestra inteligencia, general; mejor para vos. En cuanto haya terminado de dictar mi decreto, nos dirigiremos a Karnak.

Amenmés, «el hijo de Amón», eligió como nombre de coronación «el que es estable como Ra, el elegido de la luz divina» con la bendición del sumo sacerdote de Karnak; tomó como esposa a una tebaica de origen extranjero y la instaló en el palacio real.

El nuevo faraón se hizo reconocer por los nobles tebaicos que lo aclamaron y exigió de ellos una fidelidad a toda prueba. Diversos mensajeros partieron en seguida hacia todas las provincias del país para comunicar la noticia: Egipto era gobernado de nuevo y en él pronto reinaría la prosperidad. Un gran banquete, durante el que Serketa no dejó de hacer arrumacos y dirigir miraditas al monarca, había reunido a la corte de Amenmés, y todo el mundo se había esforzado en parecer alegre y relajado.

En cuanto regresó a su casa, Serketa se desnudó e hizo que le dieran un masaje. Ya más descansada, se reunió con Méhy en su despacho.

—¿Aún estás trabajando? ¡Pero si hoy es fiesta!

—No debo perder ni un minuto. Tengo que enviarle una carta cifrada a Seti, explicándole que ya no dispongo de autonomía alguna pero que sigo siendo su fiel súbdito.

Serketa se sentó en las rodillas de su esposo y le susurró:

—Esto es muy excitante... Dos faraones, un padre y un hijo que se detestan, una inminente guerra civil... ¡Estamos de suerte!

—Será una partida muy dura, amor mío, pues el joven Amenmés ha cambiado mucho. Pensaba que podría manejarlo como a una marioneta, pero ha salido de su letargo para convertirse en jefe de los ejércitos.

—¿Quién atacará primero?

—Ése es el problema, pichoncito; el agresor será considerado como un rebelde, y el pueblo temerá que atraiga sobre él la maldición de los dioses.

—¿Cuándo dejará la gente de creer en esas viejas supersticiones? Será, pues, conveniente seguir incitando a Amenmés y hacerle perder los estribos... ¿No es nuestro ejército superior al de Seti?

—Es difícil saberlo a ciencia cierta. Si éste recurre a los regimientos apostados en las fronteras, tendrá con él un gran grupo de soldados experimentados. Y hay algo más inquietante aún: Amenmés comienza a desconfiar de mí y podría seguir su propio camino sin consultarme.

—Eso no estaría bien, dulce amor mío... ¡No vamos a perder, ahora, el fruto de nuestros esfuerzos!

—No, claro que no.

Paneb había pasado un día y una noche mirando el cielo para contemplar en él el oro del sol, la plata de la luna y el lapislázuli de la bóveda estrellada. Inscribió en su mirada los metales del universo que, también ellos, entraban en la composición de la materia prima. Su vista se aguzó, y el pintor se llenó de júbilo cuando tuvo la impresión de penetrar el firmamento. Su mano acarició el vientre de las estrellas y danzó como una constelación.

La revelación del maestro de obras, en la Tumba de Seti II, le había ensanchado el corazón; ahora Paneb lograba percibir las pulsaciones y las vibraciones del *Nun*, esa energía que estaba presente en todas partes.

Por ello avanzó sin temor por el desierto donde merodeaban monstruos con cuerpo de león y cabeza de halcón que el guerrero más hábil no conseguía vencer. Pero el coloso sentía la necesidad de franquear las fronteras de lo visible para alimentar su obra con esa sustancia impalpable que se ocultaba en el agua de un pozo, en la lluvia que brotaba del cielo, en la inundación que fecundaba las tierras o en el fuego que hacía inhabitable el desierto.

Cuando Paneb cruzaba un altozano, un ronco aliento le alertó. Se volvió lentamente y divisó un enorme chacal con el pelo de un color negro reluciente bajo la luz plateada.

Era Anubis, el dios encargado de guiar a los muertos hasta

el tribunal del otro mundo... El animal era muy soberbio, por lo que Paneb no sintió miedo alguno, y decidió seguirlo.

El chacal prosiguió su camino, y el coloso no vaciló ni un instante. Andando tras las huellas de su guía, le pareció realizar un larguísimo trayecto que, en realidad, le devolvió cerca de las colinas del Lugar de Verdad. Una pendiente que debía escalarse, una cresta, un sendero, y el chacal se inmovilizó ante la entrada de la tumba de Nefer el Silencioso, tapada por un gran bloque de piedra.

¡El pintor no se había engañado a sí mismo! Era allí, en el lugar de su obra maestra, el paraje donde debía encarnarla para mostrarse digno de sus iniciadores, utilizando la energía oculta en lo más profundo de sí mismo y que le unía al universo y a los dioses.

Paneb se prosternó ante el chacal, que desapareció en la noche, y luego se encerró en la tumba para proseguir allí su trabajo.

Los ritos del alba habían sido realizados, los altares de los antepasados se habían llenado de flores y las amas de casa iban a buscar las jarras de agua que habían transportado los asnos. No tardaron en advertir la ausencia de Uabet la Pura, que solía ser muy puntual.

—Debe de estar enferma —sugirió la esposa de Pai el Pedazo de Pan.

—Voy a ver —decidió Turquesa.

Aperti abrió la puerta.

—¿Se encuentra mal tu madre?

—No deja de llorar.

La soberbia pelirroja entró. Uabet estaba tendida en su cama, con la cara contra una almohada.

—Soy yo, Turquesa.

La mujer de Paneb se volvió rápidamente y lanzó una furiosa mirada a la intrusa:

—Tú... ¡Te has atrevido a venir! ¿Cómo puedes ser tan cruel?

—No comprendo, Uabet.

—¿No estás satisfecha con tu victoria...? ¡También tienes que venir a humillarme en mi casa!

—¿Pero de qué victoria hablas?

—Por fin Paneb ha pasado la noche en tu casa, ¿no es cierto?

—Te equivocas, Uabet. Un pacto es un pacto, y yo nunca lo romperé.

—¿Estás diciendo la verdad, Turquesa?

—¿Te he mentido alguna vez?

Uabet la Pura pareció desconcertada.

—Estaba convencida de que Paneb se había quedado en tu casa porque quería divorciarse de mí y volver a casarse.

Turquesa se sentó en el borde de la cama.

—Disipa tus temores, era sólo una pesadilla, nunca me casaré, y ni Paneb ni cualquier otro hombre harán que cambie de opinión.

—Pero entonces... ¿Adónde ha ido?

—Lo ignoro —confesó Turquesa.

—¡Han sido los canteros! —exclamó Uabet—. Detestan a Paneb y han debido de agredirle. Lo habrán abandonado, herido, fuera de la aldea.

Las dos mujeres corrieron hasta la vivienda de Casa la Cuerda cuya esposa, una morenita agresiva, barría el umbral.

—Queremos ver a Casa —exigió Uabet.

—Mi marido está durmiendo, y tiene la intención de dejar que se le peguen las sábanas. Con el ritmo de trabajo que impone el maestro de obras, los canteros necesitan descansar.

—¿No te ha dicho nada de una pelea con Paneb?

—¡Entre nuestros maridos las cosas nunca irán bien! Será mejor que nos acostumbremos.

La esposa de Casa la Cuerda cerró la puerta. Uabet y Turquesa fueron a casa de Nakht el Poderoso, que devoraba una enorme rebanada de pan con requesón.

—¿Paneb? Ayer noche no lo vi.

—¿No te peleaste con él?

—No, y es una lástima... Algún día lo venceré y tendrá que pedir clemencia.

Karo el Huraño y Fened la Nariz tampoco les aportaron noticias de Paneb. Se disponían a interrogar a los demás aldeanos y, luego, a avisar al maestro de obras cuando Turquesa pensó en la principal preocupación que obsesionaba al coloso.

—Sólo piensa en la materia prima y en su obra maestra...

—¿Y si hubiera pasado la noche en la tumba que está preparando? —preguntó Uabet.

Al llegar ante la entrada de la morada de eternidad de Nefer el Silencioso, el gran bloque de piedra empezó a moverse y, acto seguido, Paneb apareció de detrás de él, deslumbrado un instante por el sol. En su rostro no había ni la menor huella de fatiga.

—¿Qué estáis haciendo aquí? —preguntó, desconcertado.

Las dos mujeres no tuvieron tiempo de responder, pues oyeron unos insólitos clamores procedentes de la aldea.

24

Varios artesanos corrían hacia la gran puerta.

—Vayamos a ver —decidió Paneb.

Uabet la Pura y Turquesa fueron tras él. El trío bajó rápidamente la pendiente para mezclarse con los aldeanos.

—¿Qué ocurre? —preguntó el coloso a Thuty el Sabio, que iba de un lado a otro a causa de los empujones que le propinaba la multitud.

—Un decreto real, al parecer; tal vez Seti nos anuncie su visita.

—O tal vez desee modificar el emplazamiento y la decoración de su tumba —aventuró Paneb, preocupado.

Todos se reunieron en torno al maestro de obras, al que el escriba de la Tumba acababa de confiar el texto enviado por el palacio real de Tebas.

—Amenmés ha sido coronado faraón —reveló—; residirá en la ciudad del dios Amón.

Aunque la noticia no sorprendió a muchos aldeanos, habían esperado que el hijo de Seti renunciara a reivindicar el poder supremo.

—¿Por qué ha tomado esta decisión? —preguntó Gau el Preciso.

—Porque Amenmés se niega a reconocer la legitimidad de Seti y la del hijo nacido de la reina Tausert.

—¿Sigue el general Méhy encargándose de nuestra protección? —preguntó Karo el Huraño, inquieto.

—Lo ignoro —reconoció Nefer.

—¿A quién debemos considerar como faraón, entonces? —preguntó Renupe el Jovial.

El maestro de obras permaneció en silencio.

—Nos vemos obligados a elegir al más cercano —indicó Kenhir—; Amenmés se ha puesto a la cabeza de las tropas tebaicas y no tolerará insumisión alguna.

—Si nos unimos a él y es vencido por Seti, éste arrasará nuestra aldea —protestó Fened la Nariz.

—Según el escriba de la Tumba, no nos queda otro remedio —recordó Ipuy el Examinador.

—Y tenemos una misión que cumplir —decidió Nefer—: preparar la morada de eternidad de Seti II. Conduciré, pues, al equipo de la derecha al Valle de los Reyes, y proseguiremos nuestra tarea.

Los artesanos conocían bien el camino que llevaba del Lugar de Verdad a la «gran pradera», pero tal y como estaban las cosas, podía resultar peligroso. Así pues, el maestro de obras solicitó al jefe Sobek y a algunos policías que acompañaran al equipo de la derecha.

—¿Qué piensas del decreto de Amenmés? —le preguntó Nefer.

—Nada bueno. Debería haber negociado con su padre, en lugar de convertirse en su rival.

—¿Cómo reaccionarías ante sus soldados?

—Mi deber es encargarme de vuestra seguridad, venga el peligro de donde venga.

—Si la situación se complicara, creo que sería mejor deponer las armas.

—Mis hombres no temen un enfrentamiento y me obedecerán.

—Enfrentarse a soldados comandados por un faraón sería un crimen, Sobek.

—El Lugar de Verdad es toda mi vida. Si no hiciera todo lo posible por salvarlo, me despreciaría a mí mismo.

El grupito llegó al Valle de los Reyes a media mañana. Los guardias no habían recibido ninguna instrucción nueva, y los dejaron pasar.

Cuando el escriba de la Tumba se sentó pesadamente en su taburete, los artesanos le presentaron sus herramientas para que tomase las notas habituales. Kenhir notó que les faltaba entusiasmo, a excepción de Paneb, que encendía unas lámparas dispuestas a lo largo de los tres corredores que llevaban a la sala del pozo, cuya decoración estaba terminada.

Más allá, los artesanos habían excavado una sala de cuatro pilares cuyos muros serían decorados con escenas y textos extraídos del *Libro de las Puertas*. También ahí había propuesto Paneb una innovación: pintar una sola figura divina en cada lado de los pilares y hacer que dialogaran entre sí. Una vez Gau el Preciso, Unesh el Chacal y Pai el Pedazo de Pan hubieron trazado los bocetos en rojo, Ched el Salvador procedió a realizar algunas correcciones con tinta negra, especialmente en las curvas de los rostros; luego, con el color, Paneb hizo nacer a Osiris, Ptah, Anubis, Horus y otras formas divinas que recibían la ofrenda del faraón.

Los canteros seguían excavando, y el carpintero y el orfebre preparaban los objetos rituales que formarían el tesoro ritual de Seti II. Al recuperar el ritmo de trabajo, los artesanos olvidaron sus preocupaciones y se consagraron por completo a la obra.

—¡Nefer, ven pronto! —gritó Kenhir desde la entrada de la tumba.

El Silencioso subió a toda prisa.

Junto al escriba de la Tumba había un policía nubio.

—Unos soldados se dirigen hacia el Valle, el jefe Sobek espera vuestras consignas.

—¿Qué decides? —preguntó Kenhir, nervioso.

—El Valle de los Reyes debe seguir siendo un dominio sagrado.

—Como faraón, Amenmés tiene derecho a penetrar en él recordó el escriba de la Tumba.

—Permaneced aquí con los artesanos —ordenó Nefer.

—Te acompaño —anunció Paneb.

El jefe Sobek y varios nubios estaban ante el estrecho acceso al Valle, de pie, con los brazos cruzados. Tenían los ojos clavados en la pista por la que empezarían a desfilar, de un momento a otro, los soldados que los vigías habían avistado.

—¿Cuántos hombres son? —preguntó el maestro de obras.

—Unos cincuenta.

—Podemos acabar con ellos —estimó Paneb.

El coloso fue el primero que vio al que guiaba la tropa: el general Méhy en persona.

Su carro se detuvo a unos veinte metros del grupito, y descendió de él con autoridad.

A su espalda, unos arqueros dispuestos a disparar.

Nefer avanzó hacia el general.

—Habría preferido volveros a ver en otras circunstancias, maestro de obras; pero el destino nos depara muchas sorpresas.

—¿Qué queréis de mí, general?

—Supongo que habéis leído el decreto del faraón Amenmés.

—Todos los habitantes del Lugar de Verdad han sido informados. ¿Aún sois el encargado de proteger la aldea?

—Así es. El rey no me ha dicho lo contrario, pero ignoro cuáles son sus intenciones reales. Como general, debo obedecer órdenes, sean cuales sean.

—¿Incluso si os parecen injustas?

—Amenmés ha tomado el poder, yo sólo cumplo órdenes. El nuevo rey exige respeto y no creo que se muestre muy paciente.

—¿Debo recordaros que la cofradía trabaja para el faraón Seti II, dueño supremo del Lugar de Verdad?

—Sería mejor que os abstuvierais de hacer ese tipo de afirmaciones.

—En su decreto, Amenmés no precisa si piensa asumir esta función.

—Os lo repito, ignoro sus intenciones en lo que os concierne...

—Pues hasta que no tengamos más información daré por sentado que Seti II reina sobre la aldea. Nos dedicaremos en cuerpo y alma a terminar su tumba.

—Renunciad a ese proyecto, maestro de obras.

—Ni hablar, tengo el deber de llevarlo a cabo.

—El rey Amenmés me ha enviado aquí para ordenaros que suspendáis de inmediato los trabajos en la tumba de Seti. Como os he dicho antes, yo cumplo órdenes y no tengo elección: necesito vuestra aprobación.

—¿Y si me niego?

—Transmitiré vuestra respuesta a su majestad, pero os aconsejo que abandonéis esa actitud. Amenmés necesita afirmar su soberanía y no va a tolerar semejante afrenta.

—Debo consultar con la cofradía dada la gravedad de la situación.

—Veré qué puedo hacer para que el rey espere, pero no intentéis ganar tiempo y no toméis a la ligera la decisión de Amenmés.

—¿De qué lado estáis, Méhy?

—Estoy atrapado, pero sigo a vuestro lado, maestro de obras, y lo estaré siempre, pues encarnáis unos valores ancestrales que yo admiro muchísimo. Si Amenmés fuera demasiado lejos, intentaría impedírselo, pero no me pidáis que haga nada más.

—Mañana tendréis mi respuesta.

—Entretanto, podríais hacerme un favor: dejad el trabajo en la tumba de Seti y abandonad el Valle. Si lo hiciérais, Amenmés se tranquilizaría bastante.

—Está bien, pero con la condición de que los policías nubios mantengan la guardia y que no intentéis forzar el paso.

—Amenmés no me lo ha ordenado, y espero no tener que llegar a tales extremos.

El general regresó con sus hombres con la esperanza de que la tozudez del maestro de obras no se debilitara; si se negaba a obedecer al nuevo rey, provocaría la cólera de Amenmés contra el conjunto de la cofradía, que muy pronto quedaría indefensa. Méhy propondría al monarca colocar la aldea bajo un estricto control militar, que él garantizaría para mejor apoderarse de sus tesoros ocultos.

En cuanto el equipo de la derecha regresó a la aldea, mucho antes del día previsto, los rumores empezaron a circular y el nerviosismo se apoderó muy pronto del conjunto de los habitantes: ¿pondría fin Amenmés a la misión sagrada de los artesanos y destruiría el Lugar de Verdad?

Kenhir dirigió unas palabras a los aldeanos, y los ánimos se templaron un poco, pero el escriba de la Tumba no ocultó que la cofradía estaba en peligro y que era preciso que tomara, con la mayor rapidez, una decisión de la que dependería su porvenir. Con la aprobación de la mujer sabia, Turquesa llevó de inmediato a las sacerdotisas de Hator hasta un oratorio, para implorar la protección de la diosa.

Incluso el mono verde dejó de hacer travesuras; en cuanto a *Bestia Fea*, ésta se apostó junto a la puerta principal.

En presencia de la mujer sabia y del escriba de la Tumba, los dos equipos se reunieron en el patio al aire libre del templo de Maat y de Hator. Los artesanos tenían un aire sombrío, y todos depositaban sus esperanzas en la prudencia de los demás.

25

—El rey Amenmés exige que interrumpamos los trabajos en la tumba de Seti II —declaró el maestro de obras—. Si nos negamos, hará que intervenga el ejército. Sean cuales sean sus convicciones, el general Méhy se verá obligado a obedecer, y yo pediré al jefe Sobek que deponga las armas, con el fin de evitar una masacre.

—¿Amenmés ha sido proclamado señor del Lugar de Verdad? —preguntó Ipuy el Examinador.

—Todavía no.

—En ese caso, sólo debemos obediencia a Seti.

—Si lo hiciéramos, estaríamos firmando nuestra sentencia de muerte —consideró Kenhir—; Amenmés se niega a ver honrado a su padre en el territorio que controla.

—El Valle de los Reyes no pertenece al dominio temporal de los faraones —precisó Hay, el jefe del equipo de la izquierda.

—Por desgracia, Seti no ha venido a consagrar, mágicamente, la construcción de su morada de eternidad —recordó la mujer sabia.

—Debemos ser razonables —propuso Thuty el Sabio—; el general Méhy ya no está en condiciones de defendernos y el maestro de obras se niega a comprometer a los policías de Sobek en un combate que está perdido de antemano. ¡Y no vamos a emprender nosotros una lucha armada contra los soldados del faraón!

—Pensemos en las mujeres y los niños —exigió Userhat el León—; ¿qué sería de ellos si fuéramos detenidos y encarcelados por insumisión?

—Hemos cumplido nuestro deber y no estamos en condiciones de oponernos por la fuerza —añadió Karo el Huraño—. No veo motivo alguno para no obedecer.

Cada cual dio su opinión y, pese a que albergaban cierto despecho, nadie tenía ganas de desafiar a Amenmés.

—Sólo pongo una condición —precisó Nefer—: yo sellaré la puerta de la tumba de Seti y los soldados no deberán penetrar en el Valle.

—Apruebo la decisión del maestro de obras —concluyó la mujer sabia.

El general Méhy estaba muy impaciente. Para tranquilizarse, había tirado con arco durante más de una hora, pero no lo había conseguido. La victoria estaba tan cerca... Cuando estuviera en posesión de los tesoros del Lugar de Verdad, el fantoche de Amenmés no se le resistiría por mucho tiempo. Seti sería un obstáculo mayor, pero Méhy dispondría de mejores armas.

El escriba de la Tumba, general —anunció el ayudante de campo.

—Que pase.

Kenhir caminaba penosamente con la ayuda de su bastón, y se sentó pesadamente en el sillón que su anfitrión le ofrecía.

—Los años pesan cada vez más sobre mi viejo esqueleto, general, y encima estos tiempos difíciles no ayudan demasiado. ¡Que los dioses nos eviten dolorosos conflictos!

—Ciertamente, Kenhir, ciertamente... ¿Cuál es la respuesta del Lugar de Verdad?

—La cofradía ha decidido obedecer al rey, claro está, y espera que su majestad se erija en seguida como protector de la aldea y que os confirme en sus funciones.

El general logró ocultar su decepción.

—Sin embargo, hay una pequeña condición —prosiguió Kenhir.

Méhy recuperó la esperanza.

—¿Cuál?

—El maestro de obras sellará personalmente la puerta de la tumba de Seti II y no habrá presencia profana alguna en el Valle de los Reyes.

Amenmés examinaba uno a uno los carros de guerra y ordenaba a los carpinteros que retocaran algunos de ellos. Antes de dirigirse hacia el Norte, necesitaba un material en perfecto estado.

—El Lugar de Verdad acepta interrumpir los trabajos de la tumba, majestad —le comunicó Méhy.

—¿Acaso lo habíais dudado, general?

—Nefer el Silencioso es un hombre de una pieza y esos artesanos no son fáciles de manejar.

—¡Aquí tenéis la prueba de lo contrario! Partid inmediatamente hacia el Valle, aseguraos de que ya no quede ningún artesano en las obras y obstruid la entrada de la tumba de mi padre.

—El maestro de obras rechaza cualquier intervención militar en el paraje.

—¿Queréis decir que se atribuye el derecho a negarse?

—Y pone otra condición, majestad: él mismo sellará la puerta de la tumba de acuerdo con los ritos de la cofradía.

—¡Y qué más! ¡También podría doblegarme ante él, si lo desea!

Méhy no quiso echar más leña al fuego: Amenmés ya estaba lo bastante furioso como para enfrentarse a Nefer el Silencioso.

—Decidle al maestro de obras que he cambiado de opinión con respecto a la tumba de mi padre.

El general se crispó: ¿era la magia del Lugar de Verdad tan poderosa para impulsar al rey a autorizar que los trabajos prosiguieran? Pero, ante su sorpresa, Amenmés añadió:

—No basta con cerrar ese sepulcro: ordeno la destrucción inmediata y total de las esculturas, los textos y las pinturas.

Nefer recorrió lentamente la calle principal de la aldea, dirigió una mirada a cada vivienda y pensó en los que las habitaban. A lo largo de los siglos y con el trabajo comunitario se habían forjado un espíritu de cuerpo y un ingenio particular, más allá de los defectos y las mezquindades inherentes a los caracteres de los unos y los otros. Los faraones se habían ido sucediendo, así como los maestros de obras, y nadie había roto el pacto que convertía el Lugar de Verdad en depositario de la Piedra de Luz, capaz de transmutar la materia.

Y ahora, esa grandiosa aventura iba a terminar a causa de la vanidad, la brutalidad y el odio de un monarca que demostraba, así, su incapacidad para reinar:

Antes de convocar de nuevo la gran asamblea, el Silencioso quería demorarse por algún tiempo ante las casas blancas y cuidadas donde vivían los aldeanos, que habían conocido el milagro cotidiano de la solidaridad y de la fraternidad, con sus alegrías y sus pesadumbres, sus grandezas y sus pequeñeces.

Un hocico húmedo frotó la pantorrilla del maestro de obras.

—*¡Negrote!* ¿También tú paseas?

El perro se irguió y apoyó las patas delanteras sobre los hombros de su dueño. En los ojos castaños del animal, la ansiedad se mezclaba con la confianza.

—Tranquilízate, la palabra dada no se recupera.

—Mañana mismo tendríamos que ponernos de nuevo en camino hacia el Valle de los Reyes —declaró el maestro de obras a los artesanos.

—¡Así pues, el trabajo se reanuda! —se alegró Nakht el Poderoso.

—Amenmés nos ha ordenado destruir la tumba de Seti II.

Una profunda turbación se apoderó de la asamblea.

—¿Destruir? —repitió Pai el Pedazo de Pan, escandalizado—. ¿Qué significa eso?

—Romper las esculturas, borrar los textos y las pinturas, deshacer nuestro trabajo.

—¡Nosotros no sabemos destruir! —protestó Renupe el Jovial, cuya mirada había perdido toda malicia.

—El rey Amenmés quiere someternos y hacernos comprender que sólo él decide —explicó Kenhir con sombrío aspecto.

—¡Ningún faraón se ha comportado nunca como un tirano! —recordó Ipuy el Examinador—. Esta orden no tiene pies ni cabeza, no tiene validez.

—Si no la respetamos, nosotros seremos los destruidos —objetó Thuty el Sabio.

—¿Vamos a comportarnos como cobardes? —se rebeló Paneb—. ¡Entramos en esta cofradía para construir y crear! Si el tal Amenmés odia a su propio padre, que mande contra él sus tropas pero que no cuente con nosotros para destruir el Valle.

—¿Has pensado en tu mujer y tu hijo? —preguntó Gau.

—Tampoco me atrevería a mirarlos a la cara después de saquear una morada de eternidad.

—Y tras haber cometido semejante horror, ¿cómo podríamos seguir adelante, como si no hubiera pasado nada? —añadió Unesh el Chacal.

Didia el Generoso se incorporó:

—Durante nuestra admisión en esta cofradía, aceptamos solemnes compromisos. Renegar de ellos supondría destruirnos a nosotros mismos.

—Comparto esta opinión —dijo el maestro de obras—. Por ello me niego a ejecutar la orden de Amenmés.

—¿Eres consciente de las consecuencias? —preguntó Fened la Nariz.

—En el mejor de los casos, Amenmés decretará el cierre de la aldea y seré acusado de alta traición. ¿Alguno de vosotros está en desacuerdo conmigo?

Nadie dijo nada.

—No hay otro camino —añadió la mujer sabia—. Si cediéramos ante las insensatas exigencias de Amenmés, el Lugar de Verdad perdería el alma.

—Que quienes no deseen verse arrastrados por mi caída abandonen la aldea en seguida, antes de que yo dé la respuesta al general Méhy —propuso el maestro de obras—. Tal y como están las cosas, no es ninguna deshonra querer salvar la propia vida, la familia y los bienes.

Clara se levantó.

—El maestro de obras y yo misma nos retiraremos al templo hasta que se ponga el sol. Que cada cual sea libre de elegir.

Habitualmente, aquélla era la hora más dulce de la jornada, el momento en que la paz inundaba a todo el mundo. La fatiga desaparecía y cada cual guardaba silencio para admirar el sol poniente.

En el templo, el maestro de obras y la mujer sabia habían cerrado las puertas del santuario; sola en la noche del espacio sagrado, la estatuilla de oro de la diosa Maat afrontaría las tinieblas para alcanzar el océano de los orígenes, de donde resurgiría por la mañana.

—Sin duda, ésta es mi última velada en la aldea —le dijo Nefer a su esposa—; en cuanto haya comunicado nuestra decisión al general Méhy, hará que me detengan.

—¿Se negará a comprender nuestras razones?

—Las acepte o no, su principal preocupación es su propia carrera; así pues, obedecerá a ojos cerrados a Amenmés. Yo defenderé la causa de la aldea, afirmando que soy el único responsable y que os he forzado a adoptar mi posición; ¿pero me creerá el rey?

—Yo te acompañaré.

—No, Clara; el Lugar de Verdad te necesita. Sólo tú serás capaz de unificar nuestras fuerzas y permitir a la aldea afrontar la adversidad.

—Me pides demasiado, Nefer; contigo he vivido, y contigo quiero morir.

—Eres la madre de la cofradía. ¿Cómo sobreviviría sin tu amor?

Nefer y Clara se abrazaron con pasión y ternura, como si desearan grabar en sus carnes ese instante de comunión que el destino no volvería a brindarles.

26

El general Méhy no había dormido en toda la noche. Para tranquilizarse, le había hecho el amor a su esposa con su habitual brutalidad, pero ni siquiera con eso había logrado calmarse.

La copa de vino azucarado que le había ofrecido Serketa no le había gustado, y había decidido desenrollar un papiro contable en el que se catalogaban las riquezas de la región tebana, de la que muy pronto sería dueño.

Serketa le dio un masaje en los hombros.

—Nos acercamos a la meta —susurró—; ¿pero quieres decir que ese maldito maestro de obras no te tendrá reservada una desagradable sorpresa?

—No dejo de pensar en ello, y sin embargo Nefer ya no tiene escapatoria. ¿Cómo iba a aceptar la destrucción de una tumba real? Amenmés finalmente ha encontrado la mejor manera de eliminarlo: obligarlo a desobedecer a su rey. Nadie compadecerá a un rebelde.

—¿Quién ocupará su lugar?

—¿Por qué no nuestro aliado del interior? Si es lo bastante hábil, obtendrá el cargo.

—Es necesario que Amenmés acepte su nombramiento.

—El rey escuchará mis consejos.

—No te enfades, amor mío, pero yo no estoy tan segura... El joven monarca está adquiriendo demasiada confianza en sí mismo, y se rodea de consejeros militares que afirman ser tus amigos pero que sueñan con sustituirte.

Méhy se tomó muy en serio la advertencia de su mujer.

—Tranquilízate, los vigilaré de cerca.

—Y si dan un paso en falso, yo me ocuparé de ellos —prometió Serketa, pasándose la lengua por los labios.

El general no descartó la sugerencia de su esposa. Algunos oficiales superiores comenzaban a ser demasiado ambiciosos. O se alineaban tras la bandera de Méhy, o su carrera acabaría súbitamente.

—Tienes razón, tórtola mía, hice mal mostrándome demasiado débil con mis subordinados, en los últimos tiempos... Pero no había previsto que nuestro nuevo rey fuera a tomarse por un jefe de guerra.

—¿Sería capaz de mandar las tropas tebaicas?

—Sin mí, no. Pero me gusta dejar que se lo crea... Para atacar al ejército de Seti es necesario concebir una estrategia muy precisa, y Amenmés es incapaz de hacerlo. Y sin los secretos técnicos que alberga el Lugar de Verdad, la victoria sería aún más incierta.

La jornada comenzó como todas las demás: despertar de la divinidad en el templo, homenaje a los antepasados, distribución del agua que los asnos habían llevado. Pero las amas de casa no intercambiaban palabra, como si llevaran un peso excesivo que les impidiera disfrutar de los placeres de la cháchara.

Nefer el Silencioso se había afeitado y peinado cuidadosamente tras haber tomado una ducha de agua perfumada, y luego se había puesto sus ropas de fiesta.

—El escriba de la Tumba desea verte —le advirtió Clara.

Las arrugas de Kenhir se habían hecho más profundas.

—Soy un anciano y el representante del Estado en esta aldea —recordó—; yo debo dar nuestra respuesta al general.

—Sabéis muy bien que eso no le bastaría y que me convocaría de inmediato.

—Sin duda... ¿Pero por qué no probarlo? ¡Tú corres demasiado peligro!

—Kenhir, cuento con vos para defender la aldea con vuestros argumentos jurídicos; tal vez mi condena no acarree la vuestra.

—¿No sería conveniente que uno de nosotros avisara a Seti? He redactado una carta para él.

—Es demasiado arriesgado... Los soldados de Méhy registrarán a cualquier artesano que salga del Lugar de Verdad.

—Lo sé, pero sólo él puede salvarnos.

—Amenmés ha decidido actuar de prisa; Seti no tendrá tiempo de llegar a Tebas para ayudarnos.

Kenhir abrazó a Nefer y le dijo:

—No soy muy hábil haciendo cumplidos... Pero eres un maestro de obras de quien el Lugar de Verdad puede sentirse orgulloso.

Nefer el Silencioso besó a Clara y salió de su casa, preguntándose cuántos artesanos habrían abandonado la aldea para refugiarse en el mundo exterior, donde intentarían escapar de la venganza de Amenmés.

La calle principal estaba desierta. A excepción del escriba de la Tumba, parecía evidente que los habitantes habían decidido marcharse.

Fue un duro golpe para Nefer, y el maestro de obras se sintió muy solo al dirigirse hacia la gran puerta, que se abriría por última vez.

Incluso Paneb el Ardiente, su hijo adoptivo, había preferido huir para proteger a su familia; su actitud era comprensible. Nefer tenía que olvidar su decepción para admitir que la cofradía se extinguía, aunque él debiera defender su espíritu ante las autoridades.

Frente a la puerta, el maestro de obras corrió el cerrojo y la abrió.

Allí estaban todos, esperándolo: los artesanos de los dos equipos, las sacerdotisas de Hator, los niños, *Negrote*, *Encantador*, *Bestia Fea*, el monito verde y los demás animales domésticos.

—Nadie abandonará la aldea —afirmó Hay.

—Y yo te escoltaré —dijo Paneb.

—Habéis decidido ser solidarios, por lo que tu presencia aquí, Paneb, es indispensable.

—Terminaré mi obra maestra... ¡Prométeme que regresarás para verla!

Nefer puso la mano derecha sobre el hombro izquierdo de Paneb y lo miró con una intensidad que conmovió al coloso.

Y luego, como si fuera a hacer un largo viaje, el maestro de obras se alejó sin prisas y sin mirar atrás.

La prestancia del maestro de obras impresionaba al general Méhy que, sin embargo, aspiraba a una gran elegancia con su carísima túnica plisada.

Aunque ocupase la posición dominante, Méhy envidiaba el innato poderío de aquel hombre que, muy pronto, sería menos que un esclavo. Intentó en vano encontrar el más mínimo indicio de emoción en el rostro de Nefer, que había sido derrotado gracias a la intervención de Amenmés.

—¿Y bien, maestro de obras, cuál es vuestra respuesta? —preguntó Méhy.

—No destruiré la tumba de Seti II. Asumo esta responsabilidad yo solo.

El general tuvo que contener su emoción. La trampa se había cerrado sobre el Silencioso y ya no tenía posibilidad alguna de escapar de ella. Pero mejor sería que él y su cofradía siguieran creyendo que Méhy estaba de su parte, así podría beneficiarse de ello.

—¿Lo habéis pensado bien, Nefer?

—La cofradía se comprometió a construir según las leyes de armonía, y la morada de eternidad de Seti II nació gracias a estas leyes. Ningún maestro de obras las violará y arruinará la obra realizada.

—Son unos pensamientos muy nobles, y los comprendo... Pero sabéis que al rey Amenmés no le alegrará oír vuestra decisión.

—Lo sé.

—Si os negáis a obedecerle, ¿no estaréis condenando al Lugar de Verdad a desaparecer?

—La cofradía dejaría de existir en el mismo instante en que traicionara su vocación.

El general caminaba de un lado a otro, mientras seguía hablando:

—No sé cómo ayudaros, Nefer... Las instrucciones de Amenmés son precisas: llevaros al Valle de los Reyes con vuestros equipos, para destruir la tumba de Seti, o llevaros a palacio para ser juzgado allí.

—Los antepasados del Lugar de Verdad son testigos de que he respetado el juramento. Es mejor desobedecer a un tirano que convertirse en perjuro, incluso para salvar la propia vida.

—¡Si adoptáis ese tono, seréis condenado a la máxima pena! Defendiendo vuestra causa con argumentos razonables, tal vez consigáis ablandar a Amenmés.

—Ni vos mismo os creéis eso.

—Soy pesimista, es cierto, porque el príncipe es joven y belicoso. Si su padre lo hubiera asociado al trono, no estaríamos así... Pero Seti desconfió de un hijo demasiado ambicioso. Y henos aquí, en un callejón sin salida, con dos reyes que van a hacerse la guerra, el Norte se opondrá al Sur, los egipcios matarán a los egipcios... ¡Son tiempos de desgracia y ya no sabemos cómo rechazarlos! En cuanto a rebelarme contra el rey, ya no tengo la posibilidad de hacerlo, porque se ha puesto a la cabeza de las tropas tebaicas y les da las órdenes directamente. Corro el riesgo de ser destituido o arrestado, mañana mismo, si manifiesto la menor reticencia ante las exigencias reales. Pero llevaros a palacio como un criminal para escuchar una absurda condena... ¡Nunca lo hubiera imaginado! Podríais escapar a la vigilancia de los guardias y huir, Nefer. El rey ordenaría que os buscasen y vuestras posibilidades de seguir libre serían ínfimas, pero no hay otra solución. Al menos debéis salvar vuestra vida para transmitir el saber del que sois depositario. Intentad llegar al Norte y poneos bajo la protección de Seti.

Si el maestro de obras cedía a la tentación, Méhy se concedería el placer de hacer que lo detuvieran de inmediato, y entregaría a Amenmés un prisionero recalcitrante y peligroso.

Nefer el Silencioso estaba de brazos cruzados.

—Sois un hombre muy valiente, maestro de obras; sabed que os tengo en alta estima y que haré cualquier cosa que esté en mi mano para ayudaros. Pero en cuanto hayamos cruzado esta puerta, ya no podré daros muestra alguna de amistad.

—Haced vuestro trabajo, general —respondió, finalmente, Nefer.

27

Tan sólo se había efectuado la primera entrega de agua de la mañana. Luego, el camino que conducía a la aldea había permanecido desierto. Los aldeanos no recibirían fruta, ni verduras, ni pescado. El jefe Sobek estaba desolado:

—¿Qué debo hacer cuando los soldados de Amenmés se presenten en el primer fortín? —le preguntó a Kenhir—. El maestro de obras me aconsejó que depusiera las armas, pero...

—Y tiene razón —confirmó el escriba de la Tumba—; sería inútil intentar impedirles que entraran en la aldea.

—¡Es mi deber, Kenhir!

—No podemos hacer frente al ejército tebaico; nos matarían a todos. Si obedeces las órdenes del faraón, serás considerado un policía leal y te destinarán a otro puesto. Aprecio tu integridad, Sobek, pero sacrificarte sería una locura.

Con paso fatigado, el escriba de la Tumba atravesó la zona de los auxiliares, donde sólo Obed el herrero seguía trabajando aún. Los demás habían abandonado el lugar y habían regresado a sus casas, a la espera de la intervención de Amenmés. Tal y como estaban las cosas, era preferible no aparecer cerca de la aldea.

—¿Por qué te quedas aquí? —preguntó Kenhir.

—Tengo que reparar un pico y algunos cinceles de cobre.

—Los soldados del rey te detendrán, Obed.

—¡Primero tendrán que entrar en mi forja!

—No seas testarudo y vete.

El herrero dejó de manejar el fuelle que avivaba el fuego.

—Entonces, ¿todo ha terminado?

—Vete y olvida esta aldea.

—¿Puedo llevarme algunas herramientas?

—Lo que quieras.

—Me voy, Kenhir.

Cuando el escriba de la Tumba se acercó a la gran puerta, el guardia se puso en pie.

—¿Puedo partir yo, también?

—Claro, y avisa a tu colega: presentaos ante la administración central y os darán un nuevo destino.

Kenhir regresó a su casa, donde su joven esposa había preparado un excelente almuerzo, como de costumbre.

—No tengo hambre.

—Haced un esfuerzo —recomendó Niut la Vigorosa.

—No, prefiero dormir. ¡Ojalá no me despierte nunca!

—¡No digáis esas cosas!

—Ya no hay esperanza alguna.

Casa la Cuerda, Fened la Nariz y Karo el Huraño tallaban un bloque de calcáreo de notable calidad que destinaban al antepatio de la morada de eternidad de Nefer el Silencioso. Los tres canteros aplicaban todos sus conocimientos en realizar ese delicado trabajo, mientras su colega Nakht el Poderoso terminaba de moldear el zócalo de una columna en el mismo paraje. A su lado, Userhat el León, el jefe escultor, y sus dos ayudantes, Ipuy el Examinador y Renupe el Jovial, creaban una estatua del maestro de obras de tamaño natural, de pie y mirando hacia el cielo.

Los tres dibujantes, Gau el Preciso, Unesh el Chacal y Pai el Pedazo de Pan, decoraban las paredes de ese antepatio, bajo la dirección de Ched el Salvador, que examinaba cada detalle detenidamente. Didia el Generoso tallaba en un tocón de acacia un «respondedor» con la efigie de Nefer, para que siguiera adelante en el otro mundo sin cansarse, mientras Thuty el Sabio adornaba con panes de oro otra figura de la misma naturaleza.

Paneb se había encerrado de nuevo en el interior de la tumba con sus pinceles, sus cepillos y sus panes de color.

Bajo la dirección de Hay, el equipo de la izquierda procedía a realizar ciertas reparaciones en el templo de Maat y Hator, para que el edificio quedara lo mejor posible.

—El maestro de obras saldrá de ésta —predijo Userhat el León.

—Ni lo sueñes —objetó Fened la Nariz—; Amenmés no vacilará ni un solo instante en infligirle la pena máxima.

—Ni siquiera estoy seguro de que nos devuelva el cuerpo —deploró Unesh el Chacal con voz sombría.

Como la mayoría de las amas de casa, Uabet la Pura estaba ordenando su casa. Cuando los soldados fueran a expulsarla, encontrarían una morada perfectamente arreglada. Las piezas de ropa habían sido lavadas y dobladas, y apiladas, con habilidad, en arcones de madera; en los anaqueles estaban colocados los cestos que contenían objetos de uso cotidiano. No había ni una sola mota de polvo en las sillas y los taburetes, las esteras estaban enrolladas, las camas, hechas y perfumadas. En cuanto a la cocina, que Aperti había vuelto a ordenar, estaba inmaculada y no faltaba ni un solo utensilio.

Cuando los habitantes del Lugar de Verdad fueran expulsados por el ejército, dejarían a su espalda una aldea acogedora y confortable, de hermosas casas blancas que desafiarían a los vándalos antes de que comenzaran el pillaje.

Turquesa había limpiado sus botes de ungüento, las conchas de afeites y los cuernos de aceite, y había puesto las joyas en sus estuches. La soberbia pelirroja no se llevaría nada consigo. En la aldea había conocido todos los placeres de la vida; se marcharía sin ningún ornamento, sin maquillaje y vestida con sus ropas más sencillas, a sabiendas de que su único destino sería la desgracia. Ningún lugar, por hermoso que fuera, podría compararse con aquella aldea, donde lo sacro y lo profano habían vivido en completa armonía.

Clara no había tenido tiempo de ocuparse de su casa, pues varios enfermos habían exigido sus cuidados, desde un chiquillo resfriado hasta un artesano del equipo de la izquierda, que sufría un dolor de muelas; para olvidar la angustia que le corroía las entrañas, la mujer sabia se había concentrado en sus pacientes y había conseguido aliviar su dolor. Pero, luego, la consulta se había quedado vacía, y la soledad había regresado.

Cómo anhelaba los instantes en que se encontraba con Nefer, tras una larga jornada de trabajo; qué dulce era su complicidad amorosa. Clara sentía un dolor insoportable en su interior al no poder estar con su marido en aquellos momentos en que un peligro mortal lo amenazaba.

La puerta se entornó y apareció el hocico de *Negrote*. El perro negro no estaba autorizado a entrar en la estancia y no se atrevía a cruzar el umbral.

—Ven, *Negrote*, ven...

Contento de transgredir una prohibición con el inesperado permiso de su dueña, el perro negro se tendió a sus pies.

—Os he traído al maestro de obras Nefer el Silencioso —dijo el general Méhy inclinándose ante el faraón Amenmés, que consultaba un mapa del Delta.

—¿Qué sabemos exactamente del ejército de mi padre?

—Tiene muchos soldados experimentados, majestad; y temo las guarniciones de la frontera nordeste.

—Dicho de otro modo, no me recomendáis que ataque Pi-Ramsés.

Méhy fue cogido por sorpresa; no esperaba preguntas tan directas y temió que Amenmés quisiera tenderle una trampa.

—Ramsés el Grande convirtió su capital en una ciudad difícil de tomar por asalto. Si ésas son vuestras intenciones, majestad, sería indispensable una larga preparación.

—Yo opino exactamente lo mismo; veo que sois muy competente, y me felicito por ello. Seguid así, general.

—A vuestras órdenes.

El general advirtió que a Amenmés le complacía mucho humillarlo y comportarse como un monarca de indiscutible autoridad. Otros lo habían hecho, y lo habían pagado muy caro; a Méhy no se le trataba como a un vulgar perro.

—¿Acaso el tal Nefer ha osado discutir mi decisión? —preguntó Amenmés.

—Se niega a destruir la tumba de Seti.

—¿Os ha dado algún motivo digno de interés?

—Ninguno, majestad; Nefer el Silencioso sigue fiel a vuestro padre, al que considera el señor del Lugar de Verdad y el futuro vencedor de la lucha que va a enfrentaros a él.

—¿Cree que Seti llegará a tiempo de salvarlo? ¡Qué ingenuo!

Méhy esperaba ansioso que Amenmés le anunciara el castigo de Nefer. O lo haría comparecer ante un tribunal de excepción que lo condenaría por crímenes de lesa majestad, o lo enviaría a un penal del que nadie salía con vida.

—Tráeme a ese rebelde —exigió Amenmés.

El juego era cruel, pero el general disfrutaría con él. Fue a buscar al maestro de obras y, sorprendentemente, lo encontró muy tranquilo.

—El faraón desea veros.

Nefer entró en la sala de audiencias y saludó respetuosamente a Amenmés.

—De modo que sois vos... Vos, el maestro de obras del Lugar de Verdad, deberíais ejecutar mis órdenes sin discutir.

—¿Puedo preguntar a vuestra majestad si se considera el superior de la cofradía?

—¡Naturalmente! ¿No habéis comprendido aún que Seti no es más que un usurpador y que yo asumo todas las prerrogativas reales?

—En ese caso, no podéis ordenarme que destruya una morada de eternidad.

—Ejerzo el poder supremo, Nefer, y quiero ser obedecido por el conjunto de mis súbditos, incluido vos. U os sometéis, maestro de obras, o seréis castigado del modo más severo.

Méhy no cabía en sí, pero el prolongado silencio de Nefer le preocupó: ¿el miedo le haría cambiar de opinión en el último momento?

—Ningún maestro de obras del Lugar de Verdad puede convertirse en destructor, majestad. Soy el único responsable ante vos y os ruego que respetéis la aldea de los artesanos y el Valle de los Reyes. Allí reposan los cuerpos de resurrección de vuestros antepasados y ninguna presencia profana debe mancillarlo. Ningún faraón digno de ese nombre violaría ese lugar.

La audacia de Nefer pasmó al general; con sus palabras, se estaba condenando a muerte.

—¿Sois consciente del alcance de vuestras palabras?

—Deberíais escucharlas, majestad, y espero que preservéis la herencia de vuestros predecesores.

—Ésa es mi intención, Nefer.

Méhy creyó haber oído mal.

—Tenía que poneros a prueba —prosiguió Amenmés—, pues no podía confiar la construcción de mi propia morada de eternidad a un cobarde y un perjuro que aceptara devastar la de mi padre. Sois el hombre que imaginaba, Nefer, y me alegro por nuestro país. Como dueño supremo del Lugar de Verdad, visitaré la tumba de Seti, en la que tal vez sea inhumado, si los dioses lo deciden así. Y luego hablaremos del emplazamiento que me estará reservado.

El general se mordió los labios, intentando despertar de aquella pesadilla. Y, atónito, contempló sin dar crédito a sus ojos cómo el faraón Amenmés daba un abrazo a Nefer el Silencioso.

28

—Se acercan unos asnos muy cargados, jefe —anunció un policía a Sobek.

—¿Cuántos soldados?

—No hay soldados, sólo asnos.

—¡Qué estás diciendo! ¿No va nadie con ellos?

—El próximo informe del vigía nos lo confirmará.

Sólo había un hombre y no iba armado; un hombre vestido con las ropas de fiesta del maestro de obras del Lugar de Verdad.

—¿Qué hacemos, jefe?

—Saldré a su encuentro.

—Desconfiad. ¡Sin duda es una trampa!

—Los asnos no me dan miedo.

El jefe Sobek salió del primer fortín.

La caravana avanzaba a buen ritmo. Un borrico veterano marchaba a la cabeza, sin vacilar sobre el camino que debía seguir. Y el hombre se parecía, cada vez más, a Nefer el Silencioso.

—¿Qué pensáis de mi modo de tantear a la gente, general? —preguntó el faraón Amenmés.

Méhy intentó poner buena cara:

—Es sorprendente, majestad.

—Bueno, yo creo que un rey debe sorprender constantemente a sus súbditos. Me habían hablado tanto de la integridad de ese maestro de obras que ya no lo creía. Estaba convencido de que se doblegaría ante mi voluntad, como cualquier otro cortesano ávido de agradar, y me ha asombrado. Si no tuviera que construir mi morada de eternidad, lo hubiera llevado al gobierno de buena gana. ¿Qué os parece la idea?

—No tiene experiencia en la gestión de los asuntos públicos —protestó Méhy.

—Exacto, general, y debo tener cuidado en no estropear las competencias. Pero parecéis fatigado...

—No, majestad, sólo algo inquieto.

—¿Por qué motivo?

—La reacción de Seti puede ser violenta, y temo que Tebas no esté preparada aún para parar la ofensiva.

—Ése es también mi principal objeto de preocupación; vais a trabajar sin descanso para consolidar nuestro sistema defensivo, tanto en tierra como en el río.

—Vuestro padre se puso bajo la protección del dios Set —recordó Méhy—. Por lógica, tendría que caer sobre la región como el rayo, jugando con el efecto sorpresa y la violencia del asalto.

—Yo, general, me he puesto bajo la doble protección de los dioses Ra y Amón, ante los que Set será impotente, siempre que sepamos quebrar su devastador impulso. Hay que dejar que mi padre ataque primero para mostrar al pueblo quién es el agresor, el hombre de Set, condenado al fracaso. Así pues, general, os encomiendo que transforméis Tebas en una fortaleza inexpugnable.

—Podéis contar conmigo, majestad.

—También os confirmo en vuestro papel de protector del Lugar de Verdad. Su trabajo es esencial para la grandeza de mi reinado, y nada debe contrariar la serenidad de la cofradía.

Corroído por el despecho, el general se inclinó ante su rey.

Escuchando apenas el alboroto que animaba la aldea, donde se celebraba una fiesta en la que todos participaban con gran júbilo, Clara y Nefer se habían amado como exiliados en países tan lejanos que nunca deberían haber regresado de ellos.

Vivían su unión como una ofrenda concedida por los dioses y degustaban su extraordinario sabor, aun sabiendo que su felicidad debía, a su vez, ser ofrecida a la cofradía.

—Creo que Paneb es el que canta más fuerte —murmuró Clara.

—No lo dudo... Él ha descargado las jarras de vino procedentes de los sótanos del palacio real, y en seguida ha visto las inscripciones.

—¡Qué homenaje por parte de Amenmés!

—Y no es el único... Los cuartos de carne procedentes del matadero de Karnak y las golosinas de su pastelería. El rey desea hacer olvidar, así, la prueba que nos impuso y que consideraba necesaria.

—¿Crees que es sincero?

—Sincero e inquieto... Es consciente de que su coronación, aprobada por el sumo sacerdote de Karnak, que desea reafirmar el poder de Amón, lo convierte en otro hombre, cargado con tantas responsabilidades como nunca podía haber imaginado. La responsabilidad más pesada es la guerra que piensa hacer contra su padre y sus compatriotas. Y luego... ¿pero no vas a darme un respiro en esta noche de fiesta?

Clara sonrió, y la luz de su rostro enamoró aún más a Nefer.

—Estoy dispuesta a satisfacer tus deseos, pero no olvides que debemos presidir el banquete que va a reunir a todos los aldeanos.

—¡Tenemos poco tiempo, pues! —se apresuró a responder él.

Fuera, una voz grave y potente entonaba una desenfrenada canción de amor, que incluso las más reservadas amas de casa cantaban a coro.

—Es mi mejor banquete desde que entré en la cofradía —afirmó Pai el Pedazo de Pan, tomando un enorme trozo de buey asado—. Quizá, después de todo, el tal Amenmés no sea un mal rey.

—Aprovechemos su generosidad —recomendó Gau el Preciso—. Tal vez no dure mucho.

—¿Por qué eres tan escéptico? —preguntó Fened la Nariz.

—¿Crees que el maestro de obras ha sido liberado porque sí? Comamos y bebamos antes de que nos diga con qué salsa vamos a ser devorados.

—¡Yo tengo confianza! —clamó Renupe el Jovial—. Después de beber un gran caldo como éste, el único problema será volver a nuestra cerveza cotidiana.

—¡Silencio, Nefer va a hablar! —advirtió Nakht el Poderoso.

Las conversaciones cesaron, y el maestro de obras se levantó:

—El rey Amenmés se ha declarado superior de la cofradía, de acuerdo con la tradición; así pues, le debemos obediencia.

151

—¿Significa eso que vamos a destruir la tumba de Seti II? —preguntó Paneb, inquieto.

—Reinar sobre el Lugar de Verdad implica que se debe respetar su naturaleza y su vocación. Hablé largo rato con el faraón, y no me quedó ninguna duda. Somos constructores y artesanos, y seguiremos siéndolo. Ningún profano cruzará la puerta de la aldea. El jefe Sobek continuará en su cargo y el general Méhy seguirá siendo nuestro protector. Nada ha cambiado y no destruiremos faceta alguna de nuestra obra. Mientras Seti II no venga en persona para consagrar mágicamente su morada de eternidad, los trabajos quedarán interrumpidos. Sellaré la puerta en presencia de la mujer sabia y del escriba de la Tumba.

—¿Entrarán los soldados en el Valle de los Reyes? —preguntó Karo el Huraño.

—El Valle sigue siendo un dominio sagrado donde sólo los artesanos del Lugar de Verdad son admitidos para trabajar.

—Pero entonces, Amenmés ha cedido en todo —se extrañó Thuty el Sabio.

—El rey ha escuchado la voz de los antepasados y ha percibido la magnitud de las tareas de nuestra cofradía. Respetará sus leyes, expresión de Maat, siempre que nosotros las respetemos. Naturalmente, proseguirán las entregas diarias de productos destinados a asegurar nuestro bienestar.

—¿Y los auxiliares? —preguntó Casa la Cuerda.

—Estarán todos de regreso mañana por la mañana. En caso de necesidad, y tras la intervención del escriba de la Tumba, tal vez incluso vengan más.

—¿Tendremos libertad para celebrar nuestras fiestas locales?

—Libertad absoluta.

—Así pues, no ha cambiado nada —advirtió Userhat el León.

—Si estuvieras menos borracho y hubieras escuchado al maestro de obras, ya lo sabrías —observó Didia el Generoso.

Karo el Huraño se había dormido, con la cabeza apoyada en el hombro de Casa la Cuerda, y los artesanos del equipo de la izquierda, que habían bebido demasiado en honor de Nefer el Silencioso, no estaban mucho más serenos que él. Nakht el Poderoso ni siquiera tenía ganas de discutir con Paneb, y Unesh el Chacal miraba al infinito con una sonrisa bobalicona.

—Esos jóvenes aguantan mal el vino añejo —advirtió Kenhir que, pese a las miradas de Niut la Vigorosa, había olvidado su régimen—. Hay algo de lo que no nos has hablado, Nefer: ¿nos confía Amenmés la construcción de su tumba en el Valle de los Reyes?

—Así es. De hecho, es lo primero que debemos hacer.

El escriba de la Tumba se relajó por fin.

—Creía que no lo habrías conseguido... Dame de beber otra vez.

—Esperemos que no se trate de una trampa —aventuró Ched el Salvador, sorprendentemente sobrio.

—¿Qué temes? —gruñó Kenhir.

—Para mí, la palabra de Amenmés sigue siendo dudosa. Ya veremos si no hace que intervengan las tropas cuando se cierre la tumba de Seti y si acepta el emplazamiento que le proponga el maestro de obras.

—Te equivocas, Ched; olvida tus temores y disfruta de las maravillas que se nos ofrecen.

—Si el propio escriba de la Tumba me da permiso para hacerlo, ¿por qué no?

Paneb se dio cuenta de que la concurrencia se estaba durmiendo, y empezó a cantar; aunque las curiosas armonías que ascendían hacia el cielo no respetaran las reglas de la música, daban testimonio de una recuperada alegría de vivir.

Nefer el Silencioso, la mujer sabia y el escriba de la Tumba caminaban, lentamente, hacia la tumba de Seti II, tras haber franqueado el cuerpo de guardia instalado a la entrada del Valle de los Reyes. Los policías nubios no tenían novedad alguna y ningún soldado se había presentado para sustituirlos.

—Ched es demasiado pesimista —advirtió Kenhir, que sufría una jaqueca—. ¿Pero realmente podemos confiar en Amenmés?

—Lo verdaderamente importante son los hechos —respondió Nefer.

Desierto y recogido, el Valle era abrasado por el sol triunfante. En ese otro mundo, sólo preocupado por la eternidad, la piedra reinaba como soberana absoluta.

Nefer el Silencioso corrió el cerrojo que cerraba la puerta de madera dorada de la tumba de Seti II, y Kenhir puso en ella un sello de arcilla con el nombre del Lugar de Verdad.

—¿Volveremos a abrirla algún día? —preguntó Kenhir.

—Debemos deseárselo a Seti II —respondió la mujer sabia—; aquí le esperan las fórmulas de resurrección que le permitirán viajar por el más allá.

El trío se alejó en silencio, impresionado aún por la majestuosidad del paraje.

—Pase lo que pase, ningún vándalo conseguirá destruir el espíritu de este lugar —predijo Clara.

Cuando salieron del Valle, los policías nubios les saludaron.

—Empieza una etapa fundamental —concluyó el escriba de la Tumba—; Ched se ha equivocado, el rey Amenmés ha cumplido su palabra.

29

El canciller Bay estaba aterrado. Hacía tres días que intentaba hablar, en vano, con el faraón Seti II sobre el decreto redactado por Amenmés, que acababa de proclamarse rey del Alto y el Bajo Egipto. Los correos del nuevo monarca no habían pasado de la ciudad de Hermópolis, en el Medio Egipto, pero la información no tardaría en propagarse, y el espectro de una terrible guerra civil iba tomando consistencia.

Si Seti II quería salvar el país del desastre, tenía que actuar de prisa para desacreditar a su hijo Amenmés. Pero el faraón ya no salía de los aposentos de la reina, donde los médicos se sucedían a la cabecera del niño dado a luz por Tausert; el bebé tenía mucha fiebre y respiraba con dificultad; todos estaban muy preocupados por su estado de salud.

El canciller resolvía, perfectamente, los asuntos corrientes, pero temía que, tal vez, si Seti se confinaba en su mutismo, Amenmés invadiera las Dos Tierras. Bay también estaba preocupado por la reina. El parto había sido largo y doloroso, a pesar de los calmantes que le habían administrado, y Tausert se recuperaba lentamente, aunque no se veía con fuerzas para aconsejar a su esposo.

Aunque estaba solo a la cabeza del Estado en un período tan peligroso, el canciller estaba muy lejos de desesperarse. Amaba demasiado el país que lo había adoptado para dejarlo abandonado; redoblaba, pues, sus esfuerzos y su atención para no cometer ningún error. Al menos Bay había aprendido algo: ¡nunca intentaría convertirse en faraón! Estar a la cabeza de un país tan vasto como Egipto era una carga sobrehumana. Pocos seres eran capaces de asumirla, y el canciller no era uno de ellos; pero sería fiel a su rey.

Durante la jornada, las entrevistas con los notables sucedían a las citas con los ministros; por la noche, Bay estudiaba los expedientes. Ya no tenía ni un minuto que conceder a Siptah, un joven huérfano que era cojo. El adolescente era hijo del dios Ptah y había demostrado una excepcional inteligencia durante los estudios de escriba; el canciller le había ofrecido su protección para convertirlo en un hombre de Estado. Aún quedaba mucho por hacer, pero el joven Siptah, incapaz de participar en los juegos que apreciaban los muchachos de su edad, no salía de la biblioteca del templo, donde estudiaba astronomía y matemáticas. Le gustaba mucho aprender, y su defecto físico no parecía hacerlo sufrir.

Con la mirada cansada, encorvado, el rey entró en el despacho del canciller, que se levantó en seguida.

—¡Majestad! ¿Cómo se encuentra vuestro hijo?

—Algo mejor... Ahora está durmiendo; la reina también.

—Estáis agotado, majestad; ¿no deseáis descansar un poco?

—¿Querías verme, Bay?

—Ha sucedido algo muy grave: vuestro hijo se ha hecho coronar faraón en Karnak, y reina sobre el Sur.

—¿Ha promulgado algún decreto?

—Desgraciadamente, sí, y ha intentado difundirlo por todo el país, pero nuestros servicios de seguridad han interceptado a los mensajeros.

—¿Qué han hecho con esos hombres?

—Han sido encarcelados y serán juzgados por traición.

—Liberadlos.

—Majestad...

—Es una orden, Bay; prepara unas cartas en las que pondré el sello real. Esos hombres se han visto obligados a obedecer a su jefe, pero no tienen culpa de nada.

—Vuestra clemencia será apreciada, majestad; ¿pero esa clemencia debe extenderse también a vuestro hijo, que osa rebelarse contra vos?

—Debería haberlo asociado al trono y nombrarlo corregente... Ahora ya es demasiado tarde. Amenmés ha saboreado un poder que cree absoluto y exigirá mi abdicación. La guerra, la sangre, la muerte... Éste es el porvenir que nos espera, Bay. ¡Qué triste reinado! Amenmés, por su parte, ha cometido el error de no eliminarme; habría sucedido a Merenptah y el país no estaría dividido.

—Atravesamos momentos difíciles, majestad, pero sólo debemos pensar en Egipto. Aunque sea vuestro hijo, Amenmés debe ser considerado un rebelde y combatido como tal.

—Amenmés sigue siendo mi hijo. A fin de cuentas, ¿no es legítima su ambición?

El canciller no daba crédito a lo que estaba oyendo.

—Sé que es doloroso para vos, pero el enfrentamiento parece inevitable. Debemos hacer algo, majestad, no podemos permitir que Amenmés gane terreno.

—¿Qué importa eso, Bay? Si es el más fuerte, vencerá. Sólo el destino dicta su ley.

—¡No podéis reinar sin Tebas! Y no debéis olvidar que vuestra morada de eternidad se encuentra en el Valle de los Reyes.

—La gran pradera... ahora inaccesible.

—Hay que reconquistarla, majestad, y hacer construir vuestro templo de millones de años en la orilla oeste de Tebas; él os dará la energía necesaria para triunfar.

—Triunfar... Esa palabra ya no tiene sentido, Bay.

—Majestad... ¡No estaréis pensando en doblegaros ante Amenmés!

—Lo he pensado.

—Os imploro que respetéis vuestro nombre, majestad.

—Seti, el hombre del dios Set... Debería comportarme como un rayo y mandar mi ejército a la reconquista del Sur, pero amo demasiado a la reina, a mi hijo, tan frágil, y a ese pueblo egipcio que desea vivir en paz. Elegí muy mal mi nombre, Bay, pues no soy digno de él. Y esa debilidad me corroe el alma.

—¿Queréis decir... que no intervendréis?

—En efecto, no tengo la intención de atacar; ¿no se rebela contra Maat quien predica la violencia? Mi estrategia consistirá, pues, en tener paciencia.

—¿Defenderemos, al menos, Hermópolis y el Medio Egipto?

—¿Por qué no?

—Majestad, no soy muy pródigo en hacer cumplidos y, aunque me despidáis, debo deciros que desapruebo esa política.

—Tal vez tengas razón, Bay, pero soy yo el que reina y ésta es la política que se va a seguir. Y no tengo intención de despedirte, pues eres un hombre honesto, competente y fiel; no creo que haya otro como tú en la corte.

—¿Me permitiréis acantonar tropas en Hermópolis para impedir un eventual avance del ejército de Amenmés?

—A condición de que su comandante en jefe no inicie ofensiva alguna.

El secretario del canciller le advirtió que un médico deseaba entrevistarse con el rey.

—Actúa según mi voluntad, Bay, y no tomes iniciativa alguna que la contraríe.

—No podemos permanecer sin saber nada de lo que está ocurriendo en Tebas, majestad, y pienso organizar un servicio de espionaje.

—Como quieras, pero no olvides que mi hijo Amenmés debe tomar la iniciativa. Administra el Estado, canciller. Yo debo ir junto a mis seres queridos.

Bay, desolado, estuvo a punto de soltar los pinceles, desgarrar los papiros y salir de aquel despacho, donde se veía obligado a aplicar directrices que desaprobaba. Pero aquella deserción agravaría la situación. El rey estaba deprimido y, ciertamente, no era el momento de abandonarlo.

Puesto que Seti II no se dirigiría personalmente a los generales de sus cuerpos de ejército, él, Bay, asumiría esa delicada tarea para la que no estaba preparado. Escriba emérito, enamorado de los textos antiguos, el canciller no había frecuentado los ambientes militares, con los que no tenía afinidad alguna.

Los cuatro generales miraban con desdén al civil de origen extranjero que los había convocado en el palacio donde, por lo general, el rey los recibía para darles sus directrices. Habían decidido que el general del ejército de Amón sería su portavoz y que metería rápidamente en vereda al canciller Bay.

—¿Dónde está el faraón, canciller?

—Junto a su esposa y su hijo.

—Algunos cortesanos afirman que el rey está enfermo... ¿Qué hay de cierto en eso?

—Su majestad está cansado, y ésa es la razón por la que me ha confiado la tarea de decidir nuestra estrategia para enfrentarnos al peligro que representa el rebelde Amenmés.

—Sólo hay una estrategia posible, canciller: atacar lo antes posible.

—¿Es desdeñable el ejército tebaico?

La pregunta molestó al general.

—Yo no diría desdeñable...

—¿Acaso vuestro colega, el general Méhy, no ha realizado

una profunda reforma de sus tropas? Y quién sabe si no se han equipado con un armamento superior al nuestro.

—Sólo son rumores, canciller.

—¿No convendría comprobarlo?

—Perderíamos un tiempo muy valioso.

—El rey no opina lo mismo, general.

El oficial superior pareció escandalizado:

—¿Os burláis de nosotros, canciller...? ¡Seti no puede vacilar en atacar a Amenmés! Debe hacerlo de inmediato.

—El rey es desconfiado, y apruebo su prudencia. Los informes de nuestros espías, en Tebas, nos han convencido de que no conviene tomar a la ligera al adversario.

—Pero entonces...

—La mejor estrategia consiste en acantonar buena parte de nuestras tropas en Hermópolis, cuyas fortificaciones serán reforzadas. En caso de ataque, tendrán que ser capaces de rechazar al agresor, sabiendo que serán rápidamente ayudadas por importantes refuerzos. Amenmés cometería un error irreparable si tomara la iniciativa.

Los cuatro militares se consultaron con la mirada.

—Estamos sorprendidos —reconoció su portavoz—, pero si ésta es la voluntad del faraón...

—No lo dudéis y tomad las disposiciones necesarias para que se aplique rápidamente sobre el terreno; de ello depende nuestra seguridad. Me gustaría hablaros de una iniciativa que creo que os gustará.

De hecho, sus interlocutores la aprobaron sin reservas y miraron al canciller Bay con otros ojos; a fin de cuentas, el rey no se había equivocado ofreciéndole su confianza.

Por lo que a Bay respecta, se sentía feliz de haber podido justificar la posición del monarca y esperaba que su iniciativa tendría éxito.

30

El maestro de obras y el escriba de la Tumba fueron introducidos en la sala de audiencias del palacio situado cerca del inmenso templo de Karnak, donde Amenmés había celebrado los ritos del alba. El lugar era bastante alegre, ya que los muros y las columnas estaban decorados con colores muy vivos; pero los dos huéspedes del monarca no estaban de humor para disfrutar de la delicadeza de las pinturas que representaban bosquecillos de papiros donde retozaban los pájaros, pues temían el resultado de aquella entrevista y recordaban la advertencia de Ched el Salvador.

Doblegándose ante la voluntad del faraón, iban a mostrarle un documento extremadamente secreto, un mapa del Valle de los Reyes con el emplazamiento de las moradas de eternidad. Hasta ahora, el joven soberano había cumplido todas sus promesas, pero se temían que tal vez aquello no fuera más que una vil estrategia para apoderarse de sus tesoros.

Amenmés se había rodeado de ministros y cortesanos que le habían jurado lealtad y que solicitaban el mantenimiento de sus privilegios; los propietarios de grandes territorios necesitaban ser tranquilizados, y el rey se guardaba de suprimir las ventajas adquiridas. Cuando su trono estuviera consolidado, las cosas serían distintas.

—¡Ah, Nefer! —exclamó Amenmés—. Acercaos... Y este anciano debe de ser el ilustre Kenhir, el inamovible escriba de la Tumba.

—Para serviros, majestad.

—Sois el representante del Estado en el seno de la cofradía, Kenhir, y os felicito por vuestra administración de la aldea. Me he tomado mi tiempo para consultar el informe que me dirigisteis y he apreciado su claridad y su precisión. Por vuestra parte, ¿estáis satisfecho con los productos que se os están entregando?

—No tenemos crítica alguna que formular, majestad.

—¿Os parece adecuado el trabajo de los auxiliares?

—Tampoco podemos quejarnos.

—Tal vez necesitáis que os envíe más...

—No será necesario, majestad.

—¿Me habéis traído el documento que deseo consultar?

—Debemos hablar a solas, majestad —declaró el maestro de obras.

—¿Estáis exigiendo que despida a mi gobierno?

—Si place a vuestra majestad.

—No hablaréis ante ellos, ¿no es cierto?

—Sería contrario a las reglas del Lugar de Verdad.

—¡Veo que no cambiáis, maestro de obras, y es mejor así! Que nos dejen solos.

Ministros y cortesanos abandonaron la sala de audiencias, cuya puerta fue cerrada.

—Bueno, ¿y ese documento?

Kenhir sacó, de un estuche de cuero, un rollo de papiro de color ocre y lo depositó en una mesa baja de pórfiro, y a continuación dijo:

—He aquí uno de los más valiosos secretos de la cofradía y de Egipto, majestad.

A Amenmés le costaba ocultar su impaciencia, pero Kenhir desenrolló el papiro muy lentamente.

La mano del primer dibujante había trazado los contornos del Valle, luego, cada maestro de obras había indicado el emplazamiento de la tumba que había excavado.

—Los Tutmosis, los Amenhotep, Ramsés el Grande —murmuró el rey—. Todos están aquí, reunidos en el más allá. Y yo voy a vivir junto a ellos, con ellos, en esta gran pradera... ¿Qué emplazamiento me proponéis?

Con el índice, Nefer el Silencioso señaló un punto concreto, aproximadamente a media distancia entre las tumbas de Ramsés I y Horemheb, al sur de la de Ramsés II.

—Es un lugar nuevo en el Valle, y está muy alejado de la morada de eternidad de mi padre —advirtió Amenmés.

Ni el maestro de obras ni el escriba de la Tumba dijeron nada, conscientes de que el momento de la verdad había llegado: o Amenmés ordenaba que la cofradía excavase su propia morada de eternidad o se apoderaba del documento para desvalijar las riquezas de sus predecesores.

—¿Cómo habéis elegido el emplazamiento? —preguntó Amenmés.

—Por la experiencia y la intuición —respondió Nefer—. Hay que tener el sentido de la roca y la aprobación de la mujer sabia.

—¿Y si prefiriese otro lugar, más aislado aún o, por el contrario, más cercano a algún faraón ilustre?

—Proponedlo, majestad, pero os demostraremos que estáis equivocado.

Kenhir contuvo el aliento, y por fin Amenmés dijo:

—Comenzad a excavar mi morada de eternidad, y que no le falte nada.

Para olvidar sus recientes decepciones, el general Méhy trabajaba sin parar. Rodear Tebas de inexpugnables murallas le habría llevado demasiado tiempo, por lo que había adoptado otras medidas defensivas, más ligeras pero de indiscutible eficacia, multiplicando los puestos de vigilancia a lo largo del Nilo y preparando unas barreras formadas por pesados barcos cargueros que impedirían a la flota adversaria avanzar hacia el Sur y bloquearían, momentáneamente, el transporte de dichas tropas.

Los arqueros, los infantes y los aurigas de los carros se beneficiaban de un entrenamiento específico, pues cada cuerpo de ejército atacaría en su momento, haciendo uso de su perfecto conocimiento del terreno. Cuando estuviera a punto, el dispositivo protegería a Tebas de una invasión, aunque el ejército de Seti fuera mayor que el suyo.

A los oficiales no les impresionaba lo más mínimo que Amenmés hubiera tomado el mando del ejército; su verdadero jefe, el que estaba sobre el terreno, el que les garantizaba buenas condiciones de vida y sustanciales primas, era el general Méhy. Los pocos oficiales superiores que habían intentado librarse de su influencia, y que habían apostado por el rey, muy pronto se habían dado cuenta de su error.

La acción disipaba un poco su amargura, pero Méhy nunca perdonaría que Amenmés le hubiera engañado y humillado.

Aquel joven noble y ambicioso no tenía la madera de un gran rey sino, más bien, la de un arribista que se creía más hábil que cualquiera. Pero el general le demostraría lo contrario.

De momento, Méhy esperaba informes concretos sobre los proyectos de Seti II y las maniobras de su ejército. Gracias a sus espías, de los que no había hablado a Amenmés, estaría mejor informado que el rey y prepararía un enfrentamiento entre padre e hijo. Y, evidentemente, sólo quedaría un hombre fuerte capaz de dirigir el país: el general Méhy. Para ello era preciso no comprometer a sus mejores hombres en la batalla y tener en reserva un regimiento de élite, que sólo combatiría por él.

—General, un mensajero procedente del Norte —le advirtió su ayudante de campo.

—Que pase.

Méhy recibió al espía en su tienda; conocía muy bien al oficial, pues anteriormente ya había utilizado sus servicios.

—Será mi última misión en territorio enemigo, general; no podré cruzar la barrera de Hermópolis para regresar a la capital.

—Una barrera... ¿De qué tipo?

—Una enorme concentración de soldados.

—Es extraño... ¿No tendrá Seti la intención de atacar Tebas?

—Parece ser que el rey está enfermo. Gobierna el canciller Bay.

—Un civil... ¡Un civil muerto de miedo! ¿Y la reina?

—Se recupera lentamente de un parto muy difícil. En cuanto su hijo esté mejor, la situación puede cambiar radicalmente.

—Tal vez esa barrera de Hermópolis tan sólo sea una treta.

—No, general. El canciller Bay cree que el agresor será el vencido; espera que las tropas tebaicas vean su ataque frustrado y que asuman la responsabilidad de la guerra civil. Además, Hermópolis, en cuanto sea atacada, recibirá importantes refuerzos.

—¿Las guarniciones de la frontera del noroeste?

—Eso es.

—Ese canciller es menos estúpido de lo que parece... ¿Pero tal vez Seti II ha olvidado que se puso bajo la protección del dios Set y que debería serle fiel cayendo sobre nosotros como un rayo?

—Eso es exactamente lo que comentan sus soldados. Nadie comprende la actitud del rey. Sin la inteligencia de Bay ya habrían aparecido graves fisuras.

Dejar que el régimen de Seti II fuera pudriéndose en Pi-

Ramsés y recoger, sin pena alguna, los frutos de la victoria...
Por desgracia, en ese caso, el único vencedor sería Amenmés.
Para apoderarse del poder, Méhy necesitaba que ambos reyes se
enfrentaran. Los tesoros del Lugar de Verdad le parecían estar
muy lejos otra vez; tendría que utilizar sus propias armas para
obligar al padre y al hijo a darse tan severos golpes que ni el
uno ni el otro se levantaran.

Llegaría el día en que, por el camino que llevaba a la aldea,
Méhy marcharía a la cabeza de una escuadra a la que los policías de Sobek no tendrían derecho a interceptar.

La gran puerta se abriría y Nefer el Silencioso se prosterna-
ría ante su nuevo señor, que fingiría ser magnánimo en un primer momento y luego lo devastaría todo y se apoderaría de la
Piedra de Luz.

—Cada vez será más difícil obtener informaciones fiables,
general, pero no imposible... Algunos dudan en servir a Seti.
Podéis esperar la adhesión de oficiales que os procurarán informaciones de gran importancia.

—Tómate un descanso en el cuartel principal de Tebas. Luego, ocuparás un alto rango en los carros.

—Gracias, general.

Méhy almorzó glotonamente, como de costumbre; comía y
bebía mucho y con rapidez, impaciente por volver a dirigir las
maniobras.

—Un correo especial —anunció el ayudante de campo.

—¿De dónde procede?

—De Pi-Ramsés.

Méhy se atragantó:

—¡Repítelo!

—Pi-Ramsés... Lleva el sello de Seti II. El mensajero iba solo
y sin armas, y ha entregado la misiva en nuestro primer puesto
adelantado, al norte de Tebas.

El general, impaciente, rompió el sello, que parecía autén-
tico. El papiro era de primera calidad, la escritura elegante y re-
finada. Era evidente que no se trataba de una falsificación.

Sin embargo, cuando Méhy leyó el texto primero creyó que
era una broma.

La firma, que decía «Por Seti, rey del Alto y Bajo Egipto, el
canciller Bay», le hizo comprender que no era así.

El general subió en su carro de un brinco y galopó hasta
el palacio.

164

31

El faraón Amenmés leyó la misiva que Méhy le había llevado.

—¿No os parece insensato, majestad?

—«En nombre de Seti II, el canciller Bay os convoca en Pi-Ramsés para escuchar, de vuestra boca, un informe sobre el estado de las tropas tebaicas...» ¿Qué tiene de sorprendente, general? Ni mi padre ni yo mismo hemos declarado, aún, oficialmente, la guerra. Él pretende ignorar mi coronación, yo no lo he reconocido como faraón, pero el país está en paz y cada cual permanecemos en nuestro respectivo territorio. En cuanto a vos, mi querido Méhy, ¿no fuisteis ascendido con la aprobación de Seti?

—Es cierto, majestad, pero la situación...

—El canciller Bay quiere saber de qué lado combatiréis.

—¡Eso es evidente!

—¿Quién sabe, general? Tal vez vuestra obediencia sea sólo aparente. Fingís serme fiel, pero estáis convencido de que mi padre saldrá vencedor en esta lucha.

Méhy estaba pálido.

—En la lucha por el poder, la traición es una arma como las demás, ¿no es cierto? —insistió Amenmés.

—No para un general de vuestro ejército, majestad.

Amenmés esbozó una extraña sonrisa:

—No tengo nada contra vos, Méhy, pero creo que conviene aprovechar la situación.

—No veo cómo.

—Acudiréis a Pi-Ramsés, os entrevistaréis con el canciller Bay y, tal vez, con mi padre; responderéis a sus preguntas haciéndole creer que soy un fantoche que tiraniza a la población y sólo piensa en enriquecerse saqueando las ricas ciudades del Sur.

Le diréis que mi ejército está dispuesto a rebelarse contra mí y que bastaría una ofensiva de Seti para que yo fuera derribado.

—¡Nadie va a creerme!

—Mostraos persuasivo, general. Si tenéis éxito en esta misión, ganaremos la guerra.

—Suponiendo que logre convencer a mis interlocutores, ¿dejarán luego que me marche?

—Creo que sí, pues os convertiréis en su corresponsal principal en Tebas, en su informador y, también, en aquel a quien informen. ¿Podéis imaginar la ventaja de la que dispondremos? La aventura es bastante peligrosa para vos, lo admito, pero vale la pena intentarlo. Partid inmediatamente, general.

Llevando un delantal de oro, Nefer el Silencioso dio un mazazo en el cincel de oro, que se hundió en la roca que Paneb atacó, de inmediato, con el gran pico en el que el fuego del cielo había trazado el hocico y las dos orejas de Set. Nakht el Poderoso no tardó en imitarlo, animado siempre por el deseo de golpear más y más fuerte que el coloso. Los demás canteros adoptaron un ritmo más lento, cuando Fened la Nariz hubo comprobado la buena calidad del calcáreo.

—¿Qué plano seguiremos? —preguntó Ched el Salvador.

—El que propuse al rey: una sucesión de cuatro corredores seguidos por las estancias simbólicas habituales.

—Su morada de eternidad no será, pues, muy distinta a la de su padre.

—En efecto, Amenmés no desea alejarse de la tradición.

—¿Tiene exigencias particulares en lo referente a la decoración?

—Desea que se represente a su madre haciendo ofrendas a las divinidades; por lo demás, nos otorga libertad absoluta.

—Sorprendente... No esperaba tanto clasicismo. Este rey parece tener deseos de reinar y, si se da cuenta de la importancia de este Valle, tal vez lo consiga. Elegiré, pues, los textos y las representaciones con mi equipo.

Nefer el Silencioso pidió a los escultores que prepararan estatuas reales y representaran a Amenmés, en altorrelieve, en los muros de su tumba. Didia el carpintero y Thuty el orfebre se encargaban ya del mobiliario fúnebre, desde las estatuillas de «respondedores» hasta las capillas de madera dorada. Sin duda se verían obligados a requerir la ayuda de sus colegas del equipo de la izquierda que, sin embargo, ya estaban sobrecargados de trabajo. Desde que el nuevo faraón había confirmado las misiones del Lugar de Verdad, los nobles habían reanudado sus encargos, que habían sido interrumpidos para no disgustar al nuevo poder.

El ruido de los picos y los cinceles, la sucesión de los esbozos, el estudio de los modelos, el amor por la materia que debía transformarse en belleza... El entusiasmo había vuelto a la cofradía, tras un sombrío período durante el que los artesanos habían creído perderlo todo. Emprender la creación de una morada de eternidad hacía que los aldeanos se compenetraran más aún.

Pero para el traidor, dicha compenetración era más bien una tortura... Pese a sus discretos esfuerzos, no había conseguido crear serias discordias en la aldea, donde nadie discutía la autoridad del maestro de obras. Y todos sus intentos para descubrir el escondite de la Piedra de Luz habían fracasado.

Sin embargo, no se desanimaba. En aquel período angustiante que preludiaba la inevitable guerra civil, tal vez gozaría de oportunidades para registrar los locales de difícil acceso. Y cuando el conflicto estallara, los disturbios no respetarían el Lugar de Verdad. Tenía que saber aprovecharlo.

De Hermópolis a Pi-Ramsés, Méhy y su escolta habían sido colocados bajo vigilancia, pero con las consideraciones debidas al general, que había utilizado la carta oficial del canciller Bay como salvoconducto para franquear los puestos militares que vigilaban la circulación de los barcos por el Nilo.

Méhy, corroído por la inquietud, había visto cómo le aparecían un centenar de granitos rojos y dolorosos en el muslo izquierdo, por lo que debía aplicarse varias veces al día una pomada que calmaba un poco los picores.

No podía desobedecer a Amenmés, que lo enviaría directamente a las fauces del chacal... a menos que Seti II, en posesión de los mensajes cifrados del general que le aseguraba su fidelidad, no le pidiese que luchara a su lado contra su hijo. Pero el rey nunca conseguiría una posición destacada a un tránsfuga.

Ver de nuevo Pi-Ramsés, la magnífica capital creada por Ramsés el Grande, no le produjo ninguna satisfacción a Méhy. No apreció el encanto de los canales ni el de los jardines y los vergeles, y se sintió indefenso cuando le privaron de su escolta para rogarle que accediera, solo, al palacio. Una vez allí, esperó en una antecámara antes de que un escriba anciano lo condujera hasta el vasto despacho del canciller Bay, presidido por una estatua de granito de Seti II.

—Gracias por haber aceptado mi invitación, general; espero que vuestro viaje haya ido bien.

—Los controles han sido numerosos, pero el barco era confortable.

—Sentaos, os lo ruego... Egipto atraviesa un período delicado y creo que todos los responsables deberían conjugar sus esfuerzos para evitar lo peor. ¿Estáis de acuerdo conmigo?

—Claro, pero yo soy sólo un militar que debe obedecer las órdenes. Y actualmente...

—¡No os subestiméis, general! El rey Seti y yo mismo sabemos que habéis reorganizado, de un modo notable, las tropas tebaicas y nos hacemos muchas preguntas acerca de la calidad de su equipamiento.

—Espero que hayáis recibido mis mensajes cifrados.

—Tranquilizaos, los hemos recibido y apreciamos vuestra fidelidad al rey legítimo, que sabrá recompensar vuestros méritos. ¿Os dejó partir Amenmés sin dificultades?

—Le mostré la carta y no se opuso a mi viaje, porque considera que Egipto sigue estando en paz.

—Es una visión optimista de la realidad, general; pero no me habéis respondido aún con respecto al equipamiento de las tropas tebaicas.

—Como no había previsto el drama que desgarra nuestro país, hice todo lo que pude para dotarlas de armas sólidas y carros en buen estado.

El canciller tomaba notas.

—¿Ha recurrido Amenmés a las guarniciones de Nubia?

—Todavía no.

—¿Cuándo piensa lanzar la ofensiva?

—Tiene dudas.

—¿Qué tipo de dudas?

—Amenmés no está seguro de vencer y teme convertirse en el agresor condenado por el pueblo.

—¿Realmente piensa reinar sobre todo Egipto?

—A mi entender, pronto se percatará de que eso es imposible, y su posición se debilitará por ello. Sin embargo, ha ordenado al maestro de obras del Lugar de Verdad que excave su morada de eternidad en el Valle de los Reyes.

—¿Qué ha pasado con la tumba de Seti?

—Los trabajos han sido interrumpidos y Nefer el Silencioso ha sellado la puerta.

—Yo estaba convencido de que Amenmés haría destruir el monumento reservado a su padre... Me sorprende una actitud tan moderada por su parte. ¿No será signo de debilidad?

—Amenmés sólo reina en Tebas, gracias a la aprobación del sumo sacerdote de Karnak, que aprecia la devoción del rey por el dios Amón. Pero esta alianza es frágil y una rigurosa intervención de Seti le pondría fin.

—Dicho de otro modo, aconsejáis al faraón que lance una gran ofensiva contra su hijo.

—¿Existe otra solución si desea restaurar la unidad del país? Es trágica, lo sé, y muchos soldados perderán la vida, pero es inevitable.

—Podría evitarse, general.

—¿De qué modo?

—Cuando atacáramos, vuestras tropas podrían desertar y dejar que las nuestras avanzaran hasta el centro de Tebas, para detener al rebelde.

Frente a su temible interlocutor, Méhy no debía pronunciar ni una sola palabra de más. Y la solución que Bay le proponía era la peor, puesto que evitaba un conflicto.

—¿Dudáis, general? —insistió Bay.

—En absoluto... Os felicito, me parece una buena idea, pero creo que esa estrategia tiene un punto débil: la absoluta obediencia de mis hombres.

—¿Dudáis de ella?

—Algunos oficiales superiores creen que Amenmés tiene futuro como faraón.

—Tal vez consigáis hacerles comprender que se equivocan.

—Lo procuraré, pero tendré que ser muy hábil.

—Tengo una idea mejor: podéis prometerles que Seti no se comportará como un ingrato y que su fidelidad al faraón legítimo será recompensada.

—Si les digo eso, no me costará en absoluto convencerlos. Queda un punto que creo que es fundamental, canciller: ¿cuándo vais a lanzar la ofensiva?

—En cuanto su majestad piense que es necesario hacerlo. Recibiréis un mensaje cifrado que os proporcionará todos los detalles de la operación.

32

Tras un consejo de ministros durante el que éstos no habían dejado de elogiarlo, Amenmés había sido informado de que el general Méhy acababa de llegar a Tebas. Inmediatamente se había entrevistado con él en una pequeña sala de palacio donde nadie podía oírlos.

—De modo que mi padre no os ha retenido a su lado... ¡Habéis tenido mucha suerte, general!

—No se trata de suerte, majestad, sino de un plan concebido por el enemigo y del que yo soy el elemento principal.

—Explicaos.

Méhy era consciente de que estaba jugando a un juego muy peligroso, y no debía cometer error alguno para conservar la confianza de los dos adversarios, al tiempo que lograba que ambos se enfrentasen.

—Seti ha acantonado un considerable número de soldados en Hermópolis, tomándola por la nueva frontera de su reino.

—¿Podremos atravesarla?

—Probablemente, pero será difícil; además, tendríamos que enfrentarnos a los refuerzos llegados del Norte y, especialmente, con las temibles guarniciones del noreste.

—Dicho de otro modo, estaríamos haciendo lo que mi padre quiere que hagamos.

—Eso es, majestad; espera que seáis vos el agresor y que os destrocen en Hermópolis.

—Decidme, general... ¿Cómo os ha tratado el enemigo?

Méhy sintió que el rey Amenmés sospechaba que estaba haciendo un doble juego; forzosamente, verlo regresar de Pi-Ramsés le había sorprendido y era necesario que el general disipase sus dudas.

—Con mucha frialdad, majestad, pero han respetado mi grado y no me han faltado consideraciones, gracias a la carta del canciller Bay. Pero esperaban que me pusiera del lado de Seti.

—¿Y no lo habéis hecho, general? —preguntó Amenmés con una mirada muy penetrante.

—No, majestad, porque creo en vuestra victoria; por lo demás, creer no es la palabra adecuada.

—¿Por qué?

—Porque sé cómo aniquilar al enemigo.

La convicción de Méhy turbó al rey:

—¿Habéis visto a Seti?

—No, sólo al canciller Bay, y no tengo ninguna información concreta sobre el estado de salud de vuestro padre. Se comenta que el parto de la reina ha sido difícil y que su hijo no está bien, pero podría tratarse de mentiras destinadas a hacernos creer que Seti y Tausert tienen otras preocupaciones que luchar contra vos.

—¿Y si fuera verdad?

—La verdad, majestad, la he sabido por boca del canciller Bay.

—¡El famoso plan! ¿En qué consiste?

—La idea es simple, pero terriblemente eficaz. Bay considera que yo sigo siendo fiel a Seti, aunque estoy obligado a obedeceros y sólo pienso en traicionaros. Cuando el ejército del Norte ataque, ordenaré a mis hombres que no luchen. Los soldados se reconciliarán y vos quedaréis solo e indefenso.

—Es... ¡Es terrible! ¿Y habéis aceptado?

—Si me hubiera negado, no habría salido vivo del despacho del canciller Bay. También me ha pedido que corrompa a los oficiales que se muestren reticentes, y que seré advertido del día del ataque, para evitar cualquier desliz.

Amenmés parecía perdido:

—¡El tal Bay es un demonio!

—No, majestad, es un estratega convencido de que ha encontrado la mejor solución para obtener una victoria rápida y definitiva.

—Si me estáis contando detalladamente su plan es que... ¿no me traicionáis? —concluyó el rey con voz insegura.

—Por supuesto que no, majestad —aseguró Méhy, intentando parecer sincero—. Haremos que el plan se vuelva contra su autor: cuando el ejército de Seti llegue a la altura de Tebas, con la certidumbre de ser recibido con los brazos abiertos, lo haremos caer en una emboscada que estoy preparando. Lanzaré varias oleadas de asalto y el enemigo se verá obligado a rendirse, si no quiere ser aniquilado. El factor sorpresa jugará de nuestra parte. Obtendréis una victoria memorable a la cabeza de vuestro ejército.

Sin embargo, lo que Méhy no le dijo es que no mandaría a sus mejores hombres a un combate en el que Amenmés y Seti se matarían mutuamente. Cuando el momento hubiera llegado, él obtendría la verdadera victoria. Realmente era una operación delicada, pero Méhy estaba seguro de poder llevarla a cabo.

—Hay algo que me preocupa, general: ¿por qué tengo que confiar en vos?

—Si os dijera que creo más en vuestra capacidad de reinar que en la de vuestro padre no os bastaría, sin duda, y no os equivocaríais. La verdadera razón es muy sencilla, majestad, pero decisiva para mí: soy un tebaico y nunca he admitido que la ciudad de Amón haya sido suplantada por una capital del Delta. Vinisteis a instalaros aquí y habéis aprendido a amar esta ciudad y esta región, por la que vuestro padre sólo siente desprecio. Tebas os dará la victoria y vos le devolveréis el rango que no debería haber perdido nunca. Sólo vos sois capaz de realizar mi sueño y el de la mayoría de los oficiales superiores de nuestro ejército; por eso he decidido eliminar a nuestros enemigos.

Por la tranquila mirada de Amenmés, Méhy supo que su discurso había dado en el blanco. Tenía otros argumentos en reserva, claro está, pero puesto que el primero había bastado para convencer a ese monarca sensible y crédulo, no era necesario decir más.

El canciller Bay había examinado detalladamente el expediente del general Méhy; en él figuraban múltiples informaciones, desde su hoja de servicio hasta los chismes de sus subordinados. Tras haber hablado con él, el canciller se había forjado una opinión definitiva: Méhy era, definitivamente, el hombre que necesitaba.

Competente, trabajador, enérgico, el general era escuchado por sus hombres y sabía hacer que lo obedecieran. Era lo bastante lúcido para percibir que Amenmés no tenía futuro, y serviría a Seti II por interés, si no por simpatía, y le permitiría reinar de nuevo sobre la totalidad del país. Cuando entraron en el despacho de Bay, los cuatro generales del faraón estaban muy tensos. Su portavoz no se andó con remilgos:

—¿Y bien, canciller, qué habéis obtenido?

—Ciertas informaciones sobre las tropas tebaicas.

—¿Están tan bien equipadas como os temíais?

—Por desgracia, sí, si interpreto bien las confidencias del general Méhy.

—¡Así pues, ha aceptado colaborar!

—Como vosotros, sólo piensa en la grandeza de su país y en la restauración de la unidad perdida.

—Sí, pero de todos modos sigue en el bando contrario —recordó el general del ejército de Amón.

—La situación es muy compleja y no deberíamos quejarnos.

—¿Acaso Amenmés ha aceptado reconocer sus errores?

—No puedo deciros nada más antes de obtener el acuerdo de su majestad sobre la estrategia que me parece más adecuada. De todos modos, ordenad a vuestras tropas que se mantengan en pie de guerra y que la flota esté dispuesta para partir.

Los generales estaban encantados: las palabras del canciller significaban que la guerra era inminente.

—Debo ver al rey urgentemente —dijo Bay al intendente principal.

—Es imposible, canciller; su majestad está con su hijo y ha exigido que nadie lo moleste, ni siquiera vos.

—¿Aceptaría la reina recibirme?

—Voy a ver.

Bay tenía la posibilidad de devolver a Seti la totalidad de Egipto, y ni siquiera podía hablar con él para obtener su autorización y realizar el ataque victorioso. Y, sin el consentimiento del soberano, le era imposible tomar semejante iniciativa.

Un médico se dirigió a él:

—La reina acepta recibiros, canciller. Por desgracia, su majestad no sigue mis consejos, pues considero que está demasiado débil para preocuparse de los asuntos de Estado. Sobre todo, sed breve.

—No os preocupéis, doctor.

Una camarera condujo a Bay hasta una estancia luminosa, con los muros pintados de azul pálido y cuya principal decoración eran unos frisos de loto.

Tausert estaba tumbada en un lecho de madera de ébano, con la cabeza apoyada en almohadones bordados.

Al entrar, el canciller le hizo una reverencia, a cierta distancia:

—Majestad, vuestra salud... —articuló con la voz quebrada por la emoción.

—Estoy mucho mejor, canciller; venid a sentaros junto a mí.

—No, prefiero permanecer de pie.

Al acercarse, comprobó que la reina seguía siendo tan hermosa y seductora como siempre. Maquillada y perfectamente peinada, Tausert encarnaba la distinción, y su mirada no había perdido en absoluto su fuerza.

—Perdonad que os importune así, majestad, pero creo haber encontrado un medio de escapar de este callejón sin salida, siempre que obtenga el consentimiento del faraón, claro está.

El canciller expuso su plan a Tausert. Ella lo escuchó con atención, y luego dijo:

—Si lo consigues, Bay, habrás salvado Egipto.

—Cuanto antes nos lancemos a la ofensiva, majestad, tendremos más oportunidades de vencer. Si la decisión se demorase, el general Méhy perdería la confianza. ¿No podríais convencer vos al rey?

—Seti ya sólo se preocupa por la salud de su hijo. Ha puesto todas las esperanzas en ese niño, como si creyera que es capaz de realizar todo aquello que él ni siquiera tiene fuerzas para empezar.

—Insisto en la urgencia de la decisión que debe tomarse, majestad; nuestras tropas están listas para atacar, aunque ni siquiera les he dicho a los generales que su verdadera misión consistirá en detener a Amenmés y celebrar la paz.

La reina le dirigió una mirada de admiración y le dijo:

—Eres un gran servidor del Estado, Bay, y un amigo excepcional... Egipto recordará tu abnegación. Ayúdame a levantarme, intentaré convencer al rey de que te permita actuar.

La puerta de la habitación se abrió.

Con los brazos colgando y la mirada perdida, Seti II se detuvo en el umbral:

—Mi hijo ha muerto —murmuró.

33

Gracias a las clases particulares que le daba Gau el Preciso, Aperti, el hijo de Paneb, había mejorado algo en matemáticas, pero seguía siendo el último en la escuela, por lo que Kenhir y su ayudante Imuni pensaban en expulsarlo.

Por su avanzada edad, Kenhir ya sólo enseñaba literatura. Los mejores alumnos estudiaban las sutilezas del sabio Ptahhotep o de los discursos del habitante del oasis sobre el necesario respeto a Maat y la lucha contra la injusticia. El arisco Imuni lo sustituía en la enseñanza de la lectura, la escritura, el cálculo y las demás materias básicas. Los niños y las niñas estudiaban juntos; unos permanecerían en la cofradía, y otros aprovecharían sus conocimientos para hacer carrera en el exterior.

—Tu hijo alborota a los demás alumnos —le dijo Imuni a Paneb—; habla mucho, distrae a sus compañeros y me responde de un modo insolente.

—¿Por qué no lo castigas severamente?

—Lo he amenazado... Pero se ríe en mis narices.

—Tienes miedo de él, ¿no es eso?

—No, claro que no... Pero, para su edad, es alto y fuerte, y yo...

—Escucha, Imuni: tú y yo no nos caemos demasiado bien, pero mi hijo debe respetar a su profesor y trabajar correctamente. Yo mismo me encargaré de devolverlo al buen camino. Quiero que me avises a la que cometa la menor travesura, de lo contrario, te consideraré responsable de ello. ¿Ha quedado claro?

—Absolutamente —respondió Imuni, con un hilo de voz.

Unos diez muchachos jugaban a recorrer una espiral trazada en el suelo y jalonada de casillas; unas casillas permitían seguir avanzando, y otras penalizaban y obligaban a volver hacia atrás.

—¡Has hecho trampa, Aperti! —exclamó el hijo de Ipuy el Examinador, un muchacho estudioso y reservado.

—¡Tú sólo piensas en hacerle la pelota al profesor!

—Has hecho trampa; no puedes seguir jugando.

Los demás estuvieron de acuerdo.

—Sois unos chivatos de mierda... Iba a ganar otra vez, y eso os molesta.

—Sí, cuando haces trampas.

Aperti fingió alejarse y, de pronto, volvió sobre sus pasos y golpeó la espalda del hijo de Ipuy con una ramita de sauce.

—¡Te acordarás de esto, soplón!

Puesto que superaba a su adversario en más de una cabeza y pesaba veinte kilos más que él, Aperti lo derribó, y se disponía ya a lacerarle la espalda cuando una formidable patada en las posaderas hizo que saliera volando y se diera de cabeza contra la fachada de una casa.

Furioso, el chiquillo se volvió para castigar a su agresor.

—¿Piensas pegarle a tu padre? —le preguntó Paneb tranquilamente.

Aperti no podía retroceder más, por lo que no pudo esquivar un par de bofetones que le propinó su padre.

—Yo fui revoltoso, pero siempre tuve deseos de aprender y nunca hice trampas —reconoció Paneb—. O cambias de actitud o te expulsaré inmediatamente de la aldea. Trabajarás en los campos con los auxiliares y por fin harás algo útil.

—¡No, por favor!

—Entonces dame alguna razón para que no lo haga. Vivir en el Lugar de Verdad es una suerte incomparable; aquí recibirás una enseñanza superior a la de la mayoría de las escuelas y templos. Si eres demasiado estúpido para comprenderlo, busca fortuna en otra parte.

—No me gusta Imuni, prefiero a Gau... Es feo y severo, pero entiendo lo que me explica.

—Me importan un bledo tus preferencias, muchacho; lo esencial es obedecer y aprender.

—El rey Amenmés ha tenido suerte —consideró Nakht el Poderoso—; vivirá eternamente en la zona más hermosa del Valle.

—Yo prefiero el emplazamiento de la tumba de Seti II —dijo Karo el Huraño, bajando su pico.

—A Seti no le han sentado bien los rincones aislados —advirtió Fened la Nariz que, por fin, comenzaba a ganar peso tras el largo período de depresión que había seguido a su divorcio.

—¿Y crees que le sentarán bien a Amenmés? No se decide a atacar; en vez de eso está esperando a que lo haga su adversario. No es un comportamiento propio de un jefe.

—¿Acaso te crees competente en materia militar? —ironizó Casa la Cuerda.

—No excavaremos mucho en esta roca, os lo digo yo; esta tumba no llegará muy lejos.

—Al ritmo que nos marca el maestro de obras, me extrañaría.

Paneb dejó de trabajar y se dirigió a casa:

—¿Quieres formular alguna queja, Casa?

—No veo por qué Nefer nos pide que trabajemos sin descanso. El mes pasado nos quitaron dos días de vacaciones.

—Se trataba sólo de fiestas facultativas —recordó Paneb—; si hay un exceso de trabajo, el maestro de obras tiene derecho a utilizarlos.

—¡Exceso, ésa es la palabra!

—Pero es comprensible —afirmó Karo, frotándose los bíceps—; el maestro de obras está convencido de que el reinado de Amenmés será breve y quiere construirle una verdadera morada de eternidad.

Nakht bebió un trago de agua fresca e hizo circular el odre.

—Esperemos que se equivoque... Si Seti entra vencedor en Tebas, no duraremos mucho.

—Te equivocas —objetó Fened—; ¿acaso olvidas que acaba de defender y salvar a la cofradía?

—No le reprocho nada, ¿pero podrá enfrentarse con el ejército de un faraón ávido de revancha?

—En primer lugar, eso todavía no ha ocurrido —precisó Paneb—; y, después, el descanso ha terminado. ¡A trabajar!

Todo Pi-Ramsés estaba de luto. En palacio, los cortesanos y los criados no se afeitaban; las mujeres ya no llevaban pelucas y se dejaban el cabello suelto.

La momificación del bebé había comenzado.

El canciller Bay ya no salía de su despacho, donde reconfortaba, uno a uno, a los grandes dignatarios, preocupados por saber si el reino era gobernado aún; a pesar de sus esfuerzos, no había conseguido convencerlos y un clima deletéreo se había apoderado de la capital.

Mientras el canciller se empecinaba en luchar contra la melancolía dando pruebas, con su trabajo y el de sus ayudantes, de que el Estado no se disgregaba, se produjo un hecho sorprendente: la reina Tausert convocó a la corte. La desesperación dio paso, en seguida, a la curiosidad, y todos se apiñaron para penetrar en la gran sala de audiencias inaugurada por Ramsés el Grande.

La reina se sentó en el trono del faraón. Llevaba una gran túnica de color verde claro, e iba tocada con una diadema de oro; en el cuello lucía un collar de turquesas, y en las muñecas, finos brazaletes de oro. En ausencia de Seti, la gran esposa real debía gobernar el país.

Los cortesanos más cercanos a la soberana buscaron, en vano, huellas de cansancio en su rostro. Tausert hacía su primera aparición en solitario en la cumbre del Estado, y muchos esperaban que diera un paso en falso.

—El rey está enfermo —declaró—; la muerte de su hijo le ha afectado profundamente y los médicos piensan que necesitará un largo reposo y cuidados intensivos antes de poder gobernar de nuevo el país. Me corresponde asegurar la interinidad; podéis contar con mi firmeza y la del canciller Bay, que administra los asuntos del Estado con una competencia que todos aprecian.

—¿Cuándo atacará Tebas nuestro ejército? —preguntó un cortesano con agresividad.

—El faraón ha decidido que nosotros no atacaremos, pero tomaremos las medidas necesarias para mantener la seguridad en las regiones que controlamos. Sobra decir que si el príncipe Amenmés nos ataca, le responderemos enérgicamente.

—¿Significa eso que le cedemos Tebas y el Sur?

—Significa que no seremos los primeros en derramar la sangre de miles de egipcios y que el faraón, de momento, prefiere no dar el primer paso para evitar una carnicería. Pero somos conscientes de que, para sobrevivir, las Dos Tierras deben estar unidas; así pues, tomaremos otros caminos para lograrlo.

—¿Cuáles, majestad?

—Un mediocre cortesano con la lengua demasiado larga como tú no debe conocer secretos de Estado de esa importancia —precisó la reina tranquilamente—. Limítate a obedecer y a servir a tu país, si eres capaz de hacerlo.

Acto seguido, Tausert se levantó, indicando así que la gran audiencia había terminado.

El canciller Bay, que se sentía absolutamente deslumbrado y reconfortado, advirtió en seguida que la corte estaba subyugada.

—Permitidme que os felicite por vuestra intervención, majestad —le dijo a la reina—. Estoy convencido de que acallará las malas lenguas y que tranquilizará a los que estaban más inquietos. ¿Pero es realmente imposible convencer al rey de que ataque Tebas siguiendo mi plan?

—Seti había puesto todas sus esperanzas en nuestro hijo, Bay —respondió Tausert—; su muerte prácticamente le ha arrebatado las ganas de vivir, y teme verse sometido a la influencia de Set. Por ello intenta evitar un conflicto con Amenmés y no quiere, en modo alguno, empezar la guerra.

—¡Sabéis muy bien, majestad, que el enfrentamiento es inevitable!

—Hay algo más, canciller. —La gravedad de la reina preocupó a Bay—. Seti exige que su hijo, que debería haberlo sucedido, sea inhumado en una morada de eternidad del Valle de los Reyes.

—Pero la región tebaica está bajo el control de Amenmés.

—El rey no se siente con fuerzas para realizar dicha tarea, por lo que deberé hacerlo yo.

—Es una locura, majestad, no lo hagáis, os lo suplico. El príncipe Amenmés os detesta, rechazará vuestra petición y os tomará como rehén. Sería un suicidio; el país os necesita demasiado.

—Haz que preparen un barco, canciller; partiré mañana por la mañana.

—¿Un solo barco? Pero si necesitáis una escolta numerosa, militares expertos y...

—Un solo barco, con una capilla funeraria para mi hijo difunto, y ni un solo soldado.

34

—¿Nada nuevo? —preguntó Méhy, irritado, a su ayudante de campo.

—Aún no ha llegado ningún mensaje hoy, general.

Méhy volvió a dirigir el entrenamiento de los arqueros. Estaban equipados con flechas nuevas, por lo que eliminarían al adversario en un tiempo récord. Gracias al trabajo intensivo que habían realizado las tropas, Méhy disponía ahora de un temible ejército que obedecería sus órdenes al instante.

El general podía estar orgulloso de sí mismo. Largos años de oscura labor le habían servido para elaborar una fuerza de intervención inigualable, que le abriría el camino del poder supremo siempre que la utilizara adecuadamente. En la vieja tierra de los faraones, una dictadura militar no tenía posibilidad alguna de perdurar. Era contraria a la ley de Maat, por lo que no podría obtener nunca la aprobación de los escribas ni la de los sacerdotes, ni menos aún la del pueblo. Méhy debía provocar una lucha a muerte entre Seti II y su hijo Amenmés, después de la cual el general se erigiría como el gran salvador del pueblo egipcio.

Cuando estaba regulando las riendas de su carro de combate, un pensamiento divertido cruzó por la cabeza del general Méhy: ¿no debía su ascenso, en parte al menos, al Lugar de Verdad? El odio que alimentaba contra la cofradía, desde que el tribunal de admisión había rechazado su candidatura, lo había llevado a buscar medios para destruirla y, por tanto, para ser cada vez más fuerte y más influyente.

Arrasar la aldea tras haberse apoderado de sus tesoros le procuraría un inmenso placer.

¿Pero por qué tardaba tanto en llegar el mensaje cifrado del canciller Bay? Méhy estaba seguro de que lo había convencido de sus buenas intenciones, y era evidente que el canciller creía en el éxito de su plan. Él mismo parecía estar impaciente por ponerlo en marcha y reconquistar el Sur.

Tal vez Seti vacilaba aún, pero la estrategia de Bay era tan elaborada que el rey acabaría dándole la razón, seguro de una victoria fácil y sin víctimas.

El ayudante de campo se presentó ante él, muy excitado:

—¡General, han avistado un barco sospechoso procedente del Norte!

—Querrás decir una flotilla.

—Según los vigías, sólo hay un barco.

Méhy, intrigado, no quiso correr ningún riesgo.

—Que lo intercepten y lo hagan atracar en el embarcadero principal de la orilla oeste. Si los soldados que lo ocupan se niegan a rendirse, que acaben con ellos y me reserven uno o dos prisioneros para interrogarlos.

La aldea entera estaba prácticamente sumida en una nube de olores donde dominaban aromas de incienso fresco. Era el día de la fumigación de las moradas y los locales comunitarios, y todas las amas de casa habían arrojado granos de gomas olorosas en unas cazoletas que contenían brasas; de este modo acabarían con los insectos y los gérmenes. Para los niños, el día de la fumigación suponía una enorme diversión, y corrían de aquí para allá, entre risas y gritos.

El traidor se acercó al local de reunión del equipo de la derecha. Tras pensarlo mucho, había llegado a la conclusión de que la Piedra de Luz forzosamente se hallaba oculta en el interior de la aldea, probablemente bajo el naos. Intentaría penetrar en él para comprobarlo.

Por desgracia para él, el maestro de obras ya había designado a Karo el Huraño para llevar a cabo lo que el tallador de piedras, de brazos cortos y poderosos, consideraba una penosa tarea. En la próxima gran fumigación, el traidor intentaría sustituirlo, aunque sin presentarse voluntario, para no llamar la atención.

Una mano se posó en su hombro, y al traidor se le heló la sangre.

—¿También tú has huido de tu casa? —le dijo Paneb.

—Pues sí... No me gustan demasiado esos olores tan fuertes.

—¡A mí tampoco! Uabet aumenta la dosis para exterminar, incluso, los gérmenes, por lo que el aire se hace francamente irrespirable.

Cuando el coloso se alejó, el traidor estaba empapado en sudor. Las piernas le temblaban y, completamente aturdido, se dirigió hacia su casa.

Varias amas de casa estaban discutiendo con su esposa.

—El jefe Sobek quiere ver a Kenhir. Deberíamos ir a la gran puerta.

La nube de olores se disipaba, la aldea había sido purificada, pero nadie pensaba en el banquete que debía seguir a la fumigación, pues se estaban reuniendo para oír las declaraciones del escriba de la Tumba, que acababa de regresar.

—La flota del Norte ataca Tebas —reveló Kenhir.

—¡La guerra! —exclamó la esposa de Pai, aterrorizada—. ¡Es la guerra!

—Que nadie salga de la aldea —ordenó el maestro de obras—; Sobek nos mantendrá informados de los acontecimientos.

El barco enemigo atracó lentamente en el embarcadero principal de la orilla oeste, ante la mirada de trescientos arqueros dispuestos a disparar en cuanto el general Méhy lo ordenara. Pero éste, como sus soldados, observaba con asombro la extraña embarcación.

No era un navío de guerra, sino una gran barca funeraria, cuyo centro estaba ocupado por una capilla enmarcada por dos estatuas que representaban a Isis y a Neftis, arrodilladas, con las manos tendidas hacia el catafalco para protegerlo, magnetizándolo.

Los veinte remeros no iban armados, el capitán tampoco.

Y todos contuvieron el aliento cuando Tausert, que llevaba una larga túnica blanca de luto y la corona roja del Norte, recorrió la pasarela.

Méhy se inclinó ante la soberana.

—¿Sois el general Méhy?

—Sí, majestad.

—Esta barca funeraria transporta la momia de mi hijo, pues el faraón y yo mismo deseamos verla inhumada en el Valle de los Reyes.

Méhy no creía lo que estaba oyendo:

—¿No... no os acompañan barcos de escolta?

—He venido sola, general, y esos marineros no son soldados.

—Majestad, cómo decirlo...

—¿No sois el administrador principal de la orilla oeste de
Tebas?

—Así es, majestad, pero...

—Pero casi estamos en guerra y debéis obedecer las órdenes
del príncipe Amenmés.

—El príncipe se ha convertido en faraón y...

—Sólo hay un faraón, general, y yo actúo en su nombre.

Méhy nunca hubiera podido imaginar aquello, pero tal vez
podría sacar partido de la insensata gestión de la reina.

—Comprenderéis, majestad, que me vea obligado a consultar con el rey Amenmés. ¿Puedo pediros que me sigáis hasta el
palacio del Ramesseum, donde podréis alojaros?

—Podríais haber elegido peor, general.

—No es la guerra —declaró el escriba de la Tumba a los aldeanos.

—¿No era una flotilla procedente del Norte? —preguntó Ipuy
el Examinador.

—No, una gran barca funeraria que transportaba a la reina
Tausert y la momia de su hijo.

—¡La reina Tausert! —se extrañó Nakht el Poderoso—; ¿acaso se ha vuelto loca?

—Según los rumores, quiere que su hijo reciba sepultura en
el Valle de los Reyes.

—Amenmés nunca estará de acuerdo con eso —estimó Didia el Generoso—; tomará prisionera a Tausert, y Seti ordenará
que sus tropas ataquen Tebas.

—No se atreverá por miedo a que Amenmés ejecute a la
reina —objetó Karo el Huraño.

—En cualquier caso, eso no nos concierne —concluyó Renupe el Jovial.

—Estás muy seguro de ello —replicó Paneb—. ¿Quién va a
excavar esa tumba, si no nuestra cofradía?

—Es cierto que el rey Amenmés tiene otros proyectos, pero
el destino le brinda una oportunidad inestimable.

—Dejad de hablar de la reina como si estuviera loca —recomendó Ched el Salvador—. Sabe perfectamente lo que está haciendo. Al entregarse así al adversario de Seti, impedirá que se produzca un enfrentamiento violento entre el padre y el hijo.

—De todos modos, corre un grave peligro.

—Las reinas de Egipto suelen dar pruebas de extraordinario valor; aunque esa actuación está condenada al fracaso, no carece de grandeza. Una grandeza que demuestra que Egipto todavía sigue vivo.

El maestro de obras permanecía en silencio.

—Tausert se ha burlado de vos, general —dijo Amenmés, furioso.

—No, majestad; en la capilla estaba el sarcófago de su hijo.

—¡Es sólo una provocación!

—Sin duda alguna, ¿pero con qué intención?

—Hacedla hablar, general.

—Majestad... ¡Tausert es la reina!

—Divagáis, Méhy: hay una sola reina en Egipto, ¡y es mi esposa!

—Perdonadme, majestad, pero no puedo tratar a Tausert como una vulgar prisionera.

Harto, Amenmés dio un puñetazo en una columna.

—Detesto a esa mujer... Ocupó el lugar de mi madre y pervirtió el corazón de mi padre.

—Supongo que ella es consciente de vuestros sentimientos.

—¡Sin duda alguna!

—Entonces, majestad, su presencia en Tebas es mucho más sorprendente.

—¿Os ha dado algún mensaje de parte de Seti?

—No, majestad.

—¿Sólo ha hablado de los funerales de su hijo?

—En efecto.

—Es una trampa, general, ¡sólo puede ser una trampa!

—Yo he llegado a la misma conclusión que vos, majestad, pero no acabo de entenderlo.

—Tausert es una mujer ambiciosa y calculadora, capaz de utilizar la muerte de su hijo para matarme. Sobre todo, no os dejéis impresionar ni os compadezcáis de ella. Esa mujer sabe actuar muy bien, e intentará seduciros. ¿No han advertido vues-

184

tros centinelas la llegada de una flotilla de guerra aprovechando que nuestra vigilancia ha disminuido?

—Todo está en orden, majestad.

—¿Cuántas veces la habéis interrogado ya?

—Tres veces, y Tausert me ha dado las mismas respuestas, con la misma tranquilidad y formulando las mismas peticiones.

—¿Qué estará tramando esa bruja? La mejor solución sería hacer que un tribunal la condenara a muerte.

—Vuestro padre se enfurecería muchísimo —deploró el general, que deseaba fervientemente que eso sucediera.

Amenmés apoyó la espalda en la columna que antes había golpeado y levantó la vista al techo, adornado con pámpanos.

—Traedme a la reina Tausert, general.

35

—La reina... la señora Tausert ha llegado, majestad —anunció el intendente de palacio.

—Hacedla pasar.

Amenmés había decidido recibir a su enemigo en la sala del trono del palacio de Karnak. Se había colocado la corona azul y se había sentado en el sitial de madera dorada que anteriormente había ocupado Merenptah.

Nadie asistiría a la entrevista.

En cuanto apareció Tausert, el rey perdió la seguridad en sí mismo. La reina llevaba una túnica roja que ponía de relieve el oro de sus joyas, y parecía más una diosa que una simple mortal. Amenmés tenía la garganta seca y no consiguió formular la retahíla de reproches que pensaba echarle en cara a aquella mujer, a la que tanto odiaba.

—¿No me ofreceréis un asiento, Amenmés?

Amenmés debería haberle ordenado que se inclinara ante el faraón, pero no se atrevió a reprenderla.

—No soy vuestro sirviente.

—Por muy poderoso que sea, un rey sabe cómo comportarse ante una reina.

Amenmés se levantó.

—Seguidme.

Amenmés condujo a Tausert hasta una pequeña estancia, donde el rey descansaba entre audiencias. Ambos interlocutores se sentaron, al mismo tiempo, en banquetas de piedra cubiertas de almohadones.

—¿Qué queréis, reina Tausert?

—¿No os ha transmitido mis palabras el general Méhy?

—¡No tienen ningún sentido!

—Sean cuales sean vuestras ambiciones, Amenmés, ¿seréis tan cruel como para pisotear el dolor de una madre y negarle ver realizados sus legítimos deseos?

—¡No tenéis ni idea de lo que son los sentimientos! No os desposasteis con mi padre por amor, sino para acceder al poder.

—Le he dado un hijo a Seti, un hijo al que esperaba asociar al trono y que la fatalidad nos ha arrebatado. Ese fallecimiento ha sumido a vuestro padre en la desesperación, y Seti ha formulado un deseo: que este niño, que debería haberse convertido en faraón, sea inhumado en el Valle de los Reyes junto a sus antepasados. He aquí el único motivo de mi viaje.

La dignidad de Tausert afectó a Amenmés. Creía que le reprocharía haberse proclamado faraón, negándose a reconocer la soberanía de Seti, y que la discusión se envenenaría muy pronto; pero la reina se expresaba serenamente y sin animosidad. Incluso le pareció percibir un rastro de sufrimiento en la mirada de aquella mujer de cautivadora belleza.

—No os creo, Tausert... ¿No habréis venido a Tebas para pedirme que renuncie al trono y reconozca a mi padre como único faraón?

Tausert sonrió:

—¿Aceptaríais acaso?

—¡Nunca!

—Entonces, sería inútil pedíroslo. Habéis ido demasiado lejos, Amenmés, y ya no hay vuelta atrás. Pero debéis saber que Seti no desea causar una guerra civil que provoque la muerte de numerosos soldados egipcios, siembre la desgracia en nuestro país y lo debilite hasta el punto de convertirlo en una presa fácil para los invasores.

Amenmés llevaba una clara ventaja sobre Tausert: el plan del general Méhy. Pero de pronto tuvo la visión de miles de cadáveres cuya sangre enrojecería las aguas del Nilo, y esa imagen lo asustó. Reinar no era sembrar la muerte.

—Parecéis turbado, Amenmés.

—¿Cuándo me confesaréis la verdadera razón de vuestro viaje?

—Ya os lo he dicho todo.

—¿Cómo puedo creeros si siempre actuáis con doble intención?

—Vuestro padre y yo nos amamos, y amábamos a nuestro hijo. Su fallecimiento ha trastornado nuestras vidas, y me sentiría feliz si pudiera realizar el deseo de mi marido. Os lo repito, ésta es la única razón de mi viaje y espero que la comprendáis.

—¿Fuisteis vos, verdad, la que impedisteis a mi padre asociarme al trono eligiéndome como corregente?

—Sí, fui yo.

—¿Por qué me detestáis?

—Creo que sois incapaz de gobernar, Amenmés.

—¡Os equivocáis y voy a demostrároslo! Hoy debería haceros juzgar por crimen de lesa majestad.

—Haced lo que queráis, pero acceded primero a la petición de vuestro padre.

Amenmés dudaba. Tausert parecía sincera, como si sólo le importase la suerte de su hijo difunto.

¿Qué trampa le tendía aquella reina aparentemente indefensa?

—Mostrar clemencia con un niño muerto no perjudicará vuestra autoridad —añadió Tausert.

—Ya he dado prueba de mi magnanimidad al no hacer que destruyeran la tumba de Seti.

—¿Acaso un hijo habría podido saquear la morada de eternidad de su padre y mancillar así la gran pradera donde viven las almas de los faraones?

Amenmés, herido en lo más profundo, bajó la mirada. ¡La mujer que tanto odiaba estaba prisionera en su palacio, y encima se atrevía a desafiarlo!

—Vuestro hijo no era un rey. Su momia no puede descansar en el Valle —replicó.

—¿No fueron admitidas allí, excepcionalmente, algunas personalidades no reales? Consultad con el maestro de obras del Lugar de Verdad, él os lo confirmará.

—¿Deseáis que os acompañe a palacio? —preguntó el jefe Sobek a Nefer el Silencioso.

—No será necesario.

—Sería más prudente, de todos modos... Aunque quienes os solicitan sólo sean civiles, no veo la razón concreta por la que os ha convocado Amenmés.

—¿Qué puedo temer, Sobek?

El nubio deploró la falta de prudencia del maestro de obras, que partió con cinco escribas reales y sus ayudantes, que habían llegado, en delegación, hasta el primer fortín del Lugar de Verdad para solicitar la intervención de Nefer. Le indicaron que el faraón Amenmés había insistido en la urgencia de su misión. Los aurigas de los carros forzaron, pues, sus caballos hasta el embarcadero, donde tomaron un barco y cruzaron rápidamente el Nilo.

En la puerta principal de palacio, un intendente se encargó de Nefer y lo condujo hasta la sala donde se hallaban Amenmés y una mujer de extraordinaria prestancia, cuya mirada se posó con curiosidad en el maestro de obras.

—¡Aquí estáis, por fin! —exclamó Amenmés.

—He venido lo más rápidamente que he podido, majestad.

—Explicadle a la reina Tausert que es imposible inhumar a su hijo en el Valle de los Reyes, porque no ha sido coronado.

Era evidente que con esta demanda el rey le estaba dictando la respuesta, pero lo que Amenmés deseaba no se correspondía con la realidad, y el maestro de obras no podía ni quería mentir.

—De hecho, majestad, existen excepciones.

Amenmés se ruborizó:

—¿Cuáles?

—Por ejemplo, la inmensa morada de eternidad, con sus innumerables capillas, que Ramsés hizo excavar para sus fieles que llevaban el título de «hijo real».

—¡Es una excepción digna de Ramsés el Grande! ¡Y esos hijos habían sido asociados al trono, al menos simbólicamente! El caso que nos ocupa es distinto. Así pues, asunto resuelto.

—No estoy de acuerdo, majestad, pues debe mencionarse el caso de notables personalidades a las que vuestros predecesores concedieron un honor inigualable al acogerlos en el Valle. Pienso en la nodriza de la reina Hatsepsut, en el visir de Amenhotep II, en el portaabanicos de Tutmosis III o también en los padres de la reina Tiyi, la gran esposa real de Amenhotep III. Por no mencionar las sepulturas concedidas a otros fieles compañeros, perros, gatos, monos e ibis...

La reina supo vencer con discreción; se limitó a dirigir una intensa mirada a Amenmés, a quien el maestro de obras acababa de comunicar que era libre de recibir en el Valle a un ser al que deseara honrar de un modo excepcional.

Pero aquel ser era el niño destinado a suplantarlo, el niño al que odiaba tanto como a Tausert, y Amenmés se reservaba aún un argumento decisivo que dejaría mudo al maestro de obras.

—El Lugar de Verdad trabaja en la excavación de mi propia morada de eternidad y no tiene tiempo ni hombres para emprender la construcción y la decoración de un monumento comparable —recordó el rey—. Así pues, es imposible satisfacer el requerimiento de la rèina Tausert.

—No os equivoquéis, majestad —rectificó Nefer—: las tumbas de las personalidades no reales son simples sepulcros sin decoración alguna. Las esculturas, las pinturas y los textos se reservan a los faraones. Si lo deseáis, pediré a los canteros que excaven un pozo y una sola estancia para depositar el sarcófago.

—¡Pero faltará el mobiliario fúnebre! —replicó Amenmés.

—He traído todo lo necesario —precisó la reina.

A fin de cuentas, Amenmés no podía ceder a las exigencias de su prisionera, y el insoportable maestro de obras, en vez de ayudarlo, se ponía de parte de Tausert.

La reina se levantó y dijo, con una solemnidad que hizo estremecer a Amenmés:

—En nombre de vuestro padre y del mío, os agradezco vuestra generosidad. Gracias a vos, vuestro hermanastro tendrá una eternidad feliz.

36

—Estoy muy disgustado, Nefer —declaró Amenmés con animosidad—; ¿no habéis comprendido lo que esperaba de vos?

—Sí, majestad.

—Y, entonces, ¿por qué le habéis contado todo eso a la reina Tausert?

—Porque vos me habéis pedido que dijera la verdad, majestad.

Amenmés debería haber despedido a aquel insolente maestro de obras, pero no estaba seguro de poder encontrar a un hombre de su valía, lo bastante íntegro para ser absolutamente sincero incluso ante su rey.

—¿Iba en serio vuestra proposición?

—Naturalmente, majestad.

—Quiero una tumba modesta, tal como vos habéis dicho, y sin decoración alguna.

—En ese caso, así se hará.

—¿Qué emplazamiento prevéis?

—¿Tenéis un pedazo de papiro?

Nefer dibujó un plano esquemático del Valle.

—Aquí, majestad, no lejos de la tumba de Horemheb.

—Pero... ¡Está muy cerca de mi propia morada de eternidad!

—Por una parte, eso nos facilitará la tarea, evitándonos la dispersión de esfuerzos, y por otra, vos hubierais rechazado que la sepultura estuviera junto a la tumba de Seti II. ¿Acaso no sois el protector oficial de ese niño?

Los artesanos del equipo de la derecha, unos sentados y otros de pie, con los brazos cruzados, habían escuchado atentamente al maestro de obras.

—Excavar rápidamente una sepultura —repitió Karo el Huraño—, ¿qué significa eso?

—Renunciar a nuestros días de fiesta hasta que el trabajo esté terminado —le respondió Fened la Nariz.

—¿Es una broma de mal gusto?

Nefer permaneció en silencio.

—¿Es verdad, entonces? ¡Estamos muy cansados de tanto trabajar y ahora, encima, tendremos que sacar fuerzas para excavar una nueva tumba!

—El maestro de obras ha hablado de una simple sepultura —recordó Casa la Cuerda.

—¿Esto no puede acarrearnos problemas con Amenmés? —se preocupó Ipuy el Examinador.

—He conseguido convencer a Amenmés de que satisfaga el deseo de la reina, pero podría cambiar de opinión si tardamos demasiado —explicó Nefer—. Por ello necesito a dos canteros que lleven a cabo la tarea lo más rápidamente posible.

—Por suerte, yo no tendré que hacer nada —respondió Ched el Salvador burlonamente—. No es costumbre decorar ese tipo de sepulturas.

—Los canteros sólo piensan en sus jornadas de descanso, por lo que yo me ofrezco voluntario —declaró Paneb—. Gracias a mi pico de piedra, no necesitaré ninguna ayuda.

—¡Si somos dos iremos más rápido! —intervino Nakht el Poderoso—; yo soy un verdadero especialista.

A Nakht le preocupaba más su duelo con Paneb que sus descansos, y no quería perderse una oportunidad como aquélla para demostrarle su superioridad.

—Cuando nuestros compañeros regresen a la aldea, dormiremos en el collado y yo trabajaré con vosotros en el Valle —anunció el maestro de obras.

Serketa se divertía aplastando granos de uva entre sus dedos y dejando que el zumo corriera por el torso desnudo de Méhy, que estaba tumbado boca arriba, a la sombra de un quiosco sobre el que crecía la parra. El general tenía insomnio y cada vez soportaba menos el calor; una corta siesta tras el almuerzo le permitiría recuperar fuerzas, siempre que el sol no lo molestara demasiado.

—¿No sientes deseos de acariciarme, tierno amado mío?

El zumo azucarado de la uva se pegaba al vello del pecho del general, que despertó de mal humor.

—¡Ya basta, Serketa! Necesito al menos una hora de sueño.

—Conozco medios más agradables de relajarse —susurró la mujer, frotándose contra él—. Y me parece que ya estás bastante despierto...

Aunque no experimentaba sensación alguna, la esposa del general apreció una vez más la brutalidad de su marido que, un día u otro, tal vez acabaría satisfaciéndola.

Mientras volvía a peinarse, Serketa llamó a su sierva y le ordenó que escanciara vino blanco fresco.

—¿Por qué has detenido el entrenamiento intensivo de tus tropas? —le preguntó a su esposo.

—Porque Seti II no atacará.

—¿Estás seguro?

—Está muy abatido por la muerte de su hijo, y no quiere aparecer como el agresor.

—¿Así pues, no escucha los consejos del canciller Bay?

—¡Por desgracia, no!

—La situación podría cambiar.

—No lo creo... Seti quiere evitar una guerra civil y Amenmés teme, a su vez, ser el instigador. Padre e hijo se miran como dos fieras sentadas que aguardan una señal de debilidad del adversario. Tal vez esa señal no se produzca nunca.

—Podríamos provocarla nosotros —propuso Serketa, pasando el dedo índice por el borde de su copa.

—¿En qué estás pensando?

—Mientras los artesanos del Lugar de Verdad excavan la tumba de su hijo, la reina Tausert reside en Tebas... Si le sucediera una desgracia y Amenmés fuera considerado responsable de su muerte, Seti se vería obligado a reaccionar e iniciar la ofensiva.

Méhy se incorporó y agarró a su mujer por los hombros.

—¡Te prohíbo que la toques, Serketa! Tausert se halla en arresto domiciliario en el palacio del Ramesseum, y éste está bajo mi responsabilidad. Si le sucede algo a Tausert, me acusarán a mí.

—Qué lástima... He perfeccionado mucho mis conocimientos en materia de venenos y me hubiera gustado tanto probarlos con una reina...

—No desesperes, pichoncito; sigue trabajando con nuestro amigo Daktair, pero sobre todo no te precipites.

—¿Es posible conseguir que Tausert sea transferida a la orilla este?

—Amenmés desconfiaría, además, ¿qué razón podríamos darle? Debe pensar qué hará con la reina, y espero que se equivoque de nuevo.

—Podrías influirle.

—Si insisto demasiado en la necesidad de eliminar a Tausert, el rey adoptará la solución contraria. Amenmés es un hombre extraño, unas veces se muestra firme, y otras, indeciso. Nunca habría pensado que la reina lograría sus fines, ¡pero ha conseguido hechizar a su peor enemigo!

—Por lo que dices, parece una mujer temible...

—Si nadie se cruza en su camino, Tausert acabará tomando el poder.

Serketa dio unos saltitos, emocionada, como si fuera una niña que acaba de hacer una travesura:

—Tú deseas que regrese a Pi-Ramsés, que se libre de su viejo marido y declare la guerra a Amenmés.

Mientras hablaba, Méhy se aplicaba una pomada de esencia de lis en el pelo, a modo de fijador.

—Si Tausert escucha los consejos del canciller Bay, mandará su ejército con la seguridad de que mis soldados no combatirán y de que se apoderarán de Amenmés, sin asestar un solo golpe.

Serketa se tendió a los pies de su marido.

—Miras a lo lejos, mi insaciable guepardo, y yo deseo devorar contigo el porvenir.

Cuando Paneb utilizaba el pico, Nakht quitaba los cascotes y luego invertían los papeles, mientras Nefer pulía un poco las paredes. Habían trabajado sin descanso, por lo que el sepulcro estaba casi listo. Paneb el Ardiente y Nakht el Poderoso habían abierto una sala de unos seis metros por nueve, con varios niveles, y mucho más grande que las sepulturas que se solían excavar para las personas que no pertenecían a la realeza.

—¿No se enfadará Amenmés? —preguntó Nakht.

—Probablemente no vendrá a los funerales, por lo que no se enterará —lo tranquilizó Nefer.

—En cualquier caso, he dado dos veces más golpes con el pico que tú —afirmó Paneb—; te falta energía, Nakht. Si sigues decayendo, tendrás que cambiar de oficio.

—Eso es mentira, ¡he trabajado al mismo ritmo que tú! El maestro de obras es testigo de ello.

—Lo que cuenta es el resultado —concluyó Nefer, que sacaba de la sepultura los últimos capazos llenos de tierra y trozos de calcáreo.

—Déjame a mí —exigió Paneb—; éste no es tu trabajo.

—¿Acaso no formamos un equipo? Espero que la reina Tausert esté satisfecha.

—¿Sigue encerrada en el Ramesseum? —preguntó Nakht.

—Según las informaciones que ha obtenido Kenhir, se ha ganado la simpatía de todo el personal del templo, e incluso la de los soldados encargados de vigilarla.

—Tausert está condenada —consideró Nakht—; tras haber manifestado su clemencia con ese niño, que ya no supone ninguna amenaza para él, Amenmés tendrá que castigar a su enemiga. Y la guerra caerá sobre nosotros con su cortejo de monstruosidades.

Paneb dejó su pico y se sentó junto a Nefer para contemplar la cima de los acantilados que rodeaban el Valle de los Reyes, aislándolo del mundo exterior.

—Tenemos mucha suerte de trabajar aquí, de sentir las pulsaciones de la roca y comprender su lenguaje —murmuró el maestro de obras—. Creemos que la transformamos, pero es ella la que nos dicta su ley. En esta gran pradera donde nada mortal crece, los dioses pronuncian palabras de piedra, palabras que tenemos el deber de dibujar, esculpir y pintar. Y es nuestro único modo de luchar contra la guerra y la locura de los hombres.

37

Paneb el Ardiente y Nakht el Poderoso bajaron el pequeño sarcófago a la sepultura. Luego, el maestro de obras depositó en ella el tesoro que la reina Tausert había traído de Pi-Ramsés y que se componía de anillos, brazaletes y collares con el nombre de Seti II y de la gran esposa real; también había sandalias y guantes de plata.

Nefer pronunció palabras de resurrección extraídas del *Libro de lo que se halla en la matriz de las estrellas antes de que el pozo fuera cegado con piedras y la sepultura cubierta de arena*.

—Por fin, el rey podrá estar tranquilo —dijo Tausert—; nuestro hijo descansa lejos de la confusión que reinará en los próximos años. Gracias por vuestra ayuda, maestro de obras; debo reconocer que no sentía simpatía alguna por el Lugar de Verdad y que había exigido la marcha de vuestro escriba de la Tumba, para sustituirlo por un funcionario de Pi-Ramsés. Vuestra firmeza hizo fracasar el proyecto.

—Kenhir es un hombre con mucha experiencia y, por tanto, indispensable para nosotros. Siempre lucharé contra la injusticia, reina Tausert.

—¿Realmente la tumba de Seti está intacta?

—Así es, majestad. Hemos creado tres corredores, la sala del pozo y una sala con cuatro columnas, y yo mismo sellé la puerta de la morada de eternidad del faraón Seti II.

—Vuestra obra no ha terminado y volveréis a abrir esa puerta cuando el soberano legítimo reine de nuevo en Tebas. Sabed elegir el campo adecuado, maestro de obras.

—Sólo tengo uno: el Lugar de Verdad.

—¿Acaso no depende directamente del faraón?

—Es cierto, majestad, ¿pero cómo debe comportarse la cofradía ante dos monarcas, si no excavando dos moradas de eternidad?

—Someteros no será fácil.

—Estamos sometidos a la ley de Maat, que reina en nuestra aldea. En cuanto nos apartamos de ella, aparece la desgracia.

—¿Intentáis darme una lección de política, maestro de obras?

—En este Valle, donde reina la eternidad, las preocupaciones profanas no tienen lugar alguno.

La reina Tausert estaba descubriendo a un hombre que habría sido capaz de gobernar un país. Ningún acontecimiento haría mella en su determinación ni lo haría desviarse del camino que los dioses le habían trazado. Pero la aldea de los artesanos era un pequeño Estado, cuya obra era esencial para la supervivencia de Egipto.

—La leyenda afirma que el Lugar de Verdad posee fabulosos tesoros. ¿Es eso cierto o es sólo una exageración?

—Puesto que vuestra majestad es la gran esposa real, conoce el papel y los deberes de la Morada del Oro. Sabe que, sin la Piedra de Luz, las moradas de resurrección sólo serían tumbas.

—¿Lo sabe también Amenmés?

—Lo ignoro. Todavía no ha honrado a la aldea con su presencia.

—Seti II tampoco... Ésa es la razón de que no reconozcáis como faraón ni al uno ni al otro.

—Eso no es de mi competencia, majestad; mi trabajo consiste en preservar el Lugar de Verdad para que la obra se lleve a cabo.

—¿Os atreveríais a desobedecer a un rey?

—Cuando Amenmés me dio órdenes contrarias a la práctica de Maat, me negué a ejecutarlas.

—Podría haberos destituido de vuestras funciones.

—Es cierto, majestad, pero un monarca que predica la destrucción se condena a ser destruido.

—Os aconsejo que evitéis este tipo de afirmaciones delante de Seti.

—Si acallara lo que siento para no contrariar al señor de las Dos Tierras, estaría cometiendo un error imperdonable.

Tausert ya había puesto bastante a prueba a Nefer el Silencioso: era un hombre tan íntegro y firme como la piedra que trabajaba.

—Me gustaría caminar un poco por el Valle —dijo la reina.

Tausert disfrutó de aquel momento de paz y soledad, con el deseo de percibir la potencia luminosa de aquellos lugares incomparables donde las peleas por el poder temporal se hacían incongruentes, prácticamente ridículas. La ambición y la vanidad no tenían cabida allí, donde sólo se pensaba en la prueba suprema de la muerte y en la transmutación de la existencia en vida eterna. Y el secreto de esa transmutación lo poseían el Lugar de Verdad y su maestro de obras; alimentados por tanto poder, serían capaces de resistir los peores tormentos.

Cuando empezó a anochecer, la reina advirtió que su paseo por aquel oasis del más allá había durado varias horas, durante las que había olvidado, incluso, la disidencia de Amenmés; se deshizo con dificultad de la magia de la gran pradera, de donde el alma de su hijo emprendería el vuelo hacia los paraísos celestiales, y se dirigió al maestro de obras:

—He perdido la noción del tiempo.

—El Valle no está hecho para los humanos, pues llevan demasiada muerte en sí mismos; cada vez que penetro en él, me pregunto si aceptará la presencia de los artesanos.

—Que las divinidades os protejan, maestro de obras.

—¿Habéis pensado en vuestra propia salvaguarda, majestad?

—No mientras recorría el Valle... Pero, por desgracia, la realidad sigue ahí. Debo regresar a mi prisión dorada del Ramesseum antes de ser transferida a la orilla este, donde Amenmés me hará desaparecer.

—¿Tan cruel le creéis?

—Mi hijo ha sido inhumado, el tiempo de la generosidad ha transcurrido y Amenmés sabe que entre nosotros es imposible cualquier reconciliación. Oficialmente, habré muerto de enfermedad o víctima de algún accidente.

—Si estabais convencida de que vuestro adversario os reservaba tan atroz suerte, ¿por qué vinisteis a Tebas?

—Porque amo a Seti y quería satisfacer su deseo. No sólo no lo lamento sino que, además, agradezco al destino que me haya permitido conocer el valle de la eternidad.

—No os rendís fácilmente, majestad.

—Estoy a merced de Amenmés y no tengo ninguna esperanza de que se apiade de mí.

—Tal vez haya una solución...

—¿Huir? Eso es imposible.

—Pienso en otra posibilidad.

Todos los informes confidenciales coincidían: Méhy era un general de gran valor, muy apreciado por los oficiales superiores, y había puesto en pie un ejército profesional y, al mismo tiempo, bien equipado.

Amenmés, desconfiado por naturaleza, había dudado de la lealtad del hombre al que había confiado el mando supremo de las tropas tebaicas y, por tanto, el porvenir de su trono. Así pues, había pedido a varios cortesanos que espiaran al general para averiguar si sus actividades correspondían, en efecto, a sus declaraciones.

No cabía ninguna duda: Méhy se ocupaba del entrenamiento de sus soldados, no escatimaba esfuerzos sobre el terreno y administraba la orilla oeste a la perfección. No había cometido error alguno y ninguna de sus actitudes resultaba sospechosa. Amenmés estaba, pues, en condiciones de confiar en el general que lo había invitado a descubrir Tebas, sin suponer que de este modo le abría las puertas de la realeza. Y gracias a sus consejos, conseguiría erigirse como el dueño absoluto de Egipto.

—Ha llegado el general Méhy —le comunicó su intendente.

—Que pase.

Amenmés estudiaba el mapa del Medio Egipto, que mostraba claramente que Hermópolis era una frontera eficaz que sería necesario destruir para avanzar hacia el Norte.

Al ver a Amenmés, el general temió que el joven rey hubiera tomado la decisión de atacar y arruinase, así, su plan.

—La frontera de Hermópolis... ¿Hasta cuándo se burlarán de nosotros?

—Necesitamos tener el máximo de información antes de asaltar esa ciudad fortificada; sería muy peligroso precipitarnos.

—Tenéis razón, hay algo más urgente: resolver el caso de la reina Tausert.

—Vuestra clemencia para con su hijo ha sido muy apreciada, majestad.

—Pero mi bondad no es inagotable y la reina ya no es una niña. Ella es nuestro principal enemigo; la muerte de su hijo parece haber destrozado a Seti, y sólo esta mujer sabrá devolverle el valor. Sin embargo, ¡Tausert está en nuestras manos! ¿No asestaríamos un duro golpe a mi padre si nos libráramos de ella? En el colmo de la desesperación, se sentiría abrumado por el destino y acabaría abdicando en mi favor. ¿Qué os parece la idea, general?

Al hacerle semejante pregunta, el rey estaba convirtiendo a Méhy en su consejero particular; y el general no tenía derecho a decepcionarlo.

—Sin duda tenéis razón, majestad, ¿pero puedo recomendaros que actuéis poco a poco?

—¿De qué modo?

—Si no queréis que os acusen a vos, la reina no debe morir en suelo tebaico.

—Pero si dejo que regrese a Pi-Ramsés, ¡Tausert estará fuera de mi alcance!

—En su barco, no. —Amenmés estaba perplejo—. Podemos introducir en la tripulación a un hombre de confianza que asesine a la reina y huya tras haber cumplido su misión. Según la versión oficial, uno de los propios marinos de Tausert habrá cometido un crimen abominable.

—¡Magnífico, general! Está decidido, pues.

Al salir del despacho del rey, Méhy se topó con el oficial encargado de velar por Tausert.

—¿Qué estás haciendo aquí? —le preguntó.

—Ha ocurrido algo, general, un grave problema...

—¡Habla!

—La reina Tausert ha desaparecido.

—¿Te estás burlando de mí?

—Ha escapado de nuestra vigilancia, general, pero yo no podía suponer que ella se comportara así...

—Si no la encuentras inmediatamente, tu carrera habrá terminado.

—Según un primer testimonio, creo saber dónde se ha refugiado la reina Tausert: en la aldea de los artesanos del Lugar de Verdad.

38

—¡Esta vez es el ejército, jefe! —clamó un policía nubio, que irrumpió, despavorido, en el despacho de Sobek.

—¿Cuántos hombres?

—Más de un centenar.

Sobek corrió hacia el primer fortín, al que se estaba acercando la tropa.

—Todo el mundo a sus puestos —ordenó.

A la cabeza del destacamento, iba el general Méhy. Se detuvo a unos cincuenta metros del fortín y Sobek avanzó hacia él.

—Vengo a buscar a la reina Tausert —declaró Méhy.

—Vuestra petición supera mis competencias, general.

—Quiero ver de inmediato al maestro de obras.

—Iré a avisarlo.

Con gran sorpresa de Méhy, no fue Nefer el Silencioso quien salió de la zona protegida para explicar su actuación, sino la mujer sabia; llevaba una túnica blanca muy simple y una corta peluca negra, al estilo del tiempo de las pirámides.

—¿Acaso vuestro marido teme comparecer ante mí?

—Como superiora de las sacerdotisas de Hator del Lugar de Verdad, he accedido a la petición de la reina Tausert, que ha solicitado asilo en el templo de la diosa.

—El faraón Amenmés me ha ordenado que la devuelva a palacio —indicó el general con voz menos segura.

—¿No sois el protector oficial de la aldea?

—También soy un soldado y debo obedecer las órdenes del rey.

—Sabéis muy bien que el territorio del Lugar de Verdad les está prohibido a los profanos, sean militares o no.

—¡Pero Tausert no pertenece a vuestra cofradía!

—Como reina y superiora de las sacerdotisas de Hator de todo el país, pertenece a ella de pleno derecho. ¿Quién se atreverá a violar el derecho de asilo concedido por un templo?

La mujer sabia tenía razón. Si el general cometía semejante atrocidad, Amenmés lo desautorizaría; sólo le quedaba una solución:

—¿Aceptaréis seguirme y exponer la situación ante el rey?

—Por supuesto.

Nefer el Silencioso ignoraba que su esposa había decidido correr semejante riesgo, a lo que se habría opuesto firmemente; pero Clara sabía que Amenmés no aceptaría que lo desafiaran de aquel modo, y que sería preciso negociar.

La mujer sabia montó en el carro de Méhy, que le ató una muñeca con una correa y le rogó que se sujetara a la caja; impresionado por la entereza de Clara, que miraba al frente, el general adoptó una actitud de serenidad.

Siempre había despreciado a las mujeres, pero con la mujer sabia experimentaba una curiosa sensación; de su pasajera emanaba una luz cuya suavidad le incomodaba. Durante el trayecto, no le dirigió la palabra, como si fueran por completo ajenos el uno a la otra y no hablaran la misma lengua. Comprendió que la esposa del maestro de obras nunca confiaría en él y que debía considerarla como un adversario irreductible.

El rey Amenmés evitaba mirar a la mujer sabia a los ojos.

—El derecho de asilo concedido por el templo es sagrado, nadie lo discute —se encolerizó—. Pero el caso que nos ocupa es un asunto de Estado, y la aldea no tiene derecho a levantarse contra su jefe supremo, el faraón de Egipto.

—No es asunto de la aldea ni del maestro de obras, majestad, y no tienen la menor intención de levantarse contra vos —precisó Clara con tranquilidad—. La reina Tausert goza de una protección sagrada.

—¡Debería ordenar que os detuvieran por traición!

—Vos sois el rey.

Amenmés siguió evitando la mirada de aquella mujer, que no se asemejaba a ninguna otra y parecía ignorar el miedo.

—¿Justificó Tausert su actitud?

—La reina teme no poder regresar libremente a Pi-Ramsés.

—¿De qué oscuras intenciones me cree capaz?

—¿Cómo voy a saberlo, majestad?

—Tausert merecería acabar sus días recluida en vuestro templo, pero estoy convencido de que mi padre me consideraría responsable de ello e iniciaría una guerra para liberarla. ¿Cómo actuaríais vos si estuviérais en mi lugar?

—Yo permitiría que la reina regresara a la capital, y evitaría, así, un grave conflicto.

—¡Clemencia, siempre clemencia! Ya le he permitido que inhumara a su hijo en el Valle de los Reyes y ahora queréis que le conceda la libertad, cuando ella sólo intenta destruirme.

—Yo no estoy tan segura de ello, majestad.

—¿Acaso Tausert os ha hecho algún tipo de confidencia?

—¿No es su principal preocupación evitar una guerra civil que destruya Egipto?

Amenmés fingió reflexionar.

—Sin duda hago mal, pero acepto conceder a Tausert la libertad que reclama. Que salga de Tebas inmediatamente.

—¿Tengo vuestra palabra de que no intentaréis nada contra ella?

—¡Exigís mucho!

—No hay nada más sólido y valioso que la palabra de un rey, majestad.

—Os prometo que Tausert puede regresar a su barco y dirigirse a Pi-Ramsés con absoluta tranquilidad. Pero que no vuelva a burlarse de mí... de lo contrario, seré implacable.

Cabeza Cuadrada era remero en la marina mercante desde hacía veinte años. El trabajo le gustaba y no estaba demasiado mal pagado. Además, a aquel sólido mocetón le gustaba ver lugares y conocer a muchachas mientras su barco permanecía atracado para descargarlo. Al enterarse de ello, su esposa logró que sus colegas testificaran ante un tribunal y consiguió que éste le pasara una pensión muy alta todos los meses.

Una mujer con una pesada peluca, cuyos mechones le ocultaban el rostro, se había dirigido a él, mientras estaba masticando una cebolla en la ribera. En un primer momento, Cabeza Cuadrada creyó que aquella hembra se sentía atraída por su virilidad; incluso intentó acariciarle los pechos, pero una puntiaguda hoja le pinchó el ombligo.

—¡Sin tocar, amiguito! ¿Deseas hacerte muy rico?

—¿Yo?

—Estoy hablando contigo.

Cabeza Cuadrada soltó una carcajada:

—¡El trabajo de un remero es remar, no enriquecerse!

—Tal vez la suerte te haya sonreído.

Cabeza Cuadrada escupió un pedazo de cebolla.

—A otro perro con ese hueso, hermosa... Si quieres pagarme para que me acueste contigo, de acuerdo. Pero guárdate tus fábulas para los imbéciles.

—Tu pensión alimenticia pagada, una villa en el campo, un trigal, cinco vacas lecheras, dos asnos y un sacerdote funerario para cuidar tu tumba en la orilla oeste.

El remero se frotó los ojos, convencido de que estaba soñando.

La mujer seguía allí.

—¡No está bien burlarse de un buen hombre!

—Hablo muy en serio.

—Estás tomándome el pelo... ¿Qué quieres que haga a cambio?

—Matar a una mujer que lleva numerosos crímenes a sus espaldas.

—Un asesinato... ¿De quién se trata exactamente?

—De la reina Tausert —respondió Serketa.

—¡Una reina nada menos! No tengo ganas de jugarme la cabeza.

—Serás contratado en el equipo de remeros que la devolverán a Pi-Ramsés. En la quinta noche del viaje, el capitán te llamará y te hará entrar en la cabina de la reina. La matarás y huirás.

—¿Y si el capitán me denuncia?

—Es uno de los nuestros.

—¿Y por qué no lo hace él mismo?

—Porque irá hasta Pi-Ramsés, donde seguirá a nuestro servicio. Explicará que un remero de quien no conoce ni siquiera el nombre ha burlado su vigilancia.

Si la víctima designada hubiera sido su esposa, Cabeza Cuadrada no hubiera vacilado ni un instante. Pero en ese caso...

—Ni siquiera sé quién sois.

—Y por tu propia seguridad, no lo sabrás nunca.

—¿Y cómo puedo saber que vais a pagarme?

Serketa depositó un lingote de oro en el regazo del remero.

—He aquí un adelanto.

Cabeza Cuadrada quedó paralizado durante un buen rato. El lingote, en realidad, era sólo una aleación de poco valor, realizada por Daktair.

—Ya eres rico, amigo... Pero esto es sólo el comienzo, si haces correctamente tu trabajo.

—También me gustaría tener un barco. Un barco sólo para mí, con una vela cuadrada y algunos remeros que siempre estuvieran a mi disposición.

—Pides mucho... De acuerdo, pero no más.

—No soy muy aficionado al puñal... ¿Os iría bien un lazo de cuero? Apretaría tanto que no tendría ni siquiera tiempo de gritar.

—Hazlo como quieras, pero no falles.

—¿Dónde nos encontraremos luego?

—Aquí mismo, y te llevaré a tu propiedad en la campiña tebaica.

Cabeza Cuadrada palpaba el lingote, que enterraría en el suelo de la cabaña que ocupaba a orillas del Nilo, entre viaje y viaje.

—De acuerdo, acepto.

—Preséntate mañana en el barco de la reina y el capitán te enrolará. Sobre todo, recuerda esto: la quinta noche.

—De acuerdo.

—Realmente tienes mucha suerte, Cabeza Cuadrada.

39

La reina Tausert no había pensado, ni un solo instante, que estaba recluida para escapar a la venganza de Amenmés, pues la vida de la aldea la había cautivado. Lejos de las preocupaciones y las intrigas de la corte, había llevado a cabo los ritos de apertura del naos en el templo de Hator y de Maat, para que la presencia divina, surgiendo de las tinieblas, iluminara el Lugar de Verdad; luego se había dirigido a cada morada, en compañía de Turquesa, para depositar ofrendas florales y alimenticias en los altares de los antepasados antes de celebrar, con las sacerdotisas, el culto de la diosa de oro, fuente de la suave brisa del norte, soberana de la cima de Occidente, dama del cielo, sol femenino y dispensadora de gozo.

Habían tocado música y danzado en honor de Hator, y siete mujeres, entre ellas la reina, habían manejado los sistros para alejar las energías negativas y atraer la generosidad de la diosa sobre la cofradía. Tausert se alojaba en el pequeño palacio de Ramsés el Grande, y también había rendido homenaje a los fundadores de la aldea, el faraón Amenhotep I y su gran esposa real, Ahmes-Nefertari, antes de participar en los ritos de apaciguamiento de la temible cobra hembra a la que el amor de Hator transformaba en protectora de las cosechas.

Todos quedaron impresionados por la sencillez de la soberana, que se interesaba por los aspectos más modestos de la vida cotidiana de la aldea, ya se tratara de entregas de agua fresca, de la conservación de los cereales en los silos o de la escuela dirigida por el escriba de la Tumba. Encantados de poder acercarse a la reina de Egipto, los niños multiplicaron sus esfuerzos para mostrarle que escribían y leían con facilidad los jeroglíficos. Incluso el insoportable Aperti se comportó correctamente, mientras que *Negrote* vigilaba de cerca al mono verde, por miedo a que importunara a su majestad.

Pero la felicidad de aquellas horas maravillosas, que transcurrían con demasiada rapidez, se vio truncada cuando la reina supo que unos soldados se habían llevado a Tebas a la mujer sabia.

Tausert había recibido de inmediato a Nefer el Silencioso en la sala abovedada del palacio de Ramsés el Grande.

—Yo tenía que enfrentarme con Amenmés —deploró el maestro de obras, visiblemente presa de la angustia—; Clara no debería haber corrido ese riesgo.

—Si Amenmés la toma como rehén, yo me ofreceré a ocupar su lugar, y ella quedará en libertad. No os preocupéis por vuestra esposa; mi hijastro intenta apresarme a mí, y utilizará todos los medios que estén a su alcance para hacerme salir de la aldea, pues sabe que le es imposible violar el asilo sagrado del templo de Maat y de Hator.

—No sé si Clara conseguirá salir sola de ese avispero, pero no os abandonaré a la venganza de Amenmés, majestad.

—Si amenaza a la mujer sabia, tendréis que hacerlo.

—¿Va a comportarse un faraón como el último de los cobardes?

—Me considera su principal enemiga, y no dejará pasar una oportunidad como ésta.

—¿Qué peligro representaríais para él si os quedárais a vivir aquí?

Tausert sonrió con tristeza.

—Soy extremadamente feliz aquí, Nefer, pero esto no puede durar. Quedarme entre vosotros sería tan insultante para Amenmés que su rabia se transformaría en locura y amenazaría la propia existencia de la aldea. Y, por mi parte, debo librar un combate para restaurar la plena autoridad de Seti.

Nefer, sin embargo, no confesó a la reina que consideraba utópicas sus esperanzas; si lograba sobrevivir, ya sería mucho.

—El Lugar de Verdad no puede seguir viviendo sin la mujer sabia —precisó el maestro de obras—. Mañana mismo me dirigiré a palacio.

—¡Es una imprudencia, Nefer!

—No tengo elección, majestad.

Tausert sintió que no conseguiría convencer al maestro de obras. Si Clara no había regresado antes de la noche, abandonaría la aldea para no sembrar en ella la desgracia.

—¡No vamos a quedarnos de brazos cruzados! —se rebeló Paneb—. Pero no vas a ir, tú también, a meterte en la boca del lobo, ¡de ninguna manera!

—Traeré a Clara —afirmó Nefer.

—Permíteme que coja mi pico y le diga a ese tirano lo que pienso de él.

—¿Crees realmente que ése es el mejor modo de liberar a la mujer sabia?

El coloso sintió ganas de romper las paredes.

—No debimos inmiscuirnos en la lucha por el poder... ¡Librémonos de esa reina!

—El derecho de asilo es sagrado, Paneb; entregar a Tausert a su enemigo sería un acto de cobardía.

—¡No la hubieras acogido, Nefer!

—No lamento haber concedido a la reina la protección del Lugar de Verdad; ahora ama esa aldea que había querido destruir.

En la calleja había gente corriendo.

—¡Voy a la gran puerta! —exclamó Paneb.

Se oían gritos. El coloso creyó discernir en ellos cierto entusiasmo, pero prefirió comprobarlo por sí mismo.

Y allí estaba, rodeada de niños y de sacerdotisas de Hator.

Tranquila, radiante, Clara parecía regresar de un simple paseo por el exterior. Paneb, conmovido, la besó en las mejillas, con cuidado de no ahogarla.

Después, Nefer abrazó durante largo rato a su esposa.

—Amenmés me ha dado su palabra —dijo Clara—: deja marchar libremente a la reina. Pero se mostrará implacable si se atreve a regresar a Tebas.

En unas pocas horas, Pai el Pedazo de Pan consiguió organizar un banquete en honor de Tausert, que lamentaba abandonar aquel lugar tan alejado del mundo y, al mismo tiempo, tan vivo, donde había vivido momentos inolvidables.

Reunidos en aquella improvisada fiesta, los aldeanos habían invocado a Hator para que protegiera la paz y destruyera el espectro de la guerra civil.

La reina había apreciado el talento culinario de Pai el Pedazo de Pan y de Renupe el Jovial, ayudados por algunas amas de casa. El pato asado estaba tan delicioso como en el palacio de Pi-Ramsés, y las verduras gratinadas habrían merecido figurar en la mesa real.

—¿Os ha parecido sincero Amenmés? —preguntó Tausert a Clara.

—Me ha dado su palabra, majestad. Si no la respetara, yo daría testimonio de ello y el reinado del perjuro habría terminado.

Puesto que un juramento solemne se prestaba en nombre del faraón, la palabra que éste daba tenía un valor sagrado.

—Sois buena diplomática, Clara.

—Creo que Amenmés os respeta y que es lo suficientemente inteligente como para no ceder a una violencia ciega. Sin embargo...

—Sin embargo, seguís preocupada.

—Debéis ser extremadamente prudente, majestad; yo misma os acompañaré hasta vuestro barco.

—¿Teméis que Amenmés sea lo bastante abyecto para mentir?

—No, pero sois el principal obstáculo para la extensión de su soberanía, y su bondad me parece más bien sorprendente.

—Habéis obtenido la mejor de las garantías, Clara, y debo abandonar la aldea esperando que no sea víctima de represalias. Ignoro lo que el porvenir me reserva pero puedo aseguraros que el faraón Seti y yo misma os apoyaremos.

—El Lugar de Verdad está ahora bajo la jurisdicción de Amenmés, majestad.

—Construís su morada de eternidad y os necesita. Si regreso sana y salva a Pi-Ramsés, no me quedaré de brazos cruzados... ¿Pero quién está lo bastante loco para iniciar una guerra civil? Que Hator nos ayude, pues; sin ella, nos sumergiríamos en las tinieblas.

Una vez realizados los ritos del alba y honrados los antepasados, Tausert miró con nostalgia la aldea de los artesanos que, tal vez, nunca volvería a ver. Al abrigo de sus altos muros había disfrutado de una serenidad que creía inaccesible y que se desvanecería en cuanto cruzara la gran puerta.

El sol naciente hacía revivir los colores del desierto y brillar las fachadas blancas de las casas; ¡qué agradable hubiera sido permanecer allí, en compañía de las sacerdotisas de Hator, y olvidar las exigencias del poder! Pero la presencia de la mujer sabia significaba que el momento de partir había llegado.

—Sólo he rozado los secretos del Lugar de Verdad —consideró la reina—, y he tomado conciencia de que es preciso vivir y trabajar con vosotros para percibirlos realmente. ¿Pero queréis decirme si la Piedra de Luz es una leyenda o una realidad?

—Sin ella, majestad, el Valle de los Reyes no habría visto la luz y no habría arraigado en la eternidad.

—En ese caso, conservadla, pase lo que pase.

—Podéis contar conmigo y con el maestro de obras, majestad.

Acompañadas por las sacerdotisas de Hator, ambas mujeres salieron de la aldea; las estaban esperando el jefe Sobek y Paneb, con el gran pico al hombro.

—No es cuestión de dejar sin defensa a la reina de Egipto y madre de la comunidad —declaró el Ardiente, que empezó a andar, seguido por Tausert y Clara, mientras el policía nubio cerraba la marcha.

A la altura del Ramesseum, en la frontera con el mundo exterior, unos cincuenta soldados sustituían a los pocos guardias habituales.

—Tengo la impresión de que Amenmés no ha cumplido su palabra —sugirió Paneb.

40

La mujer sabia se separó del pequeño grupo de hombres para parlamentar. Un oficial acudió a su encuentro.

—¿Nos impedís el paso?

—He recibido órdenes estrictas. ¿Está la reina con vos?

—La acompañamos hasta su barco.

—Avisaré a mi superior. Esperad aquí.

No tuvieron que esperar demasiado. El carro del general Méhy no tardó en levantar una nube de polvo y éste saltó a tierra para dirigirse a la mujer sabia:

—Tengo la orden de acompañar a la reina Tausert hasta el embarcadero.

—Me quedaré con ella hasta que zarpe el barco —declaró la mujer sabia.

—Eso no estaba previsto...

—Es necesario, general, de lo contrario la reina se quedará en la aldea.

—¡El rey Amenmés se pondría furioso!

—Entonces aceptad mi petición.

Méhy parecía desconcertado.

—Si la reina Tausert no tiene nada que temer, ni yo tampoco, ¿por qué dudáis?

—De acuerdo... Pero sólo vos acompañaréis a la reina Tausert.

Clara tuvo que discutirlo con el jefe Sobek y con Paneb, para convencerlos de que aceptaran las condiciones del general, que garantizaba personalmente la seguridad de ambas mujeres.

—Si te ocurre algo, le clavaré el pico en la cabeza —prometió el Ardiente—. No me moveré de aquí hasta que regreses.

Cuando el carro se alejó, la rabia del coloso no se había aplacado.

El recorrido transcurrió sin incidencias.

El barco de Tausert estaba atracado en el muelle, con los marineros dispuestos a partir. La reina, extrañada, se dirigió hacia la pasarela, no sin temor. ¿Iban a agredirla antes de que zarpara el barco?

Pero no sucedió nada, y la reina se volvió para besar a la mujer sabia.

—Después de mi estancia en la aldea, soy una persona completamente distinta —confesó—; os doy las gracias, Clara.

—Que tengáis buen viaje, majestad.

Tausert recorrió la pasarela y subió a bordo. Inmediatamente levaron el ancla y los remeros entraron en acción para situar la embarcación en una corriente favorable. Si el viento soplaba del sur, utilizarían parte de las velas.

Un gran mocetón barbudo se inclinó ante Tausert.

—Soy el capitán de este barco, majestad, y he velado por vuestra comodidad. El general Méhy me ha ordenado que os sirva tan bien como sea capaz, y espero satisfaceros.

—¿Qué ha sido del capitán que me trajo hasta aquí?

—Es delicado, majestad...

—Quiero la verdad.

—Ha decidido quedarse en Tebas y enrolarse en la marina de guerra de Amenmés.

La reina entró en la cabina, lujosamente dispuesta. El fresco de la madrugada se había disipado muy pronto, pero Tausert estaba helada.

De modo que Amenmés había cumplido su palabra: nadie había agredido a su enemiga en territorio tebaico, y ella regresaba, libre, hacia Pi-Ramsés.

El atentado se produciría en el barco y, probablemente, lo harían pasar por un accidente. Tausert, indefensa, no tendría ninguna posibilidad de escapar.

Amenmés la condenaba a la angustia que precedería a la ejecución que, forzosamente, tendría lugar antes de llegar a Hermópolis, que estaba bajo el control de Seti. Tenía que recorrer trescientos setenta kilómetros, de seis a ocho días de navegación si las condiciones del viaje eran favorables y la tripulación hábil.

La única pregunta que obsesionaba a la reina en aquellos momentos era en qué momento actuaría el asesino.

Paneb aún no había soltado el pico.

El puesto de guardia del Ramesseum ya sólo estaba ocupado por una decena de soldados. Los demás habían seguido a Méhy, cuyo carro regresaba a velocidad moderada.

Clara se liberó de la correa de seguridad, bajó del vehículo y cruzó la frontera del Lugar de Verdad.

—¿Ha partido ya la reina? —preguntó Paneb.

—Su barco navega hacia el Norte.

—No estoy del todo tranquilo. Un barco puede hundirse.

—Lo escoltan dos navíos de guerra tebaicos.

—¿Entonces crees que Tausert escapará de Amenmés?

—Me gustaría creerlo.

—¿Has visto... algo que te haya hecho pensar lo contrario?

—Cuando el barco ha abandonado el muelle, una sombra negra planeaba sobre el mástil. Tal vez sólo fuera un genio maligno del agua que nace en la bruma y se disipa con la luz de la mañana.

El rey Seti, completamente sedado, seguía una cura de sueño en una de las salas de cuidados del templo de Hator. Los especialistas trataban allí las enfermedades rebeldes; cuando el paciente sufría una depresión solían sedarlo para administrarle, así, una cura de sueño. Los médicos de palacio no habían conseguido aliviar los sufrimientos del monarca, y el canciller Bay había adoptado esta solución para devolverle la salud al rey, encerrado en su mutismo.

A pesar de su preocupación, el canciller reunía cada día a los ministros y trabajaba en estrecho contacto con el visir, que le proporcionaba noticias más bien tranquilizadoras sobre la evolución de la economía del país; gracias al buen nivel de la última crecida, las cosechas eran excelentes. En cuanto a los templos, éstos asumían sin desfallecer la redistribución de las riquezas.

El hombre al que Bay aguardaba con impaciencia entró por fin en su despacho. Era teniente de infantería, y se había presentado voluntario para dirigirse hacia el Sur y recabar informaciones sobre la suerte que Amenmés había reservado a la reina Tausert. Hasta aquel instante, el canciller había temido que su espía fuera detenido, pero más temía, aún, lo que tal vez fuera a comunicarle.

—¿Sigue viva la reina?

—Sí, canciller.

—¿Y dónde está ahora?

—Si todo ha ido bien, debe de estar navegando hacia Hermópolis, donde será acogida por nuestro ejército.

—¿Amenmés la ha liberado?

—Según un cortesano que presume de estar bien informado, el hijo de la reina Tausert ha sido inhumado en el Valle de los Reyes, y ella ha escapado de las garras de Amenmés, tras haberse beneficiado del derecho de asilo en el Lugar de Verdad.

—Los artesanos pueden pagar muy caro su atrevimiento —consideró Bay—; ¿pero cómo podemos defenderlos?

—Amenmés no les ha hecho llegar reproche alguno y Nefer el Silencioso sigue dirigiendo la cofradía que, oficialmente, se encarga de excavar y decorar la morada de eternidad del rey.

—Amenmés, un rey... ¡Si sólo es una marioneta ebria de vanidad! ¿Por qué has regresado a Pi-Ramsés antes de que la reina zarpara?

—He hecho demasiadas preguntas entre los allí presentes, y ya empezaba a resultar sospechoso. Los soldados del general Méhy son bastante suspicaces.

—¿Podrían desertar algunos de esos soldados?

—Los tebaicos están orgullosos de su ejército y confían en él; pero siempre es posible comprar informadores.

—¿Has percibido un clima de guerra?

—Para seros sincero, no. La región es rica, sus habitantes sólo aspiran a ser felices, y todos esperan que el conflicto actual se resuelva sin daños para la población.

Si el canciller Bay sólo hubiera escuchado sus sentimientos, habría abandonado de inmediato la capital para ir al encuentro de la reina y salvarla de sus enemigos; pero, en las circunstancias actuales, no podía abandonar su puesto y debía permanecer a la cabeza de la administración.

Bay se limitó, pues, a acudir al templo de Hator para preguntar al médico en jefe por la salud del rey.

—El estado de su majestad mejora —estimó el especialista.

—¿Es capaz de mantener una conversación?

—Todavía no, canciller; los períodos de sueño profundo son cada vez más cortos, pero su majestad está todavía muy cansado. Sin embargo, soy más bien optimista, pero no debemos fatigarlo antes de que se restablezca del todo.

—¿Podéis comunicarle que su hijo descansa en el Valle de los Reyes, como él deseaba?

—Le sentará muy bien oír eso. Pero... ¿qué se sabe de la reina?

—Espero que regrese próximamente, pero es demasiado pronto para estar seguros.

Al salir del hospital del templo, el canciller estaba convencido de que no volvería a ver a Tausert. Si había conseguido embarcar, su barco no llegaría a Hermópolis.

Amenmés actuaría como un hombre de Estado y no dejaría escapar a su principal enemiga.

41

El viaje había sido tranquilo y más lento de lo previsto, a causa de la ausencia de viento. Cabeza Cuadrada había contado bien las noches, y la quinta estaba a punto de empezar.

Al cabo de unas pocas horas, el remero sería un hombre rico. Asesinar a una reina le impresionaba un poco, pero no dejaría escapar la oportunidad de conseguir tan fácilmente una vida acomodada, con la que ni siquiera se había atrevido a soñar. Durante el viaje, había discutido con sus colegas, que estaban resignados a su labor, y se había mordido la lengua para no hablar del golpe de suerte que había tenido. Cabeza Cuadrada sabía que el silencio formaba parte de su contrato y de su propia seguridad. El capitán detenía el barco con la puesta de sol, pues la navegación nocturna hubiera resultado demasiado peligrosa. Los remeros lo aprovechaban para bajar a tierra, encender un fuego de campamento en la ribera y asar pescado fresco. Ya no pensaban en aquella reina invisible que sólo salía de su cabina una vez al día y no hablaba con nadie.

Aquella noche, Cabeza Cuadrada no se unió a sus compañeros, pues el capitán lo había dejado a bordo para vigilar el barco. Tenía cerveza para beber, una hogaza de pan, pescado seco y un manojo de cebollas, pero al día siguiente tendría autorización para dormir toda la mañana.

Al día siguiente... Cabeza Cuadrada ya estaría muy lejos de allí. Se sentó en cubierta y comprobó la solidez del lazo de cuero con el que estrangularía a su víctima. La muerte sería dolorosa, pero rápida.

El pan no era muy bueno, las cebollas tampoco... Aquélla sería la última cena mediocre de su vida. El remero se prometía a sí mismo banquetes dignos de los nobles tebaicos. En cada menú habría la mejor carne y salsas con especias. Un cocinero... ¡Sí, contrataría un cocinero con mucho talento!

La noche había caído.

El capitán abandonó la proa para dirigirse hacia el remero, que se levantó lentamente.

—¿Estás listo?

—Cuando queráis.

—¿Qué arma has elegido?

—Un buen lazo de cuero.

—¿Estás seguro de que podrás hacerlo?

—Confiad en mí, capitán.

—¿Estás convencido de que no dudarás?

—¡Ya lo creo!

El capitán entregó una hacha al remero.

—Prefiero mi lazo —repuso éste.

—La necesitarás para romper el cerrojo de la puerta; probablemente, la reina lo haya corrido. Golpea fuerte y entra en la cabina. No tiene posibilidad alguna de escapar.

—¿Puedo ir ya?

El capitán observó la ribera. La mayoría de los marineros estaban durmiendo, ajenos a lo que ocurría en el barco.

—Ve.

La reina, que estaba dormida, se despertó de un sobresalto. Estaban forzando la puerta de su cabina, iluminada por tres candiles de aceite.

Pedir socorro no serviría de nada y no tenía ninguna arma para defenderse.

¿Cuántos serían...? ¿Tres, cuatro, más? La quinta noche... Amenmés había esperado que el barco se acercara a Hermópolis para que Tausert creyera, hasta el último momento, que le quedaba una pequeña posibilidad de escapar.

La reina no gritó, y en su lugar, permaneció de pie, ante la puerta cuyo cerrojo de madera acababa de partirse con los hachazos.

Un hombre rollizo, mal afeitado y con la cabeza cuadrada entró en su cabina.

—¿Quién eres?

El remero esperaba lanzarse sobre una mujer dormida y se inquietó al encontrarse ante una reina cuya dignidad hacía que le temblaran las piernas.

—Si no ofrecéis resistencia, terminaremos antes.

—Contesta a mi pregunta: ¿quién eres?

—El hombre encargado de mataros, majestad... No me compliquéis el trabajo.

Cabeza Cuadrada blandió su lazo de cuero.

Tausert no retrocedió.

—Dime al menos quién te ha contratado.

—Eso no importa... Volveos de espaldas, así será más fácil.

—Sal de mi cabina.

El remero se acercó.

—Lo siento, majestad.

Cabeza Cuadrada tensó el lazo con brusquedad y se abalanzó sobre la reina, al tiempo que el capitán entraba a su vez en la cabina y le hundía un puñal en los riñones.

Agonizando, con los ojos desorbitados y la boca abierta, el remero extendió los brazos hacia Tausert. El capitán le apuñaló aún varias veces y Cabeza Cuadrada se derrumbó.

—He visto la puerta abierta, majestad —explicó el capitán—, y me he preocupado. El general Méhy me pidió que mantuviera los ojos bien abiertos, pues temía una agresión.

Un último espasmo sacudió a Cabeza Cuadrada, que murió sin haber soltado su lazo.

—¿Quién era este miserable?

—Uno de los remeros contratados en Tebas, majestad.

Tausert se volvió.

—Sacad ese cadáver de aquí, capitán.

—Montaré guardia ante vuestra puerta hasta llegar a Hermópolis, majestad. Podéis dormir tranquila.

—¡Venid pronto, canciller! —exclamó el secretario de Bay.

—¿Qué pasa?

—¡El barco de la reina acaba de entrar en el gran canal!

Bay soltó un expediente que tenía entre las manos y, de un brinco, se plantó delante de una de las ventanas del palacio, desde la que se veía el embarcadero.

Con las velas recogidas, el barco se deslizaba dulcemente sobre el agua gracias a los marinos que remaban con cadencia y suavidad.

Bay bajó de cuatro en cuatro la monumental escalera y empujó a los notables que comenzaban a agruparse en el muelle, alertados por el rumor que se propagaba por la capital a la velocidad del rayo: ¡Tausert había escapado del rebelde Amenmés!

El canciller seguía temiendo lo peor.

En efecto, era el barco de la reina, pero eso no significaba necesariamente que ella estuviera bien. Bay empezó a ponerse nervioso, pues el barco se acercaba muy lentamente.

Y entonces, Tausert apareció a proa, llevando la corona roja con la espiral que simbolizaba la permanente regeneración de la vida y su formación en la matriz estelar.

En el muelle, cesó la agitación y se hizo el silencio.

En cuanto terminó el amarre, los marineros se arrodillaron para venerar el agua y el viento que les habían permitido llegar a buen puerto. La reina quemó incienso en un altar que se había instalado junto al mástil y cantó un himno a Hator, diosa de las estrellas y protectora de los navegantes.

Luego, recorrió la pasarela; el canciller Bay fue el primero en prosternarse ante ella.

—Majestad...

—Creías que no volverías a verme viva, canciller, y no ibas muy desencaminado. Antes de llegar a Hermópolis, un remero ha intentado estrangularme. El capitán, un soldado de Méhy, me ha salvado la vida.

A la inmensa satisfacción de ver de nuevo a Tausert, sana y salva, se añadía la de comprobar la fidelidad del general Méhy, que se reafirmaba como el aliado indispensable del faraón legítimo. Tal vez, el plan concebido por Bay y el general no quedara en letra muerta.

—¿Ha mejorado la salud de Seti?

—Saber que su hijo descansaba en el Valle hizo salir al rey de su sopor, majestad; su cura de sueño ha terminado, acaba de regresar a palacio. Estoy convencido de que acabará de recuperarse al ver que vos habéis regresado.

Al respeto que el canciller sentía por la soberana se añadía una sensación de intensa emoción cada vez que admiraba su belleza, que ningún poeta podría haber descrito. Él mismo lo había intentado varias veces, pero había destruido sus versos.

—He aprendido mucho durante mi estancia en Tebas —le confió.

—¿Habéis hablado con el príncipe Amenmés, majestad?

—Nos enfrentamos, en efecto; no tiene la talla de un monarca, pero no hay que subestimar sus ambiciones.

—Amenmés ignora que no tiene nada que hacer.

—Eso espero, canciller... Pero reina en la orilla oeste de Tebas y sobre una institución fundamental: el Lugar de Verdad. Si consigue apoderarse de sus tesoros, nuestra derrota será inevitable.

42

A Nefer el Silencioso le extrañó encontrar la cámara fuerte cerrada, cuando Kenhir debería haber procedido a la distribución de nuevos cinceles de cobre antes de que el equipo de la derecha partiera hacia el Valle de los Reyes, donde seguía construyendo la tumba de Amenmés.

El maestro de obras se dirigió a casa del escriba de la Tumba, donde fue recibido por Niut la Vigorosa, que llevaba una escoba nueva en la mano.

—¿Está enfermo Kenhir?

—No, os está esperando. Lavaos los pies antes de entrar.

La casa de Kenhir nunca había estado tan limpia. El escriba de la Tumba estaba sentado, con las piernas cruzadas, redactando una página del Diario, como todos los días.

—¿Habéis olvidado que debemos dirigirnos al Valle?

—Hay un cambio en el programa, Nefer.

—¿Ya no seré maestro de obras?

—No, no es eso. Y no esperes que se rebajen tus responsabilidades, sobre todo después de lo que está pasando en la aldea.

La inquietud sucedió a la sorpresa.

—¿Podríais ser más explícito?

—Tranquilízate, la mujer sabia está al corriente de todo.

Kenhir enrolló el papiro, se levantó con dificultad, empuñó su bastón y dijo:

—El camino no es muy largo, pero hay que trepar.

Al salir de la casa, Niut la Vigorosa se dirigió a su anciano esposo:

—No regreséis demasiado tarde. El asado de buey se debe comer caliente.

Kenhir tomó el sendero que conducía a la necrópolis del oeste y Nefer advirtió que lo llevaba hacia su propia morada de eternidad.

La tumba reservada al maestro de obras dominaba todo el paraje, y los artesanos habían dispuesto una larga rampa que llevaba a un antepatio; luego había que franquear un umbral que daba acceso a un patio al aire libre donde estaban todos los miembros del equipo de la derecha, a excepción de Paneb. Éstos se apartaron para dejar que Nefer descubriera dos estatuas que lo representaban eternamente joven y enmarcaban la puerta de la capilla.

—Es la ofrenda de los escultores y los canteros a tu *ka* —precisó Kenhir.

—Pero... ¡No me han dicho nada!

—A veces los has sorprendido tanto con tus decisiones, que ellos también han querido darte a ti una sorpresa.

Userhat el León se separó del grupo.

—Hemos llevado a cabo la construcción de la morada de eternidad de nuestro maestro de obras —afirmó con una voz grave en la que se advertía la emoción—. Es la más hermosa y más grande de las tumbas de nuestra pradera del más allá. El pozo es ancho, la cámara de resurrección está abovedada y excavada en la roca. Cuando llegue el día del último viaje, pondremos en su lugar las estelas, las estatuas y las mesas de ofrenda que hemos preparado en nuestros talleres. Tú, el Silencioso, contemplarás para siempre tu aldea y la alimentarás con tu poder.

Nefer estaba conmovido.

—¡Me habéis tratado como a un rey!

—Eres el capitán de nuestro barco, el que hace navegar a la cofradía por el océano de energía donde obtiene sus fuerzas —recordó Ched el Salvador—. Por ello, te debíamos esta morada de eternidad: ¿pero qué sería sin el trabajo del pintor?

Paneb el Ardiente se presentó en el umbral de la capilla de cuatro pilares donde, tras la muerte de Nefer, los artesanos celebrarían banquetes en su honor.

—Maestro de obras, solicito la autorización para presentarte lo que creo que es mi obra maestra.

Era la primera vez que Nefer veía a Paneb tan poco seguro de sí mismo.

—Tienes mi autorización.

Paneb entró en la capilla y encendió las diez lámparas de tres mechas que el escriba de la Tumba le había permitido utilizar. El maestro de obras lo siguió, y fue el primero en contemplar las representaciones de Ramsés el Grande en compañía de Nefer, ante la barca de Amón, la trinidad de Tebas comprendiendo a Amón el Padre, Mut la Madre y Khonsu el Hijo, la procesión de los sacerdotes llevando estatuas reales, Nefer y su esposa acompañados por unas sacerdotisas que les hacían ofrendas, los ritualistas venerando las potencias divinas de la primera catarata donde el Nilo celestial se transformaba en río terrestre, una escena de banquete, y Clara venerando la luz divina a su lado.

El maestro de obras observó detenidamente cada detalle, antes de llamar a los demás miembros del equipo, con Ched el Salvador a la cabeza.

— Qué nos ha hecho el pequeño... —murmuró el pintor, estupefacto.

Cuando la naturalidad y el sentido del oficio prevalecieron, Ched buscó algún trazo incierto o error de composición; pero su búsqueda fue inútil.

Estupefactos, los artesanos admiraban el florecimiento de formas y colores fijados con un barniz que los hacía inalterables y brillantes.

Paneb y Nefer penetraron en la segunda capilla, terminada en una hornacina. El Ardiente había representado allí a sus padres adoptivos sentados, su viaje a Abydos para vivir la inmortalidad de Osiris, y el momento de gracia en el que bebían el agua de eternidad en una alberca excavada al pie de una palmera. En uno de los registros de esta capilla figuraba Kenhir, el escriba de la Tumba, asociado así a la supervivencia de Nefer.

La calidad del dibujo y la pintura seguía siendo excepcional, pero Paneb se había superado creando una vaca Hator que salía de la montaña de Occidente y protegía a Amenhotep I, el fundador del Lugar de Verdad, al que Clara y su esposo rendían homenaje. Una procesión fúnebre que se dirigía a la tumba, coronada por una pirámide, reunía a los miembros del equipo, encargados de jalar los sarcófagos con la ayuda de varios bueyes y de llevar los objetos que componían el tesoro del maestro de obras.

—Paneb no ha olvidado ningún detalle —advirtió Gau el Preciso, que conocía de memoria el repertorio de las escenas simbólicas.

—Ha evocado la cofradía de ayer, la de hoy y la de mañana —estimó Didia el Generoso—; estamos todos junto a Nefer y seguiremos actuando con él en el más allá.

Paneb había consagrado la hornacina terminal a Horus el celestial, a Hator la dama del oro, a Anubis el guía del más allá, a Osiris el vencedor de la muerte y a Min el dispensador de la energía; pero la escena más extraordinaria mostraba a Isis y Neftis magnetizando un escarabeo, símbolo de resurrección, colocado sobre el pilar «estabilidad», encarnación de Osiris incorporado y vivo. En el techo, la diosa Cielo aleteaba para animar las pinturas.

—¿Has terminado también la cámara del sarcófago?

—Sí, la pasada noche apliqué el barniz.

Ambos hombres bajaron. Paneb había representado a sus padres adoptivos en una barca donde veneraban el disco solar, en compañía de los babuinos que lo hacían brotar cada mañana gritando de júbilo, de un halcón, de un gato que laceraba con su cuchillo la serpiente de las tinieblas e, incluso, de la oca sagrada de Amón, cuyo primer graznido había acompañado el nacimiento del mundo.

Gracias a las fórmulas de conocimiento, el maestro de obras cruzaba las puertas vigiladas por guardianes armados con cuchillos y recibía la energía que emanaba de las manos de las diosas del Occidente y el Oriente; finalmente, Clara y Nefer bebían el agua celestial ofrecida por la diosa Cielo.

El maestro de obras se recogió largo rato, y luego apagó las lámparas antes de regresar a la primera capilla.

—¿Cómo ha podido hacerlo Paneb solo? —se preguntaba Pai el Pedazo de Pan.

—No es posible —aprobó Casa la Cuerda.

—Una obra maestra es una obra maestra —sentenció con gravedad Nakht el Poderoso.

—Que os sirva de ejemplo —recomendó Unesh el Chacal.

—Cada cual tiene su talento —objetó Fened la Nariz—; eso no hace a Paneb capaz de descubrir el filón adecuado en un lecho de piedra ni de saber dónde hay que perforar la entrada de una tumba en el acantilado.

Un visitante inesperado apareció en el antepatio.

—¡Mirad! —gritó Karo el Huraño, que fue el primero en advertir el enorme escarabeo de reflejos dorados.

El coleóptero avanzaba hacia las capillas, y los artesanos observaron su marcha. La presencia del insecto en el que se encarnaba Khepri, el dios del sol naciente y las metamorfosis, era el mejor de los presagios.

Pero no alivió a Paneb, que aguardaba el juicio del maestro de obras.

—¿Estás satisfecho con tu trabajo, Paneb?

—No me he hecho esa pregunta y no tengo que responderla.

—¿Crees que no has cometido ningún error?

—He intentado usar la técnica a la perfección; en cuanto a la elección de los temas, he querido trazar un camino de símbolos y hacer que reinase en él el amor por la obra.

Los artesanos se habían alejado, el maestro de obras y el pintor estaban frente a frente.

—¿Qué materia prima has utilizado, Paneb?

—Mi pintura y mi deseo de crear.

—No es suficiente.

Paneb apretó los puños.

—He fracasado, pues...

—No tengo nada que reprocharle a tu obra. No falta nada, salvo la materia prima.

—¡Pero si fui a buscarla hasta el fin de mí mismo!

—No fuiste lo bastante lejos.

—¿Debo borrarlo todo?

—Claro que no.

—Pero esta tumba quedará abandonada, ¿no es cierto?

Debo consultarlo con la mujer sabia. Quédate aquí hasta que se ponga el sol.

43

Los artesanos del equipo de la derecha habían comprendido que la obra maestra de Paneb no había sido reconocida como tal, y se habían quedado en el gran patio para intentar consolar al coloso.

—No hagas un drama de esto —recomendó Renupe el Jovial—; no se está cuestionando tu talento.

—Mírame a mí; yo renuncié —confesó Karo el Huraño—; ¿por qué fijarse objetivos imposibles de alcanzar?

Al ver que sus palabras exasperaban a Paneb, el escultor y el cantero prefirieron sentarse mientras sus colegas seguían admirando las pinturas.

—No te amargues —murmuró Ched el Salvador.

—¿Por qué no voy a hacerlo? He puesto todos mis esfuerzos en ese trabajo y estaba convencido de que lo había logrado.

—Descubrirás otra vía para hacerlo.

—No lo creo, Ched.

—Renunciar no va contigo... Supera tu rencor y sigue adelante. ¿Acaso un simple momento de desaliento apagará el fuego del Ardiente? Te han herido profundamente, y no será la última vez. Debes ir más allá, sin olvidar que un ser decepcionado suele ser decepcionante.

Paneb habría preferido que le pegaran antes que tener que oír las palabras de Ched; ¿pero acaso no merecía su apodo de Salvador al tocar sus puntos débiles y pisotear su sensiblería?

—Me hago viejo y ya no tengo fuerzas para pintar tumbas enteras —deploró Ched—; por eso he elegido al menos mediocre de mis dibujantes para sucederme; si tú ya no tienes deseos de mejorar, me veré obligado a formar a otro.

—Dime qué errores he cometido.

—¿Quién te ha dicho que hayas cometido errores? Yo no habría permitido que un inútil decorara la tumba del maestro de obras. No me gustan demasiado esos colores tan intensos, pero debo reconocer que hay mucha armonía en ellos.

—¡Pero no bastan para crear una obra maestra!

—¿No habría que esperar a que termine el día para saber algo más?

Los rayos del sol poniente doraban con su luz cálida el patio y las capillas de la morada de eternidad de Nefer. La luz, más dulce que de costumbre, era tan apaciguadora que los artesanos guardaron silencio para saborear aquel momento de gracia.

Paneb fue el primero en ver a Nefer, a Hay, a la mujer sabia y a Kenhir, que escalaban la rampa. Clara marchaba a la cabeza, el maestro de obras llevaba un objeto cubierto con una tela muy gruesa que, sin embargo, no impedía traslucir cierto fulgor.

«¡La Piedra de Luz! —pensó el traidor, bruscamente arrancado de su meditación—; ¿pero por qué habrán ido a buscarla? ¡Y pensar que no he podido ver de dónde la sacaban! Cuando se marchen, los seguiré.»

Kenhir y el jefe del equipo de la izquierda se detuvieron en el umbral que separaba el antepatio del patio, mientras la mujer sabia y el maestro de obras penetraban en la primera capilla.

—Ven, Paneb —exigió Nefer el Silencioso.

El trío siguió adelante y el maestro de obras depositó la piedra en la hornacina terminal.

—¿Te ha indicado Ched el Salvador algún defecto grave?

—No ha encontrado nada.

—Y, sin embargo, tu obra maestra no está acabada —intervino la mujer sabia—, porque nadie puede descubrir solo la materia prima. Has buscado en ti mismo la energía necesaria para llevar a cabo tu trabajo, pero sólo esta piedra lo transformará en una obra verdadera, impregnada de luz. A tu propia materia prima se unirá la del Lugar de Verdad, que anima sus trabajos generación tras generación; y de esta comunión entre el individuo y la cofradía nace la ofrenda de la obra maestra.

Nefer apartó la tela, y la luz de la piedra fecundó cada figura pintada, cada color, cada jeroglífico.

—Tu obra maestra es aceptada —concluyó Nefer—; ¿deseas seguir adelante por ese camino?

—No deseo otra cosa.

El hombre era joven y fuerte, pero se había entregado sin ofrecer resistencia a una patrulla tebaica que lo había llevado, de inmediato, al cuartel general, donde Méhy organizaba las maniobras de sus distintos cuerpos de ejército.

Éste hizo salir de su tienda a los oficiales, a quienes había dado órdenes para que las ejecutaran sin demora.

¡Por fin, el mensajero del canciller Bay, por fin se iniciaba la guerra civil que le abriría la ruta del poder!

Nada más verlo, Méhy advirtió que el hombre era un militar.

—¿Tu nombre?

—Mecha, capitán de arqueros del ejército de Set.

—El mensaje.

—No... no comprendo.

—Tranquilízate, estás en presencia del general Méhy. Bueno, ¿y ese mensaje?

—No tengo ningún mensaje, general.

—Y en ese caso, ¿qué estás haciendo aquí?

—He abandonado un ejército que se niega a combatir y deseo unirme al faraón Amenmés, sirviendo en las tropas tebaicas. Sin duda, soy el primer oficial que abandona Pi-Ramsés, pero no seré el último.

—El ejército de Set... El principal cuerpo de élite, ¿no es cierto?

—No por mucho tiempo, general, pues ya no merece su nombre, ni tampoco el faraón Seti, que traiciona a su dios protector. Éste no tardará en volverse contra él, y ésta es la razón por la que deseo pertenecer al bando de los vencedores.

—Las fuerzas de Seti son mucho más numerosas que las de Amenmés, y eso sin hablar de las guarniciones de la frontera del nordeste... ¿Estás seguro de lo que has hecho?

—Un soldado sabe que la victoria no depende del número, sino de la calidad de los jefes. Y Seti no es uno de ellos. El faraón Amenmés y vos mismo sabréis aplastar al adversario.

—¿Quién gobierna en Pi-Ramsés?

—Seti ha seguido una larga cura de sueño y ahora está descansando en su palacio, incapaz de tomar decisiones. La gestión de los asuntos en curso la asume el canciller Bay, un dignatario de poca monta. Queda la reina Tausert, cuyo regreso pareció una especie de milagro. Con todos los respetos, general, deberíais haberla eliminado.

—El rey Amenmés prefirió la clemencia; creo que ésa es una buena prueba de grandeza.

—Esa reina es peligrosa.

—¿Le presta oídos el alto mando?

—Todavía no. Algunos generales esperan el restablecimiento de Seti, pues no les gustaría obedecer a una mujer, pero eso es una utopía: el monarca está completamente hundido y la capital navega a la deriva.

—Te olvidas de la barrera de Hermópolis, que impedirá a nuestras tropas avanzar hacia el Norte.

—Un ataque masivo, por el Nilo y por el desierto al mismo tiempo, quebraría esa frontera, que es más impresionante que eficaz. Estoy convencido de que muchos soldados se cambiarán de bando; ¿por qué van a morir por Seti, un hombre que más bien parece una liebre aterrorizada? Incluso mis superiores comienzan a criticarlo... Si la reina no hubiera regresado, varios generales habrían reconocido la soberanía de Amenmés. Por más que Tausert se empeñe, no logrará paliar las carencias de un faraón incapaz de gobernar.

Otro camino se abría ante Méhy: Pi-Ramsés se disgregaba y Seti se apagaba lentamente. Pero no podía confiar tanto en el porvenir y olvidar que un hombre fuerte, salido del ejército del Norte, podría imponer una dictadura militar con la intención de reconquistar el Sur. Era preciso ejecutar el plan aceptado por el canciller Bay, y ningún otro.

En cuanto al tal Mecha, ¿no sería un espía cuya misión consistiera en enrolarse en el ejército tebaico para informar a Tausert?

—¿Te gustaría ver cómo entreno a mis tropas de élite?

—Sería un gran honor, general.

Méhy hizo subir a su huésped en su carro. Mecha no iba armado y se había atado para no caerse, por lo que el general no debía temer una agresión por su parte.

Cuando el carro pasó a gran velocidad entre dos hileras de infantes que perfeccionaban su técnica del cuerpo a cuerpo, muchos pensaron que el general había elegido un nuevo ayuda de campo. Los aurigas de los carros, que trabajaban la resistencia de sus caballos, pensaron lo mismo al no identificar al afortunado que había sido elegido.

—¡La velocidad de vuestros carros es impresionante, general!

—Mis técnicos han puesto a punto unas ruedas más ligeras y sólidas que las que posee Seti.

—Este invento os da una enorme ventaja.

—Nuestras espadas cortas, nuestras hojas y nuestros escudos también son de mejor calidad, por no hablar de nuestros arcos y nuestras flechas, los ejércitos del Norte no tienen nada igual.

—No me he equivocado, pues... ¡La victoria es vuestra!

—Sin embargo, todavía quedan algunos problemas por resolver, como el que voy a exponerte a continuación.

Méhy se detuvo cerca de la trayectoria de tiro de los arqueros y llamó al instructor.

—Mira bien a este hombre, Mecha: es un traidor.

El instructor quedó petrificado.

—También él viene del Norte —prosiguió Méhy—; he descubierto que era el sobrino de un oficial superior del ejército de Ptah y que su misión consistía en informar al enemigo sobre el número de nuestros arqueros y la estrategia que adoptarían en una batalla. Coge mi espada y mátalo.

Mecha contempló, horrorizado, el arma que el general le tendía.

El instructor no se atrevía a hablar ni a moverse.

—General...

—¿A qué esperas? Si has sido sincero, acabar con un traidor debería alegrarte.

—¡Soy un soldado, no un asesino!

—Te niegas a ejecutar a tu cómplice, ¿no es cierto?

—¡Podéis encarcelarlo y juzgarlo!

—No se juzga a los espías —declaró Méhy y, acto seguido, degolló a Mecha de una puñalada.

El infeliz agonizó en un charco de sangre, ante la fría mirada del general.

Todos los miembros del instructor temblaban.

—¡General, sabéis muy bien que no soy un traidor!

—Claro.

—Pues entonces...

—Le he tendido una trampa.

—¡Po... podría haberme matado!

—Son los riesgos del oficio, instructor. Deshazte de ese cadáver y vuelve al trabajo.

44

Como el resto de sus colegas, el traidor vio cómo la Piedra de Luz animaba los dibujos que Paneb había pintado; luego, el maestro de obras la había recubierto con la gruesa tela para devolverla a su escondrijo. Mientras los demás miembros del equipo de la derecha rodeaban al Ardiente, el traidor tenía una oportunidad de oro de seguir a Nefer y a la mujer sabia o, al menos, de fijarse en la dirección que tomaban.

Pero dos inesperados guardianes surgieron en lo alto de la rampa y le impidieron avanzar: *Bestia Fea* y *Negrote*. El perro mostraba los colmillos y la oca abría repetidamente el pico. Así pues, el traidor se vio obligado a reunirse con el grupo que felicitaba a Paneb.

Al ver la piedra, todos habían comprendido que el coloso acababa de superar la prueba de la obra maestra y que le sería abierta una nueva puerta. Pai el Pedazo de Pan ya pensaba en preparar un pequeño banquete antes de organizar otro, más abundante, cuando se concediera un nuevo grado al Ardiente.

El último en felicitarlo fue Ched el Salvador.

—Tú ya conocías la decisión del maestro de obras, ¿no es cierto?

—Yo sólo le había dado una opinión técnica; por lo demás, le tocaba decidir a él. Al menos, contigo, no habré perdido el tiempo. Pero, sobre todo, no creas que has llegado al final del camino... Es más, estoy convencido de que ahora comienza lo más difícil.

El trabajo en la tumba de Amenmés proseguía a buen ritmo, y los escultores habían empezado a crear las estatuas del faraón. En un bloque monolítico, Userhat el León había trazado, con tinta roja, los contornos de la obra que iba a nacer de la piedra; Ipuy el Examinador se encargaba de realizar el primer esbozo, obtenido por percusión, antes de que Renupe el Jovial hiciera el primer pulido con una pasta abrasiva a base de cuarzo. Con una sierra de hoja de cobre, Userhat quitaría las partes de la piedra que no servían.

—¿Has comprobado el tubo de cobre hueco? —preguntó a Ipuy.

—Gira entre mis dedos a las mil maravillas; voy a quitar la piedra de entre las piernas de la estatua, exactamente como me has dicho.

—¿Y la broca de sílex, Renupe?

—Te haré unos agujeros de la nariz perfectos y te moldearé unas comisuras de los labios como nunca las has visto. Amenmés tiene suerte; vamos a hacerle uno de los más hermosos retratos de la dinastía.

El Jovial no exageraba. El maestro de obras vio nacer un rostro de faraón habitado por una nobleza digna de un Tutmosis III o un Amenhotep III; Userhat había realizado, a la perfección, el tercer pulido que, sin embargo, era muy delicado. Nefer sintió una gran admiración por sus tres hermanos, el poderoso Userhat, el canijo Ipuy y el panzudo Renupe, que poseían el mismo talento que sus antepasados.

Al igual que los pintores, no hacían cálculos, sino que utilizaban las relaciones y las proporciones inscritas en sus gestos, a fuerza de trabajo, sobre las tablas de armónicos estudiadas durante largos años en los talleres. Así, los principios de dinámica y equilibrio se inscribían en las estatuas de forma natural, fuera cual fuese su tamaño.

En sus respectivos campos, Didia el carpintero y Thuty el orfebre actuaban del mismo modo, y ya habían fabricado buena parte del material funerario que se depositaría en la tumba. Las joyas de oro destinadas a la momia eran de gran calidad, así como las estatuillas de madera que representaban genios buenos, como la rana de las metamorfosis.

Paneb esperaba que el maestro de obras no tardara en anunciarle la fecha de su nueva iniciación; pero el tiempo pasaba, y Nefer sólo le hablaba de la decoración de la tumba de Amenmés. El Ardiente logró contener su impaciencia y concentrarse en sus pinturas. Clara y Nefer se permitían un inaudito lujo:

una mañana de descanso, tras el ritual del alba. El maestro de obras no acudiría a ningún taller, y la mujer sabia no abriría su consulta.

Estaban tumbados sobre unas esteras, en la terraza de su casa, contemplando el cielo mientras desgranaban felices recuerdos.

Pero aquella felicidad hurtada a las exigencias cotidianas de la aldea fue mucho más breve de lo que esperaban, pues la voz imperiosa de Kenhir subió de la calleja:

—¡Me gustaría verte en seguida, Nefer!

Clara no intentó retener a su marido; el deber recuperaba sus derechos y nadie, ni siquiera ella, podía oponerse.

Cuando Nefer abrió la puerta, descubrió al escriba de la Tumba, temblando de indignación.

—Una orden —articuló, furioso—. Nuestro jefe escultor debe acudir de inmediato a palacio, ¡y el documento lleva el sello real de Amenmés! No existe precedente alguno en la historia del Lugar de Verdad.

El maestro de obras advirtió que Kenhir se había puesto sus mejores ropas, con vistas a una audiencia real; Nefer pensó en hacer lo mismo.

Amenmés había envejecido. Su juventud desaparecía con sorprendente rapidez, como si no pudiera resistir el peso de las preocupaciones que lo abrumaban.

—Vuestras quejas me sorprenden —les dijo a Nefer y a Kenhir—. ¿Acaso no soy el dueño supremo del Lugar de Verdad, a quien debéis obedecer sin discusión?

—La ley es clara, majestad —recordó Kenhir, sin ocultar su irritación—. Ningún artesano perteneciente al Lugar de Verdad puede ser requerido, bajo ningún pretexto.

—¿Os atrevéis a afirmar que mis órdenes son contrarias a la ley?

—Lo son, majestad. Y nadie, en este país, puede ponerse por encima de Maat.

—¡No me vengáis con frases grandilocuentes!

—¿Por qué deseabais ver a nuestro escultor jefe? —preguntó el maestro de obras.

—Porque varios altos dignatarios desean adquirir la estatua que depositarán en el templo de Karnak, para que su *ka* viva en compañía de los dioses. He decidido concederles este favor y necesito a un escultor excepcional para no perder tiempo. Como el mejor está en vuestra aldea, recurro a él.

—Eso es absolutamente imposible —decidió Kenhir—. El maestro de obras es el único que puede distribuir las tareas en el marco de la cofradía. En cambio, puede ordenar que se esculpan estatuas para el exterior, en la medida que el trabajo no interrumpe las obras que están en curso.

—¡Y ahora vais a decirme que la obra en curso es mi propia morada de eternidad!

—Eso es, majestad.

—¡Pero esto es ridículo! Tengo prisa y necesito a vuestro escultor jefe.

—Os repito que eso es imposible.

—Si seguís negándoos, Kenhir, os transferiré a la aldea más apartada de la provincia tebaica.

—Estáis en vuestro derecho, majestad.

Amenmés se volvió hacia el maestro de obras:

—¿Seréis vos más razonable que este viejo escriba desabrido?

—Me temo que no, majestad.

—¡Tened cuidado, Nefer! Siempre obtengo lo que quiero. Es el rey de Egipto quien os habla, y debéis escucharle.

—¿Un faraón sigue siendo digno de su función cuando comete un abuso de poder? Debemos escuchar la voz de Maat, en cualquier momento y en cualquier circunstancia. Y puesto que somos incapaces de hacerlo es preciso construir sin descanso el templo y luchar contra nuestra tendencia natural a la injusticia y a la avidez.

—¿Vos también pretendéis dar una lección de moral a vuestro soberano? ¿Aceptáis obedecer mi orden o no?

—No, majestad.

—¿Ignoráis la suerte que les está reservada a quienes se rebelan contra el faraón?

—Lo sabemos perfectamente; lo hemos representado en las paredes de las moradas de eternidad del Valle de los Reyes: se los decapita, se les pone boca abajo o se abrasan en calderos. El dragón Apofis es atado y clavado en el suelo con cuchillos para que no ataque a la barca solar.

La serenidad del maestro de obras impresionaba a Amenmés.

—¿Qué salida me dejáis, Nefer?

—No somos rebeldes, majestad; pero no podemos ceder a la injusticia.

—¡Gobernar implica tener que elegir!

—No elijáis el capricho de los cortesanos en detrimento de nuestra cofradía, majestad. Hoy obtendríais una pequeña victoria, pero mañana, una severa derrota. Quienes os halagan os traicionarán, es su naturaleza, como la de una fiera es devorar a su presa.

—Ninguna amenaza conseguirá haceros cambiar de opinión, ¿no es cierto?

—Ningún miembro de la cofradía trabajará coaccionado.

—¿Os dais cuenta de la situación, Nefer? He tomado una decisión y vos me pedís que renuncie a ella.

—Sois vos el que reináis, majestad, no los cortesanos.

—¿Hasta qué punto voy a poder tolerar la independencia del Lugar de Verdad?

—La cofradía nació para servir al alma de los faraones, domesticar la materia y vencer al tiempo; perjudicándolo, os perjudicaríais a vos mismo.

Amenmés se alejó de sus visitantes para reflexionar. Luego, volvió hacia ellos levantando la voz.

—Regresad a la aldea y terminad mi morada de eternidad.

El escriba de la Tumba y el maestro de obras se dirigieron hacia la puerta de la sala de audiencias.

—Un momento, Nefer... Me gustaría hablaros a solas

Kenhir salió de la habitación.

El rey miró al maestro de obras, directamente a los ojos.

—Necesito un primer ministro con vuestra capacidad, Nefer, y sé que sería inútil nombraros por la fuerza. ¿Aceptáis el cargo?

—No, majestad.

—¿Es una respuesta definitiva?

—En efecto.

—¿Tan importante es el Lugar de Verdad?

—Sí, majestad.

45

Una niña con graves quemaduras en las piernas, dos chiquillos con heridas provocadas por un violento combate a bastonazos, Karo el Huraño que sufría del estómago, la esposa de Gau el Preciso, afectada por una alarmante fatiga y, para terminar la serie de catástrofes matinal, Aperti, que se había roto el antebrazo intentando demostrar que era capaz de partir, de un solo golpe, un bloque de calcáreo.

Era la primera vez que la mujer sabia debía ocuparse de tantos casos graves en un período tan corto de tiempo, y había tenido que utilizar casi todas sus reservas de miel. El precioso producto servía para cicatrizar las heridas, bajar la inflamación externa e interna sin provocar trastornos y devolver el vigor. Conservada en botes cuidadosamente sellados y debidamente catalogados, la miel era considerada como un remedio de primera necesidad y de gran valor, y sólo se utilizaba en pastelería en pequeñas cantidades. A lo largo de muchos siglos de experimentación, los médicos egipcios habían advertido también sus propiedades beneficiosas en el campo de los cuidados oculares e incluso en ginecología.

Cuando terminó sus consultas, la mujer sabia acudió al despacho de Imuni, que era el responsable de las reservas de todos los productos que poseía el Lugar de Verdad. El pequeño escriba estaba ocupado en copiar el inventario de los cinceles de cobre y, al ver a la mujer sabia, se levantó precipitadamente y permaneció muy rígido, como un soldado dispuesto a sufrir las reconvenciones de su superior.

Imuni siempre había tenido miedo de la mujer sabia, pues pensaba que tal vez era capaz de leer sus pensamientos y descubrir sus ambiciones: ocupar el lugar del viejo Kenhir y vengarse, de un modo u otro, de Paneb el Ardiente, que siempre lo dejaba en ridículo.

—Necesito botes de miel, Imuni.

—¿Cuántos deseáis?

—Hoy uno, y varios la semana que viene... ¡Espero que el temporal amaine!

—Me encargaré de ello inmediatamente.

El escriba ayudante se mostró diligente, pero regresó con las manos vacías.

—No sé qué ha podido pasar pero... ¡Tenemos una abundante reserva de ungüentos, pero ni un solo bote de miel!

—Es un error garrafal, Imuni... Apenas tengo suficiente miel para tratar las urgencias durante una semana.

—Lo siento, lo siento mucho... Avisaré al escriba de la Tumba, él encontrará una solución.

El enfado de Kenhir sería recordado en la historia de la aldea. Había acusado a su subordinado de poseer todos los defectos inherentes a la especie humana, y algunos más, advirtiéndole que, al próximo error, el tribunal de la aldea decretaría su expulsión.

—¡Este mes no tendrás salario ni vacaciones! —gritó el escriba de la Tumba—. ¿Olvidas que eres un funcionario del Estado, y que estás al servicio del Lugar de Verdad?

Imuni estaba avergonzado, con la cabeza gacha, y se consideraba afortunado al sobrevivir a semejante tormenta.

—Y, por si fuera poco, me obligas a dirigirme personalmente a la administración central, aunque me duela la espalda. Volveremos a hablar de esto, Imuni... Mientras, comprueba las existencias de que disponemos y repara los demás errores.

El escriba ayudante desapareció sin abrir la boca.

—Habéis sido muy duro con él —observó Niut la Vigorosa, que había interrumpido sus labores domésticas durante la reprimenda.

—¡Los bienes de la aldea no se administran a la ligera! Dame mi bastón y ropa de abrigo.

Acompañado por dos policías nubios que se encargaban de su protección, Kenhir anduvo hasta la oficina del general Méhy.

—El general está dirigiendo unas maniobras en la orilla este —indicó su secretario.

—¿Y cuándo volverá? —preguntó Kenhir.

—En el mejor de los casos, no antes de quince días.

—¡Demasiado tarde! ¿En quién ha delegado sus responsabilidades?

—Tal vez yo pueda ayudaros.

—Se trata de un asunto grave: se nos ha acabado la miel, necesitamos una entrega urgente.

—Es un mal momento —deploró el secretario—; las cantidades disponibles se han almacenado en palacio, en el hospital principal y en los cuarteles. Aquí sólo dispongo de lo estrictamente necesario para la enfermería.

Kenhir pensó que tales disposiciones tal vez fueran indicio de un inminente conflicto. Habría muchos heridos y los médicos militares utilizarían compresas de miel.

—La aldea tiene prioridad —recordó el escriba de la Tumba.

—Rellenad un formulario y lo haré llegar, por correo especial, a palacio... Pero deberéis tener paciencia. En este momento, los servicios administrativos están desbordados.

—He hecho lo que he podido —dijo Kenhir a la mujer sabia y al maestro de obras—, pero somos víctimas de la economía de guerra. Sólo Méhy podría sacarnos de este mal paso, pero es imposible ponerse en contacto con él en estos momentos. Redactaré un detallado informe denunciando esta inadmisible situación.

—Sin miel no puedo curar a mis pacientes.

—Existe una solución, pero comporta graves riesgos: ir a buscarla a casa del viejo Boti, en el desierto.

—¿Y qué teméis?

—A los merodeadores y, también, a los policías encargados de proteger la explotación. Además, Boti es un tipo raro; está obligado a vender al Estado la totalidad de su cosecha, pero a veces se permite ciertas libertades. Si organizamos una expedición, nos descubrirán rápidamente.

—Iré sola, pues —decidió Clara.

—¡Ni lo sueñes! —replicó Nefer.

—Debo comprobar personalmente la calidad de la miel y convencer al apicultor de que me la venda.

—Te acompaño.

—No estoy de acuerdo —dijo el escriba de la Tumba—; en las actuales circunstancias, la presencia del maestro de obras en la aldea es indispensable. Si la mujer sabia se empeña en intentar la aventura, podemos pedirle a Paneb que la acompañe. Tenemos plena confianza en él y sabrá cumplir con sus deberes de hijo adoptivo.

—Entreguémosle algunas armas de las fabricadas por nuestro herrero.

Kenhir pareció contrariado.

—Un artesano armado... En el caso de que se produjera un control policial, Paneb correría un gran riesgo.

—¡Pero debe proteger a Clara!

—Las armas que hemos fabricado se quedarán en el recinto de la aldea —decretó el escriba de la Tumba.

Los arqueros tiraban cada vez mejor, y los carros maniobraban con una gran habilidad. El entrenamiento intensivo comenzaba a dar sus frutos y los cuerpos de élite pronto estarían dispuestos para barrer a cualquier adversario.

Méhy entró en su tienda después de una agotadora jornada y consultó la correspondencia que le mandaba el correo militar; entre las misivas, había un informe de su secretario sobre la insólita gestión del escriba de la Tumba.

El general llamó en seguida a su ayudante de campo.

—Tráeme un caballo que sea rápido; voy a la ciudad y estaré de regreso mañana por la mañana.

Méhy galopó hasta el centro de Tebas, donde residía Serketa durante el período de las grandes maniobras. La esposa del general lo aprovechaba para recibir a las grandes damas de la ciudad del dios Amón y hacer elogios de su marido, cuyo valor y competencia eran indispensables, tanto para la provincia como para el país. Esa propaganda subliminal, en pequeñas dosis, reforzaba la excelente reputación que ya tenía el general. Mientras muchos dudaban del porvenir del rey Amenmés, Méhy aparecía como el hombre fuerte que salvaría a Tebas de la fatalidad. Cuando entró en su casa, la mujer del alcalde y sus mejores amigas estaban felicitando a Serketa por su recepción; nadie había desdeñado las exquisitas pastas y pronto volverían a verse con gusto. Todas aquellas damas se sintieron encantadas de ver al general, que les prometió, con su habitual fuerza de convicción, que su seguridad estaba perfectamente garantizada.

Terminadas las mundanidades, Méhy arrastró a su esposa hasta los aposentos privados.

—Se han quedado sin miel en el Lugar de Verdad —le comunicó.

—¿Tan importante es eso?

—Eso significa que la mujer sabia tendrá dificultades para cuidar a los enfermos. Como ordené que interrumpieran las entregas del precioso producto, el escriba de la Tumba ha presentado una reclamación. La administración se verá obligada a satisfacerle, pero muy a largo plazo. Por ello, los artesanos intentarán obtener miel por cualquier medio. Aquellos a quienes el maestro de obras confíe esa tarea se verán obligados a salir de la aldea y se pondrán, así, en peligro.

—La mujer sabia es la que debe comprobar la calidad de la miel. A mi entender, ella participará en la expedición; tengo un plan, querido... Unos bandidos podrían sorprenderla y matarla. Sin la mujer sabia, la cofradía se vería considerablemente debilitada y perdería su protección mágica. En el interior de la aldea es imposible alcanzarla, pero si sale de ella...

El general besó a su mujer, entusiasmado.

—Me encanta tu perspicacia, palomita mía; pero no puedo utilizar a mis soldados para una misión de este tipo.

—Entonces me necesitas para encontrar sicarios que no tengan ningún vínculo con nosotros...

—Nuestro viejo amigo Tran-Bel nos será de gran ayuda. Probablemente tendrás que forzarlo un poco para que colabore sin segundas intenciones, pero confío en que podrás hacerlo.

46

El libio Tran-Bel tenía los cabellos negros y aplastados y la cara muy redonda. Comía y bebía demasiado, pero necesitaba recuperar fuerzas para seguir trabajando como mercader de muebles e intermediario para toda clase de transacciones más o menos dudosas. Durante un período de ensueño, Tran-Bel había utilizado los servicios de uno de los artesanos del Lugar de Verdad, que fabricaba para él muebles de lujo y dibujaba modelos que el libio usaba para producir hermosos objetos que vendía a muy buen precio. Tal y como estaban las cosas, el artesano ya no salía de la aldea, y Tran-Bel debía aguardar pues mejores días para reanudar la venta de mobiliario no declarado al fisco. Afortunadamente, la clientela rica seguía siéndole fiel, y el libio prestaba a unos y otros pequeños servicios muy bien remunerados.

Una mujer con una pesada peluca que le cubría buena parte del rostro entró en su taller clandestino, y Tran-Bel perdió su optimismo. Aquella temible criatura lo tenía atrapado. En vísperas de una guerra civil, semejante visita no presagiaba nada bueno.

—¿Podemos hablar sin que nos molesten? —preguntó ella con voz ácida.

—Cerraré el taller.

Nervioso, Tran-Bel fue a cerrar la puerta.

—¿En qué puedo ayudaros, mi querida protectora?

—Necesito un equipo de asesinos.

—Asesinos, ¡no os andáis con chiquitas! Yo sólo soy un simple comerciante...

—No voy a repetirlo, Tran-Bel. El tiempo pasa.

—¿Pero de dónde queréis que los saque?

—Sin duda conoces a muchos libios que estarían dispuestos a hacer cualquier cosa para ganar una fortuna.

—Tal vez, pero mi comisión...

—Yo fijaré tus honorarios. No olvides que estás al servicio de un hombre muy poderoso al que debes servir sin discusiones si no deseas tener problemas con la administración.

Tran-Bel sabía que no tenía talla para luchar.

—Conozco a tres maleantes que ya han cumplido su pena y que, actualmente, han sido empleados como lavanderos en el barrio del puerto. No tienen muchos escrúpulos y deberían de cooperar si la recompensa les conviene.

—Ponte en contacto con ellos, inmediatamente, y ordénales que vayan al lugar que voy a indicarte.

Tran-Bel, aliviado, prometió a Serketa que realizaría de inmediato su misión.

La ruta de la miel era un secreto muy bien guardado, que ni siquiera el escriba de la Tumba había podido conocer en su totalidad; sabía que el viejo Boti se encargaba de numerosas colmenas en el desierto del oeste, pero ignoraba el lugar exacto donde el apicultor ejercía su arte.

—Debemos intentarlo —dijo la mujer sabia, mientras examinaba con Paneb el mapa incompleto que Kenhir les mostraba.

—Entre el último puesto de guardia de la policía, al fondo de este ued, y las colmenas por lo menos habría un día de marcha —afirmó el escriba de la Tumba—; ¿pero en qué dirección?

—Yo conozco bien el desierto —afirmó Paneb—; él nos ofrecerá la solución.

—Hay diversas aguadas en la zona, y forzosamente habrá una en el territorio del apicultor. Pero corréis el riesgo de sufrir un ataque.

—Entregadme una arma —solicitó Paneb.

—Lo siento, pero es imposible. Si la policía os detiene, intentad dialogar con ellos. En el peor de los casos, os devolverán aquí. Pero si llevaras una espada o una lanza, serías considerado un individuo peligroso.

—Cogeré mi pico.

—¡Ni hablar, Paneb! Forma parte de las herramientas del Lugar de Verdad y no saldrá de su recinto.

—¿Podremos llevarnos provisiones?

—Podéis llevaros pescado seco, cebollas, higos y unas jarras para transportar agua fresca. Pesará bastante, pero tú tienes unos buenos hombros.

Adafi el Grande y sus dos hermanos, Adafi el Mediano y Adafi el Pequeño, eran tres libios que habían entrado clandestinamente en Egipto, y que cometían pequeños robos por cuenta de Tran-Bel; éste les había prometido una sensible mejoría de su situación, en cuanto fuera posible. Y ahora acababa de presentarse la oportunidad: tan sólo tenían que asesinar a ciertas personas que estorbaban.

La noticia había alegrado en seguida a los tres libios, que estaban cansados de trabajar como lavanderos. Ya tenían práctica en el tema pues, en su país, habían asesinado a algunos viajeros para desvalijarlos, y degollaban a un hombre con la misma facilidad que a un cerdo.

Una mujer vestida de campesina y con la cabeza cubierta por un pañolón se dirigió al bosquecillo de espinos que le servía de abrigo desde la víspera, y Adafi el Pequeño sintió que crecía en él un imperioso deseo. En Egipto, la violación se castigaba con la muerte, pero el libio había atravesado un período de abstinencia forzosa demasiado largo, al igual que sus dos hermanos, pues las mozas con las que se habían encontrado estaban casadas o prometidas, y eran fieles.

—En marcha —ordenó Serketa—; vuestras presas acaban de pasar por la pista del desierto del oeste.

—¿Cuántos son?

—Dos.

Adafi el Grande soltó una carcajada.

—¡Será coser y cantar!

—La cosa promete ser muy fácil, por lo que tal vez podríamos divertirnos un poco contigo, antes de ir a trabajar —concluyó Adafi el Pequeño.

—Acércate.

—¿Quieres hacerlo... con los tres? —preguntó él, extrañado.

Cuando el libio le puso la mano en la cadera, Serketa le hirió en el antebrazo con un puñal corto.

Adafi el Pequeño dio un salto hacia atrás.

—La próxima vez, te corto los testículos —prometió Serketa, blandiendo el arma hacia los tres hermanos—. Vuestras dos presas no serán fáciles de capturar —precisó—. Una de ellas es una especie de hechicera que podría percibir vuestro acercamiento, y el otro un coloso al que nadie ha conseguido derribar aún.

—¿También maneja el cuchillo?

—Lo ignoro, aunque no es probable.

—Y la hechicera... ¿Es vieja y fea? —se interesó Adafi el Pequeño.

—De unos cuarenta.

—¿Podemos violarla, antes de degollarla?

—Eso es cosa vuestra. Volveré aquí dentro de tres días y espero que lo hayáis conseguido.

—Estáte tranquila, cariño —aseguró Adafi el Mediano.

—No me conformaré con vuestra palabra; necesitaré una prueba.

—¿Te bastarán el sexo del coloso y la cabeza de la hechicera?

Deliciosamente impresionada por la crueldad de los libios, Serketa asintió con la cabeza.

—¿Nos pagarás tú?

—No voy a decepcionaros. E incluso pasaremos un buen rato juntos.

A Adafi el Pequeño se le hizo la boca agua: dos hembras a la vista, ¡qué suerte!

Serketa tenía dudas entre seguir utilizando los servicios de aquellos tres brutos, en un futuro, o hacer que unos arqueros acabaran con ellos.

Lo discutiría con el general.

—Creo que las colmenas no están muy lejos del último puesto de policía incluido en nuestro mapa —estimó la mujer sabia—. Todavía hay abundante vegetación en los alrededores, especialmente flores raras y acacias que permiten a las abejas fabricar buena miel. Más hacia el interior del desierto, ya no dispondrían de la materia prima necesaria para su elaboración.

Paneb llevaba una pesada bolsa con provisiones y dos jarras que mantenían el agua fresca.

—¿Por qué se ha instalado Boti tan lejos de los cultivos?

—Porque calculó la distancia que podían recorrer sus abejas para libar el máximo de flores y porque el desierto es el lugar ideal para las colmenas. Cuando el dios Ra lloró, sus lágrimas cayeron en la arena y se transformaron en abejas que, con su trabajo, nos devuelven el oro del sol que necesitan para fabricar la miel.

—Por eso, el faraón es, a la vez, «el de la caña» y «el de la abeja»... En su ser reúne lo húmedo y lo seco, la caña húmeda vinculada a la tierra y la infatigable abeja que recorre el cielo para transformar en alimento y en remedio la sutil energía de las flores.

—El faraón es el ser útil por excelencia —confirmó la mujer sabia—, y ése es el objetivo de nuestra cofradía: moldear obras útiles y luminosas.

—Y es la misma palabra, *Akh*, que significa «ser útil», «ser luminoso», «el antepasado luminoso» al que veneramos y «la luz del espíritu» que intentamos alcanzar... Y ésta es la materia prima, ¡la luz que brota de la piedra! Pero entonces... ¿esa búsqueda de la miel y ese encuentro con las abejas estaban destinados a hacerme comprender, en realidad, algo que yo ya sabía?

Clara sonrió:

—La miel es indispensable para la aldea, Paneb, pero el destino a veces es luminoso también.

Paneb ya no sentía el peso de la bolsa que llevaba; el sendero le parecía de incomparable suavidad, y el sol, refrescante como una brisa vespertina.

Las palabras habían tomado cuerpo, y la luz de la obra se volvía tan tangible como la propia piedra.

—Hay que abandonar la pista; nos acercamos a un puesto de guardia —exigió Clara.

La mujer sabia y el artesano escalaron una colina sembrada de sílex y se tumbaron boca abajo para observar los alrededores.

—Nos siguen —murmuró ella.

47

Paneb miró en todas direcciones. Lejos, al oeste, se veía una cabaña de adobe a la sombra de una gran palmera.

—El puesto de policía que indica el mapa... Nos alejaremos de él para pasar. ¿Estás segura de que nos siguen?

—Noto una presencia hostil detrás de nosotros.

—Tal vez sea una hiena o algún depredador.

—Prosigamos.

La mujer sabia y el pintor avanzaron paralelos a la pista, volviéndose a menudo para comprobar si los seguían. El sol quemaba, pero los dos viajeros caminaban a un ritmo regular y bebían escasos tragos de agua para no deshidratarse.

—Es extraño —estimó Paneb—; Kenhir debería haberse mostrado menos intransigente y permitirme llevar una arma. Él nos ha indicado este itinerario, conocía, pues, sus peligros.

—Nuestro escriba de la Tumba es muy formalista.

—Espero que tengas razón, Clara... ¿Y si fuera él el traidor que habita en la cofradía?

—Imposible.

—¿Cómo estás tan segura?

—Porque Kenhir conoce el escondrijo de la Piedra de Luz. Si fuera el traidor, la habría robado hace ya mucho tiempo.

El argumento impresionó a Paneb, aunque no lo tranquilizó por completo. Tal vez Kenhir quería librarse primero de la mujer sabia y luego huir con el tesoro. También sabía que, si hubiera nombrado a otro artesano para proteger a Clara en su expedición, Nefer se habría opuesto. El único inconveniente es que serían necesarios varios hombres para librarse del coloso. Por tanto, no los seguía una sola persona.

Clara y Paneb llegaron al final del camino que estaba indicado en el mapa del escriba de la Tumba. El último puesto de policía se hallaba al este, tras una duna.

—¿Qué dirección tomamos?

—Esperaremos una señal —respondió Clara.

—Los que nos siguen se van acercando. Estoy seguro de que quieren matarte a ti; ¿qué sería de la aldea sin su mujer sabia? Hemos caído en una trampa.

—Se producirá la señal y llegaremos a las colmenas.

—¡Primero habrá que sobrevivir! Tengo una idea, pero no serviría de nada si los agresores fueran muchos.

Paneb le explicó su estrategia, y Clara asintió.

—Se acercan —murmuró.

Como no hacía viento, los hermanos Adafi no habían tenido dificultad alguna para seguir las huellas que sus presas dejaban.

—¿Están lejos? —se inquietó Adafi el Pequeño, que detestaba el desierto.

—Los alcanzaremos rápidamente —respondió el Mayor—; una presa fatigada ofrece menos resistencia.

—Eso es verdad... Deberíamos atacar en seguida y regresar al valle.

—Escucha a tu hermano, imbécil —repuso el Mediano.

—¡Yo sé pensar por mí mismo! Cuanto antes los matemos, antes nos haremos ricos.

Los tres libios se detuvieron. A pocos centenares de metros, al pie de una duna, había una forma humana.

—¿Nos acercamos? —preguntó el Pequeño.

Adafi el Grande asió el mango de su hoz, y sus hermanos, el de sus cuchillos de carnicero.

—Vamos.

Miraron a su alrededor con prudencia, pero no vieron nada anormal.

—¡Es la mujer! —exclamó el Mediano, goloso.

—¡Yo primero! —protestó el Pequeño.

—Calmaos —exigió el Grande—; en primer lugar estamos aquí para degollarla.

—¡Nada de eso, antes nos divertiremos un rato! Tiene un aspecto bastante apetitoso.

Clara permanecía inmóvil, como si no hubiera divisado a los tres hermanos. Su actitud intrigó a Adafi el Grande.

—No olvidéis que lleva un escolta... ¿Dónde estará?

—A tu espalda —advirtió Paneb, brotando de la arena donde se había enterrado, esperando que los perseguidores, atraídos por la mujer sabia, permanecerían agrupados.

Adafi el Pequeño no tuvo tiempo de comprender lo que ocurría, pues Paneb le arrojó una gran piedra a la cabeza que le aplastó la sien.

El Mediano se abalanzó contra el coloso, que lo esquivó en el último momento y le retorció el brazo; perdió el equilibrio y, al caer, se clavó su propio cuchillo.

Adafi el Grande se había abalanzado a su vez sobre Paneb y, azotando el aire con su hoz, creyó degollar al adversario. Pero el coloso se agachó rápidamente, y golpeó el estómago del libio con un violento cabezazo. Seguidamente, le golpeó fuertemente en los riñones con el antebrazo.

Aterrorizado, el Grande intentó huir; pero el puño del coloso cayó sobre su nuca y el último de los Adafi se desplomó, no muy lejos de sus hermanos.

—Sólo quería atontarlos, pero los libios tienen los huesos muy frágiles —le dijo Paneb a Clara—. Nadie llorará por estos hombres, y, al menos, servirán de festín para los chacales y los buitres.

La mujer sabia miró al cielo.

—¡He aquí la señal!

Un pájaro con el vientre amarillo, el lomo gris y una larga cola volaba hacia el sur.

—Es el buscador de cera —explicó la mujer sabia—; nos indica la dirección adecuada. A los apicultores les revela incluso el emplazamiento de un enjambre.

El viejo Boti acababa de ahumar una colmena con unas velas puestas en un bote cuando advirtió que el coloso y la mujer sabia se acercaban por el sendero que conducía a sus colmenas. Generalmente, deambulaba sin temor a que las abejas le picaran, pero, desde media mañana, estaban muy nerviosas, y Boti había considerado que era preferible tomar esa precaución para retirar los paneles de miel.

Ahora comprendía la razón de su excitación.

Si sólo hubiera avistado al coloso, Boti habría dirigido sus últimas plegarias al dios Amón, protector de los infelices; pero la presencia de la mujer de rostro luminoso lo tranquilizó un poco.

El apicultor apagó las velas y se colocó delante de sus colmenas, como protegiéndolas.

—¿Quiénes sois?

—Soy la mujer sabia del Lugar de Verdad, y vengo acompañada por un artesano.

—¿Pero... pero existís realmente? —preguntó Boti, retrocediendo.

Los rumores aseguraban que la mujer era una temible hechicera, capaz de enterrar bajo tierra a cualquier demonio.

—¡No os acerquéis más! De lo contrario, mis abejas os atacarán.

—No queremos causaros ningún daño.

—¿Qué lleva el coloso al hombro?

—Una bolsa con alimentos y jarras de agua, que estamos dispuestos a compartir con vos.

—¡Tengo todo lo que necesito, gracias!

—Pues no ocurre lo mismo en el Lugar de Verdad. No tenemos miel, y la necesito para cuidar a los enfermos y a los heridos.

—Toda mi producción está reservada para el Estado, no puedo cederos ni un solo gramo.

Paneb dejó en el suelo la bolsa y las jarras.

—¿Y nunca se hacen excepciones? —preguntó.

—Casi nunca... Salvo por urgencia.

—Precisamente se trata de una urgencia —precisó con dulzura la mujer sabia.

—De todos modos, no es del todo legal...

De un bolsillo de su túnica, Clara sacó un pequeño lingote de oro que brilló bajo el sol.

—El oro de nuestra cofradía por el de vuestras abejas.

—¿Pu... puedo tocarlo?

Las dudas de Boti se disiparon: efectivamente, era oro.

—¿Bastarán diez botes grandes de miel?

—Doce —exigió Paneb.

El apicultor asintió.

—Deseo comprobar su calidad —añadió Clara.

—¿Acaso dudáis de ella? —replicó Boti, indignado.

—Necesito miel, jalea real, polen y propóleos que curan numerosas infecciones e inflamaciones. ¿Disponéis de todos estos productos?

—¿Por quién me habéis tomado? Nadie conoce mejor que yo los tesoros de las abejas.

El apicultor no presumía; conocía perfectamente todas y cada una de las riquezas de la colmena, y mostró con orgullo a la mujer sabia los productos que conservaba en botes cuidadosamente sellados y etiquetados.

—¿Por qué el Estado ya no entrega miel al Lugar de Verdad?

—Economía de guerra —explicó Clara—; el rey Amenmés se preocupa ante todo de sus soldados.

—Ese lingote con el que me pagáis... ¿Procede realmente de vuestra aldea?

—Debemos guardar el secreto —recordó la mujer sabia.

—Tengo la suerte de recoger el polen que me traen mis queridas abejas y vivo feliz aquí, solo con ellas, lejos de querellas y ambiciones; los únicos seres humanos con los que trato son los policías que vienen a buscar mis cosechas, y sólo nos decimos unas palabras. Nunca había hablado durante tanto rato.

Boti abrió una antigua colmena y sacó de ella un pequeño bote de cuello largo.

—He aquí mi obra maestra; había decidido no mostrársela a nadie, pero puesto que sois la mujer sabia del Lugar de Verdad... Os será muy útil, ya veréis. Con él, curaréis afecciones graves o rebeldes.

—¿Cómo puedo agradeceros semejante regalo?

—Me habéis ofrecido una fortuna y he tenido la suerte de conoceros y de ver la luz que emana de vuestra persona... No podría pedir nada mejor.

Por unos instantes, el apicultor sintió deseos de pertenecer al cuerpo de los auxiliares e instalarse con sus colmenas cerca de la aldea; pero era aquí, en la ardiente soledad del desierto, donde había aprendido su oficio y el lenguaje de las abejas. Y aquí fabricaban sus protegidas la mejor miel de Egipto.

48

Seti se recuperaba lentamente, pero ya no sentía ningún interés por los asuntos de Estado, de los que se encargaban la reina Tausert y el canciller Bay. Sin embargo, seguía siendo el faraón, y ni la gran esposa real ni el canciller tomarían una iniciativa que comprometiera el porvenir del país sin el consentimiento formal del señor de las Dos Tierras.

De su larga estancia en el templo de Hator, Seti había conservado el gusto por la meditación; así, permanecía durante largo rato en el santuario de Amón, después de la celebración del ritual matutino. Asistía a la reversión de las ofrendas, cuando los sacerdotes iban a buscar los alimentos sacralizados por la energía divina para consumir una parte y distribuir el resto entre los numerosos gremios que trabajaban en los templos de la capital.

El rey almorzaba a menudo con el sumo sacerdote de Ptah, y juntos evocaban la creación por el Verbo cuya potencia penetraba en el corazón y la mano de los artesanos para dar origen a las moradas donde habitaban las divinidades. Seti ya no concedía audiencias a los ministros y cortesanos; era la reina la que recibía a los embajadores. Les confirmaba que las relaciones comerciales proseguirían como en el pasado.

A media tarde, Seti pasaba una hora o dos en su despacho, consultando los documentos preparados por Bay, el único dignatario con el que aceptaba conversar de vez en cuando.

El primer papiro era un detallado plan de movilización general y de puesta en marcha de los ejércitos del Norte.

—¿Aceptaréis escucharme, majestad? —preguntó el canciller.

—¿Volverás a hablarme de la guerra?

—¿Acaso no tenéis el deber de reconquistar Tebas y el Alto Egipto?

—Cada día venero a Amón en la paz de su santuario de Pi-Ramsés, y no me inspira pensamientos belicosos.

—La guerra civil me horroriza a mí también, majestad; por eso, el plan que os propongo consiste en evitarla, al tiempo que permite la reunificación del país, a la que aspira cualquier egipcio.

—Un plan cuyo protagonista es el general Méhy, supongo.

—Así es, majestad, pero no dudo de su fidelidad a nuestra causa, de la que ha dado pruebas varias veces.

—Suponiendo que tengas razón, Bay, no debemos olvidar que el general podría ser manipulado por Amenmés.

—¿De qué modo, majestad?

—Supón que mi hijo Amenmés haya comprendido que Méhy sólo le apoya en apariencia... Dejará que tu plan vaya desarrollándose, suprimirá al general y ordenará a las tropas tebaicas que exterminen nuestros ejércitos, que habrán caído en la trampa. Un verdadero desastre... ¿Éste es el destino que deseas para nuestro país?

—Claro que no, majestad, ¿pero tan retorcido es Amenmés?

—Si subestimáis al adversario, estaréis cometiendo un grave error. Que mi hijo se haya lanzado a esta aventura significa que sabe cómo combatirnos. Canciller, creo que si siguiéramos su estrategia, estaríamos cayendo en una trampa mortal.

La lucidez del monarca dejó boquiabierto a Bay.

—Gracias por haberme ilustrado, majestad; ¿pero hay que renunciar por ello a una intervención militar?

—Sin duda alguna.

—De ese modo, permitís que Amenmés crea que ha triunfado y que el Alto Egipto le pertenece.

—Cuando esté demasiado seguro de sí mismo, atacará, y atraerá la cólera de los dioses. Ellos sabrán castigar su rebelión mejor que yo.

A su regreso, la mujer sabia examinó a los enfermos, cuyo estado, afortunadamente, no se había agravado. Gracias a la miel de Boti, había podido procurarles los cuidados necesarios, con la seguridad de obtener curaciones completas.

En cuanto a Paneb, éste había sido requerido por el escriba de la Tumba de inmediato.

—¿Ha habido incidentes? —le preguntó Kenhir.

—¿Os interesa?

Kenhir frunció el ceño.

—¿No habrás matado al infeliz de Boti para obtener la miel?

—Por ese lado, no debéis preocuparos; el apicultor se ha mostrado dispuesto a cooperar.

—¿Si no ha sido él, quién te ha causado problemas?

—¿No lo sospecháis?

El viejo escriba dejó su pincel, miró al coloso directamente a los ojos y le dijo:

—Hay ciertas cosas que me sacan de quicio, empezando por la hipocresía. Si tienes algo que reprocharme, dímelo a la cara y sin rodeos.

Paneb enrojeció.

—Hemos sido atacados por tres bandidos, probablemente libios.

—Ya te advertí que la ruta de la miel era peligrosa.

—Nos han seguido, como si supieran adónde íbamos.

El rostro del escriba de la Tumba se ensombreció.

—¿Te atreves a acusarme de haberos enviado a una emboscada, a ti y a la mujer sabia? ¿Te atreves a acusarme de haber pensado, aunque sólo sea un instante, en perpetrar ese crimen?

La vehemencia que se apoderaba del viejo escriba le rejuvenecía veinte años.

—¡Lo sospeché, es cierto, y tenía mis razones!

—¿Cuáles, Paneb?

—Demasiadas casualidades, y vuestra negativa a darme una arma para defenderme.

—¿No comprendiste que era por tu bien y el del Lugar de Verdad? Soy un anciano, pero todavía me siento capaz de derribarte con mi bastón.

Kenhir se levantó, amenazador.

—Si me atacáis, me defenderé. No os atreváis a hacerlo.

El escriba de la Tumba no se tomó a la ligera la advertencia de Paneb.

—Si no eres un cobarde, Paneb, sé consecuente contigo mismo y mata al criminal que está delante de ti.

El coloso apretó los puños.

—Golpéame —exigió el escriba de la Tumba—. Soy el más abominable de los traidores, ¿por qué dudas?

Paneb se acercó a Kenhir, que seguía sin bajar la mirada.

—De acuerdo, sois inocente. Pero debía comprobarlo.

—¿Qué te ha hecho cambiar de opinión?

—La firmeza de vuestra mirada. No es la de un hombre que haya enviado a la mujer sabia a una trampa mortal. Pero os advierto que si habéis conseguido engañarme, Kenhir, acabaré con vos.

Serketa se quitó la ropa de campesina y liberó sus cabellos, ocultos bajo una grotesca peluca; luego corrió hacia el cuarto de baño, donde dos siervas la ducharon y la perfumaron.

Antes de que se hubiera vestido, el general Méhy irrumpió en su habitación, cuando ella elegía un vestido ceñido.

—Sal de aquí —le ordenó.

Serketa fingió taparse el pecho con un chal.

—Por desgracia, no tengo buenas noticias, querido mío. Es la tercera vez que acudo al lugar de la cita, y aún no ha venido nadie.

—Esos imbéciles libios no vendrán. Una patrulla de la policía del desierto acaba de encontrar sus cadáveres, algo apartados de una pista.

—¡Los tres! —se extrañó Serketa—. Pues eran unos tipos duros... ¿Al menos, cumplieron parte de su misión?

—La mujer sabia y Paneb han regresado sanos y salvos a la aldea, y el joven coloso iba muy cargado.

—Ha vencido, solo, a tres agresores —murmuró la esposa de Méhy con voz golosa—. ¡Qué lástima que no esté a nuestro servicio! Pero no hay que desesperar...

—Temo que la mujer sabia haya utilizado su magia para potenciar la fuerza de Paneb. Esos tres imbéciles se sobreestimaron.

Serketa acarició la mejilla del general.

—Te preocupa algo más aparte de esto, ¿no es así?

—Pues sí, amor mío.

—¿Amenmés desconfía de ti?

—No, soy yo quien ya no tiene la menor confianza en ese niñato caprichoso.

—Ya te lo había dicho; no tiene la talla de un rey.

—¿No querrá pedirle perdón a su padre?

—Si sigue aislándose más, podría sucumbir muy bien a la tentación. Acaba de despedir a sus últimos consejeros, y ahora incluso yo debo solicitar audiencia. Amenmés quiere decidir solo y reinar sin discusión... Si está lo bastante loco para lanzar las tropas tebaicas al asalto del Norte, ¿cómo conseguiré disuadirlo?

—No puedes negarte a obedecer... Pero no permitiré a nadie, ni siquiera a Amenmés, que ponga en cuestión tu ascenso.

—¿Te atreverías a atacar a un faraón, cariño?

—Todos tendrán que admitir, muy pronto, que Seti es el único faraón legítimo, querido mío.

Al ponerse el sol, Paneb fue a buscar a su hijo cerca del gran silo para grano, donde había organizado un concurso de lucha que estaba seguro de ganar.

Cuando vieron al coloso, los chiquillos se dispersaron para regresar a casa en seguida, y Aperti puso pies en polvorosa con la esperanza de obtener, una vez más, la indulgencia de su madre, que lo protegía de la cólera de su padre.

Sin embargo, Paneb estaba decidido a infligirle un nuevo castigo cuando un extraño fulgor, en la cima de la más alta colina del oeste, llamó su atención.

Era una hoguera.

Paneb atravesó la necrópolis y trepó hacia el lugar donde las llamas subían al cielo de lapislázuli. Nadie estaba autorizado a encender fuego en aquel lugar.

De las tinieblas surgió un hombre barbudo, bajito, con una máscara de león provista de espesas cejas y una abundante melena rizada.

—Soy Bes el iniciador —reveló y, acto seguido, sacó la lengua y soltó una carcajada—. ¿Eres lo bastante valiente para seguirme?

Con rápidas zancadas, Bes tomó el sendero que ascendía hacia el collado.

El coloso sólo vaciló un breve instante y luego le siguió los pasos.

49

Bes el iniciador llegó al collado y bajó hacia el Valle de los Reyes. Paneb, atónito, no dejó de seguirlo y llegó a la entrada de «la gran pradera», custodiada por un ritualista con una máscara de Anubis que, con un gesto, invitó al coloso a cruzar el umbral.

Bes llevaba una antorcha en la mano. Pasó ante la morada de eternidad de Ramsés el Grande y se dirigió hacia la de Amenmés, pero no se detuvo allí. Sin volverse, siguió por un sendero que serpenteaba hacia el fondo del Valle.

Paneb creyó que su guía lo llevaba a un callejón sin salida, pues los bordes de una garganta iban estrechándose hacia el acantilado.

Bes desapareció, pero el pintor siguió viendo el brillo de la antorcha, a unos diez metros por encima de su cabeza. Al acercarse a la pared, distinguió una escalera de cuerda que le permitió trepar hasta la entrada de un panteón, ante el que ardían cuatro antorchas.

A un lado y otro, había guardianes con cabeza de buitre, cocodrilo, león y escorpión. Cuando Paneb hizo ademán de seguir, blandieron unos cuchillos.

—Soy el señor del miedo y te hallas ante la puerta secreta de la cámara oculta —declaró el buitre—. Si te atreves a penetrar en ella, descubrirás una vida nueva, siempre que escuches la llamada de la luz. Pero ten cuidado, Paneb: que tu corazón no sea sordo.

—Apartaos —ordenó el coloso.

Ni las faces de los guardianes ni sus armas asustaban al coloso. Si se negaban a obedecer, forzaría el paso.

—Como el sol que muere al ocaso, tendrás que atravesar la noche, afrontar temibles pruebas e intentar renacer por la mañana —le indicó el león—. ¿Tienes la fuerza y el valor de ver la luz en las tinieblas?

Paneb mostró el ojo y el corazón que llevaba como amuleto, y los cuchillos de los guardianes se inclinaron.

En el interior del panteón se encendió una antorcha y, en la oscuridad, se dibujó un camino.

Paneb pasó por una estrecha puerta para introducirse en un pasillo de unos diez metros de largo que descendía por la roca, estrechándose.

El artesano se detuvo en el primer peldaño de una escalera muy empinada que llevaba a un segundo corredor, interrumpido por un vasto pozo que estaba iluminado por una antorcha. En el techo de esa caverna del *Nun*, la energía primordial, se habían pintado estrellas.

Paneb cruzó el pozo gracias a una narria de madera, puesta de través, y penetró en una pequeña sala de dos pilares cuyos muros estaban decorados por setecientas setenta y cinco extrañas figuras que evocaban las múltiples maneras de actuar de la luz. El pintor olvidó el tiempo y observó detenidamente esas formas ocultas en «la cámara secreta de la totalidad reunida», e intentó reunirlas en una visión global; pero sintió que le faltaban claves, y fue atraído por un nuevo fulgor que brillaba en la esquina noroeste de la estancia.

Una nueva escalera descendía hasta una segunda sala con dos pilares rectangulares, más vasta que la anterior.

Entonces, Ched el Salvador y Turquesa encendieron unas antorchas, y el Ardiente quedó deslumbrado.

Paneb se hallaba en el interior de un libro, cuyo texto estaba inscrito en los muros; allí se desvelaba, a través de los jeroglíficos y las escenas simbólicas, el contenido íntegro de «lo que reside en la matriz de creación», el lugar donde nacen a cada instante las estrellas.

Junto al sarcófago de gres rojo, pintado y puesto sobre un zócalo de alabastro, se hallaban el maestro de obras y la mujer sabia.

Ched el Salvador tomó a su discípulo de la mano y le hizo emprender el viaje que realizaba todas las noches la barca solar por el mundo subterráneo.

A la primera puerta dibujada en la pared, la del Occidente, correspondía la primera hora.

—¿Qué ves, Paneb?

—Veo una temible serpiente que debo evitar y la barca del sol, cuya carne no se corrompe.

—Que tu espíritu se lance a este universo.

El coloso tuvo la sensación de recorrer una vasta y apacible región antes de entrar en la segunda hora, en la que atravesó una verde campiña, bañada por una suave música. Al salir de esos campos de gozo, penetró en la tercera hora, donde soplaba una refrescante brisa.

—Aquí se consuma la unión de Ra, la luz del cielo, y de Osiris, la del mundo subterráneo —reveló Ched—; gracias a ella, las sombras maléficas son aprisionadas y la nada es destruida.

Hasta entonces, Paneb había disfrutado momentos de una inigualable paz; pero la confrontación con la cuarta hora lo arrancó de su placidez. En la pared se habían representado el descenso del sarcófago y el jalado de la barca solar por una región desértica y privada de agua; el coloso tensó los músculos para que la navegación no se interrumpiera.

—Entra en la caverna del nacimiento y fecunda al sol de la quinta hora —ordenó Ched—; aquí se guarda el huevo de luz que contiene las múltiples formas de la vida.

En la sexta hora, el espíritu de Paneb reunió las energías dispersas para poder hacer frente a la terrorífica serpiente Apofis, en la séptima hora, que intentaba beber el agua del río para impedir que la barca prosiguiera su camino. Pero unos cuchillos la clavaban en el suelo y le impedían hacer daño. Entonces, se presentó ante el pintor otra serpiente de múltiples ondulaciones, encarnación de la vida que lo atraviesa todo; y tras haber contemplado las estrellas del zodíaco, en sus doce formas masculinas y sus doce formas femeninas, Paneb atravesó la hora octava, donde escuchó la voz de los seres del más allá: el grito de un halcón, el piar de un pajarito, el maullido de un gato y el zumbido de las abejas.

—En la hora novena, la momia se yergue, Osiris vence las tinieblas y el alma-pájaro nace —reveló Ched.

En la décima hora, Paneb descubrió el escarabeo que hacía rodar delante de sí la bola del nuevo sol en gestación; luego nadó en las aguas del océano celestial y tuvo la sensación de respirar como nunca.

Y qué alegría, en la undécima hora, donde asistió a la derrota de los enemigos de la luz, degollados y arrojados a las brasas, cuando aparecían la serpiente celestial y los dos ojos completos, gracias a los que su mirada se amplió.

—En la duodécima hora, contempla el nuevo sol, afirmado a la cabeza de las estrellas, y tu propio nacimiento —dijo Ched—. Has atravesado, las doce regiones del espacio secreto por donde navega la barca, del Occidente al Oriente, de una muerte a una resurrección.

Las doce horas habían transcurrido en un instante, y Paneb, sentado ante la puerta cerrada del santuario donde había vivido la noche luminosa del alma, admiraba el disco solar entronizado en un cielo azul.

Ahora, lo conocía desde el interior por haber participado en su formación, etapa tras etapa. En cada ocaso, atravesaría ya con él la puerta de Occidente y emprendería el peligroso viaje hacia el Oriente.

Paneb pensó en los momentos difíciles que había vivido cuando deseaba, ardientemente, convertirse en pintor y entrar en el Lugar de Verdad; lejos de ceder al desaliento, había seguido su instinto, que le afirmaba que su destino estaba en aquel sitio, y en ningún otro.

El maestro de obras, la mujer sabia y los ritualistas habían regresado a la aldea; sólo Ched el Salvador permanecía al pie del acantilado para esperar a su discípulo.

—Me quedaría aquí el resto de mi vida —le confesó Paneb.

—Aún no has llegado al final de tus descubrimientos.

—¿Qué más puedo esperar?

—Que tu mano traduzca lo que tu espíritu ha percibido. ¿Crees que semejantes secretos te han sido revelados para que te complazcas en una ensoñación de adolescente?

—Voy a destruir mis pinturas y a comenzar de nuevo.

—¡De ningún modo! Veo que la vanidad no te ha abandonado aún; ¿cómo puedes suponer que te hubiera permitido realizar un trabajo indigno de la cofradía? Constantemente has deseado aprender y, pese a tu carácter rebelde, tu mano sabía lo que tu espíritu ignoraba. Gracias a esta iniciación, ahora eres algo más consciente de la magnitud de nuestra tarea; pero el camino que te queda por recorrer no es más fácil que el de la barca solar.

—Nos encontramos en la tumba de Tutmosis III, ¿no es cierto?

—Él dio forma a este libro de resurrección, cuyas páginas

dibujadas has recorrido, en las paredes de esta estancia oval, en forma de cartucho, donde se inscribe su nombre.

—Su sarcófago tiene esta misma forma —añadió Paneb.

—Has viajado por el interior del ser del faraón, identificado asimismo con el sol. Pocos seres han tenido esta suerte; intenta mostrarte digno de ella.

—¿Por qué dudas de mí? —preguntó Paneb, indignado.

—Porque la vida nos reserva pruebas que nos hacen bajar de la higuera. Y para ti la caída será más dura aun que para los demás; cuando suceda alguna desgracia, recuerda tu victoria sobre el dragón de las tinieblas.

50

Al entrar en su casa, Paneb advirtió en seguida que la habían limpiado de arriba abajo y que en ella reinaba un agradable perfume. En el lindero de la segunda estancia, donde se levantaba la estela dedicada a los antepasados, se hallaba Uabet la Pura, con su túnica blanca de sacerdotisa de Hator, maquillada y engalanada con el collar de cornalina y jaspe rojo que le había regalado su marido. Su dignidad impresionó al coloso, y se extrañó mucho cuando se inclinó ante él.

—Sé que has realizado el viaje nocturno del sol y que ya no eres el mismo hombre —dijo la frágil muchacha rubia—. Muy pocos habitantes de la aldea han tenido acceso a ese misterio, por eso te rindo homenaje.

El coloso tomó dulcemente a su esposa en brazos.

Ella temblaba.

—Tu espíritu ha atravesado regiones que yo no conozco ni conoceré nunca, a diferencia de Turquesa; sin embargo, no siento celos de ella —afirmó Uabet—. Ched el Salvador te eligió como discípulo, el maestro de obras como hijo adoptivo, y es normal que prosigas tu camino para convertirte en el pintor jefe de la cofradía. Yo soy una simple ama de casa pero te amo con todo mi corazón. Y tú te marcharás.

Paneb la levantó con delicadeza y la llevó a su alcoba, que estaba tan reluciente como el resto de la casa. Incluso las modestas perchas para la ropa parecían nuevas.

Con los brazos alrededor del cuello de su marido y la cabeza contra el pecho, Uabet la Pura apenas osaba abandonarse.

—¡Tengo miedo, Paneb, mucho miedo de no ser digna de ti!

Él la depositó suavemente sobre el lecho y se sentó muy cerca de ella, tomándole las manos.

—He superado una etapa de mi vida, es cierto, pero sigo siendo un artesano como los demás y no tengo razón alguna para abandonarte. Sin ti, habría vivido en una choza desordenada y el escriba de la Tumba habría acabado expulsándome de la aldea. ¿Quién, sino tú, me ha permitido trabajar sin preocupaciones?

—¿Entonces... te he servido de algo?

—¿Cómo puedes dudarlo ni un solo instante?

—¿Me aceptas tal como soy?

—¡Sobre todo, no cambies nunca, Uabet!

—¿Te... te quedarás aquí, conmigo?

—Sólo con una condición, Uabet: que nunca más te prosternes ante mí. De ese homenaje sólo son dignos los dioses, el faraón, el maestro de obras y la mujer sabia.

Lentamente, Paneb quitó el collar a la muchacha e hizo resbalar los tirantes de su túnica blanca.

—Te quiero a mi manera, aunque probablemente no sea la mejor... —reconoció—. Deberías ser tú, más bien, la que se marchara para buscar un marido mejor.

Uabet sonrió.

—Tengo una idea mejor... ¿Te gustaría tener otro hijo?

—¿Estás segura de que tu salud no correrá riesgos?

—He consultado con la mujer sabia... Me ha dicho que no hay ningún problema.

—Dame una niña que se parezca a ti.

—Rogaré a los antepasados para que satisfagan nuestro deseo.

El coloso amó a su esposa, tan frágil y tan decidida, con una inmensa ternura.

Ched el Salvador había organizado un banquete en honor de Paneb, a quien los artesanos de los equipos de la izquierda y la derecha comenzaban a mirar con otros ojos. Incluso Nakht el Poderoso y Fened la Nariz admitían las cualidades del pintor y comprendían por qué lo habían adoptado el maestro de obras y la mujer sabia; el coloso añadía a su perfecto dominio de la pintura su desbordante imaginación, que adaptaba a cada tipo de obra y de lugar que debía decorar. Los tres dibujantes, Gau el Preciso, Unesh el Chacal y Pai el Pedazo de Pan, no discutían el talento de su colega, más joven que ellos, sin embargo, y ya lo consideraban como el futuro patrón de su taller.

—Alguien pregunta por ti en la puerta principal —dijo Nefer a Paneb.

—¿Por mí?

—Sí.

—¿Quién es?

—El guardián de la puerta no lo conoce.

—¿Qué quiere de mí?

—Lo sabrás si vas a hablar con él.

—¿No vas a decirme nada más?

—Si el jefe Sobek lo ha dejado pasar, es que no representa ninguna amenaza para la cofradía.

Paneb, intrigado, salió de la aldea.

Ante la puerta había un asno. Tenía el hocico y el vientre de color blanco, el pelaje de un gris claro, unos grandes ojos negros y unas largas orejas, finamente recortadas; el animal no debía de pesar menos de trescientos kilos.

En el lomo, llevaba una silla de montar, atada con una correa.

—¿Había alguien sentado aquí? —preguntó Paneb.

—Uno de los cinco campesinos que trabajan para mí —explicó Nefer—. Y, sin embargo, cuando compramos este asno, le advertí que *Viento del Norte* no tolera que nadie suba encima de él. Como puedes comprobar, ya conoce el camino del Lugar de Verdad.

Orgulloso, sombrío, el cuadrúpedo miró a Paneb.

—Es mi regalo por tu ascenso —dijo el maestro de obras—. *Viento del Norte* pertenece a un linaje de asnos ilustres, de gran robustez e inteligencia. Su carácter no es mucho mejor que el tuyo, pero espero que hagáis buenas migas.

—Es magnífico...

—Un padre de familia debe pensar en poseer algunos bienes, sobre todo cuando su esposa espera un segundo hijo.

—¿Te lo ha dicho Uabet?

—Clara la vigilará de cerca y el embarazo irá bien. *Viento del Norte* acudirá a mis dominios y te traerá los productos que necesites, además de las raciones entregadas por el Estado. Bastará con que le expliques bien lo que quieres que haga.

Viento del Norte olisqueó las manos del coloso con el hocico durante largo rato y, luego, empezó a rebuznar tan fuerte que muchos aldeanos corrieron para ver lo que pasaba.

—¿Crees que me acepta como dueño?

—Acaríciale la cabeza.

Muy satisfecho por esa prueba de afecto, *Viento del Norte* se frotó vigorosamente contra su nuevo dueño.

Tras una larga espera, el general Méhy fue por fin autorizado a entrar en la gran sala de audiencias del palacio de Karnak, donde el rey Amenmés, sentado en el trono de madera dorada, contemplaba las columnas con la mirada perdida.

Desde hacía más de dos meses no había convocado consejo alguno. Su visir, un alto funcionario tranquilo, resolvía los asuntos corrientes y recogía las quejas de los dignatarios, a quienes irritaba tanto como angustiaba la actitud del monarca.

Al inclinarse, Méhy advirtió que Amenmés había adelgazado bastante y que el cansancio se reflejaba en su rostro. Ya no quedaba nada del joven conquistador que disfrutaba cabalgando por el desierto y soñaba con convertirse en un gran faraón.

—Sed breve, general; no puedo concederos mucho tiempo.

—Tengo el deber de comunicaros mis inquietudes, majestad.

—La guerra y la sangre... ¡Sólo pensáis en eso, general, y os equivocáis! La guerra no conduce a ninguna parte. Mi padre no ha atacado el Sur, y yo no atacaré el Norte, aunque mi decisión disguste a algunos militares ávidos de violencia.

—Mi único objetivo es garantizar vuestra seguridad.

—¡Dejad de hablarme como si fuera tonto, Méhy! Al aislarme en este palacio, no he perdido ni un solo segundo, muy al contrario. Por fin he conseguido salir del torbellino donde estaba sumido desde hacía varios años, y ahora veo las cosas desde otra perspectiva. A mi alrededor hay buitres que sólo piensan en despojarme para gozar de una porción de poder, ¡y vos sois uno de ellos, general!

—No, majestad, y no merezco tan dura acusación. Soy un soldado y un administrador, y mi trabajo no consiste en tomar las decisiones propias de un faraón. Que me ordenéis poner las tropas tebaicas al servicio de la paz me satisface sobremanera, pero debo advertiros que los soldados están angustiados porque su paga se ha retrasado varios días. Hacía mucho tiempo que no ocurría esto, y los hombres temen que en adelante ya no se les pague.

Amenmés se tranquilizó.

—¿Por qué no se les ha pagado, general?

—He dirigido una queja al visir, y él me ha explicado que la economía de guerra cuesta muy cara y que el equilibrio de las finanzas tebaicas está amenazado. Si deseáis evitar una grave crisis, sería conveniente devolver a los campos a la mayoría de los campesinos movilizados.

—¿Vos estáis de acuerdo con esta medida?

—Nuestra capacidad defensiva se vería considerablemente disminuida. En caso de ataque de los ejércitos del Norte, no estoy seguro de que pudiéramos aguantar el choque con efectivos reducidos.

Amenmés se levantó y se apoyó en una columna, como si el contacto con la piedra le devolviera cierta energía.

—Tal vez mi padre esté tomándose su tiempo para preparar una gran ofensiva... Si sabe que nuestro sistema de defensa flaquea, no dudará ni un solo instante en atacar.

—¿Por qué no requisamos las riquezas de los ciudadanos, majestad?

El rey quedó intrigado.

—Explicaos, general.

—Tal vez sólo sea una leyenda, pero se dice que el maestro de obras del Lugar de Verdad es capaz de fabricar oro. Nos sería muy útil para resolver los actuales problemas.

Amenmés cerró los ojos por unos instantes.

—¿Os encargaréis personalmente de esa gestión, general?

—De pleno derecho, le corresponde al visir, majestad.

51

—¡Jefe, se acercan un centenar de soldados! —alertó el vigía.

—Todo el mundo a su puesto —ordenó Sobek.

Con impresionante rapidez, los policías nubios ejecutaron la maniobra, mientras su jefe salía del quinto fortín para ir al encuentro de la tropa.

Ésta se detuvo a unos diez metros del atleta negro. Del carro que iba en cabeza bajó un joven oficial, que saludó a Sobek:

—Yo dirijo la escolta del visir.

—Os está prohibido el acceso al Lugar de Verdad.

—A mí sí, pero no al visir enviado por el faraón.

El oficial mostró al jefe Sobek el papiro en el que Amenmés había puesto su sello.

—Aguardad aquí... Debo consultar con el escriba de la Tumba.

—El visir no tiene mucha paciencia.

—Mis hombres son muy nerviosos —repuso Sobek—; si dáis un paso más, dispararán.

Kenhir no se había terminado el desayuno que le había preparado Niut la Vigorosa, y se entregaba a la ensoñación antes de redactar el Diario de la Tumba. Desde que se habían casado, ella lo obligaba a comer cereales tostados, higos dulces y pasteles rellenos de dátiles.

Gracias a este régimen, que se completaba con otras comidas energéticas, el viejo escriba estaba viviendo una segunda juventud. Sin embargo, debía luchar diariamente con ella para tomar una cantidad razonable de cerveza ligera y una copa de vino, como mínimo, una vez cada tres días, pues Niut no toleraba la embriaguez.

—Tenemos un serio problema —le anunció Sobek—: el visir exige que se abran las puertas.

—¿Qué viene ése a hacer aquí? Hasta hoy, era menos que un fantasma —replicó Kenhir.

—Va acompañado por un centenar de solados y parece tener prisa. ¿Puedo despedirlo?

—Por desgracia no, pues lo ha enviado el rey.

Sin precipitarse y con la ayuda de su bastón, Kenhir caminó hasta el quinto fortín. El visir, que era tan anciano como él, estaba al abrigo de un gran parasol, que sujetaba un soldado.

—¿Sois el escriba de la Tumba?

—¿Por qué no he sido advertido de vuestra llegada?

—Ha surgido un imprevisto; es un caso de urgencia.

—¿Qué queréis?

—Debo entrevistarme con el maestro de obras.

—Está a punto de partir hacia el Valle de los Reyes, para trabajar en la morada de eternidad del faraón. Volved dentro de ocho días.

—Amenmés quiere una respuesta inmediata. Si oponéis la menor resistencia, ordenaré a la tropa que fuerce el paso y capture al maestro de obras.

Afirmar que Seti II era el único monarca legítimo y que el documento firmado por Amenmés no tenía valor alguno provocaría un sangriento enfrentamiento; por ello, Kenhir intentó ganar tiempo.

—¿Qué esperáis del maestro de obras?

—Mi misión es estrictamente confidencial.

—Soy el escriba de la Tumba y el representante del Estado en esta aldea. Debo estar informado de todo lo que ocurre aquí.

—Sólo hablaré con el maestro de obras.

Kenhir sintió que no conseguiría su objetivo.

—Estáis autorizado a entrar, pero no permitiré que os acompañe ningún soldado.

—De acuerdo.

Los dos hombres se dirigieron hacia la gran puerta de la aldea.

El guardián se levantó, inquieto al ver a un extraño junto al escriba de la Tumba.

—Puedes abrir —le dijo Kenhir.

Al penetrar en el interior de la aldea prohibida, el visir sintió una curiosa excitación. ¿Qué entrañaba aquel mundo secreto donde se elaboraba la eternidad de los faraones?

Un coloso armado con un pico se irguió ante él, mientras un

perro negro le mostraba sus colmillos y una gran oca amenazaba con pellizcarle las pantorrillas.

—Esperad aquí —le recomendó Kenhir—; avisaré al maestro de obras.

Niut la Vigorosa había advertido a los aldeanos de la llegada de un intruso, por lo que todos habían regresado a sus casas y cerrado sus puertas.

El Lugar de Verdad, completamente en silencio, parecía abandonado.

El visir no se atrevía a moverse.

—¿Quién eres? —preguntó a Paneb.

—No nos gustan los charlatanes; tampoco nos gustan las preguntas inútiles.

El visir no insistió y esperó a que regresara el escriba de la Tumba.

—Seguidme —dijo Kenhir.

Paneb, el perro y la oca escoltaron al enviado de Amenmés hasta el pequeño palacio de Ramsés el Grande, cuya puerta, que daba a un pasaje enlosado, estaba abierta.

—Entrad solo.

El visir descubrió una sala cuyas pinturas representaban al rey haciendo ofrendas a Hator, en medio de una decoración compuesta por parras y racimos de uva. Luego penetró en una estancia abovedada, donde Nefer el Silencioso estaba sentado con las piernas cruzadas.

—¿Sois... sois el maestro de obras de la cofradía?

—¿Os envía el rey?

—En efecto; mi misión tiene un carácter oficial. Hablo en nombre de Amenmés, y os recuerdo que le debéis obediencia.

—No he olvidado que el faraón es el dueño supremo de la cofradía y que es, pues, el primero que se adecua a la ley de Maat, cuyos garantes son él y su visir.

—Es cierto... ¿Es verdad que poseéis gran cantidad de oro?

—Ese oro está destinado a los edificios sagrados.

—¿Pero existe una Morada del Oro en la que lo fabricáis?

—¿Acaso prestáis oídos a las leyendas?

—El faraón Amenmés reclama las riquezas que le pertenecen.

—Aun suponiendo que ese oro exista, es imposible sacarlo del Lugar de Verdad.

—Os lo repito: ese oro pertenece al rey.

—Que venga a contemplarlo aquí, en el secreto de la obra que se consuma —dijo Nefer.

—¡Vuestras palabras son inaceptables! Sacad el precioso metal de vuestras arcas y llevadlo al quinto fortín.

—No contéis con ello.

—¡Os recuerdo que soy el visir y que os transmito una orden del rey!

—Se trata de una decisión aberrante que ignora la naturaleza y los deberes del Lugar de Verdad.

—¿Sois consciente del alcance de vuestras palabras?

—Los tesoros de la cofradía no están destinados al exterior, donde serían dilapidados. Si vos, que sois el visir, no lo comprendéis, provocaréis una catástrofe.

—Por el bien del Estado, olvidaré lo que acabo de oír, pero sabed que mi paciencia se ha agotado. Obedeced inmediatamente o...

—¿O...?

Impresionado por la serenidad que emanaba del Silencioso, el visir pensó detenidamente lo que debía decir a continuación.

—Recomendaré al rey que tome severas sanciones contra vos. Semejante insubordinación no puede tolerarse.

—Lo que así calificáis es sólo el respeto por la regla de la cofradía establecida por el propio faraón en su creación. Y me corresponde hacerla respetar.

—¡Arriesgáis vuestra cabeza!

—Mejor morir que traicionar la palabra dada.

—¿Es ésta vuestra decisión?

—Regresad junto a vuestro rey e intentad convencerlo de su error.

—Sois vos el que está cometiendo un grave error, maestro de obras.

El visir salió de palacio y se topó de nuevo con Paneb, flanqueado por la oca y el perro.

—Sobre todo, no le hagáis daño a la cofradía, o lo pagaréis muy caro —le advirtió el coloso.

—¿Os atrevéis a amenazarme?

—Con todos los respetos, no me inspiráis la menor confianza, y estoy convencido de que no tenéis ni idea del espíritu que anima esta aldea. Sabed, simplemente, que es un lugar sagrado, y no atentéis contra su existencia.

El visir, exasperado, hizo un detallado informe al rey Amenmés, insistiendo en la insubordinación del maestro de obras, la insolencia de un joven coloso y la falta de cooperación del escriba de la Tumba.

—Dado el escandaloso comportamiento de Nefer el Silencioso y las injurias proferidas contra vos, majestad, preconizo su inmediato arresto y su comparecencia ante mi tribunal.

—¿Estás seguro de que en el Lugar de Verdad hay oro?

—Completamente, majestad; el maestro de obras lo ha reconocido, pero se niega a entregároslo.

El general Méhy, que había sido convocado a aquel consejo restringido, se deleitaba con las palabras del visir. Nefer el Silencioso había reaccionado como él esperaba y se había condenado así. Al verse privada de su jefe, la cofradía quedaría completamente desamparada y se convertiría en una presa fácil.

—¿Cuál es vuestra opinión, general?

—Sin poner en duda las declaraciones del visir, me sorprende la actitud del maestro de obras; cuando lo conocí, me pareció un hombre responsable y justo, y os recuerdo que soy el protector oficial del Lugar de Verdad, cuya causa deseo defender.

—¿No es un poco tarde?

—Creo en las virtudes de la negociación, majestad, y estoy convencido de que podríamos hacer entrar en razón a Nefer el Silencioso.

—No lo conocéis —intervino el visir—. Es un hombre tozudo que se niega a reconocer la autoridad de nuestro soberano.

—Esa actitud no es propia de él.

—Acudid a la aldea, general, y traedme a Nefer el Silencioso —ordenó Amenmés.

52

Kenhir estaba durmiendo la siesta junto a la tumba de Amenmés, en la que trabajaban el maestro de obras y el equipo de la derecha, cuando Penbu, el policía nubio encargado de custodiar el depósito de material del Valle de los Reyes, le palmeó el hombro.

—Siento despertaros, pero el general Méhy está en la puerta del Valle y desea veros urgentemente.

El viejo escriba se levantó penosamente y caminó poco a poco bajo el sol de mediodía.

El general había ido solo; su soberbio caballo negro parecía agotado por el esfuerzo que había realizado.

—¿Está aquí el maestro de obras? —preguntó a Kenhir con voz inquieta.

—No tengo por qué responderos a eso.

—El rey Amenmés me ha dado órdenes de detenerlo y llevarlo a palacio.

—No podéis entrar en el Valle de los Reyes ni en la aldea de los artesanos.

—Estoy profundamente consternado, Kenhir, porque yo soy el encargado de protegeros y siento una gran admiración por Nefer el Silencioso. El visir que ha elegido Amenmés es un hombre intrigante, que aconseja mal al monarca, pero yo no estoy capacitado para hacer nada.

—¿De qué se acusa al maestro de obras?

—De insubordinación e injuria a la persona real.

Kenhir se estremeció.

—¿El visir ha decidido hacerlo comparecer ante su tribunal?

—Por desgracia, sí.

—¡Nefer podría ser condenado a la pena capital!

El silencio de Méhy fue muy significativo.

—Me niego a entregaros al maestro de obras.

—Si yo estuviera en vuestro lugar, Kenhir, reaccionaría del mismo modo, pero es inútil que ofrezcáis resistencia, pues Amenmés ordenará la intervención del ejército.

—¿Cómo podría un faraón violar así la ley de Maat?

—Amenmés sólo reina sobre Tebas... e intenta consolidar su autoridad a toda costa. Poniendo como ejemplo a Nefer el Silencioso, cree que se impondrá a los dignatarios que critican su modo de ejercer el poder. Mañana, me obligarán a forzar las puertas de la aldea con un cuerpo del ejército.

—Como representante del Estado, considero ilegal esta intervención y escribiré al visir para pedirle que la impida.

—Ni siquiera os responderá —deploró el general—. La única opción que me queda es la dimisión, pero el rey nombraría en mi lugar a un bruto militar, dispuesto a todo para complacerlo.

Kenhir pareció abatido.

—Tengo que hablar con Nefer.

—Debemos resistir —estimó Kenhir—. Si te marchas con el general Méhy, no regresarás nunca.

—Sobre todo, debemos pensar en el bienestar de la aldea —repuso Nefer—; si Amenmés ha perdido el juicio, ¿qué será capaz de hacer?

—Eres el maestro de obras del Lugar de Verdad. ¿Qué será de él, sin ti?

—La mujer sabia, el jefe del equipo de la izquierda y tú mismo designaréis a otro, que será reconocido como tal por el conjunto de la cofradía.

—¿Eres consciente de que las acusaciones del visir pueden condenarte a muerte?

—Hay que preservar el Lugar de Verdad.

—¿Crees que Amenmés respetará a tu sucesor?

—Tras haber cometido semejante injusticia, su nombre quedará mancillado para siempre, y no vacilará en comportarse como un tirano.

—Te acompaño, Nefer.

—No, Kenhir. La cofradía os necesita.

—Redactaré un informe sobre este asunto y lo haré llegar a todos los dignatarios tebaicos y también a Seti II. Si Amenmés está lo bastante loco como para emprenderla con el maestro de obras del Lugar de Verdad, no saldrá bien parado de esto.

—Pedidle a Clara que me ayude y decidle que no dejaré de pensar en ella.

El maestro de obras y el escriba de la Tumba se dieron un fuerte abrazo.

Cuando Nefer estaba abandonando del paraje, Paneb salió de la tumba de Amenmés.

—Presiento que algo no va bien —dijo el coloso.

—Kenhir te lo explicará —respondió el Silencioso.

—Mis hombres me están esperando algo más lejos, con unos carros —le indicó el general Méhy a Nefer—. Supongo que el escriba de la Tumba no os ha ocultado la gravedad de la situación.

—Arresto, tribunal del visir y condena a muerte... Eso es lo que me espera, ¿no es así?

Méhy parecía desolado:

—Hubiera preferido volveros a ver en otras circunstancias, pero nadie puede oponerse a la voluntad de Amenmés. Sólo tiene oídos para su visir y éste quiere deshacerse de vos.

—¿Por qué razón?

—Lo ignoro, pero es un alto funcionario rencoroso que no soporta vuestra independencia y no percibe la importancia de vuestra tarea.

El general llevaba su caballo por la brida y ambos hombres seguían la pista que discurría entre pedregosas colinas.

—Cuando hayáis cruzado la puerta de palacio, vuestro destino estará sellado, Nefer; no es una solución muy honrosa, pero podríais huir. Mis soldados no pueden vernos desde donde están.

El general volvió la espalda al maestro de obras.

Si éste cedía a la tentación, Méhy desenvainaría su daga y la clavaría en la espalda de Nefer. ¿Quién iba a reprocharle haber acabado con un criminal que intentaba huir?

—Prefiero seguiros, general. Si desapareciese, el rey desataría su cólera sobre la aldea.

Méhy no se sintió decepcionado, pues sabía que el maestro de obras no era un cobarde.

—Admiro vuestro valor, Nefer; pase lo que pase, prometo ocuparme de la aldea lo mejor que pueda. Y si soy llamado a declarar en vuestro proceso, hablaré en vuestro favor.

Nefer el Silencioso entró sin esposas en el palacio real de Tebas, pues el general se había negado a ponérselas.

La tranquilidad del maestro de obras sorprendía a Méhy; aunque al jefe de la cofradía no le quedara la menor esperanza, no manifestaba temor alguno y se comportaba como un visitante feliz de ser recibido por el rey.

El visir acogió a Nefer en la entrada de la sala de audiencias.

—Vuestra actitud es intolerable, pero os concedo una última oportunidad: ¿aceptáis responder favorablemente a las exigencias que formulé en nombre del rey?

—No he cambiado de opinión.

—¡Merecéis vuestra suerte, Nefer! La justicia será implacable.

—¿Estáis seguro de utilizar adecuadamente ese término?

El visir, irritado, condujo al maestro de obras hasta Amenmés que, sentado en el borde de una ancha ventana de piedra, contemplaba la ciudad santa de Karnak.

—Aquí tenéis al prisionero, majestad.

—Déjanos solos.

—Debo recordaros las acusaciones, majestad, y...

—Déjanos, visir.

El alto funcionario salió a regañadientes.

—Mis predecesores hicieron de Karnak una admirable ciudad sagrada, donde las divinidades se complacen residiendo —recordó el rey—. Como ellos, me gustaría embellecerla, construir nuevos templos, erigir obeliscos, cubrir de plata los suelos y de oro las puertas monumentales. Pero antes de emprender semejantes obras, debo consolidar mi poder ganándome la obediencia de todos mis súbditos. ¿Lo comprendéis, Nefer?

El Silencioso asintió con la cabeza.

—Sólo estoy rodeado de cobardes e hipócritas... Méhy es el único que se atreve a decirme la verdad. Tebas comienza a protestar, los militares están muy impacientes, su soldada se pagará con retraso y no tardarán en multiplicarse las deserciones. Para salvar mi trono, necesito convencer a los indecisos, tranquilizar a los miedosos y probar que soy capaz de aumentar las riquezas de la ciudad de Amón, el dios de las victorias. ¿Comprendéis esto también?

—Es vuestra labor de rey.

—El Lugar de Verdad posee gran cantidad de oro, ¿no es así?

—El necesario para que nuestro orfebre trabaje como es debido. Ese oro nos lo proporciona el palacio, y el escriba de la Tumba anota las cantidades que nos son entregadas.

Amenmés se volvió hacia el maestro de obras.

—¡Pero vos, Nefer, sabéis fabricar oro!

El jefe de la cofradía permaneció en silencio.

—¿Acaso no soy el señor del Lugar de Verdad? ¡Necesito conocer ese secreto!

—El oro que podríamos fabricar no tendría valor alguno en el exterior del recinto.

—Sois mi maestro de obras y debéis obedecerme, Nefer.

—No cuando la orden es contraria a la ley de Maat, que rige la aldea. Vos sois su primer servidor y, gracias a vos, el débil está protegido del fuerte.

—¡Basta de discursos! Exijo que utilicéis vuestros poderes y que me deis las riquezas que necesito.

—La Morada del Oro está situada en el interior del Lugar de Verdad, majestad, y la obra que allí se realiza no es de este mundo.

—¡Tened cuidado, maestro de obras! Estáis agotando mi paciencia. Si persistís en vuestra actitud, os pondré en manos del visir.

—Sabéis muy bien que no se me puede acusar de nada serio.

—¡Sois un rebelde que se niega a obedecer a su rey!

—En absoluto; le soy fiel y puedo demostrarlo.

—¿Demostrarlo? —replicó Amenmés, extrañado—. ¿De qué modo?

—Consultando el oráculo del Lugar de Verdad.

53

Nefer había sido encerrado en una sala vigilada de palacio, mientras Amenmés les explicaba la situación al general Méhy y al visir, y éstos escuchaban, disgustados.

—En efecto, el maestro de obras está en su derecho, majestad.

—¿Y en qué consiste ese oráculo?

—En hacer una o varias preguntas al fundador del Lugar de Verdad, Amenhotep I. Los artesanos traerán su estatua, y ella responderá.

—¡Eso tiene truco! —protestó Amenmés, indignado—. Es preciso negarle el procedimiento.

—Imposible —afirmó el visir—. Estaríais ofendiendo gravemente a vuestros antepasados y os desprestigiaríais definitivamente ante la población tebaica.

—Por eso Nefer estaba tan seguro de sí mismo... Con el apoyo de un rey difunto, de inmenso prestigio, está seguro de triunfar. ¿Al menos, podemos elegir las preguntas?

—Sí; las preguntas debe hacerlas la acusación.

—Sólo habrá una: ¿Nefer el Silencioso es fiel al faraón, el señor supremo del Lugar de Verdad?

—Pero ¿de qué va a servirnos? Los artesanos moverán la estatua hacia adelante para hacerle responder que sí.

—Tengo una idea —anunció el general Méhy, sonriendo astutamente.

—Jefe, es el visir con su piel de pantera sobre la túnica blanca y doce sacerdotes con la cabeza afeitada.

—¿Y ningún soldado? —preguntó Sobek.

—Ninguno... ¡Ah, también viene el maestro de obras!

—¿Libre?

—Marcha en medio del cortejo.

Sobek salió del quinto fortín. Desdeñando al visir, el atleta negro apartó a dos sacerdotes para abrirle paso al maestro de obras.

—Bien venido —dijo, visiblemente emocionado—. Espero que nadie intente poneros trabas.

—Nefer el Silencioso sigue estando inculpado —advirtió el visir—. Estamos aquí para que el oráculo confirme su culpabilidad.

El cortejo se detuvo ante la gran puerta. Clara salió de la aldea, y Nefer y ella se abrazaron largo rato.

—Las sacerdotisas de Hator no han dejado de protegerte —murmuró ella.

—Haced que traigan las estatuas de Amenhotep I y de su madre, Ahmes Nofertari —ordenó el visir—. Deseo interrogar de inmediato al venerado protector del Lugar de Verdad.

Seis miembros del equipo de la derecha y seis del equipo de la izquierda sacaron las estatuas de la pareja real, instaladas en una barca de madera sostenida por dos largas traviesas de cedro del Líbano. Toda la aldea se había agrupado a su alrededor, esperando la sentencia pronunciada por el alma real.

—Que el acusador haga su pregunta —dijo la mujer sabia al visir.

—No antes de haber cambiado los portadores.

Paneb el Ardiente intervino de inmediato.

—¡Sólo los artesanos del Lugar de Verdad están autorizados a llevar esa barca!

—Los sacerdotes de Amón los sustituirán, con el fin de asegurar la objetividad de la consulta. De ese modo, nadie discutirá la respuesta.

—¡Eso va en contra de la tradición! —clamó el coloso.

—Que el visir actúe como quiera —decretó la mujer sabia.

Los artesanos depositaron la barca, que seguidamente fue levantada por los sacerdotes de Amón, unos interinos que sólo pasaban algunos días al año en el templo y a los que el visir había prometido una fuerte recompensa si daban la respuesta adecuada.

El alto funcionario miró a Amenhotep I, cuya estatua de calcáreo, sentada en un trono coloreado, tenía unos ojos de extraordinaria intensidad.

—Venerable ancestro, nos hemos reunido aquí para conocer la verdad. Nefer el Silencioso, el jefe de tu cofradía, ha sido acusado de rebelión contra el rey Amenmés. Si es reconocido culpable, sufrirá el supremo castigo.

Para asistir al juicio, los artesanos habían abandonado el trabajo y todos se extrañaban de que la mujer sabia hubiera cedido a las exigencias del visir. Paneb, furioso, rechazaría la trampa de los sacerdotes de Amón e impondría por la fuerza, si era necesario, una nueva consulta del oráculo.

—Venerable ancestro —prosiguió el alto funcionario—, responde a esta pregunta: ¿Nefer el Silencioso, el maestro de obras del Lugar de Verdad, es fiel al faraón?

Durante un buen rato, la barca permaneció inmóvil. Los portadores, sin embargo, intentaban retroceder para hacer que la estatua respondiera negativamente; pero una fuerza misteriosa los obligaba a avanzar.

—El oráculo es claro —advirtió Paneb con voz tonante—: ¡nuestro maestro de obras ha sido fiel al faraón, y no hay nada que se le pueda reprochar!

—¡Gloria a Amenhotep I! —exclamó Nakht el Poderoso, cuya aclamación fue coreada por los demás aldeanos.

El visir, atónito, pensaba en las consecuencias de su fracaso; y la irónica mirada de Paneb incrementaba aún más su angustia.

Cuando los ánimos se calmaron, el visir intentó una última gestión.

—La cuestión es tan grave que también requiere la opinión de la reina Ahmes-Nefertari; ¡si aprueba la actitud del maestro de obras, que se manifieste!

Paneb estaba dispuesto a expulsar al mediocre personaje de la aldea, pero el rostro de la estatua, que estaba pintado de negro, se animó con una amplia sonrisa que dejó petrificado al enviado de Amenmés.

El visir no había podido impedir que Kenhir lo acompañara hasta el palacio real, donde el rey Amenmés lo recibió de inmediato.

—¿Por qué no habéis traído a Nefer el Silencioso?

—El oráculo ha respondido en su favor, majestad, pero...

—No sólo el venerado Amenhotep I ha reconocido la rectitud del maestro de obras —advirtió el escriba de la Tumba—, también su madre ha confirmado la sentencia con una excepcional intervención.

Amenmés tenía muy mala cara, como si estuviera aquejado de algún malestar.

—Hay que detener al tal Nefer —insistió el visir—. ¡No podéis tolerar semejante insumisión!

—Tengo otra propuesta —declaró Kenhir, con las manos apoyadas en su bastón.

El visir se sintió alentado por una insólita esperanza: ¿y si el viejo escriba le proporcionaba argumentos para poner fin a la carrera de aquel maestro de obras a quien él no había sabido abatir? A cambio de aquella pequeña traición, obtendría un puesto honorífico y generosamente pagado.

—En el procedimiento que se ha aplicado —prosiguió Kenhir—, el visir ha cometido dos irregularidades inadmisibles.

¡Pero qué estáis diciendo! —protestó éste.

—En primer lugar, habéis traído sacerdotes de Amón, ajenos al Lugar de Verdad, para llevar la barca del oráculo, cuando sólo los artesanos están habilitados para realizar dicha función. Luego, os negáis a admitir la sagrada sentencia que se ha pronunciado para perseguir con vuestra venganza a un inocente. Este comportamiento es indigno de un visir encargado de aplicar, en cualquier circunstancia, la ley de Maat. Por ello, solicito al rey vuestra inmediata destitución. Si se me niega, presentaré una queja ante el tribunal de Amón. Cuanto más elevada es la función que uno realiza, más impecable debe ser; así se ha construido Egipto, y así sobrevivirá.

El visir se volvió hacia el rey.

¡Majestad, no escuchéis a este viejo escriba!

—Por tu culpa, he cometido una grave falta. Sal de este palacio y no vuelvas nunca más —declaró Amenmés.

Al regresar de la cacería, el general Méhy seguía estando muy nervioso. Ciertamente, llevaba numerosas presas que había cazado con la ayuda de una lanza, pero aquel derroche de energía no había calmado sus inquietudes. Serketa descansaba en la ribera, a la sombra de una gran sombrilla instalada por sus siervas, que habían superpuesto varias esteras cubiertas de tela para que su dueña dispusiera de la mayor comodidad.

—Este zumo de uva no está bastante fresco —les reprochó—; id inmediatamente a buscarme otro.

Méhy se sentó junto a su esposa.

—Eres magnífico, querido, pero pareces tan preocupado...

—Amenmés acaba de despedir a su visir, un viejo imbécil que se ha dejado poner en ridículo por el maestro de obras y el escriba de la Tumba. Y, sin embargo, yo le había dicho cómo utilizar el oráculo en su favor; pero no ha sabido hacerlo.

—¿Por quién lo ha sustituido el rey?

—Por otro inútil que no me aprecia demasiado.

—Si se mete contigo, durará menos aún que su predecesor —predijo Serketa con voz dulzona.

Con el pie desnudo, Serketa acarició el muslo del general.

—El canciller Bay no conseguirá convencer a Seti de que ataque Tebas —prosiguió Méhy—, y Amenmés no lanzará ofensiva alguna contra el Norte. Tanto el uno como el otro sólo hablan de paz, y estoy casi seguro de que el hijo no tardará en jurar fidelidad a su padre.

—¿Tan grave es la situación?

—¡Es catastrófica! No faltarán malas lenguas que me acusen de haber jugado sucio. Esta reconciliación arruinará nuestros esfuerzos.

—¿Ya no tienes influencia sobre este reyezuelo caprichoso?

—Amenmés ha cambiado mucho. El fracaso de su visir lo ha hecho volverse tan desconfiado que se encierra cada día más en su soledad. Tenemos que rendirnos ante la evidencia: el hijo de Seti se ha vuelto imprevisible. Tal vez incluso haya decidido destituirme de mis funciones y nombrar un nuevo comandante en jefe de las tropas tebaicas. Sin duda, lo he disgustado al fingir que tomaba la defensa del Lugar de Verdad. De cualquier modo, ya no puedo considerarlo un aliado.

Serketa se tendió sobre el vientre del general.

—Te lo repito, dulce amor mío, nadie te hará daño.

—¡Te prohíbo que actúes a mis espaldas!

—Si Amenmés es lo bastante estúpido para atacarte, tendré que intervenir. Si elimino a ese aguafiestas, serás el dueño absoluto de Tebas, y reafirmarás tu fidelidad a Seti II, que nunca ha dudado de ella. ¿Quién sino tú ha mantenido la paz impidiendo una guerra civil?

54

Nefer acariciaba los cabellos de Clara, que disfrutaba el sol de la mañana en la terraza de su casa, donde habían pasado una noche deliciosa bajo las estrellas. Día tras día se fortalecía el amor que los unía desde su primer encuentro, y tanto el uno como el otro agradecían a los dioses que les concedieran semejante felicidad.

—¿No temías la maniobra del visir y de los sacerdotes de Amón?

—No en el territorio de la aldea y bajo la protección de nuestros antepasados fundadores.

Era día de descanso para el equipo de la derecha, pero el maestro de obras no se beneficiaría de él. Tenía que supervisar la instalación de un nuevo silo que había diseñado Gau el Preciso y había construido Didia el Generoso con la ayuda de Karo el Huraño y Renupe el Jovial. Más tarde, revisaría las ánforas para cereales que acababan de recibir.

—¿Estáis ahí arriba? —preguntó la poderosa voz de Paneb.

El maestro de obras se levantó para mirar hacia la calleja.

—Tenemos un extraño visitante —anunció el coloso.

—¿El nuevo visir ya?

—Mucho mejor: el rey Amenmés en persona. El jefe Sobek teme que se trate de un impostor y ha apelado al escriba de la Tumba para que lo identifique. Tal vez deberías bajar, por si realmente es él.

La animación que reinaba junto a la gran puerta de la aldea confirmaba que acababa de producirse un acontecimiento excepcional. El Silencioso se puso un taparrabos y un delantal de escultor y abandonó la terraza.

En la calle, Unesh el Chacal le interpeló.

—¡Es Amenmés!

—¿Quién le acompaña?

—Sólo el auriga del carro.

Con su bastón, Kenhir apartaba a los aldeanos para permitir que el rey avanzara por la arteria principal y llegara hasta donde se encontraba el maestro de obras.

Cuando ambos hombres estuvieron cara a cara, se hizo un pesado silencio.

—Me satisface acogeros en vuestra aldea, majestad —dijo Nefer, inclinándose.

Amenmés, extremadamente delgado y muy pálido, parecía perdido.

—Quiero seguir el camino que tomáis para dirigiros al Valle de los Reyes y ver mi morada de eternidad.

—¿Ahora mismo?

—Queda poco tiempo, maestro de obras.

Nefer solicitó a Paneb que los acompañase.

A medio camino del collado, el coloso tuvo que sostener a Amenmés, que desfallecía; traicionado por sus piernas, el joven monarca parecía sin fuerzas.

—¿Deseáis regresar a la aldea? —le preguntó Nefer.

—Continuemos.

Paneb aminoró la marcha. En la estación del collado, Amenmés se tomó un largo descanso, admirando las colinas abrasadas por el sol y sobrevoladas por halcones peregrinos.

—El pájaro de Horus, protector de la realeza —murmuró—. ¿Piensa en mí aún? En vez de elevarme hacia el cielo, me he empantanado en un barrizal. Vos, maestro de obras, habéis seguido el camino de la rectitud que lleva a la otra vida, y lamento haber advertido tan tarde la importancia de vuestro papel. Pero hoy tengo la suerte de recorrer este dominio, cuyo dueño debería haber sido.

Amenmés visitó las chozas de piedra donde residían los artesanos cuando dormían en el collado y descifró, divertido, las inscripciones grabadas por Kenhir, preocupado por preservar su comodidad tras haber elegido el mejor emplazamiento.

—Bajemos hacia el Valle —decidió.

El paso era vacilante, y Paneb vigilaba sin cesar al soberano, por miedo a que fuera víctima de una mala caída.

Pero el recorrido terminó sin incidentes, y el trío penetró en «la gran pradera», cuyo silencio estaba habitado por el recuerdo de ilustres reinados.

—Aquí hay más vida que en mi palacio —advirtió Amenmés—. Allí sólo hay intrigas y ambiciones; aquí encuentro, por fin, la paz que siempre ha huido de mí.

Amenmés quedó deslumbrado por la calidad de la escultura y la belleza de las escenas que lo representaban en compañía de las divinidades. Avanzó muy lentamente por los corredores, leyó los textos que revelaban las mutaciones de la luz y se detuvo ante la figura de su madre haciendo ofrenda al creador y a Isis.

—Debería haber venido hace ya mucho tiempo, pero temía encontrarme con mi muerte... ¡Qué error he cometido! Nada, en estos muros, habla de fallecimiento. Me habéis ofrecido mucho más que quienes dicen ser mis amigos y aliados, pese a que os he despreciado y atacado reiteradas veces.

Nefer y Paneb dejaron solo a Amenmés.

Cuando salió de su morada de eternidad, el sol comenzaba a ponerse.

—Es tarde, tan tarde... —dijo al maestro de obras—. Pero habré vivido lo suficiente para conocer las maravillas que habéis creado para mí.

Daktair era bajo, gordo y barbudo, y estaba orgulloso de ser el hijo de un matemático griego y una química persa. Se había quedado dormido en el laboratorio del que se había convertido en director gracias a Méhy. Hacía mucho tiempo que el sabio no creía ya en la posibilidad de una revolución que sacara a Egipto de sus tradiciones para proyectarlo hacia una nueva era en la que dominaran la ciencia y el progreso técnico. El general había intentado sacudir al viejo país de los faraones, pero las circunstancias no le habían permitido tener éxito.

Daktair sólo bebía agua, pero comía cada vez más y se vengaba de su aumento de peso mostrándose odioso con sus empleados. Ninguna egipcia le había querido y, de vez en cuando, tenía que contentarse con algunas libias que vendían sus encantos en una casa de cerveza de los arrabales de Tebas.

Daktair era un hombre muy inteligente, y aún se veía capaz de inventar nuevas máquinas y utilizar productos como el petróleo para renovar, de arriba abajo, la economía del país. Pero Egipto estaba enviscado en el respeto a la ley de Maat, y no conseguía comprender que el éxito material, fuera cual fuese su precio, era preferible a la rectitud.

—¿Has preparado lo que te pedí, Daktair?

El sabio, bruscamente arrancado de su siesta, dio un respingo.

—¡Serketa! Perdóname... Estaba descansando un poco.

Daktair tenía miedo de aquella mujer de pronunciadas redondeces que jugaba a hacerse la adolescente con su voz dulzona, sus miraditas y sus arrumacos.

—Tengo prisa.

—Últimamente, he estado desbordado de faena y...

—Gracias a ti, he hecho muchos progresos en la preparación de venenos —reconoció Serketa—; pero tu conocimiento de los narcóticos a base de flores de loto es insustituible, y no puedo equivocarme. Mi marido, que es también tu protector, está en peligro, y debo actuar lo antes posible.

—¡Yo no quiero saber nada de esto!

—Al contrario, un aliado como tú debe saberlo todo acerca de mis proyectos. En cuanto me hayas entregado el narcótico, dormiré a los soldados encargados de custodiar la alcoba del rey Amenmés. Luego, entraré en ella y le haré beber un veneno que he fabricado.

—¡Callad, os lo ruego!

—Probé el producto con un buey: la muerte fue instantánea. Así, nos libraremos de ese estúpido reyezuelo que piensa nombrar a un nuevo comandante en jefe de los ejércitos tebaicos. Qué idea tan estúpida... ¿Acaso no merece un severo castigo?

—¡Amenmés es un faraón!

—El único faraón legítimo es Seti II, y dejamos de serle fieles. Recuérdalo, amigo Daktair, y consígueme en seguida ese narcótico.

Amenmés había pasado la noche en el palacio de Ramsés el Grande, en el interior del Lugar de Verdad. Como los habitantes de la aldea, había rendido homenaje a los antepasados antes de desayunar en compañía del maestro de obras y la mujer sabia.

Los rasgos del monarca estaban menos marcados, y había recuperado un poco el apetito.

—¿Qué necesitáis, maestro de obras?

—Nada, majestad.

—¿No deseáis ampliar la aldea?

—¡De ningún modo! La cofradía funciona a la perfección, como un barco, con la tripulación de babor y la de estribor, y cada cual tiende a la excelencia en su especialidad, al tiempo que se integra en la obra comunitaria. Traer más artesanos sería inútil, perjudicial incluso, pues lo que es realmente importante es la coherencia de la cofradía. Son necesarios muchos años para formar a un verdadero servidor del Lugar de Verdad que pueda ejercer su arte sin desfallecer y transmitir lo que ha aprendido y ha experimentado.

—Mi visir me mintió sobre vosotros, sólo el general Méhy os defendió. Desconfiad, Nefer; vuestra posición y los secretos que detentáis provocan celos terribles.

—Mientras el faraón vele por el Lugar de Verdad, no tenemos nada que temer.

—Haré que la aldea sea intocable —prometió Amenmés.

—¿No deberíais preocuparos más por vuestra salud? —sugirió Clara.

—Acabo de firmar un decreto nombrando médico en jefe de palacio a un tal Daktair, cuya competencia me han elogiado... ¿Pero la mujer sabia aceptaría cuidarme como a los demás miembros de la cofradía?

—Estoy a vuestra disposición, majestad.

—He perdido la energía de la juventud preparando un combate absurdo que ni siquiera ha tenido lugar... Tras haber visto mi morada de eternidad y participado, por poco que sea, en la vida de esta aldea, quiero poner fin a la anarquía de la que soy responsable. Mañana mismo iniciaré negociaciones con mi padre, el faraón legítimo, y le rogaré que me perdone. El único favor que deseo obtener es descansar en el Valle de los Reyes. Cuando la armonía se haya restablecido, volveré a veros, Clara, para que me devolváis la salud.

55

—¡Es demasiado arriesgado, Serketa! Tu plan no tiene posibilidades —consideró el general Méhy.

—Sabes muy bien que sí, amor mío; bastará con sustituir algunos guardias de palacio por tus hombres. En cuanto a los demás, una sierva les llevará alimentos con narcóticos. En cuanto se hayan dormido, entraré en la habitación de Amenmés y le haré beber una delicia que habré fabricado. Una delicia mortal... No sufrirá en absoluto, y partirá hacia un mundo mejor.

—¡Corres el riesgo de que te capturen!

—No es mi estilo —susurró—. ¿Me dejas que lo intente?

—No, Serketa.

El intendente se atrevió a molestar a la pareja, instalada en una pérgola:

—Vuestro ayudante de campo desea veros, general; dice que es muy urgente.

El oficial estaba muy emocionado.

—¡Alarmantes noticias procedentes de palacio, general! Según rumores que me parecen fundados, Amenmés se habría decidido a reconocer a Seti como único dueño de las Dos Tierras. Para demostrar bien su voluntad, desmantelaría las tropas tebaicas y nombraría, en vuestro lugar, a un administrador encargado de disolverlas. Añadiré que el nuevo visir, un escriba de los graneros, os es hostil. En el proceso de paz, vos serviríais de chivo expiatorio. Además, nuestros hombres están muy preocupados por su porvenir.

—Que se tranquilicen, defenderé su causa ante el rey.

Cuando el ayudante de campo se alejó, Serketa se abrazó a las rodillas del general.

—¿Me dejas que lo haga, dulce amor mío?

La mirada de ratón de Imuni, el ayudante del escriba de la Tumba, se hizo más acerada aún que de costumbre.

—Treinta y seis, treinta y siete... ¡En efecto, falta una jarra de cerveza!

—Vuelve a contarlas —ordenó Kenhir.

—¡Ya lo he hecho! Esta mañana nos han entregado treinta y ocho jarras de cerveza, y sólo he guardado treinta y siete en el almacén. Conclusión: ¡alguien ha robado una!

—No te pongas así, Imuni; un buen escriba debe saber mantener la cabeza fría.

—¡Hay que identificar al culpable!

—¿Tienes alguna sospecha?

—Ya he hecho una investigación. Esta mañana, durante la descarga, sólo había tres artesanos del equipo de la derecha: Pai el Pedazo de Pan, Didia el Generoso y Paneb el Ardiente.

—Y, naturalmente, acusas a Paneb.

—Según el testimonio de dos amas de casa, es el último que ha sido visto en el lugar del delito. Su fuerza física le permite llevar más jarras que los otros dos, y seguramente no ha vacilado en hacer desaparecer una.

—¿Tienes alguna prueba?

—Los indicios concuerdan y estáis obligado a avisar al maestro de obras.

Imuni no se equivocaba, pero su voz de falsete le ponía a Kenhir los pelos de punta.

—Lo avisaré.

—Y como acusador, asistiré a la entrevista —insistió Imuni.

—Vamos —masculló Kenhir.

Nefer estaba trabajando en el taller de los escultores, donde terminaba una estatua sentada de Amenmés, cuyo rostro sereno era el de un joven rey de floreciente vigor.

Imuni abría ya la boca cuando Kenhir le puso la mano en los labios.

—¡Silencio!

Imuni, atónito, olvidó por un instante la guerra que libraba contra Paneb; su mirada siguió la mano del maestro de obras, que trazaba la sonrisa del faraón, donde lo divino y lo humano concordaban en una armonía imposible. El fino cincel danzaba sobre la piedra sin herirla y transformaba la materia de apariencia inerte en soporte de vida.

Nefer dejó la herramienta y se secó la frente con un pañuelo de lino, y entonces descubrió la presencia del escriba de la Tumba y su ayudante.

—Hay un ladrón en la cofradía —declaró Imuni.

—¿De quién se trata y cuál ha sido la falta que ha cometido?

—Paneb ha robado una jarra de cerveza. Pido que se convoque el tribunal y se registre su vivienda.

—¿Lo has interrogado tú?

—¡No, es muy violento!

—No, si yo estoy presente.

Nefer el Silencioso salió de su taller en compañía de ambos hombres, y el trío se dirigió a casa de Paneb, que blanqueaba la fachada de su casa a petición de su esposa.

—¡Impresionante delegación! —advirtió el coloso—. Apuesto a que el escriba ayudante tiene aún algún agravio que reprocharme.

—¡Y esta vez es grave! —proclamó Imuni—; ¡deberías reconocerlo de inmediato!

—Reconozco que te soporto cada vez menos y que mi pincel muy bien podría extraviarse en tu rostro.

—¿Has robado una jarra de cerveza del cargamento que nos han entregado esta mañana? —preguntó Kenhir.

Los ojos de Paneb se volvieron amenazadores.

—Apuesto a que ha sido el esmirriado de Imuni, que se ha inventado la historia.

—¡Ha desaparecido una jarra y tú estabas allí!

—Pero no estaba solo, que yo sepa; ¿y si has sido tú el que ha escondido la jarra para inculparme?

Sintiendo que el coloso iba a destripar a su ayudante, Kenhir se interpuso:

—El asunto parece serio, Paneb; ¿aceptas confrontarte con Pai y Didia?

—¡Pero antes registrad mi sótano!

—Vamos —propuso Imuni.

El Ardiente abrió la puerta de su casa.

—Entrad y comprobadlo.

—No me gusta nada tener que hacer esto —confesó el escriba de la Tumba—, y te agradezco tu cooperación.

El maestro de obras permaneció en el exterior.

—Algún día, le aplastaré la cabeza a ese piojo de Imuni —prometió Paneb.

—Resiste la tentación pues, como mínimo, serías expulsado de la cofradía.

—¿Tú crees en mi inocencia, al menos?

—¿Es necesario preguntármelo?

Imuni salió, pesaroso, de la casa de Paneb, mientras Kenhir lucía un aire satisfecho.

—Ninguna jarra sospechosa —anunció el escriba de la Tumba.

—Pero el problema subsiste —recordó con acritud su ayudante—. Confrontemos a Paneb con los otros dos sospechosos.

—De prisa —exigió el pintor—; me horroriza perder el tiempo.

Didia el Generoso se hallaba, precisamente, en casa de Pai el Pedazo de Pan, que había preparado unos riñones de acuerdo con una receta cuyo secreto se guardaba.

—Paneb ha sido acusado de haber robado una jarra de cerveza —insistió Imuni—; ¿habéis sido testigos del delito?

—No digas más tonterías —le interrumpió el alto Didia—. Yo he cogido una jarra del cargamento de esta mañana para bebérmela allí, pues tenía mucha sed. Descuéntamela del salario, si quieres.

—Pero, de todos modos...

—Vuelve a tu despacho —ordenó Kenhir a su ayudante.

Paneb se inclinó sobre el puchero, para oler el guiso que había preparado Pai.

—¿Por qué has robado la jarra? —le preguntó a Pai al oído.

—La necesitaba para la salsa de los riñones... Y mi mujer me habría reprochado el gasto.

—No vuelvas a hacerlo nunca más... Y agradéceselo a Didia.

—Entre colegas, nos echamos una mano —precisó el carpintero—; pero creo que Pai tendría que invitarnos a comer.

En la corte de Tebas reinaba la confusión. El rumor no había dejado de crecer, y todos creían saber que el rey Amenmés estaba a punto de renunciar a la Corona. Algunos se sentían aliviados, otros temían perder todos o parte de sus privilegios, y se preguntaban por la suerte que le estaría reservada al general Méhy, cuyo silencio se hacía ensordecedor.

Al anochecer, Serketa se presentó en palacio con las siervas encargadas del servicio nocturno. Vestida de un modo modesto, pasó los dos primeros controles sin dificultad; pero en el tercero un guardia se mostró más puntilloso.

—A ti no te conozco.

—Sustituyo a una lavandera que está enferma.

—Preséntate a la camarera, ella te indicará lo que debes hacer.

Serketa tomó el corredor que llevaba a la lavandería, pero cambió de itinerario para coger el pasaje que llevaba a los aposentos reales. Había memorizado, a la perfección, el plano que le había dibujado Méhy y no podía perderse.

En el bolsillo interior de su basta túnica, llevaba un puñal y una redoma con veneno. El primero le serviría para eliminar a un eventual aguafiestas; la segunda, para matar a Amenmés. El relevo de la guardia acababa de efectuarse. En menos de media hora, los narcóticos habrían dormido a la guardia personal de Amenmés, y el camino estaría libre: nadie le impediría deslizarse en la alcoba del monarca.

La esposa del general se ocultó en un pequeño cuarto donde se almacenaban vasijas; esperaría a que el silencio más absoluto reinase en palacio.

Al oír un ruido de precipitados pasos que resonó en el enlosado, Serketa supo que había hecho bien en desconfiar. Alguien la había traicionado y estaban buscándola.

Si se hubiera apresurado, habría caído en la trampa.

¿Cómo podía salir de allí sin que la vieran? Había un pequeño ventanuco que daba al jardín, pero estaba tapado por celosías de piedra. No había salida ni lugar alguno donde ocultarse.

Cuando abrieran la puerta, Serketa no tendría posibilidad de escapar. Clavaría el puñal en el vientre del primer guardia que intentara detenerla y luego intentaría deslizarse entre los demás.

Oyó voces de hombre, voces aterrorizadas.

Voces de mujeres, luego; lamentos y llantos.

Serketa, intrigada, entreabrió la puerta.

Soldados, dignatarios y sirvientes corrían por el pasillo. La mujer de Méhy agarró a uno por la muñeca y le preguntó:

—¿Qué ocurre?

—¡El rey Amenmés acaba de morir!

56

Kenhir se despertó sobresaltado, empapado en sudor, y lanzó un grito de espanto que alertó a su joven esposa. Niut la Vigorosa se levantó y llamó a la puerta de la alcoba del escriba de la Tumba.

—¿Puedo entrar?

Le respondió un acceso de tos, y la muchacha abrió.

Kenhir estaba sentado en su lecho, tomando aliento.

—Una horrible pesadilla —explicó—; he visto la llegada de un secuaz de Set, violento, pendenciero y batallador, más fuerte que cualquier atleta, con los ojos enrojecidos, tan poderoso que ni siquiera el desierto lo asustaba.

—¡Pesadillas a vuestra edad! Id a lavaros, yo cambiaré las sábanas y limpiaré la habitación de arriba abajo.

Niut ponía manos a la obra cuando una insólita agitación se apoderó de la calleja principal.

Todavía era de noche. Con una antorcha en la mano, Unesh el Chacal despertaba a la aldea.

—¡Todo el mundo en pie! ¡El rey Amenmés ha muerto!

Nefer el Silencioso consiguió tranquilizarlo.

—En cuanto ha sabido la noticia, el cartero Uputi ha querido avisarnos.

Mientras la mujer sabia tranquilizaba a los aldeanos, el maestro de obras hablaba con el jefe Sobek, que había puesto a sus policías en estado de alerta.

—Y ahora todo dependerá de la actitud del general Méhy, el único hombre fuerte de la región —estimó el nubio—. O se somete a Seti, que castigará a Tebas por haberse rebelado contra él, o toma la sucesión de Amenmés, y entonces estallará una guerra civil.

El visir, los ministros, los altos funcionarios y los dignatarios que estaban al servicio de Amenmés habían sido conducidos al gran patio del cuartel principal de Tebas, donde el general Méhy daba órdenes a los oficiales superiores.

Sin duda alguna, Méhy había decidido tomar el poder por la fuerza y nombrar militares para los puestos clave.

—El príncipe Amenmés ha muerto esta noche —recordó Méhy—. He ordenado a los especialistas que comiencen el proceso de momificación. Han salido mensajeros hacia Pi-Ramsés, para avisar con la mayor rapidez al faraón legítimo, Seti II, a quien siempre he servido fielmente.

La estupefacción apareció en los rostros de todos los presentes. Muchos pensaban que no vacilaría en seguir el ejemplo del hijo de Seti, pero ignoraban que Méhy tenía un preciso conocimiento de la relación de fuerzas entre el Norte y el Sur, y que ésta no le favorecía. En una guerra, la superioridad de su armamento no sería bastante para contrarrestar esa desventaja; sólo la astucia y el efecto sorpresa habrían podido dar la victoria a Méhy, pero ya no había que pensar en ello.

—Nosotros también somos fieles servidores de Seti —afirmó el ministro de Finanzas nombrado por Amenmés—, pero el usurpador no nos dejó otra salida. Demostraremos al faraón, sin embargo, que hemos actuado lo mejor que hemos podido para proteger Tebas.

—Sobre todo, no decretemos luto oficial —recomendó el alcalde—, pues sería una ofensa a Seti; pensándolo bien, se trata sólo del fallecimiento de un príncipe de sangre real. Olvidemos los títulos que nos concedió Amenmés y recuperemos nuestras anteriores funciones. Cuando el rey entre en Tebas, será aclamado por una ciudad leal y sumisa.

—Siempre que hayamos borrado cualquier huella de la usurpación —precisó el ex ministro de Agricultura—. ¿No se hizo excavar Amenmés una morada de eternidad en el Valle de los Reyes? ¡Imaginad lo furioso que se pondrá Seti II cuando la descubra! Puesto que el general Méhy es el administrador principal de la orilla oeste, que ordene a los artesanos del Lugar de Verdad que hagan desaparecer ese infamante monumento. De lo contrario, la cofradía será duramente sancionada y la venganza de Seti caerá también sobre nosotros.

—Según este documento firmado por el general Méhy, majestad, vuestro hijo ha muerto —anunció el canciller Bay.

—¿Cómo? —preguntó Seti.

—Según los médicos de palacio, su cuerpo era el de un anciano; flaco, cansado... El general ha ordenado que lo momifiquen y está haciendo todo lo posible para evitar disturbios en la región tebaica.

—¿No será esa carta una falsificación destinada a engañar al rey sobre la realidad de la situación en el Sur? —preguntó la reina Tausert.

—Lleva el sello del general y la letra es igual que la de sus anteriores mensajes.

—¿Y si hubiera redactado el texto bajo coacción? Amenmés no consigue imponerse por la fuerza, por lo que tal vez haya decidido utilizar las más viles artimañas.

—Creo que mi hijo ha muerto y ha pagado muy cara su insumisión —declaró Seti, consternado.

—Enviemos observadores a la región para que nos proporcionen informes fiables —dijo la reina—. Si nuestras tropas se aventurasen a la ligera, nos arriesgaríamos a sufrir graves pérdidas.

—Hay algo mucho más urgente que hacer —consideró el monarca, y acto seguido expuso su voluntad a la gran esposa real y al canciller Bay.

—Ni siquiera he tenido que envenenar a Amenmés —deploró Serketa—; ese pobre joven ha muerto solo. Treinta y tres años y tres de reinado incompleto... ¡Qué triste balance! Por desgracia, ese inútil ni siquiera nos ha servido para derribar a Seti.

Serketa se acurrucó a los pies de Méhy, que estaba en la cama a causa de una gigantesca urticaria y una mala fiebre. El médico se había mostrado tranquilizador, pero el enfermo debía guardar cama unos ocho días, para evitar cualquier secuela, y el contratiempo exasperaba al general, que desconfiaba de los cortesanos tebaicos.

Oficialmente, Méhy estudiaba algunos expedientes; todos los días, su ayudante de campo transmitía las órdenes al ejér-

293

cito, impaciente, como los demás cuerpos sociales, por conocer las reacciones de Seti II. Unos esperaban su clemencia, otros temían que hiciera pasar por el aro a Tebas.

—¿No hay correo de Pi-Ramsés, esta mañana?

—Nada, dulce amor mío.

—Estoy mucho mejor y ya he perdido bastante tiempo. Mañana me encargaré del Lugar de Verdad.

—¿Olvidas que el maestro de obras se negó a destruir la tumba de Seti?

—La situación ha cambiado. Nefer no es estúpido, y sabe que hacer desaparecer cualquier rastro del efímero Amenmés le supondrá el agradecimiento del faraón legítimo.

—¿Y si se niega?

—Es mi secreta esperanza, palomita mía... En ese caso, lo arrestaré.

La comunidad entera se había reunido en el patio al aire libre del templo de Hator y de Maat.

—La momificación de Amenmés se está llevando a cabo, pero no se ha decretado luto oficial —reveló el escriba de la Tumba—. Es la prueba de que Tebas se inclina ante Seti II, rey del Alto y el Bajo Egipto. La unidad del país se ha restablecido, y nos alegramos de ello, pero es seguro que el nombre de Amenmés será borrado de las listas reales.

—¿Qué sucederá con su morada de eternidad? —preguntó Paneb.

—Ésta es, precisamente, la razón por la que solicito la opinión de todos vosotros, pues de ello depende el porvenir de la aldea.

—Afortunadamente, el maestro de obras no destruyó la tumba de Seti —exclamó Renupe el Jovial.

—Para demostrarle nuestra absoluta fidelidad, habrá que destruir la de su hijo —propuso Ched el Salvador.

—Yo opino lo mismo —aprobó Kenhir—. No dudéis de que el general Méhy, enviado por el conjunto de los dignatarios tebaicos, exigirá que expulsemos al usurpador del Valle de los Reyes.

Todos miraron al maestro de obras.

—Tiene razón el escriba de la Tumba al ponernos en guardia. ¿Cuál es la opinión del jefe del equipo de la izquierda?

—Será la del maestro de obras —respondió Hay, taciturno.

—¿Y la de la mujer sabia?

—Pase lo que pase, sólo debemos preocuparnos de respetar a Maat.

—¡Entonces es muy sencillo! —exclamó Paneb—. ¿Cómo podríamos destruir una morada de eternidad, las pinturas y esculturas que hemos creado con amor? Amenmés no ha sido un gran rey, pero no ha hecho daño a la cofradía. ¿Por qué tendríamos que comportarnos como bárbaros? El tiempo borrará los pequeños detalles, la eternidad sólo preservará las escenas rituales en las que Amenmés aparece como un faraón que conoce las fórmulas de resurrección. Del hombre, se olvidará todo; pero se recordarán los símbolos que nosotros hemos trazado para un rey.

—Tus hermosas palabras no causarán efecto alguno sobre el general —objetó Casa la Cuerda—, y Seti arrasará esta aldea si manifestamos la menor fidelidad a Amenmés.

—Al preservar la obra realizada, nos mostraremos fieles a nosotros mismos y al Lugar de Verdad.

—Yo estoy de acuerdo con Casa —intervino Karo el Huraño—; pero que nadie me pida que destruya algo.

—¿Alguno de vosotros está dispuesto a destruir la tumba de Amenmés? —preguntó el maestro de obras.

Unos levantaron la vista al cielo, otros miraron al suelo, y otros, a las sacerdotisas de Hator.

—Sed plenamente conscientes de vuestra actitud —recomendó Kenhir—; Seti no va a perdonároslo.

—La morada de eternidad de Amenmés está prácticamente terminada —precisó Paneb—, y es una suerte que nadie, en esta cofradía, desee destruirla. Si el faraón no está contento con nosotros, que haga que su tumba la terminen otros.

Kenhir reconoció que el argumento tenía su lógica, ¿pero qué peso tendría, realmente, la cofradía ante un monarca decidido a hacer desaparecer cualquier huella de un hijo rebelde?

—Tenemos trabajo —dijo Paneb—. En vez de hablar tanto, debemos preparar la cámara funeraria de Amenmés para que pueda acoger la momia real.

—¡El príncipe nunca será inhumado en el Valle! —objetó Nakht el Poderoso.

—Eso es asunto de los hombres de poder, y nosotros no debemos preocuparnos por ello. Respetemos el plan del maestro de obras y todo irá bien.

El entusiasmo del Ardiente hizo que se disiparan las últimas dudas, y los artesanos se prepararon para partir hacia el Valle de los Reyes.

Nefer el Silencioso no había tenido, siquiera, que formular una decisión, pues la cofradía la había tomado por unanimidad.

57

Méhy, completamente restablecido, se disponía a partir hacia el Lugar de Verdad, a la cabeza de unos cincuenta infantes, cuando su ayudante de campo le entregó un mensaje urgente.

—¡Una flotilla procedente del Norte, general!

—¿Cuántas embarcaciones?

—Cinco, entre ellas, un navío real.

—¡Es Seti en persona! ¿Su posición?

—Pronto estarán a la vista de Tebas.

Méhy concentró el máximo de soldados en la orilla este, para que aclamaran al rey y éste apreciara la indefectible fidelidad del ejército tebaico.

Relegados a un segundo plano, los cortesanos se perderían entre la muchedumbre.

La noticia ya circulaba por la gran ciudad, y el temor se mezclaba con la curiosidad: ¿contra quién descargaría el monarca su cólera? Ante la sorpresa del general, la flotilla se dirigió hacia el embarcadero de la orilla oeste. Méhy tomó en seguida una embarcación ligera y rápida para atravesar el Nilo y recibir al soberano. Pero, ante su sorpresa, no fue Seti II el que recorrió la pasarela, sino el canciller Bay, con vacilantes pasos. Visiblemente débil y nervioso, Bay avanzó con prudencia.

—Por fin en tierra —le dijo a Méhy—. He estado enfermo durante todo el viaje.

—¿No os acompaña su majestad?

—El rey me ha confiado dos misiones. La primera consiste en saber si el príncipe Amenmés ha fallecido realmente y si reina la tranquilidad en la buena ciudad de Tebas.

—Por fin se ha librado de un peso que cada vez le costaba más soportar, y estoy orgulloso de haber podido evitar los disturbios que temía.

—¿Realmente está garantizada la seguridad?

—Quedan muy pocos partidarios de Amenmés, y sólo piensan en ocultarse. Creo necesario, sin embargo, esperar cierto tiempo antes de responderos con seguridad.

—Gracias por vuestra sinceridad, general; las altas jerarquías la apreciarán.

—¿Y vuestra segunda misión, canciller?

—Debo acudir en seguida al Lugar de Verdad.

—Los policías del jefe Sobek no son fáciles de tratar; si lo deseáis, os acompañaré con algunos soldados.

—Os lo agradezco muchísimo, general.

Méhy estaba encantado. Su intervención le daría un carácter oficial al asunto, y el canciller daría testimonio de que el comandante en jefe de las tropas tebaicas era el primero en querer borrar cualquier recuerdo de Amenmés.

Bay examinó el carro con suspicacia.

—Sobre todo, no forcéis la marcha; me mareo con facilidad.

—No os preocupéis, canciller.

El carro se puso en marcha.

—Este terrible período ha debido pareceros doloroso, general.

—Sólo he tenido un objetivo, canciller: convencer al príncipe Amenmés de que no lanzara una ofensiva contra el Norte.

—Por mi lado, no logré convencer a Seti de que llevara a cabo nuestro plan, pues el rey esperaba que todo volviese a la normalidad, a pesar de mis pesimistas previsiones.

—En su sabiduría, el faraón supo ver más allá que nosotros...

—Es cierto, general, pero hay que cerrar ese penoso capítulo de nuestra historia.

—El maestro de obras del Lugar de Verdad no es muy diplomático y tiende a ver el mundo sólo a través de los ojos de su cofradía. No me gustaría que tuviera problemas.

—Dispongo de plenos poderes, general, y las exigencias de Seti serán satisfechas.

Méhy contuvo su alegría: esta vez, la suerte de Nefer estaba echada. Si se oponía al rey, éste descargaría su ira sobre él, y dejaría a la cofradía sin defensa, a excepción de Paneb, el coloso cuya fuerza asustaba a más de uno. Pero Serketa había elaborado un plan para librarse de él, y, por fin, el porvenir se anunciaba claro.

El jefe Sobek estaba en mitad de la pista, delante del quinto fortín. El carro de Méhy se detuvo a menos de un metro del nubio.

—Ve a buscar al escriba de la Tumba y al maestro de obras —ordenó el general—. El canciller Bay, delegado del rey Seti II, quiere verlos de inmediato.

Por el tono de Méhy, Sobek comprendió que el asunto era serio y fue a buscarlos de inmediato; pero sólo regresó con la mujer sabia.

—¿Debo entender que vuestro marido está trabajando en la tumba de Amenmés, en el Valle de los Reyes? —preguntó Bay.

—En efecto —respondió Clara.

El carro dio media vuelta y tomó la dirección del Valle. El austero camino que conducía hasta él impuso silencio a la tropa. Temiendo ser agredidos por los espíritus que merodeaban por la montaña, los soldados se mantenían muy juntos y miraban, sin cesar, hacia las crestas. Por fin llegaron a la entrada del Valle, sanos y salvos, aunque muy inquietos.

Ante aquel despliegue de fuerzas, los policías nubios que hacían guardia bajaron las armas.

—¿Estamos autorizados a cruzar esta puerta de piedra? —inquirió Bay.

—¿No tenéis plenos poderes, canciller?

Los dos hombres se aventuraron por el territorio sagrado, que hizo enmudecer a Bay. Méhy estaba impaciente por pillar al maestro de obras con las manos en la masa, trabajando en la tumba de Amenmés, para probar, así, su traición.

El nubio Penbu, que era el encargado de custodiar el almacén de material de los artesanos, se interpuso blandiendo una corta espada.

—Acompaño al canciller Bay, que actúa en nombre del faraón —declaró el general—; ¿está aquí Nefer el Silencioso?

Penbu asintió con la cabeza.

—Llévanos hasta él.

—No estoy autorizado a ir más lejos.

—¡Llámalo, entonces!

Penbu imitó el grito de la lechuza, que resonó en el silencio del Valle de los Reyes.

Unos minutos más tarde, apareció Paneb, con los cabellos alborotados, el cuerpo cubierto de polvo de piedra y un gran pico en la mano.

—Abandonad inmediatamente este lugar —exigió con mirada furiosa.

—Soy el canciller Bay. El rey Seti me ha confiado una misión urgente con plenos poderes para realizarla.

—Nos acompaña una numerosa tropa —precisó Méhy.

—¿Qué deseáis?

—Ver al maestro de obras —respondió Bay.

—Está dirigiendo unos trabajos. Podréis verlo esta noche, en la aldea.

—Lo siento, pero es extremadamente urgente.

—¿Qué trabajo? —preguntó Méhy.

—No tengo por qué responderos a eso.

—Ve a buscarlo, Paneb.

El coloso apretó el mango de su pico, que de buena gana habría utilizado para eliminar a aquellos intrusos, pero sin duda era mejor consultar primero al maestro de obras.

La serenidad de Nefer el Silencioso fascinaba al general. La presencia de Bay le demostraba, sin embargo, que Seti había tomado de nuevo las riendas del poder y que el Lugar de Verdad debía someterse, asumiendo el peso de sus errores, pero el jefe de la cofradía mantenía una actitud regia, como si continuara siendo el dueño del juego.

—¿Habéis tenido un buen viaje, canciller?

—Para seros franco, siguen sin gustarme los barcos; prefiero nuestra vieja tierra de Egipto. Pero en cuanto el faraón se enteró de la muerte de su hijo, me ordenó dirigirme a Tebas para poner fin al penoso período que ha puesto en peligro a nuestro país. Supongo que habréis abierto de nuevo la morada de eternidad de Seti II, para seguir construyéndola.

—Todavía no, canciller.

—Pero entonces... ¿qué tarea habéis confiado a vuestros artesanos?

—Concluir la cámara funeraria de Amenmés.

—¿Se lo representa... como faraón?

—Se ha respetado la tradición.

En su interior, el general Méhy estaba rebosante de júbilo.

Fiel a su costumbre, el maestro de obras era incapaz de disimular.

—Tras la muerte de Amenmés —precisó el canciller—, deberíais haber destruido su tumba para hacer desaparecer las huellas de su usurpación.

—No conocéis el Lugar de Verdad, canciller. Los habitantes de la aldea rechazaron esta solución por unanimidad, y no encontraréis ni a un solo artesano que quiera destruir la obra realizada.

¡Aquello era demasiado! Nefer no sólo se condenaba a sí mismo, sino que también estaba condenando a toda la comunidad. ¿Había algo más estúpido que esa rectitud, incapaz de adaptarse a las circunstancias y sacar provecho de cualquier situación?

El general imaginaba ya al Silencioso y a sus cofrades detenidos, juzgados y deportados a una mina de cobre donde terminarían sus días, y la aldea abierta, abandonada, con la Piedra de Luz y los demás secretos del Lugar de Verdad.

Ya sólo tendría que cumplir sus compromisos con el traidor, cuya eficacia había sido, no obstante, muy mediocre... Dejaría que su esposa Serketa se ocupara de él.

—Deberíais haber comprendido que Seti no dejaría esto así —prosiguió el canciller.

—Ya os he explicado cuál es la posición de la cofradía, y ésta no va a cambiar. Puesto que el faraón es nuestro jefe supremo, que haga con nosotros lo que quiera.

—Seti os conocía tan poco como yo, lo reconozco; temía que, para complacerlo y salvar vuestra cabeza, hubierais destruido la morada de eternidad de su hijo. Ya va siendo hora de regresar a la normalidad y la unidad de las Dos Tierras, y de olvidar el reinado de Amenmés, pero el faraón quiere que concluyáis su tumba con la mayor rapidez. Gracias al general Méhy, que ha respetado a un príncipe difunto, la momificación está en curso y los ritos se celebrarán sobre su cuerpo osírico. Después, maestro de obras, reanudaréis los trabajos en la morada de eternidad de Seti II.

58

Antes de derrumbarse en su lecho, Méhy había destrozado la habitación. Mobiliario despanzurrado, telas desgarradas, espejos rotos... El espectáculo era desolador. Serketa sólo pensaba en tranquilizar a su marido, y se dispuso a aplicarle unos paños mojados sobre la frente.

—Ese maldito canciller Bay... Me ha dado a entender que Seti se comportaría por fin como un rey. Y en vez de eso, va y practica el perdón y la tolerancia.

—En su discurso a las personalidades tebaicas, el canciller no ha formulado crítica alguna contra ti.

—Pero no me ha confirmado en mis funciones. Le dirigirá un informe al rey, y nadie puede prever lo que Seti decidirá.

Méhy lanzó el paño a lo lejos y se incorporó.

—La situación podría ser peor, tienes razón... Pero este canciller nunca será un aliado. Está completamente vinculado a la pareja real y les será fiel a ellos.

—Sigues siendo el hombre fuerte de Tebas, y eso es lo esencial.

—¿Por cuánto tiempo, Serketa? Si Bay consigue separarme de mi ejército, me quedaré solo.

—No aceptaremos esta decisión, ni tus hombres tampoco.

El general se levantó y entró en el cuarto de baño para rociarse de agua perfumada, como si así pudiera desprenderse de sus fracasos.

—El verdadero obstáculo que hay en mi camino es el Lugar de Verdad. Me ha humillado y me ha impedido alcanzar mi objetivo. Necesito la Piedra de Luz, Serketa, ¡necesito esa arma suprema!

—Puesto que Egipto está reunificado, la vida de la aldea volverá a la normalidad y nuestro confidente podrá actuar con mayor libertad.

—Hasta hoy ha sido incapaz de encontrar el escondrijo de la piedra.

—No seamos pesimistas, amor mío... Pero, sin duda, tendremos que movernos más.

—¿Qué quieres decir?

—El alma de la cofradía es su jefe. Mientras Nefer el Silencioso dirija el Lugar de Verdad, éste será indestructible. Ese maestro de obras saca fuerzas de las pruebas a las que es sometido. Y cuanto más duras son, más se fortalece. Con su presencia, la cofradía se consolida día tras día.

Méhy se tranquilizó y pensó, durante largo rato, en las palabras de su esposa.

—Es cierto. Pero ¿cómo podemos seguir combatiendo a Nefer?

—Privándolo de sus más cercanos y eficaces apoyos —propuso Serketa—; pero eso no bastará, pues el espíritu de la cofradía vive en el corazón del maestro de obras.

—¿Qué propones, entonces?

—¿No lo intuyes, amor mío?

Méhy habría matado a muchos hombres sin dudarlo ni un solo instante, pero frente a éste, que sin embargo era su peor enemigo, vacilaba.

—¿Acaso tienes miedo de Nefer el Silencioso?

¡No será tan fácil deshacerse de él!

—Tenemos que hacerlo, cariño —susurró Serketa—; aunque será especialmente difícil, en efecto, porque goza de una red de protecciones mágicas que parecen hacerle invulnerable. Afortunadamente, la idea de asesinar al maestro de obras me excita sobremanera, y sabré encontrar la forma de hacerlo.

—¿Ya tienes... un plan?

—Es sólo una idea, una simple idea... Pero mucho más eficaz que miles de soldados.

—¿Cuál, Serketa?

La mujer besó al general, y luego dijo:

—El interior... Lo mataré desde el interior.

Un rayo de sol iluminó los cuerpos desnudos de Turquesa y de Paneb, que acababan de hacer el amor con la espontaneidad de dos adolescentes. Las sutiles caricias del coloso seguían embriagándola de deseo, y él seguía hechizado por el esplendor de una mujer cuyo cuerpo era la consumada expresión de la belleza.

A Turquesa le bastaba con posar, suavemente, la mano en la piel de su amante para liberar un torrente de sensaciones al que no deseaba resistirse. Disfrutaban de todos y cada uno de sus abrazos, y nunca se saciaban el uno del otro.

Tumbada encima de él, Turquesa veía brillar en el fondo de sus pupilas el inminente fuego que las inflamaría.

—Debo irme —reveló Turquesa—. La mujer sabia me espera en el templo para hacer el inventario de los objetos de culto de la diosa Hator. La tarea le corresponde a Uabet la Pura, pero como está embarazada, yo debo sustituirla.

Aunque se moría de ganas, Paneb no intentó retenerla. Al menos, podía admirarla mientras se peinaba.

—¿Cuándo reanudarás el trabajo en la tumba de Seti?

—La próxima semana.

Dirigidos por el sumo sacerdote de Amón y el maestro de obras del Lugar de Verdad, los funerales de Amenmés se habían desarrollado de acuerdo con el ritual faraónico, con toda la solemnidad deseada. Al final de la ceremonia, Nefer había puesto en la puerta cerrada de la tumba el sello de la cofradía. Así había concluido la breve aventura del hijo de Seti, segundo de su nombre, cuyo reinado proseguía como si ningún incidente grave se hubiera producido. Una vez más, la función faraónica había prevalecido sobre los conflictos individuales.

—Pareces preocupado, Paneb.

—Había adoptado un estilo muy particular y me pregunto si el rey me pedirá que lo modifique... Tal vez tenga que empezar de nuevo.

—¿Acaso temes un exceso de trabajo?

—En absoluto, pero no me gustaría tener que borrar esas pinturas, sobre todo las que evocan los objetos rituales que se transportan durante los funerales, pues me han enseñado la sencillez del trazo.

—Toda la aldea ha hablado de tu innovación.

—Pero Seti no la ha aprobado todavía.

Turquesa se vistió con una larga túnica roja que ponía de relieve sus formas.

—Confía en tu talento, Paneb; nunca te ha fallado.

Viento del Norte trotaba a buen paso en dirección al pequeño dominio de Nefer el Silencioso, en el que trabajaban los cinco obreros agrícolas que el Estado le había atribuido. Paneb seguía a su asno, pues éste conocía el camino mejor que él.

Uabet la Pura tenía el antojo de comer calabacines frescos y no podía esperar; así pues, su marido se empeñaba en satisfacerla, con el acuerdo del escriba de la Tumba. Cuando el asno se detuvo, Paneb creyó que se había equivocado de lugar, pues no había nadie en el campo. Pero pronto descubrió a los obreros, que estaban durmiendo a la sombra de un frondoso tamarisco; uno de ellos roncaba, incluso.

Paneb le propinó una patada en las posaderas al más gordito, y éste lanzó un grito muy parecido al de *Bestia Fea*. Sus compañeros se despertaron, a su vez.

—¿Así os ocupáis de las tierras de Nefer el Silencioso?

—¿Y tú quién eres?

—Alguien que va a devolveros la afición al trabajo.

Un mocetón mal afeitado se incorporó:

—Somos cinco... ¿Crees que nos impresionas?

—A mí sí —reconoció el gordito.

—Tú eres sensato —reconoció Paneb—. Serás el último a quien rompa la cabeza si os negáis a cumplir la tarea por la que os pagan.

Comprobando que los otros no lo apoyarían, el mocetón intentó emprender la huida. Pero *Viento del Norte* le dio un cabezazo y lo hizo caer entre los cardos.

—Soy Paneb el Ardiente y necesito calabacines. Viendo lo abandonados que están ese campo y el huerto vecino, me temo que me marcharé con las manos vacías. No me gusta que me decepcionen; me pongo de un humor de perros.

—Sé dónde hay calabacines —afirmó el gordito con voz temblorosa—; iré a buscarlos inmediatamente.

—Luego, pondréis manos a la obra. Si el terreno no está correctamente cultivado, nos veremos las caras, antes de que Nefer presente una denuncia.

—Tanto tú como él quedaréis satisfechos, os lo prometo —afirmó el gordito.

—Os daré una oportunidad. Pero *Viento del Norte* vendrá a inspeccionar este campo todos los días.

—¿Es tan fuerte como tú?

—Mi asno se parece mucho a mí. Me contará todo lo que vea.

El colosal pollino estaba dándose un festín de cardos.

—¿Quieres decir... que habla?

—En mi aldea se producen acontecimientos extraordinarios. ¿Ignoráis que la mujer sabia posee poderes mágicos comparables a los de la reina de Egipto?

Los cinco campesinos se apretujaron unos contra otros. Incluso el mocetón no se pavoneaba ya.

—¿No nos habrá echado mal de ojo, de todos modos? —se preocupó el gordito.

—Todavía no, pero no provoquéis su cólera.

Viento del Norte marchaba en cabeza, con dos alforjas de calabacines, mientras Paneb silbaba una melodía popular.

—Es hermosa —murmuró una morenita de veinte años que caminaba cerca de él.

—¿Cómo te llamas, bonita?

—Yema... Si lo deseas, yo puedo proporcionarte estupendas verduras.

—¿Por qué no?

—¿De dónde eres tú?

—De la aldea de los artesanos.

—¡Entonces conoces muchos secretos! ¿Cuándo volverás por aquí?

—Dentro de unos días.

—Muy bien, hasta la vista, entonces.

59

El escriba ayudante Imuni, que era un gran aficionado a la genealogía, acababa de hacer un descubrimiento apasionante. Hurgando en los archivos de la aldea, había encontrado unos documentos que probaban que era pariente lejano de Nefer el Silencioso; por lo que podría reivindicar, pues, una adopción que sería mucho más legítima que la de Paneb el Ardiente. Por desgracia, le faltaban algunos eslabones, pero tenía esperanzas de poder reconstruir una cadena verosímil si podía acceder a documentos más antiguos que el escriba de la Tumba guardaba en su despacho.

¿Cómo lograba Kenhir, a su edad, mantener el mismo ritmo de trabajo y seguir encargándose de todos los detalles a la perfección? Algunos murmuraban que el vigor de Niut no era ajeno a ese dinamismo a toda prueba, pero la joven se mostraba indiferente a la maledicencia y todos le reconocían una cualidad excepcional: poder soportar el carácter imposible del viejo escriba.

Día tras día, la morada de aquella extraña pareja era más hermosa, gracias al trabajo de Niut, a su afición por los muebles bonitos, los tejidos preciosos y los colores vivos. Aunque aquel lujo desenfrenado le salía muy caro a Kenhir, éste había renunciado a resistirse.

—He terminado el inventario de los cinceles de cobre y las mechas para la iluminación —declaró Imuni.

—¿Has comprobado tus cuentas?

—No falta nada.

—¿Esta vez no hay ninguna acusación contra Paneb?

—Gracias a vos, la aldea está perfectamente administrada.

—Me horrorizan los cumplidos, Imuni, pues siempre ocultan pérfidas intenciones. Y conozco las tuyas: sueñas con ocupar mi lugar y lamentas que mi viejo esqueleto siga aguantando aún. Preocúpate algo menos de tu porvenir y ocúpate más del presente, pues tienes mucho que aprender todavía para convertirte en escriba de la Tumba.

—Os aseguro que...

—Es inútil que me mientas, Imuni.

—Después de hacer mi trabajo, me gustaría interesarme por la historia de la aldea, para conocerla mejor.

Kenhir quedó atónito:

—No es una mala idea.

—He consultado ya algunos documentos, pero los más valiosos se conservan en vuestra casa. ¿Me permitís que les eche un vistazo?

—No veo por qué no.

¡Por fin aquel quisquilloso cambiaba de actitud! En vez de perseguir a Paneb y meterse con los artesanos, Imuni se interesaba por la historia del Lugar de Verdad.

El embarazo de Uabet se desarrollaba con normalidad; la joven había engordado poco, pero sus deseos de comer verdura fresca no cesaban. De modo que Paneb había acudido varias veces al dominio agrícola de Nefer, bien cultivado por los cinco campesinos que habían recuperado su sentido del esfuerzo, recompensado por sustanciales primas en especies.

Paneb acababa de llenar las alforjas que llevaba *Viento del Norte* cuando una mano muy dulce se posó en su antebrazo.

—Puedo ofrecerte unos magníficos espárragos —dijo la hermosa Yema, cuyos ojos negros brillaban con intensidad.

—¿Son razonables tus precios?

—Podemos discutirlos... Sin duda, sabrás convencerme de que los baje.

—De acuerdo, pero tengo prisa.

La muchacha sólo llevaba una túnica corta que insinuaba sus encantos. Danzando más que caminando, llevó al coloso hacia una pequeña choza de caña.

—Ten cuidado, la puerta es baja.

En cuanto el coloso entró en el modesto local, Yema se quitó la túnica y frotó su cuerpo contra el de él.

—Eres tan fuerte... ¡Hazme el amor!

Paneb la levantó, separándola de él.

—Soy yo el que debe tomar la iniciativa, niña, y tengo la suerte de ser un hombre saciado. Eres muy bonita, pero no te deseo. Guárdate tus espárragos y vístete.

El pintor dejó en el suelo a la chiquilla, que estaba furiosa.

Paneb salió de la cabaña, y Yema lo siguió. Desnuda, trepó a lo alto de un montón de tierra.

—¡Socorro —gritó—, me han violado!

Los cinco campesinos volvieron la cabeza.

Paneb dio media vuelta y abofeteó a la mentirosa.

—¡Cállate!

Yema se derrumbó, llorando.

—Apresúrate a vestirte y no me molestes nunca más.

Apoyado por Serketa, el general Méhy había vuelto a ser el hombre más poderoso y respetado de la provincia tebaica. El palacio real esperaba la llegada de Seti II, por lo que estaba prohibida la entrada a todo el mundo; unos soldados custodiaban los accesos.

Bajo una aparente calma, la población estaba angustiada. El canciller Bay se había marchado de nuevo al Norte sin desvelar sus proyectos, y nadie conocía las intenciones reales del faraón. ¿No significaría su silencio que el monarca estaba reflexionando acerca de las sanciones que impondría a la ciudad culpable de haberse sometido a Amenmés?

—Una carta de Bay —anunció Serketa, nerviosa.

Los dedos de Méhy temblaban al coger la tablilla de madera. Si lo destituían, ¿cómo se recuperaría de esa derrota?

Sus ojos se posaron en el texto, escrito en jeroglíficos cursivos.

El general suspiró profundamente, aliviado.

—Me confirman en todas mis funciones, y el rey me felicita por haber preservado la paz en condiciones tan dramáticas. El canciller me pide que asegure la prosperidad de la región y proteja el Lugar de Verdad.

—¿Seti precisa la fecha de su venida?

—No.

—¿Por qué esa ambigüedad? —preguntó Serketa.

—Sin duda, el rey está muy afectado por la muerte de su hijo... Tal vez tenga dificultades en Pi-Ramsés y no quiera abandonar la capital.

—La suerte sigue acompañándonos —susurró Serketa.

De regreso del Valle de los Reyes, el equipo de la derecha deseaba descansar un rato. Dadas las incertidumbres que gravitaban sobre el porvenir de Tebas, algunos artesanos, como Karo el Huraño o Thuty el Sabio, no ocultaban su pesimismo. Un defecto en la roca había retrasado el trabajo, y el maestro de obras había tenido que tomar precauciones para evitar que las pinturas se estropearan.

—Kenhir ha tenido una pesadilla —indicó Karo—; con un rey que haya osado tomar de nuevo el nombre de Seti, podemos esperar lo peor.

—Como has podido comprobar, no es, precisamente, muy guerrero —objetó Fened la Nariz.

—No inició la guerra civil —recordó Casa la Cuerda—, pero no perdonará que Tebas se sometiera a Amenmés.

—No había otra salida, y Seti lo comprenderá —estimó Gau el Preciso.

El día había refrescado de pronto. Un mal viento anunciaba la llegada de un invierno que podía ser más duro que los anteriores.

—¡Mañana habrá fumigación general! —decretó el escriba de la Tumba—. Los calores han terminado, hay que purificar las casas y los locales comunitarios. ¿Quién acepta encargarse de nuestra sala de reunión?

Era la oportunidad del traidor. Éste se ofreció a hacerlo en seguida y como la tarea no divertía a nadie, sus colegas le agradecieron su abnegación.

La aldea estaba envuelta en una bruma olorosa que mataba miasmas e insectos indeseables. *Negrote*, *Bestia Fea* y los demás animales domésticos se habían refugiado entre los auxiliares, donde jugaban con los niños, a quienes vigilaba Obed el herrero.

Solo, en el local de la cofradía, que había fumigado abundantemente, el traidor examinaba los sitiales de piedra en los que se sentaban los artesanos.

Pero ninguno presentaba nada anormal. Cuando se disponía a cruzar el umbral del santuario, en el que no tenía derecho a entrar, el traidor vaciló. Hasta el momento sólo había cometido pequeñas maldades, pero si violaba el espacio sagrado, pisotearía definitivamente su juramento y se excluiría del espíritu de la cofradía.

¿No debía renunciar a su deseo de enriquecerse, que lo guiaba desde hacía tantos años, abrir su corazón a Nefer el Silencioso e implorar su perdón? Pero el traidor advirtió que la voz de su corazón ya no le hablaba. En el fondo, nunca le había gustado el Lugar de Verdad; había ido a parar allí porque buscaba un saber y una técnica que le permitieran ser superior a los demás. Ahora necesitaba, además, la fortuna, y sólo la traición podía ofrecérsela.

Corrió el cerrojo de madera dorada y abrió las puertas del naos, donde se erguía una estatuilla de oro, que medía un codo real y que representaba a la diosa Maat, a la que debería haber servido durante toda su vida.

Apartó la estatuilla con rabia y pasó la palma de la mano por el zócalo para descubrir una ranura o un saliente, que habría revelado la presencia de un sistema de cierre.

Pero sólo había granito, perfectamente pulido.

El traidor, cada vez más furioso, examinó cada rincón de la pequeña estancia con la esperanza de descubrir, por fin, dónde se ocultaba la Piedra de Luz; pero sus esfuerzos fueron vanos.

—¿Hay alguien ahí? —preguntó la voz grave del jefe del equipo de la izquierda.

Aterrorizado, el traidor puso de nuevo a Maat en su sitio, cerró las puertas del naos, corrió el cerrojo y volvió a la sala de reunión, que estaba llena de humo.

—¡Sí, estoy aquí!

—Temía que te encontraras mal.

—¡No, no, todo va bien!

—Así pues, deja que el humo haga efecto —recomendó Hay—, y ven a reunirte con nosotros para festejar un feliz acontecimiento: Uabet la Pura acaba de dar a luz una niña.

60

El joven Siptah seguía estudiando asiduamente en la biblioteca del templo de Amón, en Pi-Ramsés, donde los sacerdotes lo miraban con benevolencia.

En cuanto disponía de algún tiempo, al canciller Bay le gustaba hacer balance con el adolescente de sus progresos en ciencia y literatura. Ajeno al mundo exterior, a éste sólo le interesaban sus investigaciones, y a menudo era necesario recordarle que comer, aun de manera sumaria, era indispensable.

Siptah sólo hablaba con el canciller que, a pequeñas pinceladas, lo iniciaba en el funcionamiento de la administración central y en la gestión de las Dos Tierras. Su alumno lo escuchaba siempre con atención, tenía una memoria prodigiosa y hacía las preguntas adecuadas.

Esos instantes eran los únicos que el canciller disfrutaba de verdad. La muerte de Amenmés había afectado profundamente a Seti, y la reina Tausert ya había perdido la esperanza de ver al rey recuperando las ganas de vivir. Llevaba a cabo sus deberes de gran esposa real con destreza y sensatez, y Bay la secundaba sin reservas; pero aún era el faraón el que ponía su sello en los decretos importantes, cuando aceptaba salir de su letargo.

Al entrar en el despacho que tan pocas veces ocupaba el monarca, el canciller pensó en los habitantes de Tebas, que debían de estar angustiados, preguntándose qué suerte les reservaba Seti. Ciertamente, Bay había escrito al general Méhy confirmándolo en todas sus funciones, y esa estabilidad del hombre fuerte de la región, fiel servidor del rey y garante de la paz, tenía un carácter tranquilizador: pero el propio canciller ignoraba las verdaderas intenciones del monarca.

—¿Has trabajado hoy con el joven Siptah? —le preguntó Seti.

—Por desgracia no, majestad; he tenido que resolver unos problemas de acondicionamiento del barrio oeste de la capital.

—Ocúpate más de ese muchacho; los sacerdotes de Amón me han hablado muy bien de él. Hay demasiados cortesanos merodeando alrededor del trono y muy pocos hombres justos, que sólo piensen en su deber. Siptah es uno de ellos, y sólo tú eres capaz de educarlo.

—Ninguna otra orden podría alegrarme más, majestad.

—También quiero que prepares mi viaje.

Aquello cogió por sorpresa a Bay.

—¿Adónde queréis ir, majestad?

—A Hermópolis. ¿No es en la ciudad del dios Thot donde se supone que obtendré la sabiduría necesaria para proseguir mi reinado? Iré en compañía de Tausert y solicitaremos al señor del conocimiento esa serenidad que tanta falta nos hace desde que el poder supremo pesa sobre mis hombros.

La decisión de Seti le encantó al canciller, pues demostraba la inteligencia política del faraón. En Hermópolis estaba acuartelado, aún, un numeroso ejército que acogería al rey con entusiasmo; al instalarse por algún tiempo en la ciudad fortificada, frontera meridional de su reino durante la dominación de Amenmés sobre el Alto Egipto, el faraón dirigía un claro mensaje a los tebaicos y a todos los jefes provinciales del Sur: a la menor señal de insumisión, él mismo intervendría con rapidez.

—¿Puedo conocer vuestros proyectos a más largo plazo, majestad?

—Quiero que Thot me diga cómo debo actuar, canciller. Sin la precisión del pico del ibis y la envergadura de su vuelo, el ejercicio del poder está condenado a la mediocridad.

La pequeña parecía tan frágil en brazos del coloso, que Paneb no se atrevía a moverse.

—Me has dado una hija preciosa —le dijo a Uabet la Pura, loca de felicidad por haber dado satisfacción a su marido—. Será fina y delicada como tú.

—También tendrá tu fuerza, estoy segura.

—¿Has elegido ya un nombre para ella?

—Como nació en un día de luna llena, la llamaremos Selena.

Selena era un bebé de una extraña belleza... Tenía los cabellos rojizos, los ojos verdes y las orejas y los labios perfectamente dibujados.

Aperti se acercó.

—Pues a mí me parce muy fea... Y además es una niña. No podré pelear con ella.

—Por eso tendrás que protegerla.

—¡De ningún modo! Que se las arregle sola.

El chiquillo salió corriendo de la casa.

—Cada vez está más insoportable —estimó Paneb.

—No se lo reproches —imploró su esposa—. Hasta hoy, era hijo único; está celoso por el nacimiento de su hermana, debemos comprenderlo y perdonarlo. Muy pronto cambiará de opinión con respecto a Selena.

—Esperemos que no te equivoques.

Dos sacerdotisas de Hator, enviadas por la mujer sabia, fueron a ayudar a Uabet la Pura, que estaba agotada por el parto. Como mandaba la regla de ayuda mutua entre las mujeres de la aldea, ninguna quedaba abandonada a su suerte cuando atravesaba un período difícil. La joven mamá descansaría durante unos diez días, antes de reanudar sus actividades domésticas. Debido a su frágil constitución, Uabet sólo daría el pecho a su hija durante una semana, antes de entregarla a una nodriza pagada por el Estado.

—¡Paneb, ven en seguida! —exigió Pai el Pedazo de Pan, con voz angustiada.

—¿Aperti ha hecho alguna tontería?

—No, el escriba de la Tumba te reclama con urgencia.

Kenhir tenía la cara de los días malos.

—¿No tienes nada que decirme, Paneb?

—Aparte del hecho de ser padre de una maravillosa niña, no veo qué...

—No es el momento de bromear, créeme. ¿Conoces a una tal Yema?

—No.

—Piénsalo bien: es una vendedora de verduras que trabaja cerca del terreno de Nefer. ¿No has ido varias veces allí, en este último tiempo?

—En efecto... Debe de ser esa morenita que intenta seducir a todos los varones que se acercan por allí.

—Te acusa de haberla violado.

—¿Pero a quién cree que va a engañar? Se arrojó sobre mí, es cierto, pero la rechacé, e incluso la abofeteé.

—Yema tiene testigos.

—¿Quiénes?

—Los cinco campesinos que trabajan para Nefer.

—¡Qué mentirosos! ¡Les voy a romper la cabeza!

—Te lo prohíbo, Paneb, agravarías aún más la situación.

—No ocurrió nada, Kenhir, lo juro por mi hija.

—Yema ha presentado una denuncia por violación, y ha sido declarada procedente por un juez de la orilla oeste.

—¡Pero eso es absurdo, soy inocente!

—Conociéndote, no lo dudo ni un solo instante; pero la denuncia está ahí, y la ley dice que hay que condenar a muerte a los violadores.

—Dejad que me ocupe de la tal Yema y de los cinco campesinos... Dirán la verdad, creedme.

—Si los pones la mano encima a tus acusadores, reconocerás tu culpabilidad.

—¿Pero no vamos a dejar que triunfe la mentira?

—Debemos observar un proceso judicial, comenzando por reunir el tribunal de la aldea, que decidirá si te expulsa de ella o no.

—Expulsarme... ¡Pero si yo no he hecho nada malo!

—¿Tienes algún testigo que pueda probar lo que dices?

—¿Para qué lo necesito?

—Estoy preocupado por ti, Paneb.

Una sirvienta, cuyas manos le parecían muy rugosas, le estaba dando un masaje en la espalda a Serketa.

—Pon más aceite, y hazlo con más suavidad. ¿No ves que tengo una piel muy delicada? —ordenó.

El general irrumpió en la sala de masaje, donde flotaba el aroma de la flor de lis.

—Seti acaba de llegar a Hermópolis —reveló—. Oficialmente, está inspeccionando las tropas encargadas de impedir que los tebaicos avancen hacia el Norte.

—¿No se ha restablecido la paz? —preguntó Serketa, despidiendo a la sierva con un desdeñoso gesto.

—El rey quiere realizar una demostración de fuerza para probar que gobierna y que cualquier tentativa de insumisión se-

ría reprimida inmediatamente. Excelente iniciativa, a mi entender... Nadie dudará ya de la determinación y la capacidad de gobernar de Seti.

—¿Amenazando Tebas?

—Según mis informadores, el monarca no ha dicho nada sobre sus intenciones.

—Yo tengo excelentes noticias —susurró Serketa—. Uno de
los obstáculos que había en nuestro camino habrá desaparecido muy pronto.

El general agarró las pantorrillas de su esposa.

—¿Qué te traes entre manos, pichoncito?

—Gracias a nuestro amigo Tran-Bel, una deliciosa zorrita,
muy bien pagada, ha hecho caer en la trampa a Paneb. Ha so-
bornado también a algunos testigos para que apoyen una grave
acusación que destruirá al coloso. ¡Un aliado menos para el maestro de obras!

El tribunal del Lugar de Verdad, compuesto por el escriba
de la Tumba, el maestro de obras, la mujer sabia, el jefe del
equipo de la izquierda y dos sacerdotisas de Hator, había escuchado las explicaciones de Paneb el Ardiente que, aunque no
sin esfuerzo, había logrado mantener la calma. Prestando juramento sobre una efigie de la diosa Maat, que había traído la
mujer sabia, el coloso había acabado convenciendo a sus jueces
de que no ocultaba nada.

—¿Alguno de vosotros desea la expulsión de Paneb el Ardiente? —preguntó Kenhir.

—Todos sabemos que es inocente y víctima de una difama-
ción —declaró Nefer—. Por consiguiente, nuestro papel, y en
especial el mío, consiste en defenderlo.

—Dada la gravedad de la acusación —precisó el escriba de
la Tumba—, será difícil mantener a Paneb fuera del alcance
de la justicia exterior.

—Mientras permanezca en el interior del recinto, el Ardiente estará a salvo —recordó Hay.

—¡Que me juzguen en el exterior, pues! —exigió Paneb—.
Quiero que mi inocencia sea reconocida en todas partes, tanto
aquí como fuera.

61

El escriba de la Tumba había exigido que el tribunal que juzgara a Paneb celebrara su sesión ante el templo de Maat, en el interior de uno de los recintos de Karnak. El jurado se componía de sacerdotes, artesanos y escribas, y estaba presidido por el segundo Profeta de Amón, al que Kenhir consideraba un magistrado severo pero justo. El presidente del tribunal llevaba la cabeza afeitada, tenía los hombros cuadrados y el busto rígido, y no parecía muy indulgente.

La denunciante y el acusado estaban de pie, frente a frente. La hermosa Yema no había mirado aún a los ojos a Paneb, que se había prometido mantener la calma, fueran cuales fuesen los ataques de que sería objeto.

—Señorita Yema, ¿sigues afirmando que Paneb el Ardiente, artesano del Lugar de Verdad, te violó? —preguntó el presidente.

—Así es.

—¿Lo juras por Maat y por el nombre del faraón?

—Lo juro.

—Y tú, Paneb, ¿juras que eres inocente del crimen del que te acusan?

—Lo juro.

—Uno de vosotros es, pues, un mentiroso y un perjuro —concluyó el magistrado—; recordad que se trata de un delito muy grave, que se castiga con una severa condena, tanto aquí en la tierra como en el más allá. ¿Aun así insistís en vuestras declaraciones?

Ni Yema ni Paneb desistieron.

—Dinos qué pasó, señorita Yema.

—Yo me encontraba en la cabaña donde almaceno mis cestos

cuando Paneb se arrojó sobre mí, como un toro furioso. Me desnudó y me violó. En cuanto pude escapar, pedí socorro. Los cinco campesinos del campo vecino fueron testigos de la agresión.

—Presentaos ante mí —ordenó el presidente a los obreros agrícolas—. ¿Confirmáis las declaraciones de la señorita Yema?

Aterrorizados por la solemnidad del lugar y la severidad del juez, tres campesinos retrocedieron para indicar que no tenían nada que declarar.

—Yo lo he visto todo —afirmó el fortachón. Y el gordito asintió con la cabeza.

—¿Estáis seguro? —preguntó la mujer sabia, que llevaba una elegante túnica roja.

Engalanada con unos pendientes de jaspe rojo e hilos de oro, Clara miró fijamente a los dos campesinos. No había animosidad alguna en su mirada, pero era tan penetrante que el gordito no pudo resistirla mucho tiempo.

—Vi al coloso y a la muchacha, pero nada más —confesó.

—¿Y tu compañero?

—¡Él, no lo sé!

—Yo mantengo que... —comenzó a decir el fortachón, cuya voz tembló cuando sintió que se le hacía un nudo en la garganta, como si una mano lo estrangulase.

—No te deseo ningún mal —le dijo la mujer sabia—, pero te advierto que si sigues mintiendo te vas a ahogar.

—Con... confirmo que...

Sin realizar el menor gesto, la mujer sabia seguía mirando al mocetón, que empezó a jadear.

La garganta empezó a quemarle, y el mentiroso cedió.

—Yo no vi nada —confesó.

—¿Fuiste testigo de una violación, sí o no? —interrogó el juez.

—¡No... no!

Yema, decepcionada, permanecía imperturbable.

—Yo afirmo haber sido violada por Paneb.

—¡Es tu palabra contra la mía, pequeña buscona! —exclamó el coloso, cuya intervención irritó al magistrado.

—¿Puedes traer a un testigo que corrobore tu versión de los hechos? —preguntó a Paneb.

—¡Os juro que soy inocente!

—Y Yema jura que eres culpable. Y viéndola, tan frágil y tan indefensa, me cuesta bastante creerte a ti.

El escriba de la Tumba dijo tajantemente:

—¡Os comportáis como un acusador y os excedéis en vuestro papel de juez! Pide que los miembros del tribunal no tengan en cuenta vuestra intervención. Si tomáis de nuevo partido de un modo tan flagrante, exigiré que seáis reemplazado.

—De acuerdo, de acuerdo... ¿Pero puede Paneb defenderse de un modo que no sea insultando?

—Sí puede —afirmó la mujer sabia.

—Explicaos.

El coloso miró con atención a Clara y una extraña energía lo invadió. Se comunicaba con él sin hablar, telepáticamente, y de pronto en la mente de Paneb apareció un rostro.

—Que comparezca *Viento del Norte* —reclamó él.

—¿Es uno de tus parientes? —preguntó el juez.

—Es mi asno, que venga y que diga quién está mintiendo.

El juez vaciló:

—¡Pero es un asno...!

—Un animal nunca oculta la verdad —precisó la mujer sabia—; en él se encarna un poder divino que no puede mentir.

—¿Acepta la denunciante?

«El asno se dirigirá hacia su dueño», pensó Yema.

Sin duda, aquel artesano creía que impresionaría al tribunal utilizando ese artificio, que se volvería contra él. ¡Qué ingenuo! Yema dio, pues, su aprobación.

El borrico recorrió la avenida que llevaba al templo de Maat junto a la mujer sabia, y al llegar se detuvo ante el presidente del tribunal.

—*Viento del Norte*, te escuchamos como testigo en un caso de violación. ¿Comprendes la gravedad de la situación y tienes capacidad para designar a la persona que ha mentido en esta audiencia?

Con la pezuña delantera izquierda, el asno frotó la losa de piedra.

Un murmullo brotó del jurado, que reconoció la validez del testimonio del animal.

—*Viento del Norte*, señala al mentiroso.

El fuerte asno volvió la cabeza hacia Paneb, y Yema esbozó una sonrisa de satisfacción.

Pero el asno giró sobre sí mismo y se dirigió hacia la muchacha, cuyo hombro tocó con el hocico.

Como si le hubiera picado una serpiente, la muchacha dio un salto hacia atrás.

—¡No vais a creer a esa bestia!

—¿Por qué has mentido, Yema? —preguntó el presidente del tribunal, furioso.

—¡He dicho la verdad!

Viento del Norte se abalanzó contra la mentirosa, la derribó de un cabezazo y le colocó las patas delanteras sobre el pecho.

—¡Va a matarme! —gimió aterrorizada.

Pero nadie la socorrió.

A punto de asfixiarse, Yema empezó a confesar:

—He mentido, lo confieso... Le hice proposiciones a Paneb y me rechazó... Me sentí tan vejada que decidí vengarme... Estaba segura de que sería condenado si lo acusaba de violación... ¡Y me hubiera burlado de él cuando estuviera en prisión! He hecho mal, pero debéis comprenderme y perdonarme... Paneb no debió tratarme de un modo tan despectivo.

—Tu mentira podría haber tenido consecuencias terribles —consideró el presidente del tribunal—; que los miembros del jurado no lo olviden al pronunciar su sentencia.

—Reclamo su indulgencia —declaró Paneb—; Yema es muy joven, y esto le servirá de lección.

Yema fue condenada a cultivar verduras y llevarlas al Lugar de Verdad durante un año, a cambio de un salario mínimo. El jurado creyó sus inflamadas declaraciones de joven seductora despechada, y el juez no siguió investigando.

No había tenido que hablar, pues, de Tran-Bel y de la recompensa prometida que, a pesar de su imprevisible fracaso, le debía. Por eso, en cuanto salió del tribunal, acudió al almacén del libio.

Al ver a Yema, el mercader la arrastró hasta la pequeña habitación donde conservaba sus archivos.

—¿Qué estás haciendo aquí, idiota?

—Paneb ha sido absuelto.

Tran-Bel se pasó la mano por el pelo, turbado.

—Absuelto... ¿Pero qué estás diciendo?

—¡Ha sido por culpa de su asno, *Viento del Norte*! La mujer sabia ha embrujado al jurado, los falsos testigos se han retractado y el asno me ha señalado como culpable.

—¡Estás absolutamente loca, Yema!

—Os juro que ha ocurrido así, y Paneb ha salido libre del tribunal.

—¿Has hablado de mí?

—¡No, claro que no!

—Mejor para ti, niña. Espero que no estés mintiendo.

—Me han condenado a servir al Lugar de Verdad durante un año... ¡Eso es todo lo que he obtenido! Ahora quiero mi recompensa.

—Tomarás el primer barco de carga que zarpe hacia el Norte y dejarás Egipto para ir a Palestina, donde trabajarás como sierva en casa de uno de mis amigos granjeros. Allí, cambiarás de nombre y escaparás de la justicia egipcia.

—Pero... ¡Prefiero quedarme aquí!

—Has fracasado, idiota, y no te queda otra salida. Por encima de mí hay gente que no aceptará tu error.

—Y eso significa...

—Significa que debes marcharte en seguida y no abrir la boca, si quieres seguir viviendo. Mañana abandonarás el país, y ruega a los demonios que te respeten.

La muchacha se inclinó, aterrorizada.

Tran-Del había olvidado decirle que su amigo granjero la utilizaría como esclava, pero en ese momento ya sólo le preocupaban las explicaciones que debería dar a Méhy y a Serketa para salir indemne de aquella desventura.

62

En el cuarto año del reinado de Seti II, el invierno estaba siendo realmente duro. Un viento helado barría la orilla oeste de Tebas, acostumbrada a temperaturas más clementes, incluso durante la estación invernal. Algunos lo atribuían al castigo que infligían al país los terribles emisarios de la diosa Sejmet, enojada por la debilidad de un rey cuyas intenciones seguían siendo inciertas.

Cuando el cortejo de asnos llegó, el escriba de la Tumba ya estaba levantado. Envuelto en un grueso manto, le dijo al responsable del convoy:

—¿Has traído leña?

—Ni un solo saco.

—¡Y, sin embargo, dije que era urgente!

—La administración no me ha dado nada... Debo deciros que, en este momento, nadie tiene leña.

Kenhir avisó inmediatamente al maestro de obras.

—Hay que encontrar leña en seguida —consideró Nefer—; las casas están heladas, varios enfermos sufren bronquitis. Sin calor, su caso se agravará, especialmente el de la hija de Paneb.

—Nuestra reserva parecía más que suficiente, ¿pero quién podía prever ese interminable período de mal tiempo?

Paneb, furioso, interrumpió a los dos hombres:

—Acepto quemar mi cama y mis muebles, aunque me quede sin nada. ¡Me gustaría saber quién es el responsable de todo esto!

—Soy yo —declaró Nefer.

—El maestro de obras asume los errores de los demás... Pero eso no nos soluciona nada.

—Tienes razón, por eso, iré a buscarla.

—¿Vas a arriesgarte tú? ¡Ni hablar! Ya me las arreglaré yo. ¿El escriba de la Tumba acepta extenderme una autorización oficial?

—Imposible, Paneb. Desconfía de las patrullas.

—¿Por qué no presionáis al administrador principal?

—Porque esperaba que la entrega de esta mañana fuera la buena —protestó Kenhir.

Una ráfaga de viento casi hizo caer al anciano, indignado por la insolencia de Paneb. Sin embargo, no tuvo oportunidad de dirigirle ningún reproche, pues el coloso corrió a casa de Imuni.

—Abre la puerta del almacén y dame la mejor hacha —le ordenó al escriba ayudante.

—¿Para qué?

—Apresúrate, Imuni, no estoy de humor para oír estupideces.

—Cortar leña sin autorización está prohibido y...

El coloso cogió al escriba por los hombros y lo levantó del suelo.

—Si no me entregas el hacha ahora mismo, cogeré toda la madera que tienes, incluidas tus paletas de escriba.

Los tres policías observaron durante largo rato al coloso, que troceaba un viejo sicomoro de tronco blanquecino, la mayor parte de cuyas ramas estaban secas.

A pesar del frío viento, el hombre trabajaba con el torso desnudo y manejaba una pesada hacha a buen ritmo.

—Está cometiendo una infracción —advirtió el policía de más edad—; pero hay que reconocer que es muy fuerte.

—De creer en ciertos rumores —observó su colega barbudo—, podría tratarse de un artesano del Lugar de Verdad, Paneb el Ardiente, capaz de derribar, él solo, a nueve hombres.

—¿Cómo podemos estar seguros de ello?

—Mira su asno... ¡Es un gigante, como su dueño! Y todos saben que Paneb tiene un borrico monstruoso.

—¿Nueve hombres, de verdad?

—Sólo somos tres... ¿Y has visto el tamaño de su hacha? Si lo atacamos, se defenderá. ¿No deberíamos esperar un poco antes de detenerlo?

—Tienes razón.

Hacía mucho rato que Paneb había descubierto a los policías, pero su presencia no le preocupaba en absoluto; tras haber llenado de leña las albardas que llevaba *Viento del Norte*, y haber cogido también una pesada carga, tomó la dirección de la aldea y pasó ante los tres hombres.

—Que paséis un buen día, amigos; habéis hecho bien quedándoos donde estáis.

—Esta escasez de leña es inadmisible —gritó Kenhir—; ¡sabéis tan bien como yo que el Lugar de Verdad es prioritario!

Con la cabeza entre los hombros, el general Méhy tuvo ciertas dificultades para mostrarse tan amable como de costumbre. Por una parte, el fracaso del plan de Tran-Bel para eliminar a Paneb le había afectado; por la otra, los soldados de los cuarteles de la orilla oeste, al igual que los de la orilla este, se quejaban también del frío, pero nadie se atrevía a cortar árboles, por miedo a infringir un privilegio real y desatar, así, la cólera de Seti II.

—No lo he olvidado, Kenhir, pero mis poderes son limitados. Le he escrito al rey para que me permita cortar los árboles viejos y nos mande leña del Líbano, pero aún no he recibido ninguna respuesta. Ignoro incluso si Seti está aún en Hermópolis.

—¿No os quedan algunos sacos de carbón vegetal?

—Ni uno solo, de lo contrario hubiera hecho que os los entregaran.

Kenhir se convenció de la buena fe del general.

—En ese caso, tendremos que arreglárnoslas solos y necesito inmunidad para el artesano que nos traiga leña.

—Supongo que será Paneb...

El escriba de la Tumba no respondió.

—Ignoraré los informes policiales que reciba a este respecto... Pero pedidle que sea discreto.

—Gracias, general; en efecto, sois el protector del Lugar de Verdad.

Gracias a Paneb, la aldea había recuperado un poco de calor, y los enfermos ya no corrían peligro. En cuanto regresaba a su casa, el coloso acunaba a su hija, que estaba cada vez más bonita, ante la tierna mirada de Uabet la Pura.

—Pronto será la hora de cenar... ¿Dónde está Aperti?

—En la escuela, castigado; ayer insultó al escriba ayudante que corregía sus deberes de matemáticas.

—¡No nos dejará nunca en paz el tal Imuni!

Paneb besó tiernamente a la deliciosa muñequita y la entregó a su madre. Luego salió de la casa y fue al despacho de Imuni, donde el escriba ayudante, muy enojado, se dirigía al maestro de obras y al escriba de la Tumba.

—Tengo que denunciar graves irregularidades y pido que se convoque al tribunal.

—¿Intentas atacarme a través de mi hijo? —preguntó Paneb.

Imuni pareció sorprendido:

—¿A ti? ¡No, en absoluto!

—Formula tus quejas —exigió Nefer el Silencioso.

—En primer lugar, Userhat el León ha utilizado mucho más alabastro del que le está permitido; trabaja, pues, por su cuenta, sin decirme a quién piensa entregar las estatuas.

—A nadie —respondió el maestro de obras—. Yo le he ordenado que fabrique mesas de ofrenda de alabastro para el faraón Seti II.

El escriba ayudante se ruborizó.

—¡No... No he sido avisado!

—Antes de acusar, infórmate. ¿Qué más?

—Gau el Preciso estropea una gran cantidad de papiro.

—Eso es falso —intervino Paneb—; traza los esbozos finales que me sirven para realizar las pinturas, y no debe imponérsenos restricción alguna.

El escriba de la Tumba asintió.

—No hagas más acusaciones, Imuni —le aconsejó Kenhir a su ayudante—; no das la talla.

Imuni se tragó el rencor; por fortuna, sus investigaciones genealógicas progresaban, y pronto obtendría la revancha.

Como el servicio de correo se había reanudado con normalidad tras los funerales de Amenmés, el traidor se carteaba de nuevo con sus comanditarios, y había recibido un mensaje cifrado ordenándole que fuera al altozano de los ancestros, situado cerca de la aldea. Durante sus descansos, los artesanos rendían homenaje a los dioses primordiales que, antes de dejar que la creación se desarrollara, habían decidido establecer allí su morada terrestre.

Desde que se había desvanecido el espectro de la guerra civil, las autorizaciones para salir de la aldea se habían restablecido, pero el traidor sabía que la vigilancia del jefe Sobek no aflojaría. Así pues, no había figurado entre los primeros que cruzaron el Nilo para visitar a los miembros de su familia o tratar asuntos privados.

Una mañana de descanso aprovechó para caminar hasta el altozano de los ancestros, y un policía nubio lo siguió durante un rato. Después, este último regresó al quinto fortín.

En un bosquecillo de acacias, un pequeño santuario albergaba la tumba de los dioses. La paz que reinaba en aquel lugar era la de otro mundo, al que el traidor ya no era sensible desde hacía mucho tiempo.

—Nadie nos observa —afirmó Serketa, que llevaba una túnica blanca de sacerdotisa, como si hubiera ido a depositar una ofrenda en el altar de los ancestros—. ¿Has descubierto por fin el escondite de la Piedra de Luz?

—Por desgracia no, pero no pierdo la esperanza.

—Sólo tú eres capaz de conseguirlo, siempre que elimines el principal obstáculo.

—¿Cuál es?

—El maestro de obras en persona.

—¿Adónde queréis llegar? —preguntó el traidor con voz temblorosa.

—Es preciso suprimir a Nefer el Silencioso. Si él desaparece, la aldea perderá su fuerza y se desvelará el camino que conduce a la piedra.

—¡Me ordenáis que cometa un crimen!

—Piénsalo, no hay mejor solución. Naturalmente, te las arreglarás para lograr que acusen al artesano que más detestes.

—Imposible.

—La muerte de Nefer provocará la desaparición de la cofradía y tu recompensa será enorme, puedes creerme.

—Es demasiado arriesgado.

—Avísame cuando hayas elaborado un plan. Multiplicaremos por diez la fortuna que te aguarda en el exterior.

63

Cuando todos estaban durmiendo, Aperti se aproximó a la cuna de madera donde descansaba su hermana, aquella niña siempre risueña, a la que sus padres adoraban y a la que él detestaba cada día más. Severamente castigado por sus profesores, Aperti pasaba más tiempo realizando distintas tareas en beneficio de la aldea que divirtiéndose con sus compañeros. Él, que sólo pensaba en luchar y demostrar su fuerza, se aburría en aquel mundo de artesanos y sacerdotisas.

¡Selena, en cambio, sería la encarnación de la perfección! Sin duda, la niña sería muy obediente, daría todas las satisfacciones a sus padres y relegaría a Aperti a un segundo plano. El adolescente había decidido, pues, actuar antes de que fuera demasiado tarde. Si ahogaba a su hermana con un pañal, se libraría de aquella peligrosa rival.

Pero al tocar la cuna, el poderoso puño de Paneb lo agarró por el pelo.

—¿Qué intentabas hacer, Aperti?

Sin llorar, a pesar del dolor, el muchacho se debatió en vano.

—¡Quería ver si estaba dormida!

—¡Mentiroso! Pensabas hacerle daño, ¿no es cierto?

Paneb arrojó a su hijo al suelo, como si fuera un montón de ropa sucia.

—Si lo hubieras conseguido, Aperti, te habría roto los huesos. De ahora en adelante, serás responsable de la seguridad de tu hermanita. Y, por tu bien, no cometas un solo desliz.

—¿Ha aceptado? —preguntó Méhy a su esposa.

—Todavía no.

—Si es mínimamente inteligente, no lo hará.

—Yo creo que sí. Le he prometido una gran fortuna, y no resistirá la tentación.

—Un artesano del Lugar de Verdad asesinando a su maestro de obras... ¡Impensable!

—Nuestro aliado no es como los demás. No ha hecho más que traicionar a lo largo de toda su vida, y lo ha hecho tan bien que nadie ha conseguido identificarlo. Ya sólo tiene que subir un peldaño más, y lo subirá.

—¡Hemos fracasado varias veces por culpa de la maldita cofradía! Tu proyecto es demasiado insensato para tener éxito.

—Conozco bien a ese traidor. La ambición le ha devorado el corazón hasta transformarlo en un demonio de las tinieblas, al que nada hará retroceder.

—Pareces tan segura de ti misma, Serketa...

—El maestro de obras no es el único que saca fuerzas de las pruebas que atraviesa. Esta cofradía se nos resiste desde hace mucho tiempo, y detesto fracasar.

—Matar a un hombre no es fácil... ¿No será un cobarde nuestro aliado?

—Claro que sí, y matará como un cobarde, haciendo que acusen a un inocente. Él ignora que ya ha tomado la decisión de actuar, pues aún tiene que encontrar el método adecuado para lograr sus fines sin que le inquieten. Pero, tranquilízate, lo encontrará.

El faraón había pasado una jornada entera, solo, en el templo de Thot, creado por Ramsés el Grande y concluido por su hijo Merenptah. Él mismo había hecho que los escultores del taller real representaran escenas de ofrenda, y había esperado a que todo estuviera terminado para entrevistarse con el dios del conocimiento.

Ni una sola vez, durante su estancia en Hermópolis, la reina Tausert había reprochado al rey su silencio, como si admitiese la necesidad de esa larga meditación que tal vez permitiera al monarca salir de un interminable período de aflicción, durante el que su salud se había resentido.

Mientras Seti consultaba con los sacerdotes de Thot, herederos de un saber milenario, la reina se encargaba de los asuntos de Estado. En permanente contacto con el canciller Bay, que se había quedado en la capital, Tausert daba directrices y respondía a las múltiples preguntas que no dejaban de plantearse.

Firme y dulce al mismo tiempo, la gran esposa real había sabido seducir a los dignatarios de la gran ciudad del Medio Egipto, y el sumo sacerdote de Thot en persona no escatimaba elogios a aquella reina que le parecía el zócalo de la diosa Maat, sobre el que descansaba el país entero.

Tausert estaba escribiendo a Bay para resolver un problema en la tasa de los géneros importados de Creta cuando Seti entró en su vasto despacho, cuyas ventanas daban al templo de Thot. El soberano tenía el rostro sereno de un hombre cuyo fardo era ya menos pesado.

—¿Continúa la escasez de leña? —preguntó Seti.

—No, majestad; hice traer cantidades suficientes de Siria y del Líbano. Todas nuestras provincias fueron abastecidas.

—Te admiro, Tausert; pocas veces una gran esposa real habrá asumido sus funciones con tanta eficacia. Sin ti, Egipto hubiera zozobrado.

—Nunca dejaste de ser faraón, y nunca dejaste de velar por el bienestar de tu pueblo.

Seti contempló los suaves rayos del poniente, que doraban los muros del templo.

—¿No es maravillosa esta ciudad? Aquí se respira paz, sus sacerdotes siguen el camino de Thot y nadie debería turbar su serenidad. Ahora bien, ¿qué he hecho yo? Instalé aquí numerosos soldados y el aliento abrasador de la guerra estuvo a punto de incendiar el valle de los tamariscos, donde se levanta el gran templo.

—¿No han embellecido tus escultores la obra de quienes te precedieron?

—Pobre compensación... Ha llegado la hora de abandonar Hermópolis y librarla de mis tropas.

—¿Adónde vamos, majestad?

—A Tebas.

—Algo más corto en el cuello —pidió Ched el Salvador a Renupe el Jovial, que oficiaba de barbero y peluquero con una habilidad que los aldeanos apreciaban.

—El escriba de la Tumba nos ha anunciado que Seti avanzaba con su ejército hacia Tebas.

—Tarde o temprano, tenía que suceder.

—Se dice que la cólera del dios Set anima al rey, y que éste se vengará ferozmente de la ciudad que lo desafió.

—No te angusties, Renupe, y acepta tu destino.

—Supón que los soldados de Seti no respetan la aldea.

—Tal vez el maestro de obras nos ordene que tomemos las armas que hemos fabricado y luchemos a vida o muerte. ¿Podemos esperar algo mejor?

—¡Pero yo quiero vivir!

—Existen tantas maneras de vivir, amigo mío; pero ninguna de ellas puede reemplazar la libertad. Sobre todo, no estropees tu corte de pelo: en los momentos difíciles hay que estar muy elegante.

Ya no era un rumor: llegaba Seti. El general Méhy se había instalado en su cuartel general de la orilla este, de donde no salía información alguna. Las aves de mal agüero se multiplicaban, prediciendo que el furor del dios Set destruiría la ciudad de Amón, y la ansiedad de la población no dejaba de crecer.

En la aldea, los escultores Userhat el León, Ipuy el Examinador y Renupe el Jovial habían tallado varias estelas sobre las que se habían grabado serpientes protectoras, en número de siete, diez, doce o dieciocho; colocadas junto a las dos puertas, impedían el acceso a las fuerzas maléficas.

A medida que pasaban las horas, la atmósfera se hacía más pesada. Los artesanos no acudían ya al Valle de los Reyes y se ocupaban de sus casas o de sus moradas de eternidad, como si nada ni nadie amenazase sus vidas. Bajo el impulso de la mujer sabia, las sacerdotisas invocaban a Hator con la esperanza de que el amor triunfara sobre el odio.

—Nuestros antepasados tuvieron mejor suerte que nosotros —dijo Paneb a Nefer el Silencioso—; los tiempos eran menos turbulentos y la integridad de la cofradía estaba menos comprometida.

—Vencieron otros peligros, y nosotros debemos afrontar los nuestros con la única voluntad de preservar la obra de la Piedra de Luz. Ven conmigo, hijo mío.

La solemnidad del tono de Nefer impresionó al coloso, que siguió al maestro de obras hasta el templo. Tras haber atravesado el patio al aire libre, penetraron en la primera sala, donde una escalera de estrechos peldaños ascendía hacia el techo.

El sol se ponía, y ninguna nube oscurecía el cielo.

Nefer ofreció a Paneb un objeto de madera de ébano, de cinco centímetros de ancho y otros tantos de largo, con un agujero en uno de sus extremos. En la parte opuesta del centro del orificio, había un trazo grabado que indicaba el emplazamiento del hilo de la plomada.

—Mirando por el agujero, advertirás la culminación de los astros tras un hilo suspendido en el plano del meridiano —indicó el maestro de obras—; te enseñaré a utilizar lo que llamamos «el instrumento del conocimiento», un astrolabio fabricado con la nervadura central de una palmera. Te permitirá alinear con los puntos cardinales las esquinas de cualquier edificio.

Paneb se mostró especialmente hábil; jugar con el cielo le proporcionaba un gran placer.

—Fuiste iniciado en los misterios de las doce horas nocturnas —recordó Nefer—, pero te es preciso conocer también el mensaje de los decanatos, esos grupos de estrellas que acompasan el año, te ofrecen el secreto del tiempo e indican las horas rituales. Cada decanato es elegido como «estrella horaria» durante diez días, y consultarás el reloj estelar de treinta y seis columnas que ha puesto a punto Thuty el Sabio. El modelo de los decanatos es Sirius, cuya aparición helíaca señala el comienzo de nuestro año de trescientos sesenta y cinco días. Durante setenta días, que corresponden a la duración de la momificación de un faraón, Sirius está demasiado cerca del sol, por lo que no puede ser observado. Como los demás decanatos, entra en el taller de embalsamamiento para ser purificado y recompuesto, y resucita.

—¿Por qué me cuentas todo esto?

—Para hacerte comprender que la vida en el Lugar de Verdad es igual que en las estrellas y porque tal vez seas el encargado, en un futuro más o menos lejano, de construir un templo. Lo que te enseñaré durante esta noche te será indispensable.

—¡El maestro de obras eres tú!

—Las generaciones pasan, y sólo perdura la palabra de los dioses, se encarne en la luz o en la piedra.

La mujer sabia apareció en lo alto de la escalera. En la mano izquierda sujetaba el cetro que simbolizaba el poder de Set, su fuego celestial capaz de perforar los más sólidos materiales.

—Con él, calcularás la sombra y obtendrás una orientación

exacta basada en los movimientos del sol —le indicó Clara a Paneb—; mantén esta luz en la mano y utilízala sólo para construir.

El cetro estaba ardiendo, pero la palma del coloso permaneció intacta. Tuvo la sensación de empuñar un objeto tan pesado que apenas podía levantarlo; sin embargo, la mujer sabia lo había manejado con desconcertante facilidad.

—Sigamos observando el cielo —recomendó el maestro de obras—; aún te queda mucho por descubrir, Paneb.

La aldea dormía, y Nefer, Clara y Paneb pasaron la noche en el tejado del templo, como si el porvenir les perteneciera.

64

—¿Cuáles son las últimas noticias de nuestros observadores? —preguntó Méhy a su ayudante de campo.

—El faraón se ha detenido en Dendera para rendir homenaje a la diosa Hator. Avanza muy lentamente hacia Tebas, pues visita cada santuario, grande o pequeño, para hacerse reconocer por las divinidades, tal y como manda la tradición.

—¿Seti ha revelado, al menos, sus intenciones?

—No, general.

—¿Y cómo andan de moral nuestras tropas?

—No muy bien. Esperan órdenes precisas.

—Ahí va una: que se depositen las armas en los cuarteles y que todos los soldados tebaicos se preparen para celebrar la llegada de Seti II.

El ayudante de campo se sintió aliviado. Como muchos, temía que Méhy, inspirándose en el ejemplo de Amenmés, se levantara contra el faraón legítimo y provocase, así, un sangriento enfrentamiento. Pero el general se mostraba razonable y aceptaba la soberanía del señor de las Dos Tierras.

Si Méhy no hubiera actuado con sensatez, el ayudante de campo habría callado; pero puesto que ponía a Tebas y a su población por delante de su propio interés, habló.

—Os arriesgáis a tener graves problemas, general, por culpa de uno de vuestros oficiales.

—¿Qué tiene que reprocharme?

—Haber sido el más firme apoyo de Amenmés y haberle mentido a su padre para salvaguardar vuestra posición.

Méhy mantuvo la calma.

—¿Quién se ha atrevido a hacer semejante acusación?

—El capitán de los arqueros.

El general se derrumbó.

—Él, un hombre que salió de la tropa y a quien yo ayudé a hacer carrera... ¿Cómo imaginar semejante ingratitud?

—Al acusaros, el capitán espera salvar su cabeza o, incluso, obtener un ascenso.

—¿A quién le ha contado esto?

—Sólo a mí; quería que me pusiera de su parte. Como lo escuché atentamente, está convencido de que me he pasado a su bando y de que convenceré a otros oficiales para que se unan a nosotros.

—¿Por qué sigues siéndome fiel?

—Porque sois un leal servidor del Estado y sólo pensáis en la felicidad del país.

—¿Aceptas seguir haciendo creer al capitán de los arqueros que te has convertido en su aliado y que organizas una conspiración contra mí? Quiero saber si se empeñará en hacerme daño o renunciará a su sórdido proyecto.

—¿No valdría más detenerlo y convocarlo ante un tribunal militar?

—Primero es preciso saber si tiene cómplices.

—No me gusta mucho esta misión, general, pero lo haré.

—No olvidaré tu abnegación —prometió Méhy.

—Los últimos rumores son alarmantes —reveló el maestro de obras a los artesanos—. El jefe Sobek no consigue distinguir lo verdadero de lo que no lo es, pero parece ser que Seti quiere vengarse de Tebas y que el general Méhy no piensa atacarlo.

—¿Qué será de nosotros? —preguntó Pan el Pedazo de Pan, angustiado.

—Las entregas cotidianas siguen estando aseguradas. Si se interrumpieran, tendríamos suficiente comida para sobrevivir durante varias semanas, gracias a las reservas de alimentos pacientemente reunidos por el escriba de la Tumba.

—¿Y el agua? —preguntó Gau el Preciso.

—Será prudente racionarla. En caso de escasez, Kenhir intervendrá ante la administración, y el jefe del equipo de la izquierda organizará un grupo de socorro para procurárnosla.

—¿Cuándo reanudaremos el trabajo en el Valle de los Reyes? —preguntó Fened la Nariz.

—Todo dependerá de la actitud del rey. De momento, tenemos algo urgente que hacer: poner al Lugar de Verdad fuera de alcance.

—¿Cómo?

—Realizando una obra que le será útil al templo de Karnak para celebrar la próxima fiesta en honor del dios Amón. El jefe Sobek, Paneb y yo mismo iremos a los astilleros de la orilla oeste con el fin de recoger la madera necesaria para construir una nueva barca de procesión para el señor del conocimiento.

—¡Eso es muy peligroso, tal y como están las cosas! —observó Thuty el Sabio—; ¿no valdría más esperar?

—La mujer sabia estima que nos queda poco tiempo. En cuanto hayamos traído la madera, el equipo trabajará día y noche.

En los astilleros, que por lo común estaban hasta los topes, reinaba la más absoluta tranquilidad. Los carpinteros y los calafates habían dejado sus herramientas y habían amontonado las largas tablas de acacia y sicomoro al abrigo de un cobertizo.

Cuando el trío se presentó en la entrada, un guardia les cerró el paso.

—¿Quiénes sois?

—El maestro de obras del Lugar de Verdad, acompañado por el jefe de policía y un artesano.

—¿Nefer el Silencioso en persona?

—Es él —asintió Paneb.

—Avisaré al contramaestre.

El guardia, un cincuentón con los hombros anchos y el torso hinchado, no parecía un hombre muy afable.

—Vuestra visita me sorprende... ¿Qué queréis?

—La madera necesaria para fabricar una barca ritual —respondió Nefer.

—¿Tenéis una orden de requisa?

—Sólo el faraón podría concederla.

—Por lo tanto, no estoy obligado a dárosla.

—¿Pero aceptáis ayudarnos?

Muchos artesanos de los astilleros envidiaban a los del Lugar de Verdad, pues poseían secretos a los que ellos no tenían acceso. Y el contramaestre vio la ocasión perfecta para tomarse la revancha.

—¿Y si me niego?

—Eso nos supondría un gran contratiempo, pues sólo vos poseéis las tablas de primera calidad que nos son indispensables para realizar una obra digna del dios Amón.

—¡Vuestras palabras son sinceras, Nefer!

—Sé que creéis que los artesanos de la cofradía somos altaneros, pero, como vosotros, sólo intentamos transformar la materia, sin molestar a nadie.

—El coloso y el policía que os acompañan... ¿Están dispuestos a apoderarse de la madera por la fuerza?

—De ningún modo —respondió el maestro de obras con una sonrisa—; simplemente tienen la intención de ayudar a los asnos con su carga. La decisión es solamente vuestra.

—¿A cambio de las tablas, me entregaréis la clave de vuestras técnicas de carpintería?

—La técnica, ya la poseéis; el secreto es de un orden distinto.

—Así pues, ¿no obtendré ninguna recompensa por mi generosidad?

—Ninguna, salvo la satisfacción de haber sido generoso.

Si hubiera sido Nefer, Paneb habría derribado a aquel tipo insoportable y se habría apoderado de la madera. Un hombre como aquél no merecía otro tratamiento.

—Coged lo que necesitéis, pero redactad una nota justificándoos —dijo el contramaestre—. No quiero ningún problema con la administración.

—No os preocupéis, el escriba de la Tumba os encubrirá.

Cargaron la mayor parte de los fardos de madera sobre los asnos, repartiendo el peso, y Nefer, Sobek y Paneb llevaron el resto.

Con la azuela de mango corto, los artesanos quitaron las asperezas del casco, tallaron el empalletado, y dieron forma a la roda y al codaste, la pieza que soportaba el gobernalle; con la azuela de mango largo, igualaron el exterior de la quilla.

Según los planos dibujados por el maestro de obras y Ched el Salvador, el carpintero Didia dirigía la maniobra, ayudado por Paneb; los escultores habían creado un casco compuesto por una marquetería de tablas de pequeñas dimensiones, cortadas con extremo cuidado. Los talladores de piedra se habían divertido fijando las tablillas unas sobre otras, utilizando una maza doble para hacer penetrar las espigas en las muescas.

Aun siendo especialista de una técnica concreta, cada artesano del equipo era capaz de trabajar cualquier material, bajo la atenta mirada de Ched el Salvador, siempre dispuesto a señalar la menor imperfección.

Y nació la barca, con su proa y su popa en forma de loto, y su capilla de oro; la acacia estaba perfectamente alisada, y la belleza del conjunto dejaba sin aliento.

—Si no fuera porque ya la has realizado, ésta sería tu obra maestra —confió el maestro de obras al orfebre Thuty.

—No soporto trabajar con prisas... Sin Paneb y Gau el Preciso, no habría hecho nada bueno.

—No creáis que el trabajo ha terminado —precisó Ched—; aún hay que añadir las cabezas de carnero para evocar la presencia de Amón y adornar el contorno del techo de la capilla con cobras reales, cuyo aliento de fuego alejará las fuerzas nocivas.

—No olvidemos el velo que cubrirá los costados de la capilla —añadió Nefer—; así ofreceremos al faraón la barca de Amón, guardián del secreto por naturaleza.

El traidor lo vio claro: el maestro de obras disponía de informaciones recientes que no había transmitido a la cofradía y que, sin ninguna duda, se referían a la suerte del Lugar de Verdad; la aldea debía de estar en peligro, y Nefer el Silencioso había encontrado el mejor medio para hacer salir su más valioso tesoro, la Piedra de Luz: ocultarla bajo un velo ritual, en la capilla de la barca de Amón.

Tal vez, el maestro de obras había negociado su propia seguridad con el sumo sacerdote de Karnak, y a cambio le había ofrecido ese inestimable regalo. Si así fuera, el jefe de la cofradía se estaría comportando como el peor de los cobardes. El traidor acabó de convencerse; tal vez matarlo no fuera un crimen tan grande.

En cualquier caso, se le presentaba una oportunidad única: Nefer depositaría la piedra en la cabina de oro, convencido de que ningún artesano se atrevería a violar la habitación divina.

El Silencioso se equivocaba.

65

El ayudante de campo del general Méhy había citado al capitán de los arqueros cerca de la prensa que utilizaba la intendencia del ejército para proporcionar vino a los soldados durante los días de fiesta. El lugar estaba desierto, y el oficial se alegraba de poder contar con un aliado tan influyente.

Hacía mucho tiempo que el jefe de los arqueros sospechaba que Méhy hacía un doble juego y se preocupaba sólo de su propia carrera; lo consideraba un depredador cínico y cruel, capaz de todo para reforzar sus poderes. Y la investigación que había realizado personalmente, con extremadas precauciones y sin confiar en nadie, le había permitido llegar a la conclusión de que el general era un criminal. Con el apoyo de su ayudante de campo y otros oficiales de alta graduación, obtendría pruebas. No descartaba la idea de que incluso Méhy hubiera asesinado a Amenmés, y no vacilaría en organizar una emboscada donde cayera Seti. Era necesario avisar al faraón, para que hiciese detener y condenar al general, cuyo único objetivo consistía en tomar el poder.

Bastarían cuatro militares valerosos para eliminar al futuro tirano. El ayudante de campo sabría reclutarlos, cuidando de no llamar la atención del general.

Oyó un ruido de pasos, lejano todavía.

Luego, de nuevo, el silencio.

El jefe de los arqueros miró a su alrededor, y un escalofrío le recorrió la espalda al distinguir varias siluetas que rodeaban su posición.

—¿Quién está ahí?

Y de entre las sombras aparecieron una treintena de arqueros que tensaron sus arcos y le apuntaron.

—Ríndete —ordenó el general Méhy.

El capitán no tenía escapatoria. Se llevó, pues, la mano al cinturón de su taparrabos para soltar la vaina que contenía un puñal, y en ese instante, Méhy aulló:

—¡Atención! ¡Nos ataca!

Tres arqueros dispararon al mismo tiempo. La primera flecha se clavó en el ojo izquierdo del capitán, la segunda en la garganta y la tercera en el pecho.

Cayó, muerto, y se dio con la nuca en el borde de la prensa.

Méhy fue el primero en inclinarse sobre el cuerpo sin vida del capitán, y deslizó en el taparrabos una hoja de papiro.

—Felicito a los arqueros —dijo el general—. Sin su intervención, uno o varios de nosotros habríamos sido heridos. Que registren el cadáver.

El jefe del destacamento obedeció.

—¡Un documento, general!

—Léelo.

—Nombres... ¡Nombres de oficiales superiores!

—Lee en voz alta.

Los arqueros quedaron aterrados. De modo que, como Méhy había explicado, en efecto existía una confabulación de antiguos partidarios de Amenmés decididos a acabar con Seti II.

—Detengamos de inmediato a los conspiradores —decretó Méhy, satisfecho de librarse de unas personalidades algo tibias para sustituirlas por sus incondicionales.

El ayudante de campo esperaba en la antecámara de la suntuosa villa de Méhy. Serketa fue a buscarlo, acompañado por su intendente.

—¡Parecéis agotado! —observó ella—. ¿No os encontráis bien?

—Sí, dama Serketa.

La esposa del general puso al intendente por testigo:

—Este oficial trabaja demasiado... Servidle licor de dátiles, para que recupere fuerzas.

El intendente obedeció con rapidez y el ayudante de campo no se hizo de rogar para probar el delicioso brebaje.

—Seguidme —propuso la esposa del general, que introdujo a su huésped en la sala de las columnas de pórfiro.

—¡Vuestra mansión es realmente maravillosa!

—Estoy bastante contenta con ella, lo reconozco; ¿os habéis fijado en la finura de los almocárabes rojos y negros?

El ayudante de campo miró al techo, al tiempo que dejaba la copa en una mesa baja de marquetería.

—Mi marido no tardará —dijo—; os agradece mucho que le hayáis organizado la cita con el capitán de los arqueros. Éste quedará muy sorprendido al ver al general y no a vos, pero Méhy sabrá hacerle entrar en razón.

—La bondad del general me sorprende, lo confieso... Si el jefe de los arqueros hubiera sido juzgado, habría sido condenado a una grave pena.

—Mi marido suele mostrarse indulgente con sus subordinados, ¿no es ésa una hermosa cualidad?

—Sí, claro... Pero se le aprecia, sobre todo, por su autoridad. Por esta razón, me sorprende tanta clemencia.

—A vuestro entender, ¿ese capitán de arqueros no tenía, pues, cómplice alguno?

—Ninguno, me lo ha asegurado. Sólo contaba conmigo para constituir un grupito de oficiales superiores que fueran hostiles a Méhy.

—Eliminado ese despreciable personaje, no queda, pues, ningún oficial deseoso de hacerle daño a mi marido.

—Ninguno, dama Serketa.

—Vos mismo, querido amigo, habéis estado a punto de traicionar al general...

Unas gotas de sudor brotaron en la frente del ayudante de campo, invadido por una extraña fatiga.

—¿Yo? ¡En absoluto!

—Estoy segura de que el pérfido discurso del arquero os afectó y de que dudasteis de la honestidad de mi marido.

—No, os aseguro que no.

—Mentís muy mal, pero no importa. Hace ya demasiado tiempo que sois el ayudante de campo del general.

—No... no comprendo.

El oficial intentó levantarse, pero no pudo. Una neblina gélida le nublaba la vista.

—Mi marido ya no confía en vos. Por eso es necesario eliminaros, como al capitán de los arqueros.

—¿Pero qué... qué me pasa?

—Cansancio excesivo y abuso del alcohol, sin duda, en un

estado de agotamiento como el vuestro, sólo deberíais haber aceptado agua para beber.

Un dolor fulgurante impidió respirar al ayudante de campo, y con la boca abierta, falleció instantáneamente.

Serketa se aseguró de que estuviese muerto y luego llamó al intendente.

—¡Ven, pronto, nuestro huésped no se encuentra bien!

El sirviente se inclinó sobre el cuerpo.

—Es grave, dama Serketa.

—¡Llama a un médico militar!

—Me temo que es demasiado tarde...

—¡Qué tragedia! Ese pobre muchacho estaba tan cansado que le ha fallado el corazón.

Para cerrar el incidente, el cadáver sería confiado a Daktair, el médico en jefe de palacio, que practicaría una autopsia y confirmaría que la causa de la muerte había sido un infarto.

Serketa estaba encantada por la eficacia de su veneno, pero sintió un leve temor al pensar que, sin la ingenuidad del ayudante de campo, el ascenso de Méhy se habría frustrado. La suerte había estado de su lado, una vez más, y las cosas iban viento en popa.

Diestro, flaco y rápido, Ipuy el Examinador era el hombre ideal para trepar a lo más alto de la cabina de la barca y esculpir, en su contorno, un friso de uraeus de madera dorada, que sería el colofón de la nueva obra maestra de la cofradía.

—Déjame a mí —propuso Userhat el León.

—¡Pesas demasiado!

—¿Olvidas que soy el escultor en jefe?

—Eso no te confiere la agilidad necesaria para este trabajo.

Ipuy trepó con más agilidad que un mono para alcanzar su objetivo, sin utilizar andamios ni correas de seguridad.

—¡Baja, es peligroso!

—¡Ni hablar!

Ipuy fijó los uraeus finamente cincelados por sus colegas, pulió dos rostros de cobra y se encontró, sin punto de apoyo, en la esquina de la capilla, tras haber dado el último golpe de cincel. Durante un instante, permaneció inmóvil en el vacío, como un pájaro que se dispusiera a emprender el vuelo.

Pero él no era un pájaro, sino tan sólo un servidor del Lugar de Verdad, y cayó, pesadamente, sobre la borda de la barca.

Por sus gritos de dolor, todos comprendieron que el accidente era grave.

—¡No lo toquéis! —ordenó el maestro de obras—. Paneb, ve a buscar a la mujer sabia.

Clara acudió rápidamente y examinó al herido con gran serenidad.

—Fractura de clavícula —diagnosticó—. Nakht y Paneb, tended a Ipuy de espaldas y ponedle un lienzo doblado entre los omóplatos.

Confiando en la intervención de la mujer sabia, el escultor se dejó tratar.

—Tirad de los hombros para que la clavícula salga hacia afuera.

Siguiendo las instrucciones de Clara, Nakht y Paneb consiguieron hacerlo sin que el Examinador sufriera demasiado.

A continuación, la mujer sabia le puso una tablilla cubierta de lino en la cara interna del brazo y otra en el antebrazo.

—¿Quedaré inválido? —preguntó Ipuy.

—Claro que no —le tranquilizó Clara—; durante algunos días, te vendaré y te curaré con la excelente miel medicinal que poseemos. La herida es limpia, y no te quedará ninguna secuela.

Ansioso, el Examinador contempló la capilla de oro.

—¿Lo he conseguido, por lo menos?

—La obra está concluida —respondió Nefer.

Mientras Nakht y Paneb transportaban a Ipuy en una camilla, Turquesa y otras dos sacerdotisas de Hator llevaron un gran velo dorado que serviría para ocultar el contenido de la capilla; un contenido que el traidor estaba seguro de haber identificado.

66

El ritual de animación de la barca se celebró durante la noche. El maestro de obras y el jefe del equipo de la izquierda salieron del taller de los escultores con un objeto oculto bajo un tupido velo y depositaron su preciosa carga en el interior de la capilla que, cuando circulara por el templo de Amón, animaría las diez entidades que forman el mundo manifiesto: el sol, la luna, el aire, el agua, el fuego, el ser humano, los demás seres que caminan sobre la tierra, los seres celestiales, los seres acuáticos y los seres subterráneos.

Uniendo entre sí las formas de la vida, la barca se presentaría como el símbolo más completo de la energía que, en sus constantes mutaciones, mantenía la coherencia del universo. Terminada la ceremonia, los artesanos regresaron a sus casas tras haber preguntado por el estado de salud de Ipuy. Clara le había administrado unos analgésicos, por lo que el escultor dormía apaciblemente junto a su mujer.

La barca se había instalado en un zócalo, entre el templo principal y una pequeña capilla construida por Ramsés el Grande y dedicada a Amón. Por su carácter sagrado y la potencia mágica que de ella emanaba, el maestro de obras había considerado innecesario que la custodiaran.

Sin embargo, cuando volvió a salir de su casa, el traidor tomó muchas precauciones. Comenzó comprobando que los animales domésticos, con *Bestia Fea* y *Negrote* a la cabeza, no merodearan por la aldea; hacía fresco, por lo que probablemente preferían dormir en sus casas. Luego, inspeccionó los alrededores para asegurarse de que no se trataba de una trampa.

El lugar parecía desierto, pero el traidor permaneció inmóvil durante unos minutos, a buena distancia de la barca. Ululó una lechuza, los chacales aullaron en la montaña, y luego se hizo otra vez el silencio.

Cambió de posición, acercándose más, y esperó de nuevo. Si hubiera habido un artesano oculto observándolo, lo habría descubierto ya.

El camino estaba libre.

Se agarró a la borda para subir a la barca y se deslizó bajo el velo que cubría las puertas de la capilla; sólo estaban cerradas con un pequeño pestillo, y el traidor lo descorrió.

Le temblaron las manos. Pensó en ponerse de lado y cerrar los ojos, pues la luz de la piedra podía dejarlo ciego. Las puertas se entreabrieron, dándole libre acceso al supremo tesoro que ambicionaba desde hacía tantos años. Dentro de unas horas, sería uno de los hombres más ricos de Tebas y se vengaría, por fin, de esa cofradía que no había sabido reconocer su talento.

Pero cuando abrió los ojos de nuevo, allí sólo brillaba la luz azulada de la luna. Extrañado, el traidor miró al interior de la capilla: allí no estaba la Piedra de Luz, sino sólo una pequeña estatua del dios Amón en su forma de Min, de pie, con el brazo derecho levantado y el pene en erección. La efigie, imagen del dios primordial que se recreaba a sí mismo, a cada instante, con su propia simiente, contenía también la mayoría de los secretos de la geometría sagrada que la cofradía utilizaba. Durante las procesiones que se organizaban cada diez días, sólo se mostraba la cabeza de Amón-Min, y el resto del cuerpo permanecía velado.

¿Y si la Piedra de Luz estuviera escondida bajo la estatua, o detrás? No, no había espacio bastante en ese naos. Sería mejor comprobarlo, de todos modos; pero para ello era necesario tocar la estatua para desplazarla, y eso era un sacrilegio.

El traidor vaciló.

Si lo hacía, ya no tendría nada en común con los servidores del Lugar de Verdad. Cortaría sus últimos vínculos con la cofradía y renegaría para siempre del camino de Maat. Pero, pensándolo bien, en el fondo, nunca lo había seguido. No había buscado la sabiduría ni la realización de la obra, sino tan sólo su propio interés, y eso era incompatible con la regla de los artesanos.

El traidor era plenamente consciente de lo que iba a hacer y, sin embargo, no retrocedió.

Con mano firme, asió la estatua por las dos plumas de oro de la corona y la movió, pero la Piedra de Luz no estaba allí.

Cuando devolvía la efigie a su lugar, el traidor sintió un agudo dolor en la palma de la mano. Una profunda herida le hendía la piel, sin que brotara ni una sola gota de sangre.

Cerró las puertas a toda prisa, corrió el pestillo y colocó de nuevo el velo. Tal vez una pomada calmaría su sufrimiento.

Como cada mañana, Kenhir se lavaba el pelo con aceite de ricino que, además de sus virtudes regeneradoras, resultaba muy refrescante. Aquella noche había sido especialmente espantosa, pues el escriba de la Tumba había soñado que comía pepinos, bebía cerveza caliente y devoraba un cocodrilo. El primer sueño significaba que tendría dificultades; el segundo, que perdería bienes; el tercero, que tendría razón con respecto a un funcionario. Pero Kenhir no recordaba el orden en que habían aparecido los sueños. Y el último era el que triunfaría sobre los otros dos...

—El desayuno —anunció Niut la Vigorosa—. Dejad que os seque la cabeza, o cogeréis frío.

El viejo escriba se dejó hacer, como de costumbre. La muchacha era una perfecta ama de casa, y todo lo que hacía lo hacía bien. La morada de Kenhir estaba más hermosa que nunca, y las demás aldeanas, aunque estaban algo celosas del talento de Niut, se inspiraban en sus métodos.

—No te tomas bastante tiempo libre —le reprochó el anciano.

—Tengo mucho que hacer aquí, y hacerlo bien lleva tiempo.

—Eres estupenda, Niut, pero me gustaría hablar de tu vida sentimental... Me han dicho que le gustabas a Fened la Nariz.

—¿Olvidáis que soy una mujer casada?

—Nuestro contrato era claro, Niut: serás mi heredera, pero eres libre para hacer lo que quieras. Y si Fened no te gusta, elige a otro. A tu edad, no vas a pasar todo el tiempo junto a un viejo chocho como yo.

—¿Y si mi libertad fuera ésa?

—¿No te interesan los muchachos?

—De momento, no. Llevar la casa y vivir los ritos con las sacerdotisas de Hator son tareas que me llenan plenamente. Y puesto que os comportáis conmigo como habíais prometido, ¿por qué voy a buscar fuera no sé qué ilusoria felicidad?

La respuesta de Niut la Vigorosa dejó a Kenhir sin palabras. Ella no iba a causarle problemas, al contrario: aquel extraño matrimonio sólo le procuraría satisfacciones.

Degustó pues unas tortas calientes rellenas de habas, con buen apetito, hasta que Paneb entró apresuradamente en su casa.

—¡Hay problemas con las entregas!

—¿El agua?

—No, la carne.

—Eso es imposible.

—Pues Des, el carnicero, no opina lo mismo.

Des llevaba el pelo muy corto, un taparrabos de cuero, un cuchillo en la mano derecha y una piedra de amolar en la izquierda. Con sus gritos, había alborotado a todos los auxiliares.

—¡Ni buey, ni carnero, ni cerdo, ni tampoco aves! ¿Pero qué clase de broma es ésta? Si no trabajo, no me pagan.

—Cálmate —exigió Kenhir, irritado por haberse visto obligado a interrumpir su desayuno.

—¡No tengo razón alguna para calmarme! Hace una semana que no hay entregas.

—¿Por qué no me has avisado antes?

—Por las hermosas promesas de los porteadores. ¿Y qué hacemos ahora?

El primer sueño de Kenhir se confirmaba: tenía graves dificultades que afrontar.

—Yo me encargo —afirmó el escriba de la Tumba, cansado ya antes de haber iniciado su jornada.

Acompañado por el maestro de obras, se dirigió al Ramesseum, donde lo recibió el escriba de los rebaños. Era un hombre bajito y bigotudo, sin demasiada facilidad de palabra; estaba cómodamente instalado en la entrada de los edificios abovedados de ladrillo, que contenían grandes reservas de alimentos.

—El Lugar de Verdad hace una semana que no recibe carne —dijo Kenhir.

—Es normal, tal y como están las cosas en la orilla este. La administración está bloqueada.

—Os recuerdo que, sean cuales sean las circunstancias, el templo de millones de años debe cubrir nuestras necesidades. ¿Acaso no poseemos numerosas cabezas de ganado y un corral en tierras del Ramesseum?

346

—Se han perdido.

Pensando en su segundo sueño, Kenhir frunció el ceño.

—¿Cómo que se han perdido?

—Me refiero a los documentos administrativos que autentificaban vuestros derechos. Lo siento, pero me he visto obligado a interrumpir las entregas.

—¿Y no habréis sido vos el que ha extraviado esos documentos? —preguntó Nefer el Silencioso.

—Tal vez, pero así están las cosas.

—Olvidáis otro hecho, mucho más importante: mientras Maat reine sobre el país, la administración tendrá que reparar sus errores sin perjuicio alguno para sus administrados.

El escriba de los rebaños se puso tenso.

—La administración decide y...

—Organizad un convoy especial que nos haga la entrega esta misma tarde —lo interrumpió Nefer—. Y que esto no vuelva a suceder, de lo contrario, tendrá que intervenir el faraón en persona.

El regio aspecto del maestro de obras y su tono imperioso disuadieron al escriba de rebaños de seguir excusándose.

—La aldea recibirá la entrega —prometió.

Kenhir se sintió aliviado. Afortunadamente, devorar el cocodrilo había sido el tercer y último sueño.

Méhy detestaba el calor del verano y el sol demasiado intenso, y prefería aquel fresco período, de insólita duración, que aprovechaba para disfrutar de su popularidad. El ejército tebaico se felicitó por haber eliminado a los últimos partidarios de Amenmés, y todos se alegraron por la desaparición de un capitán de arqueros lo bastante indigno como para conspirar contra Seti II.

El general asistió a los funerales de su ayudante de campo, fallecido demasiado joven a causa de una crisis cardíaca, y presentó su más sincero pésame a sus familiares, sin olvidar regalarles un pedazo de tierra, como agradecimiento por los servicios que le había prestado el capitán.

—¿Tienes noticias de nuestro aliado del Lugar de Verdad? —preguntó a Serketa.

—Aún no, pero aceptará nuestra proposición.

—Cada vez estoy menos convencido de ello.

Su nuevo ayudante de campo saludó a Méhy:

—General, un informe de la policía fluvial... ¡La flotilla real se está acercando a Tebas!

67

El perfume de mil flores flotaba en el aire tibio. El invierno estaba llegando a su fin, y la calidez de la primavera saludaba la llegada del barco real, aclamado por miles de tebaicos que se habían congregado en la ribera. Los soldados de Méhy aplaudían, y decenas de músicos tocaban alegres melodías, como si nadie dudara de la benevolencia de Seti II para con la gran ciudad del Sur.

Sólo el general seguía angustiado, pues no sabía cuáles eran las verdaderas intenciones del monarca. Cuando éste descendió por la pasarela, acompañado por la soberbia reina Tausert, Méhy se preguntó si no sería enviado a Palestina o a Nubia, como jefe de una fortaleza, hasta el final de sus días.

Seti II era un hombre extraño, robusto y soñador al mismo tiempo; ni siquiera cuando estuvo muy cerca de él, el general fue capaz de percibir sus pensamientos.

—¡Majestad, qué alegría recibiros!

—Nos satisface poder estar en paz por fin, en la ciudad de Amón —dijo la gran esposa real con una sonrisa de inefable encanto—. Me atrevo a esperar, general, que nada ni nadie pueda amenazar nuestra seguridad.

—Tebas os es fiel, majestad, y podéis contar con su absoluta adhesión.

—Nos dirigimos a Karnak —anunció Tausert—; el rey desea entrevistarse con el sumo sacerdote.

—¿El faraón no desea recibir el homenaje de las tropas tebaicas?

—Cuando nos hayamos decidido, os lo haremos saber, general.

Méhy hizo una reverencia, y advirtió que el monarca parecía fatigado y que caminaba con dificultad, como un anciano.

Kenhir había ordenado la completa limpieza de la aldea y del barrio de los auxiliares, para que, a la llegada del rey, el Lugar de Verdad estuviera impecable.

—¿Seti sigue en el templo de Amón? —preguntó al jefe Sobek.

—Ayer salió para presidir un consejo de notables, y nadie fue sancionado. Tebas puede respirar tranquila.

—De modo que ya no puede tardar en visitarnos...

—Tengo un mal presentimiento desde hace unos días —le confió el policía.

—Es evidente que Seti ha perdonado; la ciudad de Amón no tiene nada que temer.

—Hay algo malo flotando en el aire... Una presencia maligna que intenta perjudicarnos.

—Si así fuera, habría tenido una pesadilla.

—Desconfiad —recomendó Sobek—; mi olfato no me engaña.

—¿No estarás pensando en ese traidor que, al parecer, se oculta entre nosotros? Si existiera, ya haría mucho tiempo que lo habríamos identificado. Los días malos han pasado, las Dos Tierras están unidas y la tranquilidad reina de nuevo en el Lugar de Verdad.

—Que los dioses nos protejan —dijo el nubio con voz inquieta.

Desde lo alto de la colina más cercana, un policía le hizo señales.

—El cortejo real se aproxima —anunció Sobek.

Seti ya no conducía personalmente su carro, y su auriga mantenía una velocidad moderada para evitar los traqueteos que hacían sufrir al monarca. Tenía sesenta años, pero aparentaba tener veinte más, como si el *ka* hubiera abandonado su cuerpo.

Méhy era el encargado de la seguridad del cortejo, y se sentía orgulloso de ello; el rey seguía confiando en él y lo había confirmado en todas sus funciones, incluida la de proteger el Lugar de Verdad.

El rey había felicitado al general por haber sabido preservar la paz, y lo había condecorado con un collar de oro ante la asamblea de los dignatarios, elevándolo, de este modo, al rango de grande de Egipto.

Cuando el carro del soberano se detuvo, la puerta principal de la aldea se abrió.

—Que un respetuoso temor puede vuestros corazones —aconsejó el maestro de obras a los artesanos—; no os precipitéis, colocaros correctamente para desplazar la barca, pues el dueño de la vida la ha elegido para navegar.

La procesión se puso en marcha. A la cabeza iban el maestro de obras y la mujer sabia, detrás, los dos equipos que llevaban la barca de Amón colocada sobre dos largos troncos de cedro, y cerrando la marcha, el escriba de la Tumba.

El naos de oro brillaba con todo su esplendor bajo el sol de mediodía.

Incluso Méhy quedó deslumbrado por la obra maestra que había creado la cofradía, y el deseo de apoderarse de sus secretos se hizo más intenso.

—La capilla de la barca lleva grabado vuestro nombre, majestad —reveló Nefer—; que Amón siga ofreciéndoos sus beneficios.

—Llevadme al templo donde residía Ramsés el Grande cuando venía a la aldea —exigió Seti II—. Le rendiré homenaje y, luego, iremos a mi morada de eternidad.

El maestro de obras rompió el sello de arcilla que llevaba la marca del Lugar de Verdad, descorrió el pestillo y empujó los batientes de la puerta de madera dorada. Nefer entró en la tumba con una antorcha de tres mechas en la mano, y mostró al soberano las representaciones de la diosa Maat, las esculturas que mostraban al faraón como Osiris y las Letanías de Ra, que desvelaban los múltiples nombres de la luz divina.

Seti leyó los textos jeroglíficos y avanzó muy lentamente hasta la pequeña sala donde Paneb había pintado los objetos rituales destinados a la tumba con un inimitable color ocre. El rey se demoró en cada uno de ellos, como si viviera la ceremonia durante la que aquellos símbolos contribuirían a hacer luminoso su cuerpo momificado.

—Este tipo de decoración no ha sido aplicado a ninguna otra tumba real, ¿no es así?

—Ninguna, majestad.

—¿Quién es su autor?

—El pintor Paneb el Ardiente. ¿No os gusta el estilo que ha adoptado?

—Al contrario, maestro de obras, al contrario... Ha sabido traducir con increíble precisión lo que yo deseaba. Sobre todo, que no se modifique ninguna de estas pinturas.

El rey bajó a la sala de los cuatro pilares y comulgó con cada una de las divinidades pintadas por Paneb. Luego penetró en la última parte excavada, a la que se accedía por una puerta coronada por una representación del faraón haciendo ofrenda a Maat.

En los muros, Ched el Salvador y Paneb el Ardiente habían representado el triple nacimiento en el cielo, en la tierra divinizada y en el reino subterráneo de Osiris. Albergadas en capillas, varias momias evocaban las fuerzas creadoras que despertaba, todos los días, el nuevo sol.

—Pensamos penetrar en la roca y excavar una vasta cámara para vuestro sarcófago.

—No es necesario, Nefer; considero que mi morada de eternidad está terminada. Instalaréis aquí un sarcófago de granito rojo y haréis que pinten en el techo una diosa Cielo cuyo aleteo me haga respirar, para siempre, el aire de la vida.

La cólera de Paneb hizo temblar los muros del taller de los dibujantes.

—¿Interrumpir los trabajos? ¡Pero eso es absurdo! He concebido un fabuloso programa de decoración para los próximos corredores y la cámara de resurrección.

—Debemos respetar la voluntad del faraón —recordó Nefer.

—¿Incluso cuando nos impide llevar a cabo nuestra obra?

—Lo que realizamos es su obra, no la nuestra.

—Pídele a Ched que te describa lo que hemos preparado. Los bocetos están terminados, sólo hay que plasmarlos.

El Ardiente estaba profundamente indignado.

—Debes convencer al rey de que se equivoca.

—Me ha dado sus razones, y las apruebo.

—Dicho de otro modo, tantos meses de trabajo para nada.

—No pintas por placer, Paneb, recuerda que eres un servidor del Lugar de Verdad. Si ya no eres consciente de la importancia de esta función, tu mano corre el riesgo de volverse estéril.

Furioso, el Ardiente salió del taller.

—A mí me sucedió lo mismo una vez —recordó Ched el Salvador—. Creo que es la mejor prueba del amor que siente por su trabajo.

Sin decir palabra, Nefer abandonó a su vez el local.

—Es el primer enfrentamiento grave entre el maestro de obras y su hijo adoptivo —advirtió Unesh el Chacal—; esperemos que esto no acarree consecuencias perjudiciales para la cofradía.

Antes de entrar en la sala de reuniones, donde el Silencioso había invitado a los miembros del equipo de la derecha, Paneb se dirigió al maestro de obras, que estaba meditando junto al estanque de purificación.

—Por favor, acepta mis disculpas, me he comportado como un imbécil. No se volverá a repetir.

—¿Realmente te has desprendido de tu propia creación?

—Ciertamente no, maestro de obras, pues es mi vida, y creo que todavía soy muy joven para renunciar a ella. Pero he comprendido que servir a la obra era más importante que cualquier otro éxito personal. ¿Me perdonas?

Nefer esbozó una sonrisa.

—Aún tienes muchas cosas que aprender, Paneb; confío en ti.

—Sin ti, maestro de obras, yo ni siquiera existiría.

—Claro que sí; te mueve un potentísimo fuego, y, sobre todo, no debes dejar que se apague.

Cuanto más conocía a Nefer, más tenía la sensación de que el pensamiento del maestro de obras navegaba por un universo situado más allá de las horas del día y de la noche, más allá del espacio frecuentado por los humanos; el Silencioso era de la misma naturaleza que la piedra del Valle de los Reyes: se nutría de lo invisible.

Tras su larga entrevista con Seti, todos los artesanos aguardaban impacientes sus declaraciones.

—El faraón nos fija tres objetivos: primero, terminar lo antes posible su morada de eternidad y colocar el sarcófago; segundo, construir la de la gran esposa real, Tausert, en el Valle de las Reinas; tercero, construir un santuario en honor de la trinidad tebaica en el paraje de Karnak.

—Karnak tiene sus propios constructores —objetó Gau el Preciso—; ¿por qué vamos a trabajar en la orilla este?

—El santuario se erigirá fuera del recinto del gran templo de Amón, y Seti exige que sean nuestros escultores quienes lo construyan.

—Pero eso puede ser un primer paso para destinarnos al exterior y cerrar la aldea —dijo Casa la Cuerda, preocupado.

—De ningún modo —afirmó Nefer—. Nuestros predecesores tuvieron que llevar a cabo misiones puntuales como ésta a menudo.

Los artesanos discutieron problemas de intendencia y de calendario, y luego se separaron.

—No pareces muy contento —le dijo Renupe el Jovial a Paneb.

—Obedeceré las órdenes del maestro de obras, pero creo que se muestra demasiado condescendiente con ese rey.

68

Pese a sus dificultades para andar, provocadas por su cojera, el joven Siptah entró, algo desganado, en la gran sala de audiencias del palacio de Pi-Ramsés. El canciller Bay había convocado allí a la flor y nata de la administración, deseosa de poner a prueba a aquel niño prodigio, cuya reputación no dejaba de crecer.

Siptah acababa de acceder al rango de escriba real, a la cima de la jerarquía del saber, y se había mostrado especialmente brillante en el dominio de la ciencia. Por ello, la mayoría de los viejos dignatarios desconfiaban de él, pues pocos técnicos eran capaces de administrar correctamente los asuntos del Estado; y pese a las cálidas recomendaciones del canciller, muchos dudaban en confiarle un puesto de responsabilidad a un hombre tan joven.

El decano comenzó a hablar:

—¿Qué sabes de la ley sobre el alquiler de barcos?

—Sólo afecta a los barcos ligeros y fue reformada por el faraón Horemheb, a causa de numerosos abusos. Pero no se ha abolido el precepto según el cual un hombre acomodado debe permitir cruzar gratuitamente el río a quien no tiene medios para pagar el transbordador. ¿Debo detallar las tarifas en función del tamaño de los barcos?

—No será necesario.

Entre los presentes, brotaron las preguntas de orden jurídico. Siptah respondió con tranquilidad y precisión, ante la sorpresa de Bay, que ignoraba que el joven conociese ese campo tan complejo tan a fondo. Cuando el controlador de los canales le planteó a Siptah unos difíciles problemas económicos, el canciller temió que su protegido no supiera resolverlos; pero

éste se tomó algún tiempo para hacer unos cálculos, en una tablilla de madera, y formuló un análisis digno de un especialista.

La admiración sucedió al escepticismo. Al observar a la subyugada concurrencia, Bay se sentía feliz, como un padre que
asistiese al triunfo de su hijo. Incluso el decano había perdido
cualquier animosidad, y el más interesado era, tal vez, el sumo sacerdote de Ptah, miembro eminente del consejo de sabios, sin
cuyo consentimiento un aspirante al trono no podía ser coronado.

El traidor se hacía el dormido a la sombra de un tamarisco,
no lejos del Ramesseum. Si un policía nubio lo observaba, sólo
vería a un artesano cansado, que aprovechaba su día de fiesta
para disfrutar de la verdeante naturaleza de la que la aldea estaba privada.

Al otro lado del tronco, había una vendedora de cestos de
junco trenzado.

Como de costumbre, Serketa se había disfrazado para que
nadie pudiera reconocerla.

—Me has pedido que viniera, pues ya estoy aquí.

—He pensado en vuestra proposición. No es seria.

—¡Te equivocas!

—Multiplicar por diez mis bienes acumulados en el exterior... Estáis mintiendo.

Serketa iba a darle un argumento de peso para convencerlo:

—Soy la esposa del general Méhy, y mi marido es uno de los
hombres más poderosos de Egipto. No le costará en absoluto
cumplir sus promesas. Si deseas más, dilo.

El traidor sintió una especie de vértigo.

Por lo visto, la fortuna que le ofrecían no era una ilusión.

—Las noticias no son muy halagüeñas —prosiguió Serketa—;
Nefer el Silencioso se ha convertido en el confidente del rey, y el
Lugar de Verdad es más intocable que nunca, tanto más cuanto
mi marido, su protector oficial, no debe cometer ningún desliz.

—¿Por qué desea tanto la Piedra de Luz?

—¿Quién no desearía apoderarse de semejante tesoro?

—Quiere el poder supremo, ¿no es cierto?

—Méhy tiene las cualidades necesarias para ejercerlo.

El traidor sintió que podía confiar en la esposa del general.
Ella no le ocultaba la verdad, a pesar de que ponía así en peligro a
su marido. El enorme riesgo que corría demostraba su sinceridad.

—Si realmente tienes la intención de hacerte rico y darnos la Piedra de Luz, elimina al maestro de obras —sentenció Serketa—. Sólo tú puedes lograrlo.

El traidor se tapó los ojos con las manos.

—No tengo muchas necesidades, y esta fortuna satisfará más a mi esposa que a mí mismo —reconoció—, aunque me haya fijado este objetivo para olvidar la humillación cotidiana que sufro desde hace tantos años... Yo, y ningún otro, debería haber dirigido el Lugar de Verdad.

La rabia del artesano complacía a Serketa; no sólo tenía una capacidad de disimulo absolutamente notable, sino también un temperamento de asesino que él todavía ignoraba. La mujer dijo con voz frágil, casi enternecedora:

—Bueno, ¿qué decides?

—Tenéis suerte... Se acaban de producir ciertos acontecimientos que me han inspirado.

Serketa se estremeció de satisfacción.

—¿A... aceptas, entonces?

—Es la única solución; eliminaré a Nefer el Silencioso.

El arquitecto encargado del mantenimiento de los templos de Karnak y de los edificios anejos era un hombre alto, severo, de rostro cerrado.

—El rey me ha ordenado que me ponga a vuestra disposición —le dijo al maestro de obras con un cierto tono de reproche.

—No será necesario —precisó Nefer con suavidad.

—¿Que no será necesario? Pero vos no tenéis derecho a construir en el territorio sagrado de Karnak sin la autorización del sumo sacerdote y la mía.

—La del faraón debe bastar, ¿no creéis?

—Sí, claro —murmuró el arquitecto, avergonzado por haberse enojado de aquel modo.

—El rey desea que construyamos una capilla triple fuera del recinto del templo de Amón, en una plataforma situada a buena distancia del embarcadero; por ello, no interferiremos en vuestras actividades ni en las de los ritualistas. Simplemente os pido que ordenéis depositar los bloques de gres necesarios en el emplazamiento que os designaré.

—¿El plano del edificio es un secreto de Estado, como todo lo que se refiere al Lugar de Verdad?

—Tendrá puertas de cuarcita y tres capillas dedicadas a Amón, su esposa Mut y su hijo Khonsu —respondió Nefer—. En las hornacinas se instalarán estatuas portadoras del *ka* real, que los textos jeroglíficos grabados en los muros harán vivir eternamente. Mi colega Hay dirigirá los trabajos, y de buena gana escuchará los consejos para que el estilo y el alma del lugar de descanso estén en armonía con los de Karnak.

El arquitecto pareció despechado.

—¡Os imaginaba muy distinto! —reconoció—; se diría que estáis dispuesto a manejar el mazo y el cincel, y a realizar un trabajo de aprendiz.

—Lo estoy —afirmó Nefer sonriendo—; siempre que tenga conocimiento del plano de la obra, naturalmente, pues éste es el deber inherente a mis funciones.

El Valle de los Reyes era un mundo hermético, de apariencia hostil, encerrado en el secreto y el silencio; sin embargo, el de las Reinas se presentaba como un paraje abierto, de fácil acceso, que se abría ampliamente a una verdeante llanura, en el extremo sur de la necrópolis tebaica. «El lugar de la belleza consumada», según su nombre ritual, acogía, desde la decisión de Ramsés el Grande, a las madres y esposas del faraón y a los altos personajes que ostentaban el título de «hijos reales».

Un templo de Ptah, el dios de los constructores, se había construido al este del paraje, y los artesanos habían dispuesto un modesto villorrio compuesto por casas de piedra, donde residían durante las obras de larga duración.

La reina Tausert contempló durante largo rato el lugar, que nada tenía de fúnebre. El sol era amable, la brisa suave, como si la primavera hubiera decidido saludar a su modo la visita de la hermosa soberana.

—Aquí reposa la gran esposa real Nefertari, ¿no es cierto?

—Sí, majestad —respondió el maestro de obras, que estaba acompañado por la mujer sabia y Fened la Nariz—. Se dice que la belleza de las pinturas de su morada de eternidad nunca fue igualada.

Nefer sintió que la reina soñaba con una grandeza que Seti II no había logrado alcanzar.

—El rey está satisfecho de la obra realizada, y desea que descanse en este Valle en compañía de otras soberanas de las

Dos Tierras —indicó—. ¿Cómo elegiríais el emplazamiento de mi morada de eternidad?

—De dos maneras, majestad.

Nefer rogó a Tausert que entrara en el taller, donde se había instalado una mesa de piedra sobre la que desenrolló un papiro de excepcional calidad.

—He aquí el plano del Valle de las Reinas, con la localización de las tumbas excavadas y decoradas desde la sacralización del lugar. Como podéis comprobar, se nos ofrecen numerosas posibilidades.

Tausert leyó los nombres de las reinas que la habían precedido y tuvo la sensación, por la simple presencia de aquel documento, de revivir momentos exaltantes de la historia de Egipto.

—¿Cuál es la otra manera, maestro de obras?

—En este Valle, muchas vetas calcáreas son de mediocre calidad; incluso trabajándolas bien, podrían derrumbarse muros y techos. Por eso es decisiva la intervención de Fened la Nariz; no se dejará engañar por una roca demasiado seductora que oculte graves defectos.

—Busquemos lo más cerca posible de la tumba de Nefertari —indicó Tausert.

Nefer y Fened intentaron satisfacerla, pero ni el uno ni el otro encontraron el lugar adecuado. La reina, decepcionada, aceptó buscar algo más lejos, y Fened encontró, finalmente, una hermosa roca en la parte oeste del Valle.

—Imposible —afirmó la mujer sabia.

—¿Por qué razón? —preguntó Tausert.

—Porque no siento la presencia protectora de la diosa Hator. Esta morada no sería feliz.

Un nuevo intento se saldó con otra decepción.

—No lo lograremos —concluyó Clara.

—¿Por qué tantas dificultades? —preguntó Tausert, asombrada.

—No es un buen momento, majestad; volveremos a intentarlo más tarde.

Clara sabía que Nefer había percibido la verdadera razón del fracaso: el Valle de las Reinas rechazaba la presencia de Tausert.

69

Un extraño barco navegaba por el Nilo hacia Abydos, la ciudad santa de Osiris, a unos 150 km al norte de Tebas. En el emplazamiento de la cabina, había una capilla funeraria en la que velaban la mujer sabia, desempeñando el papel de Isis, y Turquesa, que desempeñaba el de su hermana Neftis. Unos sacerdotes hacían las veces de marineros, y Nefer y Paneb se mantenían a proa.

—¿Me dirás por fin cuál es el objetivo de este viaje? —preguntó el Ardiente.

—La Morada del Oro —respondió el maestro de obras.

Paneb no podía creer lo que acababa de oír.

—¿No se encuentra en el interior del Lugar de Verdad?

—Se recrea donde es necesaria; pero para ser digno y capaz de entrar en ella, es preciso haber encontrado la propia muerte. Por eso es indispensable que realicemos este viaje.

—No esperaba yo...

—Esperar es inútil, Paneb; simplemente hay que estar preparado.

El maestro de obras y su hijo adoptivo no intercambiaron una sola palabra más hasta llegar al embarcadero de Abydos. Paneb tuvo la sensación de entrar en un silencio de insondable profundidad, no alcanzado por el canto de los pájaros ni el rumor provocado por la roda de la barca que hendía el agua del río. El tiempo ya no fluía; sólo subsistían la indescifrable presencia de la capilla y la gravedad de los viajeros, que parecían a punto de afrontar una temible prueba.

Estaba anocheciendo cuando la embarcación atracó.

Unos sacerdotes con un taparrabos blanco y la cabeza afeitada se hallaban en el muelle; uno de ellos fue al encuentro de Nefer el Silencioso.

—¿Está entre vosotros el señor del Occidente?

—Sus hermanas lo han protegido durante todo el viaje.

—¿Desea Paneb el Ardiente seguir el camino de Osiris que conduce a la Morada del Oro?

—Lo deseo —afirmó el coloso.

Golpeando el suelo con un largo bastón de madera dorada, el ritualista se puso a la cabeza de una procesión en la que participaban el maestro de obras, la mujer sabia y Turquesa. Enmarcado por dos sacerdotes de rostro huraño, el Ardiente fue conducido hasta un altozano rodeado de árboles.

Al oeste se abría un pozo de diez metros de profundidad, débilmente iluminado por un brillo que ascendía de las profundidades.

—Penetra en el mundo de Osiris y supera tu primer nacimiento —recomendó el maestro de obras.

Paneb no vaciló ni un solo instante y bajó al pozo, donde llegó a la entrada de un largo corredor de más de cien metros.

A medida que avanzaba, el fulgor retrocedía; era suficiente para permitirle descifrar las columnas de jeroglíficos, que evocaban el paso del sol nocturno por unas cavernas donde formas momificadas aguardaban sus rayos para resucitar.

De pronto, una claridad procedente del fondo del corredor cegó a Paneb.

—Debo vendarte los ojos —dijo la voz de un ritualista situado a sus espaldas—. Gracias a esta tela, no temerás las tinieblas. Pero antes debo equiparte con sandalias que eviten que tropieces. Siéntate y estira las piernas.

Otro ritualista pintó, de rojo, unas sandalias en la planta de los pies del coloso. Lo levantaron y le vendaron los ojos con un pañuelo rojo.

—Te llevamos hasta la entrada de la Morada del Oro —anunció el maestro de obras—. Allí se animan las estatuas que contienen el *ka*, la energía imperecedera; sólo tienen acceso a ella los iniciados que actúan de acuerdo con Maat y perciben el oro como la carne de los dioses.

Acto seguido, hicieron avanzar a Paneb.

—Soy la puerta —declaró una voz grave—, y no te dejaré pasar a través de mí si no me dices mi nombre.

El Ardiente intentó recordar las enseñanzas recibidas desde que entró en el Lugar de Verdad.

—Rectitud es tu nombre —dijo finalmente.

—Me conoces; puedes pasar a través de mí.

Le quitaron la venda, y el ritualista tomó a Paneb de la mano para conducirlo a un segundo corredor, que formaba ángulo recto con el anterior.

Desnudó al coloso y lo vistió con una piel de animal salvaje.

—Llevas puesto el sudario de Set —dijo el maestro de obras—; déjate guiar hacia el taller de regeneración.

Cuatro fieles de Osiris colocaron al artesano en una narria y tiraron de él hasta llegar a una inmensa sala, cuyo techo se sostenía gracias a diez enormes pilares monolíticos de granito rosado.

—Has llegado a la isla de la primera mañana —reveló Nefer—; emergió del océano de los orígenes durante la creación.

Paneb fue levantado, y pudo contemplar una admirable estatua de Osiris tendido en un lecho de color negro, que el maestro de obras acababa de pulir con la Piedra de Luz.

—El cuerpo del resucitado se transforma en oro, la materia es iluminada, las estatuas son puestas en el mundo y brillan como rayos de sol. Ves lo que es invisible y accedes a lo inaccesible.

La mujer sabia regó con agua y leche una acacia plantada en un montículo adornado con un ojo.

—Como Isis, cuido de mi hermano Osiris; yo, la mujer que actúa como un hombre, lo rejuvenezco en esta Morada del Oro para que viva de luz.

—Puesto que has sido cubierto con la piel de Set y no te ha destruido —advirtió un ritualista—, líbrate de ella, Paneb, y besa a Osiris.

Paneb, ya despojado del sudario, se acercó a la estatua y besó la frente del dios.

—Set detenta el secreto del oro —advirtió la mujer sabia—, y su hermana Isis hace pasar a Osiris del estado de materia inerte al de oro vivo.

A medida que eran iluminados por la piedra dirigida por la mujer sabia, el lecho y la estatua se transformaban en oro ante la atónita mirada de Paneb.

Actuando como Neftis, «la soberana del templo», Turquesa adornó el cuello del artesano con un collar formado por hojas de sauce y de persea, y le colocó unas pastillas de oro en los ojos, la frente, los labios, el cuello y los dedos gordos de los pies.

Luego, mientras la mujer sabia tocaba el corazón con un nudo de Isis de jaspe rojo, Turquesa le presentó una copa.

—Tú, a quien el rito identifica con Osiris, bebe de este veneno, que transformarás en líquido vital.

El coloso vació de un trago el contenido de la copa. A una desagradable sensación de amargura le sucedió, casi de inmediato, un sabor a miel, el oro vegetal.

—Que empuñes la luz y tomes la piedra de Maat —le dijo Turquesa, poniéndose en los dedos unos dedales de oro—, pues tus manos están ahora asociadas a las estrellas.

Por primera vez, Paneb pudo tocar la Piedra de Luz.

—Que el oro te regenere —salmodió la mujer sabia—. El oro ilumina tu rostro y puedes respirar gracias a él.

El coloso devolvió la piedra al maestro de obras, y un ritualista lo acompañó hasta la última sala del santuario, una vasta cámara donde había un sarcófago de oro. La bóveda, en forma de «V» invertida, estaba adornada por una inmensa figura de la diosa Cielo levantada por el dios Luz.

—Osiris Paneb, ocupa la morada de vida —ordenó el maestro de obras.

El coloso se tumbó en el sarcófago.

—Te has ido, pero regresarás —declaró la mujer sabia—. Te has dormido, pero despertarás; has atracado en la ribera del más allá, pero volverás. Que tus huesos sean ordenados, y tus miembros, reunidos.

Se hizo un largo silencio, y Paneb tuvo la impresión de que viajaba por el cuerpo de su madre Cielo, en compañía de las estrellas y las barcas solares.

Luego, la mujer sabia y el maestro de obras levantaron un pilar de oro, junto a la cabeza del sarcófago.

—¡Levántate, Osiris! —ordenó Nefer—; el cadáver ha desaparecido, ahora serás de oro, y vivirás para siempre, pues tu ser es estable como la Piedra de Luz.

—Renaces de la potencia creadora nacida de sí misma —prosiguió la mujer sabia—; te concibió en su corazón y no naciste de un parto humano.

Dos ritualistas ayudaron a Paneb a salir del sarcófago y le pusieron una túnica blanca. Turquesa le ciñó la corona del justo en la frente, con una cinta dorada adornada con dos ojos completos que confirmaba «la rectitud de voz» del nuevo Osiris.

—Te confío la vida de la obra —dijo el maestro de obras a Paneb, entregándole un pequeño bloque de granito tallado y perfectamente pulido.

El nombre del bloque, *Ankh*, era sinónimo de la palabra «vida».

—Has visto los misterios de Osiris en el secreto de la Morada del Oro —recordó la mujer sabia—. Cuando este mundo desaparezca, sólo permanecerá el dueño de los grandes misterios, el que ha vencido a la muerte para dar la vida. Que él guíe tus pasos; como él, sé fuego, aire, agua y tierra; transfórmate constantemente, sin detenerte un solo instante; concilia el Uno y lo múltiple. Cuando Osiris resucita, los campos se vuelven fecundos; es el negro del limo y el verde de la vegetación, pero su ser se compone del oro de las estrellas y brilla como un astro. Recuerda que cada parte de su cuerpo forma la principal reliquia que se conserva en esta provincia de Egipto, y que el deber de un artesano del Lugar de Verdad consiste en reunir lo que está esparcido.

El maestro de obras se acercó a Paneb, puso la palma de la mano derecha en la nuca del coloso, y la mano izquierda, en el hombro derecho y le dio un abrazo fraternal.

Luego, la mujer sabia, Nefer, Turquesa, Paneb y los ritualistas se situaron alrededor del ataúd de oro, cogidos de la mano y, acto seguido, el pintor sintió que una energía de increíble poder lo atravesaba.

—Que el nuevo iniciado en la Morada del Oro se muestre digno de las tareas que le sean confiadas —dijo el maestro de obras.

70

Pai el Pedazo de Pan había almorzado demasiado, por lo que decidió ir a dar un paseo por la calle principal de la aldea, para facilitar la digestión; también tenía jaqueca, y caminaba titubeando. Al pasar frente a la morada del maestro de obras y la mujer sabia, que no tardarían en regresar a la aldea, un detalle insólito llamó su atención, y volvió sobre sus pasos.

—¿Pero qué es...?

Pai se acercó a la puerta de entrada.

—¡Qué horror!

Su exclamación atrajo la atención de Unesh el Chacal, que estaba sacando agua de una gran jarra. También él se quedó de piedra al ver la horrible mano roja que estaba pintada en la madera.

—¡Qué horror! ¿Quién ha po...?

¿Te has fijado en el tamaño de esta mano? ¡Es la de un coloso!

—¡No digas tonterías! Nefer no debe ver esto. Borrémoslo y no digamos nada.

—¿Y si... volviera a aparecer?

—Entonces ya veríamos.

En aquel quinto año del reinado de Seti II, una primavera demasiado cálida sucedía a un invierno demasiado frío. La canícula había caído brutalmente sobre Tebas, y los arrieros se habían visto obligados a multiplicar sus entregas de agua a la aldea, cuyas callejas habían sido cubiertas con hojas de palmera para preservar un poco el fresco.

El menos afectado era Paneb el Ardiente, que parecía más vital aún que de costumbre; satisfecho al comprobar que incluso el diablillo de su hijo se entregaba a los placeres de la siesta y que su deliciosa Selena, mimada por Uabet la Pura, se hacía más bella día tras día, el coloso había acompañado al maestro de obras hasta la orilla este para ayudar al equipo de la izquierda a terminar el lugar de descanso consagrado a la trinidad tebaica.

Hay, el jefe de equipo, lo miraba ahora con otros ojos.

—Bienvenido seas entre los iniciados de la Morada del Oro, Osiris Paneb. Mis funciones, por desgracia, me obligaron a quedarme aquí para dirigir la cofradía en ausencia del maestro de obras y de la mujer sabia, pero he vivido en el pensamiento la ceremonia de Abydos.

—¡Fueron unas horas tan intensas!

Hay sonrió.

—El ritual duró nueve días.

Paneb se volvió hacia Nefer:

—¡Imposible!

—No olvides que Osiris es el señor del tiempo, Paneb...

El lugar de descanso estaba prácticamente terminado, y el pintor sólo tuvo que colorear algunos bajorrelieves de admirable factura clásica, dignos de las esculturas de Seti I y de Ramsés el Grande. Una energía nueva animaba su mano, cuya precisión y rapidez habían aumentado; sumido en la paz profunda que reinaba en aquellos lugares, Paneb dio vida a las escenas de ofrenda con unos tintes cálidos y luminosos.

Seti II tenía cada vez más dificultades para desplazarse, pero había querido celebrar personalmente el primer ritual en el lugar de descanso de Karnak. Y glorificó la presencia de Amón el oculto, de Mut la madre cósmica y del niño dios Khonsu. La gran esposa real lo había ayudado, rodeándolo con la magia protectora, para que el rey tuviera la fuerza necesaria para llegar hasta el final del ceremonial.

—Este edificio es espléndido —dijo el monarca al maestro de obras—; algún día, cuando Karnak se haya desarrollado según el plan de los dioses, se convertirá en una de las capillas del gran templo y seguirán venerando en él a la trinidad creadora. ¿Está listo mi mobiliario fúnebre, Nefer?

—Yo mismo terminaré la tapa del sarcófago principal, mientras el orfebre da la última mano a los cetros.

—Apresuraos, me queda poco tiempo.

El rey se marchó a palacio en una silla de manos, y Tausert se dirigió al Silencioso:

—¿Habéis descubierto ya un emplazamiento para mi morada de eternidad en el Valle de las Reinas?

—No, majestad.

—¿Cómo explicáis ese retraso?

—La mujer sabia piensa que no debemos precipitarnos, que tenemos que esperar un momento favorable.

—¿Y si os ordenara que excavarais mi morada de eternidad junto a la de Nefertari?

—Os obedecería, claro está, pero tendrían lugar incidentes que dificultarían nuestro trabajo, y nos veríamos obligados a renunciar.

—Respondedme sin rodeos, maestro de obras: ¿soy víctima de una maldición?

—La mujer sabia no opina eso, majestad; sencillamente piensa que es necesario tener paciencia.

El canciller Bay rompió la larga carta que le había dirigido la reina Tausert, pues contenía un secreto de Estado que ningún cortesano debía conocer: el rey Seti II no tardaría en morir. Sólo había una persona, con capacidad para evitar una grave crisis, que podría sucederlo: la mismísima esposa real.

Pero Tausert estaba en Tebas, y se negaba a abandonar a su marido para regresar a la capilla. El canciller Bay estaría en primera línea, con una misión clara: impedir nuevos disturbios y cerrar el paso a un hombre ambicioso que, otra vez, intentaría apoderarse del Norte antes de extender su dominio por la totalidad del país.

Era preciso que Tausert volviera cuanto antes y fuese coronada faraón, como otras tantas mujeres antes que ella. Pero el canciller no se hacía demasiadas ilusiones: la reina no abandonaría a su esposo en el momento de la prueba suprema y velaría por la perfecta ejecución de los ritos funerarios. A pesar de la insistencia de Bay, permanecería en Tebas tanto tiempo como fuese necesario, y no podría oponerse directamente a la conspiración que, sin duda, se urdiría.

Sólo había una solución: hacer coronar a un faraón incapaz de asumir plenamente sus funciones, de modo que Egipto fuese gobernado por una regente, la gran esposa real Tausert. Y el canciller tenía al candidato ideal: el joven Siptah.

No pertenecía a ningún clan, por lo que no disgustaría a nadie. Además, ¿quién iba a temer a aquel adolescente enfermizo, tan alejado de los crueles juegos del poder? En primer lugar, había que acelerar la formación de Siptah, para que pudiera resistir los golpes bajos. Utilizando una escritura cifrada, Bay escribió a la reina para intentar tranquilizarla.

La pareja real había invitado al maestro de obras y a la mujer sabia a almorzar en el palacio de Karnak. Seti II sólo había aparecido unos instantes, al principio de la comida, para lamentar no haber podido festejar la conclusión de su morada de eternidad en el interior de la aldea, en presencia de sus habitantes. Pero el rey ya no se sentía con fuerzas para cruzar el Nilo. Se había levantado de la cama, en contra de la opinión de sus médicos, para saludar a Nefer y a Clara, que le aportaban serenidad en los últimos días de su vida.

La mujer sabia tuvo la certeza de que aquélla era la última vez que veía a Seti II con vida, y Tausert percibió su turbación.

—El rey no teme a la muerte —declaró la reina—; ha vivido días tranquilos y felices en Tebas, gracias a vosotros dos, en gran parte. Nunca olvidaré lo que habéis hecho por él.

—Si mi experiencia médica puede seros útil...

—Demasiado tarde, Clara. El rey ya no recibe cuidados, sino sólo calmantes que le atenúan el sufrimiento. Sus órganos vitales están muy debilitados, no hay ningún remedio que pueda salvarlo.

—La cofradía ha preparado todos los símbolos necesarios para el viaje del faraón hacia el otro mundo —precisó el maestro de obras.

—El rey es consciente de ello, y está muy satisfecho. Pero creo que hay algo que no os atrevéis a preguntarme: ¿cuál será el porvenir de la monarquía y, por consiguiente, el del Lugar de Verdad? La situación se anuncia difícil, pero sabré salir airosa de ella. No temáis, la cofradía seguirá siendo una institución esencial y continuará actuando como en el pasado.

Nefer el Silencioso y su esposa se demoraron en el jardín de palacio, cuyas floridas avenidas habían recorrido antes de sentarse en sitiales con patas de león, dispuestos bajo un granado de hojas lisas y brillantes. Dándose la mano, y con el rostro bañado por la brisa del norte, contemplaban una alberca donde florecían los lotos blancos.

Una pareja de patos silvestres voló por encima de ellos; eran la encarnación de la fidelidad conyugal, y volaban ampliamente, como si el cielo les perteneciera.

En ese instante, Nefer y Clara pensaron en su primer encuentro, cuando estaban a la vez tan lejos y tan cerca del Lugar de Verdad; la vida no habría podido ofrecerles un destino más hermoso que consagrarse sin reservas a aquella cofradía, cuya vocación era convertir la materia en luz.

—Clara, ¿recuerdas qué tímido era yo? Tenía tanto miedo que incluso dudé en hablarte.

—Siempre me han horrorizado los hombres emprendedores. Pero no me conquistaste de buenas a primeras; bueno, no del todo.

—Soy un hombre rudo, poco aficionado a las confidencias, y me hubiera gustado mimarte más... Perdóname por no haber sabido hacerlo.

Clara lo miró con pasión y ternura, con aquellos ojos azules, de los que Nefer seguía profundamente enamorado, y le dijo:

—Nada ni nadie podría interponerse entre nosotros. Cuando se conoce semejante felicidad, ¿no debe darse gracias, todas las mañanas, a los dioses y los antepasados por su generosidad?

El sol jugaba con el follaje del granado.

—Mis obligaciones no me lo permiten —murmuró Nefer—, pero me encantaría quedarme aquí, contigo, para toda la eternidad.

—Bueno, de hecho, la eternidad es un anochecer de primavera como éste.

71

—Aún debo revelarte un último secreto —le dijo Nefer a Paneb—: el emplazamiento de la Piedra de Luz.

El corazón del coloso latió más de prisa.

—¿Cómo puedo agradecerte todo lo que has hecho por mí?

—Sólo cumplo con mi deber, Paneb; fuiste iniciado en los misterios de la Morada del Oro, por lo que debes estar vinculado al principal de todos ellos.

Los dos hombres siguieron charlando, mientras recorrían lentamente la calle principal de la aldea.

—¿Te has preguntado alguna vez dónde está oculta la piedra?

—Nunca —respondió Paneb—; saberlo forma parte de tus responsabilidades y yo no tenía deseo alguno de compartirlas.

El camino que tomó el maestro de obras sorprendió a su hijo adoptivo.

Nefer se detuvo de pronto para mostrarle dónde se ocultaba el tesoro que el traidor buscaba en vano desde hacía tantos años, y entonces Paneb comprendió que el maestro de obras le había ido dando valiosas pistas.

—¿No será aquí...?

—¿Acaso podría estar en otra parte?

—No, claro que no.

—Tienes una extraña cualidad, Paneb: tienes deseos de conocer, pero no curiosidad. Gracias a esta piedra, sabrás que tiempo y espacio forman un todo, que el vacío luminoso está vivo y crea sin cesar materiales de construcción, que el universo aspira y expira y que está por completo contenido en la luz de la piedra. Tener acceso a semejante conocimiento, en el Lugar de Verdad, forzosamente comporta consecuencias.

Nefer y Paneb volvieron hacia el centro de la aldea.

—¿Y... cuáles son esas consecuencias?

—Acabo de pasar de los cincuenta, Paneb, y ya no tengo la misma energía que cuando era joven. Si mi instinto no me engaña, nuestra cofradía tiene mucho trabajo que hacer; por ello, hay que compartir las responsabilidades.

—No comprendo.

—Hay dirige a las mil maravillas el equipo de la izquierda, pero necesito a alguien que dirija el de la derecha. Y te elijo a ti, Paneb.

El coloso quedó atónito:

—¿No... no estarás hablando en serio?

—Estás llegando a los cuarenta, conoces todas las técnicas de la construcción, eres excelente en tu trabajo y has sido iniciado en la Morada del Oro... En el fondo, no tengo elección. Cualquier maestro de obras del Lugar de Verdad habría tomado la misma decisión que yo.

—Es imposible, yo...

—¿Por qué, Paneb?

El coloso apretó fuertemente los puños.

—Me conoces mejor que nadie, maestro de obras; ¿me imaginas como jefe de equipo?

—Tú también me conoces, Paneb, y sabes que no suelo hablar a la ligera...

Incluso Bestia Fea había escuchado a Paneb con atención. Uabet la Pura soñaba despierta, mientras mecía a su niña.

—Jefe de equipo... ¿Es la decisión del maestro de obras?

—¿No me crees capaz de ello?

—¡Claro que sí! ¿Pero te quedará tiempo para ocuparte de tus hijos y de tu esposa?

—Tranquilízate, hay determinadas reglas que nadie puede transgredir.

—Nefer no se ha equivocado al elegirte a ti —dijo ella con orgullo y emoción.

—El tribunal tiene que aceptarlo primero...

—Si el Lugar de Verdad ya no es capaz de reconocer a quienes pueden dirigirlo, no sobrevivirá mucho tiempo.

Paneb besó a su hija en la frente y fue a caminar por la necrópolis del oeste. Ciertamente, la autoridad del maestro de obras era indiscutible, pero tal vez los artesanos se opondrían al nombramiento de su hijo adoptivo. El coloso se aferraba a esa esperanza para no creer que, muy pronto, tendría que dar órdenes a los compañeros de trabajo que lo habían formado.

Cuando se acercaba a la morada de eternidad del Silencioso, que estaba prácticamente terminada, divisó a Turquesa, sentada en los peldaños de piedra bañados por el sol. Los largos cabellos rojos de la sacerdotisa nunca habían sido tan suntuosos.

—Te estaba esperando, Paneb.

—¿Cómo sabías que vendría aquí?

—¿Has olvidado que las sacerdotisas de Hator tenemos el don de la adivinación?

—Entonces sabes todo lo que me ocurre.

—Viéndote, se diría que has encontrado un adversario a tu medida... —dijo ella sonriendo—. ¡Tú mismo, sin duda alguna! No renuncies, Paneb, y sobre todo no esperes escapar a tu destino huyendo de él. La energía que Set te dio, debes restituirla al servicio de los demás. De lo contrario, te destruirá.

—El alma de Seti II ha volado hacia el cielo y ha penetrado en el paraje de luz —anunció el escriba de la Tumba a los aldeanos—; al sumirse en el disco solar, se ha reunido con su creador. Que siga brillando y que el cielo permanezca resplandeciente a la espera del nuevo orden.

La noticia era recibida el mismo día en que Kenhir había convocado al tribunal del Lugar de Verdad para aprobar o rechazar el nombramiento de Paneb como jefe del equipo de la derecha.

—La reina Tausert me ha tranquilizado sobre nuestro porvenir —precisó el Silencioso—; como el rey difunto, considera primordial el papel de la cofradía.

—Tal vez deberíamos aplazar la sentencia —sugirió Kenhir.

—De ningún modo —decidió el maestro de obras—; espero que el nuevo jefe de equipo tome parte activa en la preparación de los funerales reales.

La asamblea soberana de la aldea se reunió, pues, en el patio al aire libre del templo de Hator y Maat, bajo la presidencia del escriba de la Tumba.

—Apruebo la elección del maestro de obras —declaró Kenhir—. ¿Se opone alguno de vosotros?

Hay, el jefe del equipo de la izquierda, pidió la palabra:

—He observado a Paneb desde que entró en la cofradía. Como cada uno de nosotros, conozco sus defectos, pero le creo capaz de asumir la función que Nefer el Silencioso desea confiarle.

La mujer sabia asintió con una simple mirada.

—¿Has consultado con los miembros de tu equipo? —preguntó el maestro de obras a Hay.

—Se han pronunciado por unanimidad en favor de Paneb.

—También las sacerdotisas de Hator —añadió la mujer sabia.

—¿Tiene algo que objetar Uabet la Pura? —preguntó Kenhir.

—No —respondió la esposa del coloso.

—Sólo me queda preguntar a los artesanos del equipo de la derecha. ¿Habéis deliberado ya?

—¿Era realmente necesario? —preguntó Ched el Salvador—. ¿No reconocimos a Nefer el Silencioso como maestro de obras para que guiara a la cofradía por el buen camino, al margen de cualquier preferencia personal? Él ha designado a Paneb el Ardiente como nuevo jefe de equipo, por lo que debemos obedecerle.

Los grandes ojos castaños de Casa la Cuerda brillaron de cólera.

—Cuando se conoce bien al Ardiente, se puede temer que pisotee las reglas y no respete los horarios de trabajo. No sabe lo que es el compromiso, al contrario que nosotros, y no tiene en cuenta las debilidades de los demás. Ese comportamiento no es muy propio de un jefe de equipo.

—Has hecho bien al decir todo esto —juzgó Pai el Pedazo de Pan—; Paneb te ha escuchado y no olvidará tus advertencias. ¿Pero son suficientes para rechazar su nombramiento?

Casa hizo un gesto de despecho.

—Si hubiera vencido a Paneb en la lucha, me hubiera opuesto a su nombramiento —indicó Nakht el Poderoso—. Es bueno que nuestro nuevo jefe de equipo sea el más fuerte de todos nosotros y que nos defienda en determinadas circunstancias.

Los artesanos del equipo de la derecha aprobaron al cantero.

—Aún no hemos escuchado la opinión del escriba ayudante Imuni —observó el maestro de obras.

Kenhir pareció molesto:

—Mi subordinado no puede tener una opinión distinta de la mía.

—Creo que sería preferible que la expresara delante de Paneb.

A regañadientes, el escriba de la Tumba cedió.

El pequeño escriba con rostro de ratón lanzó una inquieta mirada a Paneb, que lo observaba, amenazador.

—No puedo oponerme a vuestras decisiones y...

—Perteneces a esta cofradía y solicitamos tu opinión. ¿Apruebas o no el nombramiento de Paneb?

El rostro paliducho de Imuni adquirió un desagradable tono verdoso. De él dependía que se cuestionase el nombramiento de Paneb, aunque debería aportar argumentos de peso que justificasen su rechazo.

—Sí, sí... lo apruebo —dijo finalmente.

El pequeño escriba se apresuró a regresar a la fila de los artesanos para dejar de ser el centro de atención de la concurrencia.

No sin satisfacción, el escriba de la Tumba se dirigió al pintor:

—Paneb el Ardiente, te nombramos jefe del equipo de la derecha del Lugar de Verdad, cuyos miembros te deben obediencia. Darás vida al plan del maestro de obras respetando la regla de la cofradía y poniendo en tu corazón el camino de Maat. Dadas tus nuevas funciones, dispondrás de una casa más grande en el ángulo sureste de la aldea, un terreno en el exterior y un suplemento de alimento y bienes materiales. A cambio de ello, disfrutarás de menos tiempo de descanso, participarás en todas las reuniones del tribunal y servirás más en el templo. ¿Te comprometes, con tu juramento, a cumplir tus deberes sin desfallecer?

—Por la vida del faraón y por la de mis padres adoptivos, me comprometo.

72

Beken el alfarero, el jefe de los auxiliares, fue el primero en verla, mientras estaba cogiendo agua de un pequeño canal.

Aterrorizado, dejó caer la jarra y, a pesar de su sobrepeso, corrió hasta la aldea.

—¿Qué te pasa? —le preguntó Obed el herrero, al verlo sin aliento.

—Haz que avisen a la mujer sabia... ¡Tengo que hablar con ella!

Como Beken no solía comportarse de aquel modo, Obed se lo tomó en serio y solicitó la intervención del guardia de la puerta.

El jefe de los auxiliares tuvo que esperar más de una hora, pues Clara estaba examinando a una niña con problemas hepáticos. Cuando salió de la aldea, Beken corrió hacia ella.

La tortuga... ¡He visto la tortuga del dios Tierra, era enorme y tenía una boca tan grande como la de un pozo!

La tortuga del dios Tierra anunciaba la llegada de las inundaciones; el macho fecundaba la tierra con su falo. Para el que sabía interpretar los signos, la tortuga desvelaba la importancia de la crecida. Se temía que tuviese sed bastante para beber la mayor parte del agua del río pero, esta vez, la angustia era de otra índole.

—¿No exageras un poco?

—Tal vez —concedió el alfarero—, pero os aseguro que su boca era especialmente grande y que la tortuga se dirigía hacia los cultivos con gran rapidez. Luego ha desaparecido...

—¿La ha visto alguien más?

—No, estaba solo en aquel lugar... ¡Pero os prometo que es verdad!

—Te creo, Beken, y voy a advertir a las autoridades.

El general Méhy no podía dar crédito a lo que estaba oyendo.

—¿Estás seguro de lo que dices? —preguntó al oficial que regresaba de Pi-Ramsés.

—Completamente. El joven Siptah ha sido designado como faraón por el consejo de sabios y con la aprobación de la reina Tausert.

—¿Quién es?

—Un protegido del canciller Bay.

—¡Eso no tiene ningún sentido! Nadie conoce al tal Siptah y el canciller no es un inconsciente.

—El nuevo monarca posee, al parecer, cualidades excepcionales que los cortesanos han apreciado.

Méhy seguía mostrándose escéptico. Tausert nunca renunciaría al poder para el que estaba hecha pero, si era proclamada faraón, encontraría una fuerte oposición. Por ello, había instalado en el trono a un hombre de paja, tras el que se ocultaría para engañar a las múltiples facciones que le eran hostiles.

—La mujer sabia desea veros urgentemente.

Méhy la recibió en seguida.

—La próxima crecida será peligrosa —anunció—; hay que tomar medidas para evitar una catástrofe.

—¿En qué os basáis para afirmar eso?

—En la aparición de una tortuga gigante.

El general se sorprendió.

—No es un argumento demasiado... sólido, ¿no os parece?

—El presagio nunca nos ha engañado. Por suerte, el jefe de los auxiliares vio la tortuga y me avisó inmediatamente.

—¿No convendría esperar las observaciones de los especialistas?

—Sería demasiado tarde; Tebas corre el riesgo de verse severamente afectada. Si os negáis a intervenir, solicitaré audiencia a la reina Tausert.

Méhy advirtió que podía ser acusado de negligencia, por lo que se apresuró a decir:

—Vayamos a verla juntos. Los técnicos no me escucharán y, sin duda, vuestra palabra tendrá más peso que la mía ante su majestad.

Tausert se disponía a presidir un gran consejo para anunciar a los dignatarios tebaicos que abandonaría la ciudad de Amón en cuanto hubieran terminado las ceremonias de los funerales.

Un chambelán la avisó de la presencia del general Méhy y la mujer sabia, y ella aceptó recibirlos.

El general dejó que la esposa del maestro de obras expusiera sus temores, con la esperanza de que la reina los juzgara ridículos; pero la reacción de Tausert le decepcionó.

—No desdeñemos semejante advertencia. General Méhy, que la mayoría de vuestros hombres se pongan al servicio del responsable de los diques; éstos deben reforzarse urgentemente. Además, enviaréis un mensaje a cada jefe de provincia y os encargaréis de desplazar a los campesinos que trabajan en las tierras bajas, para ponerlos al abrigo en las aldeas construidas en los altozanos.

—Es una tarea muy difícil, majestad, y...

—Por eso os la confío a vos.

—¿Puedo asistir al gran consejo?

—No, no debéis perder ni un segundo. Sin embargo, os adelanto en primicia mis declaraciones: Siptah será coronado faraón en cuanto el maestro de obras del Lugar de Verdad ponga el sello de la necrópolis en la puerta de la tumba de Seti II. Ejerceré la regencia hasta que el nuevo rey sea capaz de gobernar por sí solo. Manos a la obra, general, y apresuraos.

A Méhy no le hizo ninguna gracia tener que marcharse, dejando allí a la mujer sabia. Nunca se sabía lo que podía traerse entre manos aquella hechicera. Por suerte, Nefer el Silencioso no tardaría en morir, y ese hecho le acarrearía tanto sufrimiento a su esposa que le arrebataría cualquier capacidad de acción.

—Deseabais hablarme a solas, ¿no es cierto?

—¿Podéis leer la mente, majestad?

—Si esa dramática predicción se realiza, Egipto se salvará gracias a vuestra intervención, y yo conservaré mi trono. Tendré mucho que agradeceros, Clara.

—No abandonéis Tebas, majestad.

La reina se enojó:

—¡Me pedís demasiado! Dentro de diez días, la momia de mi marido será depositada en su sarcófago. Así pues, tendré que regresar urgentemente a Pi-Ramsés, o la ciudad se sumiría en el caos más absoluto.

—Aunque os marcharais hoy, no escaparíais al ímpetu de la crecida y moriríais ahogada. No dispongo de ningún argumento para reteneros, y ruego a los dioses que me escuchen.

La crecida fue terriblemente violenta. Varios diques fueron destrozados, murieron algunos animales, pero no hubo que lamentar pérdida humana alguna, gracias a las medidas de seguridad que se habían adoptado. Los soldados de Méhy salvaron a los campesinos que habían esperado demasiado para abandonar sus dominios y se habían refugiado en lo alto de las palmeras.

Cuando el dios Set dejó de agredir a la luna, el ojo izquierdo de su hermano Horus, ésta volvió a crecer y, muy pronto, el disco de plata volvió a brillar con toda su plenitud, imagen del Egipto intacto y constituido por el conjunto de sus provincias.

En el muelle del palacio real, el barco de la reina Tausert había sido golpeado por una gigantesca ola y había zozobrado. La reina, que finalmente había decidido quedarse en Tebas, estaba indemne. Tausert había decidido celebrar en el templo de Karnak la ofrenda de los dos espejos de oro y plata, el sol y la luna, para que sus reflejos disiparan los efectos nefastos de aquella inundación.

Las aguas se habían ido apaciguando poco a poco, y los tebaicos, como los demás habitantes del Alto Egipto, ya podían circular en barca, aunque procurando esquivar los remolinos.

Tausert estaba furiosa con el canciller Bay pues, a pesar de la carta que le había escrito, la había traicionado haciendo subir al trono a un joven desconocido. La reina se había dirigido a la aldea para agradecer a la mujer sabia que le hubiera salvado la vida y al maestro de obras que hubiera velado por el perfecto desarrollo de los funerales de Seti II.

La reina no volvería a casarse nunca. Los rumores ya le atribuían diversos amantes, y todos esperaban que se encaprichara de un noble tebaico para formar una nueva pareja real, librarse de Siptah y recuperar el poder. Indiferente a los cotilleos, Tausert no lo desmentía; los ambiciosos y los imbéciles necesitaban alimentarse de aquellos chismes, y ella no estaba dispuesta a revelarle a nadie sus verdaderos sentimientos: seguía siéndole fiel a Seti II, el hombre al que amaba más allá de la muerte.

Tras haber rendido homenaje a Maat en su santuario del Lugar de Verdad, Tausert caminaba con Clara por la calle principal.

—El canciller Bay me ha traicionado —le confió a la mujer sabia—; pero ha salvado a Egipto de una grave crisis. ¿Quién podría haber pensado que la crecida me retendría en Tebas y que sería necesario un rey para aplacar las ambiciones de los clanes? Yo creía que no encontrabais lugar para mí en el Valle de las Reinas porque iba a convertirme en faraón. Pero me engañaba... Siptah reina, y yo sólo soy una regente. ¿Por fin, Hator acepta acogerme entre las reinas?

—No, majestad; he vuelto al paraje y la respuesta sigue siendo la misma.

El canciller Bay se concedía, por fin, una velada de descanso, solo en su despacho de palacio, rodeado de expedientes. Egipto tenía un faraón y, contrariamente a lo que el canciller había temido, nadie se había opuesto al advenimiento del joven Siptah, que había sufrido mucho, físicamente, durante el largo ritual de coronación. Pero el protegido del sumo sacerdote de Ptah había superado la prueba para ser reconocido faraón por aclamación popular. Nadie desconfiaba de él y todos pensaban que el canciller sería el verdadero dueño del país, tras haber acabado con las ambiciones de Tausert, que se había visto reducida a un papel secundario.

Pero todos se equivocaban.

Bay sentía una gran admiración por la reina y mucho afecto por el joven Siptah. Tausert gobernaría, y Siptah sería un buen gestor, riguroso y honesto. Serviría de escudo a la viuda de Seti, cuyos enemigos eran numerosos e influyentes. Y tras haber demostrado su valía, Tausert, como la ilustre Hatsepsut, sería elevada a la dignidad suprema.

El canciller tenía un solo deseo: explicárselo todo cuanto antes a Tausert, y demostrarle que no la había traicionado.

73

Cuando Serketa se encontró de nuevo con el traidor, el porvenir le parecía mucho más halagüeño que la vez anterior. La reina Tausert acababa de marcharse de Tebas para dirigirse a Pi-Ramsés, y nadie dudaba de que, en cuanto llegara a la capital, intentaría vengarse de Bay por todos los medios y librarse de Siptah, su marioneta.

Y el general Méhy sería visto como el único hombre sensato de Egipto, y a su alrededor se reunirían los dirigentes más razonables, tanto del Sur como del Norte.

—Te he traído lo que me pediste —le dijo Serketa al traidor, al tiempo que le tendía una redoma.

—¿Estáis segura de que este veneno es eficaz?

—No temas.

—¿Cuánto tiempo tarda en hacer efecto?

—Aproximadamente, una hora. ¿Debo entender que estás dispuesto a actuar, por fin?

—Hay una excelente oportunidad a la vista...

—Si lo consigues, serás rico.

Terminado el período de luto, la cofradía podía festejar finalmente el nombramiento de Paneb el Ardiente como jefe del equipo de la derecha. El banquete se anunciaba tanto más alegre cuanto, desde su entrada en funciones, el coloso había tranquilizado a los más inquietos, ciñéndose al reglamento, sobre el que velaba, por otra parte, el escriba de la Tumba.

Paneb había dirigido la maniobra de introducción del sarcófago de Seti II en su tumba con perfecta maestría y había examinado, uno a uno, los objetos que contenía el tesoro que acompañaría al alma real por el más allá. El coloso podía parecer, en determinadas ocasiones, un hombre algo autoritario, pero como se exigía siempre más a sí mismo que a los demás, nadie tenía nada que objetar.

El advenimiento de un nuevo jefe de equipo era un acontecimiento excepcional, por lo que los banquetes prometían ser memorables: costillas de buey, varias clases de pescado, purés de verduras, quesos frescos, pasteles de miel, cerveza fuerte y diversos caldos.

A Nefer el Silencioso y a su esposa les gustaba la alegría simple y profunda que compartían todos los aldeanos, incluidos el monito verde, *Encantador*, *Bestia Fea* y *Negrote*, que se había hartado de carne hasta el punto de quedarse dormido a los pies de su dueño. Las bromas, de mal gusto a veces, brotaban de todas partes, e incluso los más feroces adversarios de Paneb, como Casa la Cuerda o Nakht el Poderoso, habían bajado la guardia para felicitar, cálidamente, al coloso.

—En el fondo, has caído en la trampa —le dijo Nakht—: nosotros podemos alegrarnos de tu ascenso, pero yo no sé si tú estarás tan contento. En cuanto un miembro del equipo tenga un problema, pronunciará un solo nombre: ¡Paneb! ¿O acaso no es el jefe responsable de los errores de sus subordinados?

—No me hace mucha gracia, pero reconozco que tienes razón.

Aperti, que había bebido cerveza sin que sus padres lo advirtieran, se había dormido sobre un taburete; tras haber corrido un incalculable número de veces alrededor de la gran mesa común, los demás niños, cansados por haber jugado demasiado, comenzaban a dormirse.

Uabet la Pura, que estaba más orgullosa de su marido de lo que se atrevía a reconocer ante las sacerdotisas de Hator, tomó a su hija en brazos e indicó a los demás que ya era hora de ir a acostarse.

Antes de volver a casa, el maestro de obras dio un abrazo a su hijo adoptivo y le dijo:

—Tenemos mucho trabajo por delante, Paneb; en cuanto la fiesta haya terminado, hablaremos de ello con Hay y el escriba de la Tumba.

Mientras Nefer se retiraba en compañía de la mujer sabia, Renupe el Jovial puso ante el coloso una hermosa ánfora que contenía, por lo menos, tres litros de vino.

—Un caldo excepcional que procede de la bodega de Kenhir y que he abierto hace una hora... ¡Huélelo!

Paneb reconoció que el vino, que databa del último año de Ramsés II, tenía un extraordinario aroma.

—¡Hónranos, jefe de equipo, y prueba esta maravilla a nuestra salud! —propuso Nakht el Poderoso.

El coloso no se hizo de rogar, y vació el ánfora a gran velocidad.

—¡Larga vida a Paneb! —clamó Pai el Pedazo de Pan, cuyo entusiasmo se contagió a los demás.

La aldea se había dormido, pero Paneb no se resignaba a volver a casa. No estaba borracho, aunque sí algo mareado, y esperaba que el aire fresco de la noche lo ayudara a reponerse. Pero el corazón le latía de un modo irregular, tenía la espalda empapada en sudor y veía que el cielo se estriaba de rojo, azul y verde.

De repente, le dio un arrebato y empezó a pegarle puñetazos a un murete hasta que lo derribó. A continuación, se le ocurrió la descabellada idea de destruir una casa, y entonces comprendió que estaba poseído por un demonio.

Solo, no conseguiría librarse de él, por lo que decidió ir a casa del maestro de obras; sin duda, Clara tendría algún remedio.

Pero la calleja se movía de un lado para otro, mientras a sus pies se abrían enormes agujeros.

El coloso se quedó petrificado durante unos instantes, y luego siguió avanzando.

¡Sí, aquélla era la puerta!

A costa de un enorme esfuerzo, Paneb intentó derribarla con la ayuda de una piedra.

—¡Ábreme, Nefer, o la muerte será esta noche!

Paneb ya no reconocía su propia voz, no sabía lo que decía ni lo que hacía.

La puerta se abrió.

—¡Paneb! —exclamó Nefer—. ¿Qué sucede?

—No te veo, te oigo mal...

El maestro de obras sostuvo a su hijo adoptivo, lo hizo pasar y lo ayudó a sentarse en la primera estancia sin darse cuenta de que, en la calle, a lo lejos, los estaba observando el escriba ayudante Imuni.

Clara se levantó en seguida de la cama para atender a Paneb. Le examinó los ojos, le tomó el pulso, y le escuchó la voz del corazón y la del estómago, y finalmente concluyó:

—Paneb ha sido drogado. Probablemente, con una mezcla de mandrágora, estramonio oloroso y loto.

—¿Su vida corre peligro?

—No lo creo, pero voy a hacer que vomite. De lo contrario, podría sufrir nuevas alucinaciones.

Clara consiguió que Paneb vomitase y, a continuación, le administró un brebaje para contrarrestar los efectos de la droga.

De madrugada, Paneb recobró el sentido, pero no recordaba nada de lo sucedido.

La reina Tausert acababa de desembarcar en Pi-Ramsés, y el canciller Bay se arrodilló ante ella:

—Majestad, estoy tan contento de...

—Llévame a palacio para que rinda homenaje al faraón y me encierre para siempre en mis aposentos.

—No, majestad, no es eso lo que Siptah desea y tampoco es lo que desea Egipto. Yo he actuado por su bien y también por el vuestro.

Tausert escuchó las explicaciones del canciller y no dudó de su sinceridad, pero al entrar en el palacio, la reina criticó la estrategia de Bay.

—Es evidente que el advenimiento de Siptah evitó una grave crisis —reconoció—; pero si quiere reinar, mi regencia será ilusoria.

—El joven rey no se comportará así, estoy seguro.

—A pesar de tu experiencia, canciller, ¿no crees que te estás comportando de un modo algo ingenuo?

La reina no tuvo que pedir audiencia, pues fue Siptah, vestido como un simple escriba, quien se dirigió hacia la viuda de Seti II y se inclinó ante ella.

—¡El canciller y yo mismo os esperábamos con impaciencia, majestad! Tengo la sensación de ser el juguete de fuerzas desconocidas, que sólo vos sabréis dominar. La doble corona pesa demasiado para mi cabeza, y no tengo más ambición que obedecer a la soberana que sabrá gobernar este país.

Tausert, muy sorprendida, se preguntó si el adolescente era tan sincero como el canciller o si había alcanzado ya la cumbre de la hipocresía. Para saberlo, le bastaría con trabajar con él algunos días.

—Un faraón debe concebir decretos que luchen contra la injusticia y hagan vivir la ley de Maat; ¿cuáles habéis dictado ya? —preguntó la reina.

—Ninguno, majestad, pues me considero incapaz de tomar decisiones tan importantes; pero he preparado unos expedientes que tal vez os permitan ver con mayor claridad.

Ante la decepción de un gran número de cortesanos, que esperaban un violento enfrentamiento entre Siptah y Tausert, el rey y la reina se encerraron en un despacho del que sólo salieron para ordenarle al canciller que anunciara una serie de medidas económicas y sociales. Tanto los ministros como la población las acogieron con gran satisfacción, y todos empezaron a pensar que aquella extraña pareja, formada por una viuda y un tullido, tal vez no careciera de sabiduría.

Mientras Tausert tomaba el fresco en el jardín de palacio, acariciando un gato atigrado al que había enseñado a no atacar a los pájaros, aceptó recibir a Bay en privado, por primera vez desde su regreso a la capital.

El canciller adoptó la máscara del alto funcionario perfecto, para disimular su emoción, pues se negaba a reconocer lo que sentía por aquella mujer inaccesible.

—Creí que me habías traicionado, Bay, y me equivoqué. Egipto te debe mucho.

—Majestad... ¡Sólo he cumplido con mi deber!

—Educaste extraordinariamente bien al joven Siptah. De ahora en adelante, lo consideraré como un hijo mío, y ambos colaboraremos para asegurar el bienestar de las Dos Tierras.

—He actuado en vuestro beneficio, majestad, y...

—Ordena al maestro de obras del Lugar de Verdad que preparen la morada de eternidad y el templo de millones de años del faraón Siptah; estos monumentos son imprescindibles para consolidar su reinado.

—Le escribiré inmediatamente.

Tausert dejó que el canciller se alejara sin revelarle que tenía previsto ofrecerle una fabulosa recompensa por los servicios prestados.

74

El maestro de obras, la mujer sabia y Fened la Nariz se habían puesto de acuerdo sobre el emplazamiento de la morada de eternidad de Siptah en el Valle de los Reyes, un poco más al noroeste que la de Scti II. Nefer el Silencioso, que llevaba puesto el delantal de oro, golpeó por primera vez la roca virgen con un mazo y un cincel de oro; luego, el nuevo jefe del equipo de la derecha golpeó a su vez con el gran pico, habitado por el fuego del cielo.

Le correspondía a Paneb dirigir la construcción y la decoración de la tumba, cuyo ambicioso plano había sido concebido por Nefer.

—El calcáreo es de buena calidad; no debemos temer ninguna sorpresa desagradable.

—Desconfía, de todos modos —recomendó el Silencioso—; la roca, a veces, es caprichosa. Estar demasiado seguro de uno mismo puede conducir a cometer errores irreparables.

—La roca de este acantilado me parece de excelente calidad. Y, además, tú estarás a mi lado para corregirme, si me equivoco.

—Un jefe de equipo que se equivoca no merece su cargo.

Aquellas palabras de Nefer le dolieron infinitamente más que si le hubieran propinado una paliza descomunal.

—¿Crees que podría desmerecerme hasta ese punto?

—Nuestro oficio es una aventura llena de sorpresas; permanece atento, sé perseverante y no olvides que la materia, como los hombres, tiende hacia la inercia y el caos. Ahora, tú diriges, por lo que no esperes que las cosas te sean fáciles; incluso cuando duermas, soñarás con el trabajo de la víspera y con el del día siguiente.

El sol se ponía en el Valle; los artesanos guardaban las herramientas y se disponían a partir hacia la estación del collado, donde pasarían la noche para iniciar la obra al día siguiente.

Nefer y Paneb se quedaron solos ante la futura morada de eternidad de Siptah.

—¡Qué extraordinaria vida nos ofrece el cielo, Paneb! ¿Eres consciente de la suerte que nos dispensan los dioses?

—Todos los días realizo mis sueños... ¿Qué más se puede pedir? Y, sin embargo, sé que hay que explorar más a fondo el poder de estos lugares y la sabiduría de la cofradía, y que debo transmitir los conocimientos que he adquirido.

Lentamente, los dos hombres se dispusieron a seguir a los demás miembros del equipo. Nefer sabía que Paneb estaba al principio de un nuevo camino, y Paneb sentía tal admiración por Nefer que no se podía expresar con palabras. En la paz vespertina, la fraternidad que los unía se fundía con los cálidos colores del sol poniente.

Tras realizar los ritos del alba, Nefer el Silencioso dio la orden de bajar de la estación del collado hacia la aldea. Los artesanos estaban impacientes por encontrarse con sus familias, y él por ver a Clara, pero dudaba en abandonar la montaña, como si concediera a la cofradía la protección que necesitaba.

—Y ahora un merecido descanso —dijo Casa la Cuerda—; tal vez hayamos elegido el lugar adecuado para excavar, pero la roca es muy dura, y tengo los brazos molidos.

El maestro de obras empezó a andar por el sendero, pensando en los dramas que había vivido Egipto desde la muerte de Ramsés el Grande. Un faraón de aquella envergadura había dejado una huella tan profunda en el país que sus sucesores no podían evitar que se los comparase con él. ¿Cuánto tiempo tendría que pasar aún para ver aparecer a un soberano de la talla del fundador del Ramesseum?

A pesar de todas las adversidades, el Lugar de Verdad había salido adelante. Había proseguido la obra iniciada desde su creación y enriquecido la Piedra de Luz. Con dos jefes de equipo de temperamento tan distinto como Paneb y Hay, la cofradía mantendría el dinamismo necesario para proseguir sus trabajos, cuya coherencia debía asegurar el maestro de obras, mientras la magia de la mujer sabia trazaba nuevos senderos.

Paneb había llenado con puntiagudas esquirlas de sílex una bolsa que llevaba al hombro.

—¿Qué piensas hacer con estas piedras? —le preguntó Ipuy el Examinador.

—Pocas veces las he visto de esta forma. Las tallaré para fabricar cinceles y regalárselos a los escultores.

—Más trabajo en perspectiva —se lamentó Renupe el Jovial.

—No te hagas el sorprendido —ironizó Ched el Salvador—; un nuevo jefe de equipo debe demostrar de qué es capaz, y a nosotros nos toca probar que estamos a la altura de sus exigencias.

—¡Pero somos humanos! —protestó Casa.

—Lo sé perfectamente —reconoció el coloso—; por eso, demasiado descanso os perjudicaría. Cuando la mano holgazanea, pierde su temple.

Varios artesanos se preguntaron si Paneb no tendería a pisotear las reglas en caso de urgencia; y la preparación del equipo funerario de Siptah podría muy bien considerarse como tal.

El caballo de Méhy estaba agotado; empapado en sudor, jadeante, con el corazón palpitante, era incapaz de galopar de nuevo.

—Este animal no me sirve —dijo el general, entregando el cuadrúpedo a sus palafreneros.

Era el tercer purasangre al que Méhy agotaba desde que había comenzado la mañana; el general no tenía la menor consideración con los animales, en los que descargaba sus nervios.

Los arqueros de élite también habían sufrido su cólera: demasiado blandos, demasiado lentos, demasiado imprecisos... El general les había demostrado que seguía siendo el mejor de todos ellos, antes de derribar en la lucha a un infante más pesado que él.

Méhy entró en su villa, apartando con brusquedad a su intendente, que le ofrecía una bebida fresca y unos paños perfumados, y se arrojó directamente sobre su mujer. Le desgarró su vestido nuevo y después le hizo el amor con tanta brutalidad que, durante unos instantes, Serketa creyó alcanzar el placer.

—¡Me haces daño, cariño!

—Esa espera interminable me saca de quicio... Frótame el vientre, he comido demasiado esta mañana.

El general tenía los músculos tensos.

—Nuestro aliado en la cofradía no lo conseguirá —profetizó Méhy.

—Generalmente es muy prudente, pero esta vez parecía optimista —recordó Serketa.

—¡El Lugar de Verdad nos ha jugado tantas malas pasadas!

—Porque lo hicimos mal, mi tierno león... Pero esta vez el golpe será certero.

—¡Ese Nefer parece indestructible!

—Cuando haya desaparecido, su cofradía desaparecerá con él —prometió Serketa.

—Esperemos que suceda lo mismo con el triunvirato que está a la cabeza del Estado. No consigo descifrar la estrategia del canciller Bay.

—Es muy sencillo: el canciller ama a la reina, sabe que es inaccesible, pero hace todo lo posible para que se convierta en faraón. El pobre y pequeño Siptah, tullido y sin personalidad, es sólo un ardid para engañar a los cortesanos mientras Tausert va sentando las bases de su futuro poder.

—Bay es más temible de lo que imaginaba...

—Sólo vive para Tausert. Cuando hayamos eliminado al maestro de obras, la emprenderemos con ella. La reina es un soberbio adversario, casi tan peligroso como yo.

Méhy se tumbó boca abajo.

—Dame un masaje en los riñones... Esos repugnantes caballos me los han destrozado.

—Tausert confía en ti, y ese error será fatal para ella.

El general estiró el brazo hacia atrás y agarró a su mujer por el pelo.

—¡La reina no es nada, lo verdaderamente importante es la Piedra de Luz! Y mientras el maestro de obras viva, no podremos poseerla.

—Entonces, no vivirá mucho tiempo.

—No falta ninguna herramienta —concluyó Imuni tras realizar un examen a fondo.

—Mejor así —dijo el escriba de la Tumba con voz cansada—. ¿Algún incidente digno de mención?

—De momento, no.

—¿Estás seguro?

—Completamente.

Kenhir sólo se había tranquilizado a medias. El viejo escriba se sentía angustiado, como si una inminente catástrofe amenazara a la aldea. Así pues, durante toda la jornada, había recorrido las callejas recavando noticias de unos y otros, pero no había descubierto nada alarmante.

Su joven esposa, Niut la Vigorosa, advirtió su nerviosismo.

—¿Estáis preocupado por algo?

—He tenido una pesadilla, aunque esta vez no estaba dormido. Desde esta mañana, no dejo de hacerme mala sangre.

—¿Os habéis excedido con la comida a mis espaldas?

—¡Claro que no! Releeré algún buen autor, eso me tranquilizará.

Niut se sintió de pronto angustiada; Kenhir le había transmitido sus preocupaciones.

La Vigorosa empezó a barrer la casa enérgicamente para disipar su malestar.

Negrote, que generalmente era un animal tranquilo, estaba muy inquieto; no dejaba de ir y venir, solicitar una caricia, tumbarse y volver a levantarse en seguida.

Nefer intentaba calmarlo en vano; en los ojos color avellana del perro negro había una pregunta que el Silencioso no conseguía descifrar.

—¿Has perdido tu amuleto? —preguntó Clara.

Nefer se puso la mano en el cuello. El nudo de Isis había desaparecido.

– Ha debido de romperse el cordón; no me he dado cuenta.

—Mañana mismo te daré otro.

La mujer sabia descubrió un pequeño pedazo de papiro que había sido arrojado por debajo de la puerta. Lo recogió, leyó el mensaje y luego lo dejó sobre una mesita.

—Los auxiliares me reclaman... Ha habido un accidente. Me llevaré a *Negrote*, así podrá corretear.

Obed el herrero quedó muy sorprendido.

—¿Un accidente? No, no lo creo... Los auxiliares se han marchado hace un buen rato ya.

—Comprobémoslo, de todos modos —exigió Clara.

En compañía del herrero, la mujer sabia inspeccionó los talleres: estaban completamente vacíos.

Cuando regresó a su casa, Clara advirtió en seguida que el pedazo de papiro ya no estaba sobre la mesita.

Negrote dio un brinco hacia la alcoba y soltó un aullido desgarrador.

—¿Nefer, qué ocurre? Nefer... ¡Contesta!

El maestro de obras estaba sentado en un sillón, con un trozo de sílex clavado en el corazón.

En la mirada tenía una luz apenas perceptible. Nefer había luchado más allá de sus fuerzas para ver por última vez a la mujer a la que tanto había amado durante su vida en la tierra y a la que no dejaría de amar durante toda la eternidad.

Nefer ya no podía articular palabra, pero Clara puso las manos sobre las de Nefer y compartió con toda el alma el último instante de comunión y felicidad que el Silencioso había sabido arrancarle al destino.

75

Desde la muerte de Nefer, una tormenta de arena azotaba constantemente la aldea, y unos profundos lamentos, que parecían proceder de la cima, recorrían sus calles. La montaña rugía como si amenazara con derrumbarse sobre el Lugar de Verdad. El sol no lograba atravesar las nubes grises y ocres, y los días se parecían cada vez más a las noches.

Mujeres, hombres y niños permanecían encerrados en sus casas, sin salir siquiera a buscar alimentos. *Bestia Fea* ocultaba su cabeza bajo el ala, *Encantador* se escondía bajo una silla de paja, y *Negrote* bajo el lecho de Clara.

Ninguna sacerdotisa había tenido el valor de depositar ofrendas en los altares de los antepasados, y parecía que éstos hubieran abandonado la cofradía. La vida en la aldea se había detenido desde la muerte de su maestro de obras, sin el que los más cotidianos gestos no tenían ningún sentido.

Poco a poco, la arena iba cubriendo las terrazas y nadie pensaba en hacer nada para preservar su morada de los azotes del viento. Tal vez era justo que la ira de los dioses, desatada por un crimen que rebasaba los límites del horror, destruyese la pequeña comunidad.

Desaparecido el Silencioso, ya nadie tenía ánimos para trabajar, y mucho menos, el impudor de pensar en la felicidad. Nefer había dejado a sus espaldas a unos huérfanos incapaces de sobrevivir por sí solos.

—No tenemos derecho a comportarnos así —dijo Paneb a Clara—; estamos injuriando a Nefer y arruinando su obra. Celebremos los funerales de nuestro maestro de obras de acuerdo con los ritos sagrados. De lo contrario, habrá muerto realmente. El deber de la cofradía consiste en asegurar su eterna presencia entre nosotros.

La mujer sabia se levantó con dificultad, y el coloso le ofreció el brazo para que se apoyara.

Cuando Clara apareció en la calle principal de la aldea, la tormenta amainó.

Uno a uno, los servidores del Lugar de Verdad siguieron a la mujer sabia, que se dirigía hacia el templo.

Mazos, cinceles, azuelas, escuadra, nivel, plomada, mesas para ofrendas, lecho, espejos, sandalias, cofres y demás objetos fabricados con amor por los artesanos del Lugar de Verdad habían sido depositados en la tumba de Nefer el Silencioso. Entre las estatuas, había una que representaba al maestro de obras y a su esposa, sentados el uno junto al otro; Clara pasaba el brazo izquierdo por los hombros de su marido, en señal de protección, y ambos se miraban con extraordinaria intensidad.

En el umbral de la morada de eternidad, había una silla con las patas en forma de pezuñas de toro en la que se erguía una estatuilla que simbolizaba el *ka* del maestro de obras, su potencia creadora que viviría para siempre en el más allá.

El ritual estaba terminando, y la mujer sabia plantó ante la puerta de la tumba una persea, el árbol que Osiris había creado para los dioses y los humanos, y cuyas hojas tenían forma de corazón. Nadie había conseguido contener las lágrimas, y todos admiraban la dignidad de la viuda que, acompañada por *Negrote*, que no cesaba de aullar, parecía estar a punto de desmayarse. A costa de un enorme esfuerzo y con la ayuda de Paneb, Clara consiguió regresar a su casa y, una vez allí, se derrumbó en la cama.

La aldea, conmocionada por el duro golpe, se había sumido en una profunda tristeza. Al perder a su jefe, quizá la cofradía estaba condenada a desaparecer.

Habían transcurrido tres días.

La puerta de la casa de Clara se abrió y apareció la mujer sabia. Parecía agotada, pero había tenido el coraje de maquillarse y ponerse su vestido de superiora de las sacerdotisas de Hator. Clara parecía pertenecer a otro mundo, donde ya no existían ni la alegría ni la pena.

—Si alguien me necesita, puede venir a verme —le dijo al escriba de la Tumba.

—Hay algo más urgente, Clara; he conseguido tranquilizar a los más inquietos, pero hay que convocar de inmediato al tribunal de la aldea. Se han acumulado demasiadas quejas.

—Quejas... ¿Contra quién?

—Contra Paneb. Las acusaciones son muy graves, y no puedo ignorarlas.

Todos los aldeanos se habían reunido en el patio al aire libre del templo de Maat y Hator. Le correspondía al presidente del tribunal, el escriba de la Tumba, escuchar a la acusación y a la defensa antes de investigar el tema en profundidad. A su lado, estaban la mujer sabia, el jefe del equipo de la izquierda y dos sacerdotisas de Hator, las esposas de Pai el Pedazo de Pan y de Karo el Huraño.

—Nos enfrentamos a la peor tragedia que nunca haya vivido la aldea —declaró Kenhir con la voz quebrada— El maestro de obras Nefer el Silencioso fue asesinado en su propia morada, y uno de nosotros cometió este crimen abominable; si aún queda en él algo de honradez, le pido que confiese.

Nadie habló.

—¿Puede la mujer sabia precisarnos las circunstancias del drama? —preguntó Kenhir.

—Echaron un mensaje por debajo de mi puerta que decía que fuera a curar a un auxiliar que estaba herido. Era una trampa para alejarme de la casa. Cuando regresé, el mensaje había desaparecido y mi marido estaba muerto.

—¿Cómo fue asesinado Nefer el Silencioso?

—Le clavaron en el corazón una esquirla de sílex muy puntiaguda, cuidadosamente tallada.

—El culpable debía de tener, pues, mucha fuerza —intervino Ipuy el Examinador—. Yo vi que Paneb llevaba varias esquirlas de sílex que había recogido en la estación del collado. Ched el Salvador puede confirmarlo.

El pintor se vio obligado a apoyar el testimonio del escultor, y Paneb reaccionó violentamente:

—¿Os atrevéis a acusarme de haber matado a mi padre adoptivo, un hombre al que veneraba, simplemente por haber recogido unas piedras en la montaña?

—Paneb trajo esas piedras —precisó Ched el Salvador—, y varios artesanos del equipo de la derecha lo vieron... ¡Empezando por el asesino! Por eso tuvo la idea de utilizar una esquirla de sílex para que acusaran a nuestro nuevo jefe de equipo.

—Yo presencié una violenta discusión entre Nefer y Paneb —dijo Unesh el Chacal—. No estaban de acuerdo sobre el modo de terminar la tumba de Seti II.

—Es cierto —reconoció el coloso—, pero ya nos habíamos reconciliado.

—Me dijiste que no te gustaba la actitud del maestro de obras ante el rey —precisó Renupe el Jovial.

—¡Y hay algo peor! —prosiguió Unesh—. Pai y yo mismo borramos una mano roja que estaba pintada en la puerta del maestro de obras, para que el maleficio no fuera efectivo. ¡Y aquella mano era del tamaño de la de Paneb!

Pai asintió con la cabeza.

—No puedo tener en cuenta una prueba que vosotros destruisteis —dijo Kenhir, irritado.

—No puede ponerse en duda la palabra de estos dos artesanos —intervino Imuni, el escriba ayudante—, sobre todo porque yo vi a Paneb intentando forzar la puerta del maestro de obras y oí claramente sus amenazas: «¡Ábreme, o la muerte será esta misma noche!»

—Paneb había sido drogado —reveló la mujer sabia—; la muerte de la que hablaba era la suya.

—Paneb es culpable —insistió Imuni—; sólo pensó en hacerse adoptar por Nefer el Silencioso para que lo eligiera como jefe de equipo. Alcanzado su objetivo, se ha librado de su protector porque éste había desenmascarado, por fin, al impostor. Yo, que he estudiado los archivos de la cofradía, puedo probar que tengo vínculos familiares lejanos con Nefer. ¡Y debería haberme elegido a mí como hijo adoptivo, y no a Paneb!

El escriba ayudante mostró un papiro en el que había anotado diversos motivos que justificaban sus pretensiones. Paneb quiso abalanzarse sobre aquel enano bigotudo, pero Ched el Salvador se lo impidió.

—Las acusaciones de Imuni carecen de fundamento —declaró, serena, la mujer sabia—. Sean cuales sean los vínculos que alega, no había ninguna desavenencia entre Nefer el Silencioso y Paneb, el hijo que él eligió libremente, y ambos estaban unidos por una fraternidad a toda prueba.

A pesar de las palabras de la viuda, Imuni siguió insistiendo:

—¡Hay muchos indicios que apuntan a que Paneb es el autor de la muerte de Nefer! Propongo que el tribunal lo declare culpable.

—La envidia de Imuni no debe confundirnos —objetó Ched el Salvador.

—No existe ninguna prueba formal —advirtió Kenhir.

—Hay un modo de conocer la verdad —dijo la mujer sabia con gravedad—: sometamos a Paneb a la prueba de la morada de la acacia. Si sale vivo de ella, quedará absuelto definitivamente.

En la morada de la acacia se reunían las pocas sacerdotisas de Hator que habían sido iniciadas en los misterios de Osiris; sobre la tumba del dios asesinado por su hermano Set crecía una acacia, cuyas temibles espinas atravesaban a los perjuros.

Ante ellas, Paneb afirmó que era inocente del crimen que se le imputaba.

—La vida y la muerte se unen en la acacia —reveló la mujer sabia—. Cuando se está marchitando, la vida abandona a los vivos hasta que Isis cura las heridas infligidas por Set; entonces, el árbol se cubre de hojas y el ser justo ya nada tiene que temer de él. Avanza, Paneb, y únete a la acacia.

Las enormes espinas eran tan aceradas que parecían más peligrosas que puñales. Pero el coloso no tenía elección, debía caminar hacia adelante; si retrocedía, sería considerado culpable y no escaparía al supremo castigo.

Finalmente, Paneb abrazó el árbol de la vida y de la muerte.

Cuando el Ardiente salió indemne de la morada de la acacia, incluso Imuni se vio obligado a inclinarse ante el juicio de Osiris. Las espinas del árbol se habían contraído, sin causar la menor herida al artesano, cuya integridad seguía estando intacta.

Finalmente, el Ardiente fue absuelto de la acusación que pesaba sobre él.

—En todo momento creí en tu inocencia —le confió Clara.

—¡El crimen no permanecerá impune, lo juro! —gritó Paneb.

La mujer sabia subió hasta la morada de eternidad del maestro de obras, y Paneb la siguió.

—Mira la aldea —le dijo ella—; es como un navío en medio

de una tempestad. Si no velamos por ella, si no le ofrecemos lo mejor de nosotros mismos, puede zozobrar, y el asesino de mi marido habrá matado finalmente a toda la cofradía. Nefer nunca será reemplazado, nunca se atenuará nuestro sufrimiento, pero debemos proseguir su obra y hacer que el Lugar de Verdad viva.

Un halcón sobrevoló la aldea, trazó varios círculos sobre la necrópolis y ascendió hacia el sol, batiendo las alas poderosamente.

—Es el alma de Nefer el Silencioso —murmuró Clara, observando al ave—; nos muestra el camino hacia la luz.

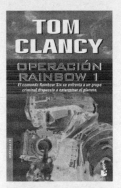

Operación Rainbow 1
Tom Clancy

Una trepidante novela de acción, al más puro estilo Clancy, en la que el Rainbow Six, un cuerpo de intervención rápida contra el terrorismo, debe enfrentarse a un grupo criminal dispuesto a exterminar el planeta.

Operación Rainbow II
Tom Clancy

El desenlace de la trepidante novela de acción en la que el Rainbow Six, un cuerpo de intervención rápida contra el terrorismo, debe enfrentarse a un grupo criminal dispuesto a exterminar el planeta.

La mujer del piloto
Anita Shreve

La noticia del dramático accidente que ha sufrido el avión que pilotaba el marido de Kathryn desencadena toda una trama de espionaje y terrorismo internacional que ella jamás hubiese sospechado.

Nefer el Silencioso
(La Piedra de Luz 1)
Christian Jacq

Una extraordinaria novela de aventuras, presentada en cuatro volúmenes, en la que se entrecruzan los destinos de los faraones, los cortesanos, los sepultureros, los soldados y las sacerdotisas del antiguo Egipto.

La mujer sabia
(La Piedra de Luz 2)
Christian Jacq

Tras la muerte de Ramsés el Grande, el grado de agitación en el Lugar de Verdad es enorme. ¿Conseguirá Nefer salir indemne a pesar de la fiel protección de su esposa Clara, convertida ahora en la mujer sabia?

El Inca
Alberto Vázquez-Figueroa

Una apasionante novela llena de ternura, tensión y aventuras que nos adentra en el singular y misterioso Imperio incaico, sin lugar a dudas el más poderoso de la historia de América y uno de los más sólidos y longevos del mundo.

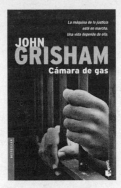

Cámara de gas
John Grisham

Un antiguo miembro del Ku-Klux-Klan, Sam Cayhall, condenado a muerte desde hace años, ha agotado casi todos sus recursos para conseguir la conmutación de la pena. Años después Adam Hall, un joven abogado de un importante bufete, solicita trabajar en el caso para intentar liberar al anciano del patíbulo. Pero ¿por qué?

El informe Pelícano
John Grisham

El asesinato simultáneo de dos jueces del Tribunal Supremo de Estados Unidos inicia esta emocionante novela de intriga jurídica. El FBI no tiene pistas, pero Darby Shaw, una brillante estudiante de Derecho de Tulane, cree tener la respuesta que pondría al descubierto un sombrío vínculo entre los dos jueces.

La tapadera
John Grisham

El joven y prometedor abogado, Mitchell Y. Mc Deere, licenciado por la Universidad de Harvard y aspirante a los mejores puestos de su profesión, ingresa en una empresa de Memphis que maneja grandes fortunas, la Bendini, Lambert & Locke. Pronto descubrirá que la firma para la cual trabaja oculta, tras su fachada honorable, una terrible realidad.

El décimo juez
Brad Meltzer

Ben Addison, un joven abogado que acaba de convertirse en el nuevo pasante de uno de los jueces más respetados del Tribunal Supremo de Estados Unidos, acaba convirtiéndose en cómplice involuntario de un tráfico de información privilegiada que amenaza con arruinarle la vida.